"Rewind to us"

Rewind to us

1판 1쇄 찍음 2021년 8월 12일
1판 1쇄 펴냄 2021년 8월 20일

지은이 | 강부연
펴낸이 | 고운숙
펴낸곳 | 봄 미디어

기획 · 편집 | 박나영, 임지윤, 정지은

출판등록 | 2014년 08월 25일 (제387-2014-000040호)
주소 | 경기도 부천시 소향로13번길 14-11, 203호
영업부 | 070-5015-0818 편집부 | 070-5015-0817 팩스 | 032-712-2815
E-mail | bommedia@naver.com
소식창 | http://blog.naver.com/bommedia

값 9,000원

ISBN 979-11-6632-267-9 03810

Rewind To us

강부연 장편 소설

"Rewind to us"

Contents

Prologue

바람이 차다. 한겨울의 끝자락. 매서운 한기가 할퀴고 지
난 두 볼이 얼얼했다.

　강희의 팔을 간신히 붙들고 있던 손이 제 풀에 힘없이 떨
어져 나갔다. 그것을 알아채지 못한 그는 이미 두어 발 앞서
나간 채다. 종종걸음으로 쫓다 이내 멈추어 섰다.

　나 여기 있잖아, 바보야. 나 좀 돌아봐…….

　마음으로만 외치는 말은 끝끝내 강희에게 닿지 않는다. 윤
수는 그 자리에 못 박힌 듯이 서서, 다시는 그 무엇도 닿지
않을 곳으로 멀어져 가는 강희를 멀거니 쳐다보고 있었다.

　한참 뒤에야 윤수를 놓친 것을 알아채고 되돌아온 강희가
가쁘게 숨을 몰아쉬었다.

　"안 오고 여기서 뭐 해? 찾았잖아."

　그가 뿜어낸 하얀 입김이 시야 안에서 부서지며 한순간 그

의 얼굴이 희미하게 번졌다. 그리고 다시 선명해졌을 때, 가장 먼저 눈에 들어온 건 강희의 예쁜 입술이었다. 그의 목을 끌어안고서 수도 없이 입을 맞추었던 바로 그 입술.

"빨리 와."

기껏 윤수를 데리러 와 놓고, 혼자 돌아서 버리는 강희의 옷자락을 엉겁결에 붙들었다. 빨갛게 언 손가락 사이에서 속절없이 빠져나간 옷깃의 감촉이 날카로웠다. 베인 듯 화끈한 손을 움켜쥐니, 강희가 짜증스럽게 돌아보았다.

"배고프다며. 날도 추운데 그냥 집으로 가자."

주말이면 늘 윤수의 채근에 못 이겨 나오는 데이트였다. 차를 마시고, 영화를 보고, 저녁을 먹고, 마음이 내키면 섹스를 하거나 혹은 그냥 각자의 집으로 흩어지는 틀에 박힌 일정을 그가 지겨워하는 것도 별수 없는 일이었다.

윤수는 지난주에 막 생리가 끝나 푹 꺼진 아랫배를 손으로 쓸어보았다. 불규칙한 생리 주기 때문에 겸사겸사 경구 피임약을 복용한 지 2년이 지났다. 한데 어느새 피임은 그녀만의 책임이 되어 버린 듯하다.

그 별것 아니라면 별것 아닌 부분에 불편해지는 기분을 느낄 때면, 어쩔 수 없이 실감하고 마는 것이다.

나를 배려하지 않는 너의 무신경함에 익숙해질수록, 나 역시 너를 배려하는 마음이 아까운가 봐. 너에 대한 애정이 그만큼 흐릿해져 버린 걸까.

때문에 이번 달은 피임약을 사지 않았다.

그녀를 충만하게 채워 주었던 강희와의 섹스에서 더는 사랑을 느낄 수가 없었다. 성의 없는 후회와 때때로 빈 자리를 남겨 두고서 잠드는 밤은 오히려 그녀를 텅 비게 만드는 것 같았다.

"……손 시려."

나지막이 중얼거린 윤수의 목소리가 분명한 의미를 만들지 못하고 공기 중에 흩어져 버렸다. 빨갛게 언 손가락을 입에 가져다 대고 숨을 후 불어 보지만, 얼음을 쥐고 있는 듯 찬 손은 풀릴 줄을 몰랐다.

윤수가 강희에게 처음으로 가슴이 뛰었던 순간은 그가 무심히 윤수의 손을 잡아 그의 외투 주머니 속에 쏙 집어넣었을 때다. 그와 사귀기 전, 겨울이면 잊지 않고 챙겨 다녔던 장갑과 핫 팩이 그와 함께 있을 땐 필요하지 않았다.

손이 이렇게 차서 어떡하냐. 진짜 보약이라도 한 첩 지어 먹여야 하나. ……홍삼 먹을래?

어디선가 명절 선물로 받은 홍삼 세트를 들고 와 안겨 주던 강희의 두 귀는 윤수의 부르튼 손보다도 붉었었다.

그녀의 두 손을 모아 잡고서 입김을 불며 버스를 기다려 주었고, 패딩 점퍼의 지퍼를 열고 그녀를 가슴으로 끌어안으며 찬바람을 막아 주었었다. 추운 시절들에 윤수는 강희가 있어 추운 것을 모르고 지낼 수 있었다.

"너 오늘 진짜 왜 그래? 어디 아픈 거야?"

강희의 커다란 손이 불쑥 윤수의 이마를 짚었다. 약간의 걱정 어린 강희의 시선이 그녀를 조용히 훑어 내렸다. 그의 엄지가 살며시 그녀의 볼을 문지르고 지났을 때, 윤수는 바늘에 찔린 듯 가슴이 아릿해지는 것을 느끼며 마른 침을 삼켰다.

미련하게 아직도 가슴이 뛰었다. 강희에게서 아주 작은 관심이나마 받을 때면, 순종적인 개처럼 윤수의 심장은 그를 향해 헐떡였다.

주는 것만으로 기꺼웠던 사랑이 받지 못해 안달나기 시작했던 건 언제부터였을까. 일방적으로 설레고 기대하다 결국 실망하는 악순환을 벗어나지 못하는 스스로가 한없이 애달파지기 시작했던 건…….

"헤어지자."

"뭐?"

강희가 못 들었다는 듯 다시 물었다. 그의 운동화 앞코에 줄곧 고정되어 있던 눈을 들어올렸다.

그의 눈썹이 어떤 모양으로 휘었는지만으로 하지 않은 말까지 알아챌 수 있던 시절도 있었는데. 이제는 강희의 무표정에서 아무것도 읽어 낼 수가 없었다.

"그만하자고. 너랑 나."

더 이상 우리에게 '우리'라는 말은 어울리지 않았다. 너, 그리고 나만 남았을 뿐.

"하."

강희의 눈썹이 세차게 휘었다. 다른 건 몰라도 저 표정은 무슨 뜻인지 분명히 알았다.

최근 윤수는 강희의 저런 얼굴을 꽤 자주 볼 수 있었다. 저 얼굴을 끌어 내는 방법은 간단했다. 그저 한마디 말이면 되었다.

　변했어, 너.

　이 한마디면 그는 지금처럼 표정을 일그러뜨리며 화를 냈으니까. 그는 자신이 변했다는 사실을 좀처럼 인정하지 않았다. 윤수가 느끼는 그 모든 변화를 부정하고 부인했다. 윤수를 보던 눈빛, 손길, 말투, 욕망까지 그 어느 것 하나도 전과 같지 않은데도.

　번번이 싸움은 오래가지 않았다. 그는 윤수의 '변했다'는 말을 흔한 투정쯤으로 받아들이는 듯했다.

　또 뭔데. 뭐가 불만인데. 마음에 안 드는 게 있으면 그냥 말해. 이런 식으로 짜증 나게 하지 말고.

　그렇게 몰아붙이면 윤수는 더는 할 수 있는 게 없었다.

　처음 나를 사랑했던 그때의 너로 돌아갔으면 좋겠다고, 그렇게 다시 나를 사랑해 줬으면 좋겠다고, 그리고 영원히 변하지 않길 바란다고…….

　그런 말은 차마 꺼낼 수조차 없었다. 말하기 전에 이미 불가능한 일이라는 걸 알았으므로.

　"적당히 좀 해."

　오늘도 마찬가지다. 그는 지긋지긋하다는 듯이 머리를 내저었다. 결말이 뻔한 말싸움을 시작도 하기 전에 일축하려 했다.

　하나 윤수는 이대로 이별을 그만 둘 생각이 없었다. 그녀는 나사못을 박아 돌리는 것처럼 조여드는 심장의 고통을 힘겹게 참아 내며, 강희의 무심한 눈을 마주했다.

"아니. 빈말하는 거 아냐. 진심으로 헤어지고 싶어."

"그만하라고 했어."

몸이 움찔 굳어 버릴 정도로 차가운 일갈 뒤에, 위축된 윤수의 표정을 본 그가 한숨을 내쉬었다.

"피곤하다, 진짜."

길게 뱉어 낸 그의 한숨이 윤수의 가슴에 한기처럼 스몄다.

"피곤하니까. 네가 내 옆에서 늘 그런 얼굴을 하고 있으니까. 너나 나나 이 관계가 고단할 뿐인데, 계속 이어 가는 게 대체 무슨 의미가 있어?"

묻는 윤수를 강희가 빤히 내려다보았다. 그렇게 쳐다보고 있으면 윤수의 마음을 들여다 볼 수 있기라도 한 것처럼.

"그래서 어쩌자고."

강희가 앞머리를 거칠게 쓸어 올렸다. 두 눈을 손끝으로 꾹꾹 누르며 마른세수를 하는 그는 처음으로 궁지에 몰린 듯한 얼굴을 하고 있었다.

때마침 그녀의 뒤를 아슬아슬하게 스쳐 지나가는 오토바이를 피해 강희가 윤수의 손목을 홱 잡아 당겼다. 그 힘을 이기지 못하고 한 걸음 앞으로 끌려간 윤수가 강희의 가슴에 이마를 부딪쳤다.

"미친놈이."

낮은 목소리로 으르렁대는 강희의 목소리가 귀를 긁었다. 그녀 대신 화를 내는 그를 물끄러미 올려다보다 이내 손바닥으로 그를 밀어냈다. 평소라면 순순히 밀려나 주었을 그가 오늘따라 벽처럼 단단히 버티고 서서 꿈쩍도 하지 않았다.

"네가 헤어지자는 말 쉽게 안 한다는 거 알아."

지난 5년간 싸우기도 많이 싸우고, 토라진 일도 부지기수였다. 그러나 단 한 번도 이별을 말한 적은 없었다. 그 말을 하면, 결코 돌이킬 수 없다는 사실을 잘 알기 때문이다.

"한다고 했는데, 너한테 부족했을 것도 알고. 근데 이렇게는 안 돼."

윤수의 손목을 꼭 붙잡은 채 놔주지 않는 강희의 속내를 이해할 수 없었다. 이미 식어 빠진 감정으로 뭘 더 어쩌려는 건지 모르겠다. 남녀 사이는, 연인은 그런 식으로는 이어 갈 수 없는데.

"편해서 그래. 그래서 놓기 싫은 거야. 다른 여자를 만나도 나만큼 편하지 않을 테니까."

긴 연애 기간 동안 윤수는 강희의 거의 모든 것을 알았다. 그가 좋아하는 것들, 취미, 식성, 버릇, 사소한 습관 하나하나까지.

개중에는 귀엽다며 웃어넘긴 것도 있고, 그녀 역시 공통적으로 좋아하는 것도 있었으며, 도저히 받아들일 수 없는 것도 있었다. 그것들은 때로 다툼의 이유가 되었다. 그리고 지금에 와서는 체념의 또 다른 이름이 되었다.

"별로 정성 들이지 않아도 되고, 자고 싶을 때 언제든 부를 수 있으니까."

"야, 신윤수!"

틀어진 기분 만큼 윤수의 손목을 옥죄는 힘도 세졌다. 털어 내 보려 했지만 소용없었다. 한 번도 이런 식으로 그녀를 강제했던 일이 없는 강희이기에, 윤수는 당황스런 기색을 숨길 수 없었다.

힘으로 하자면 그를 이길 수 없을 것이다. 그렇다면 윤수가 할 수 있는 저항은 그의 내면을 상처 입히는 일뿐이었다.

"너만 그런 거 아니야. 나도 그래. 나도 이제 너한테 정성 들이고 싶지 않아. 더는 바라는 것도, 기대하는 것도 없는데 이게 어떻게 연애야?"

마치 죽어 버린 사람의 심전도처럼 일직선상에 있는 관계. 더는 희망이 없다는 점에서 우리의 관계도 이미 죽어 있는 것과 다를 바가 없었다.

"그럼 이게 연애가 아니고 뭔데? 넌 사랑하지도 않는 남자랑 자나? 너 바로 그저께 나랑 잤어."

그리고 그저께 밤, 정사가 끝나자마자 일이 생겼다면서 곧장 나가 버린 것도 너였지.

윤수는 목 끝까지 차오른 원망의 말을 꿀꺽 삼켜 버렸다. 그게 다 무슨 소용인가 싶은, 만성이 되어 버린 체념이었다.

"자는 게 뭐가 대수라고. 사람들 다 사랑 없이도 섹스해. 나도 그럴 수 있고."

강희가 다시금 하, 하고 뱉어 내는 것은 명백한 비웃음이었다.

"다른 사람들은 다 해도 신윤수 너는 절대 그렇게 못해."

윤수를 그녀 자신보다 본인이 더 잘 안다는 듯이, 강희는 장담했다.

"그랬지, 내가. 바보처럼. 네가 내 첫 남자였고, 마지막일 거라고 믿었으니까."

"그럴 거야."

"아니. 아까부터 말하잖아. 너랑 나 이제 헤어지는 거야."

"안 헤어져."

"태강희!"

벽에다 대고 말하는 것처럼 도무지 말이 먹히지가 않았다. 호흡이 흐트러진 채로 윤수는 어깨를 들썩거렸다.

"너 지금 나 사랑해서 붙잡는 거 아냐. 그저 나라는 일상이 없어지는 게 싫은 거야. 신경 쓰지 않아도 항상 옆에 붙어 있던 내가, 이제 와 아쉽니?"

그에게 대답할 시간조차 주지 않고, 윤수가 재차 몰아쳤다.

"너는 네 주위를 담벼락처럼 둘러 친 것들 중에 나라는 부분이 빠지는 게 불안한 거야. 연애로 여자를 만나든, 친구로 만나든 넌 그저 빈자리만 채워 주면 똑같이 소중한 그런 사람이니까."

"……설마 너 지금 엄혜리 때문에 이러냐?"

왜 또 그 이름이 여기서 나오는 건지, 윤수는 그저 기가 찼다. 내가 너한테 헤어지자고 말하는 이 순간까지 그 애가 언급되었어야만 하는 건지 묻고 싶었다. 대신 그녀는 다물린 턱에 힘을 주었다.

"맞아. 엄혜리 때문이야. 또 네가 그렇게 죽고 못 사는 네 친구들 때문이고. 그러니까 이제 나는 놔두고 걔들이나 백날

천날 챙기면서 살라고!"

소리를 지르면 시원해지기라도 해야 하는데, 오히려 속 깊은 곳에 있던 무언가가 움트는 느낌이 났다. 왜 너는 나를 이리도 추하게 만드느냐는 원망 같기도 했고, 이 문제에 여전히 초연해지지 못하는 스스로에 대한 분노 같기도 했다.

"갑자기 왜 또 그 얘기야. 이제 진짜 지긋지긋하다. 알아?"

이 문제로 우리는 이미 이력이 날 만큼 싸우고 또 싸웠다. 우리가 가장 크게 싸운 이유였고, 마지막인 지금까지도 걸고 넘어가지 않을 수 없는 돌부리였다.

"대체 몇 번을 말해야 알아들을 건데? 엄혜리는 그냥 친구라고. 동선이랑 똑같은 친구!"

언성이 커지면서 지나는 이들의 시선이 모여들었다. 그의 격한 기세에 주춤 물러나는 윤수를 보며 간신히 욕설은 삼켰지만, 거칠게 다그치는 어조가 이미 그녀를 겁먹게 했다. 강희는 거칠어진 호흡을 깊은 날숨으로 진정시켰다.

"너랑 엄혜리가 정말 무슨 관계든 이제 더는 궁금하지도 않아."

한순간이지만 어깨를 움츠렸던 윤수가 곧 목소리를 가다듬었다.

"내가 변했다고 할 때마다 넌 아니라고 그랬지. 처음이나 지금이나 똑같은 너라고."

변한 건 강희가 아니라 상황이라고 했다. 둘이 보내는 시간이 줄어드는 것을 섭섭해하면 사회생활에 신경 써야 할 시기라고 했고, 애정 표현이 줄어드는 것을 투정하면 이제는 말하지 않아도 그쯤은 알지 않느냐며 회피했다.

어느 순간부터는 윤수도 상황이 변했을 뿐이라는 강희의 말을 조금씩 수긍하기 시작했다.

"어쩌면 네 말이 맞는지도 몰라. 너는…… 처음 만났을 때 그 모습 그대로 절대 변하지를 않아."

강희의 말이 옳았다. 그는 변하지 않았고, 앞으로도 그럴 것이다. 윤수는 담담하게 그것을 인정했다.

조금 더 빨리 받아들였으면 좋았을 텐데. 네가 나를 위해 노력하지 않을 거란 걸, 나는 결코 너를 바꿀 수 없을 거란 걸 더 빨리 인정했다면 우리가 여기까지 오지는 않았을 텐데.

"근데 내가 변했어. 나는 더 이상 널 사랑하고 싶지 않아."

지금 당장 그를 사랑하지 않는다고 말하면 그것은 분명 거짓말일 터다. 윤수의 거짓말을 귀신같이 알아채는 강희 앞에서 뻔한 거짓말을 할 수는 없었다.

대신 사랑하고 싶지 않다는 말이 진심이라는 것 역시 강희는 어렵지 않게 알아챌 테니까.

그녀의 눈동자에 정말로 단 하나의 미련도 남아 있지 않은 걸 확인한 강희의 가슴이 뒤늦게 덜컹 내려앉았다.

"신윤수. 윤수야."

"그러니까 그만하자, 제발. 부탁이야. 잡지 말고 놔줘."

윤수가 그에게 붙들리지 않은 손으로 그녀의 손목을 붙잡고 있던 강희의 팔을 밀어냈다. 그러자 방금 전까지 수갑처럼 옥죄고 있던 손이 힘없이 밀려났다.

적잖이 충격을 받은 듯 빈손만 내려다보는 강희의 얼굴이 애처로웠으나, 윤수는 아랫입술을 깨물며 냉정히 그를 외면했다.

"윤수야."

강희가 대답하지 않는 이름을 재차 불렀다. 막연한 예감이 들어서였다.

이 자리에서 그녀를 보내면, 두 번 다시 그의 품으로 돌아오지 않을 것 같은 그런 막연한 예감이.

윤수가 떠나면 어차피 영영 비어 버릴 가슴이었다. 다른 무엇으로도 대체할 수 없다는 걸 그녀는 정말 모르는 걸까.

그렇게 머리로는 그녀를 붙잡을 수많은 말을 생각하면서, 정작 마른 입술은 실없이 달싹거리고만 있을 때였다.

"신윤수!"

차도를 가르며 지그재그로 질주하던 하얀색 승용차가 인도로 뛰어 올라 윤수를 향해 돌진하는 것을 보고, 머리보다 몸이 먼저 움직였다.

그의 두 손에 떠밀려 바닥으로 기울어지는 윤수의 모습이 보였다. 그리고 닥치는 충격.

몸이 허공으로 떠올라 지상에 처박히기까지, 그의 눈동자 속에 담긴 것은 오로지 윤수의 경악한 얼굴뿐이었다.

1. Back to the First time

강희는 대학교 4학년 때 윤수를 처음 만났다.

제대를 하고 2년 만에 복학한 학교에는 아는 얼굴이 몇 없었다. 휴강이 되거나 잠깐 짬이 날 때마다 머물 곳이 마땅치 않았다.

그날도 과외 아르바이트를 앞두고 근처 카페에서 시간을 때우고 있었다. 책을 겹겹이 펼쳐 놓았으나 그다지 눈에 들어오지는 않았다.

애초에 공부 머리가 있어 장학금을 받은 게 아니었다. 단순히 반항만 해서는 아무것도 바뀌지 않는다는 사실을 깨달은 순간부터 공부는 목적을 위한 하나의 수단이 되었다.

다른 이들이 공부에 미래를 걸고 있다면, 강희에게는 과거와 현재, 미래가 모조리 걸려 있었다. 그러니 필사적일 수밖에 없었다.

커피 한 잔을 시켜 놓고 두 시간 정도를 앉아 있었던 것 같다. 카페가 즐비한 대학가에서 골목 안쪽으로 깊숙이 들어가야 하는 그곳은 오후 내내 한산했다.

창가 자리에 딱 한 테이블 앉아 있던 커플이 마저 나가고, 딸랑거리는 풍경 소리와 함께 가게에 손님이라고는 강희 한 사람밖에 남지 않았다.

잠시 뒤, 줄곧 카운터를 비우고 있던 종업원이 가게와 연결된 또 다른 문을 통해 모습을 드러냈다. 손님이 빠졌다는 걸 뒤늦게 알아채고는 트레이와 행주를 가지고 왔다.

문득 강희가 책만 굽어보던 머리를 들어 그녀의 뒷모습을 좇았다.

빈 컵을 트레이에 옮겨 담고, 네모난 테이블을 행주로 훔친 그녀가 잠시 창밖을 내다보았다. 무언가를 생각하고 있는 듯, 어느 한 점에 고정되지는 않았으나 지긋한 시선이었다.

이내 정신을 차린 듯 눈을 깜빡이며 트레이를 들고 돌아선 그녀와 눈이 마주쳤다. 그녀가 먼저 반사적으로 싱긋 미소 지었다.

"리필해 드릴까요?"

그녀가 물었다.

"예?"

어벙하게 되물은 건, 그 짧은 한 문장을 이해하지 못해서가 아니었다. 거짓말처럼 그녀의 얼굴께에 걸려 있던 석양 때문이었다.

낡은 치아처럼 벌어진 건물 사이로 쏟아져 들어오는 한 다발의 노을이 유리창을 고스란히 투과하여 그녀를 비추었다. 붉은 빛을 면사포처럼 두르고 돌아보는 얼굴에 강희는 한순간 넋을 빼앗기고 말았다.

"리필이요. 해 드릴까요?"

재차 물어 오는 소리에 얼른 표정을 가다듬었다.

"리필이 됩니까?"

"네. 천 원 추가하시면요."

"해 주세요."

그녀가 가까워짐에 따라 석양은 그녀의 등 뒤로 숨었다가 이윽고 후광이 되어 그를 눈부시게 했다.

"그럼 잔 치워 드릴게요."

그녀가 테이블 모서리에 트레이를 살짝 걸쳐 놓고서 손을 뻗어 빈 잔을 거두었다. 강희가 지갑을 꺼내 천 원을 건넸다. 그녀가 그것을 받아 앞치마 주머니에 넣었다.

상체를 굽히면서 흘러내린 잔머리가 여자의 여린 목덜미를 간질인 모양이었다. 하얀 손이 자연스럽게 귓가를 쓸어 넘겼다. 그 손이 지나는 궤적을 따라 강희의 시선도 움직였다.

그러는 동안 잠시 그의 숨도 멈춰 있었다는 것을 나중에서야 알았다. 그대로 강희를 지나쳐 간 그녀에게서 여운처럼 그윽한 커피 향이 났다.

며칠 뒤 다시 그 카페를 찾았다. 문을 열자마자 홀을 청소하던 여자와 눈이 마주쳤다. 그녀의 놀란 표정을 보고 고개를 돌려 유리문에 쓰인 오픈 시간을 확인했다.

"아직 안 열었습니까?"

"아니요. 열었어요. 들어오세요."

여자가 이내 웃으며 그를 반겼다.

"주문은 10분 뒤에 받아도 될까요? 아직 커피 머신 예열 중이어서요."

"예."

눈치껏 구석 자리로 들어가 앉았다. 쓰고 있던 모자를 벗으며 눌린 머리를 손으로 털어 냈다. 아직 고치지 못한 군대식 말투와 짧은 머리가 이제 막 민간인으로 돌아온 티를 내고 있었다.

한동안 주방에 들어가 있던 여자가 투명한 물통에 레몬 띄운 물을 받아 홀 바에 가져다 놓았다. 그녀가 나오기 직전, 강희는 얼른 벗었던 모자를 도로 집어 썼다.

그녀가 가져다 놓은 물을 한 컵 따라 자리로 되돌아왔다. 잠시 뒤, 카페에 잔잔한 재즈 음악이 흐르기 시작했다. 그녀가 다시 홀로 나와 닦지 못한 테이블을 행주로 마저 훔쳤다.

한창 오픈 준비를 하고 있는 모습이 분주해 보였다. 대충 틀어 올린 머리에 연필 한 자루를 꽂고 있는 것을 발견했을 때는 괜히 피식 웃음이 났다. 휘어지는 입가를 손으로 가리며 노트북을 켰다.

준비를 마쳤는지 덜 마른 머리를 손으로 대충 빗어 묶은 그녀가 주문하시겠느냐고 물었다. 지갑을 들고 카운터 앞에 섰을 때, 강희는 새삼스레 알아챌 수 있었다.

밤새 카페 안에 고여 있던 공기에서는 그때 맡았던 달콤하고 부드러운 냄새가 나지 않았다. 막연하게 마음이 끌렸던 그 향기는 카페가 아니라 여자에게 배어 있었다.

※   ※   ※

지독한 두통과 함께 깨어났다. 잘 떠지지 않는 눈을 비비려 무의식적으로 손을 들어 올리다가 윽, 신음했다. 팔꿈치에서부터 시작된 찌릿한 고통이 뼈를 타고 올라왔다.

"태강희! 정신 드냐?"

익숙한 목소리였다. 강희가 고개도 돌리지 않고 잔뜩 쉰 목소리로 동선에게 물었다.

"우리 어제 술 마셨냐?"

온몸이 끔찍하게 아픈 게 혹시 전날의 과음 탓인가. 숙취로 이 정도까지 앓아 본 적이 없어, 물으면서도 설마 했다.

"술은 무슨! 너 낮에 사고 났잖아. 기억 안 나?"

"사고?"

"뭐야. 진짜 기억 안 나냐? 아 씨, 미치겠네. 있어 봐. 사람 좀 부르게."

잡을 새도 없이 동선의 목소리가 멀어졌다. 옴짝달싹 못하고 누운 상태로 강희는 혼란 속에 홀로 남겨지고 말았다.

움직일 수 있는 건 게슴츠레 뜬 눈밖에 없었다. 그 눈을 위아래 좌우로 열심히 굴려 봤다.

낯선 천장, 작은 창문, 미닫이 출입구 그리고 팔목에 연결

된 주삿바늘.

어디인지 유추하는 건 어려운 일이 아니었다. 다만 왜 여기 이렇게 누워 있는지 도통 모를 노릇이었다.

"태강희 씨 깨어나셨네요."

곧 동선이 데려온 간호사가 반가운 얼굴로 다가와 강희에게 인사를 건넸다. 주삿바늘과 깁스 되어 있는 팔 다리를 한 번씩 살피고는 의사 선생님을 불러오겠다며 나갔다.

머지않아 온 의사도 간호사가 했던 것과 별다르지 않게 강희의 상태를 먼저 확인했다.

"내일 아침 밝는 대로 검사받을게요. 혹시 상처 부위에 통증 있으세요?"

"예. 조금. 견딜 만합니다."

"심하면 저쪽에 호출 버튼 눌러 주세요. 와서 진통제 처방해 드릴 테니까."

되도록 움직이지 말라는 당부와 함께 의사가 병실 문을 닫고 나갔다. 발소리가 멀어지기를 기다리던 강희가 팔꿈치를 딛고 상체에 힘을 주었다.

"야. 나 좀 일으켜 봐."

"그냥 누워 있어. 침대 세우면 되지."

동선이 강희가 앉을 수 있게 도왔다. 평행선상의 시야로 관찰했을 때와 달리 수직선상의 시야로 돌아오자 그가 현재 있는 곳이 병원이라는 실감이 났다. 강희가 불안한 마음을 애써 누르며 물었다.

"내 팔다리 왜 이래? 나 설마 어디 못 쓰게 됐냐?"

그 말에 동선이 한심한 듯 혀를 찼다.

"왼 다리는 금 가고 오른팔은 부러졌다, 새끼야."

다행이었다. 저도 모르게 후, 안도의 한숨이 새어 나왔다.

"내가 사고가 났다고? 무슨 사고? 설마 나 술 먹고 구른 거야?"

경위가 기억나지 않는 사고라면 그 정도가 강희가 할 수 있는 상상의 최대치였다. 하지만 이번에도 돌아오는 것은 동선의 묘한 눈초리뿐이었다.

"교통사고야. 음주 운전자 차가 인도로 튀어 오르면서 덮쳤어. 옆에 윤수 보호하느라 너는 팔다리 아작 난 거고."

"뭐?"

제일 중요한 말을 제일 나중에서야 한 동선을 매섭게 노려보았다. 동선도 아, 하며 입을 벌렸다. 윤수에 대해 이야기하는 것을 까맣게 잊고 있었던 모양이다.

"야, 뭐 해! 일어나지 마!"

"비켜."

"좀 진정해. 윤수 지금 집에 있어, 새끼야!"

"집에? 윤수는 무사해? 어디 안 다쳤냐고!"

그새 핏기가 가신 얼굴로 강희가 동선을 닦달했다.

"안 다쳤어! 안 다쳤다고! 네가 밀어내고 대신 튕겨 나간 덕분에 걔는 여기 조금 스크래치 나고 끝이다. 됐냐!"

동선이 팔꿈치를 가리키며 소리쳤다. 정색하고 그를 도로 밀어 눕히는 것을 보니, 다행히 윤수는 정말로 무사한 모양이었다.

한순간 창백해졌던 얼굴이 오래지 않아 본래의 혈색을 되찾았다.

"내 폰 어디 있어?"

겨우 침대에 주저앉혀 놓았더니, 이제는 전화기가 어디 있냐며 들썩거리기 시작했다. 동선이 긴 한숨과 함께 주머니에서 강희의 휴대폰을 꺼내 건넸다.

거미줄처럼 갈라진 액정을 본 강희의 눈썹이 꿈틀거렸다. 홈 버튼을 눌러 작동에 이상이 없는지를 확인하던 강희의 표정이 돌연 경직되었다.

"이상해."

"뭐가? 그거 액정만 갈면 될 것 같은데."

"그게 아니라, 윤수한테 연락이 없어."

덩달아 심각하게 화면을 들여다보던 동선의 맥이 탁 풀렸다.

"자나 보지. 지금 밤이야, 인마."

"부재중도 없는데. 나랑 같이 있다가 사고 났다며. 그럼 내가 병원에 있는 것도 알 텐데."

그가 아는 윤수라면 이미 그가 처음 눈을 떴을 때 가장 먼저 그를 맞았을 것이다. 빨개진 눈으로 그의 손을 꼭 부여잡고서.

동선이 말릴 새도 없이 강희가 윤수에게 전화를 걸었다. 수화기 너머로 연결 음만 계속되었다. 끝끝내 윤수의 목소리를 듣지 못하고 전화 연결이 끊어졌다.

"윤수도 피곤했겠지. 많이 놀랐을 거고. 내일 아침에 다시 걸어 봐."

사고 직후 의식을 잃은 강희와는 다르게 윤수는 사고 현장
에서 병원으로 이송되는 과정을 내내 지켜보았다. 강희의 보
호자로 응급실에서 병실이 나길 기다리고, 또 입원 수속까지
마치는 데 꼬박 한나절이 걸렸다고 했다.

거기다 소식을 듣고서 병원으로 달려온 혜리와도 한바탕
소란이 있었으니, 윤수가 집에 도착하자마자 기절했대도 동
선은 그다지 놀랍지 않을 것 같았다.

"아무래도 안 되겠다. 내 겉옷 어디 있냐?"

부산스럽게 침대 위 담요를 들추면서 다른 손으로는 여전
히 윤수에게 전화를 걸고 있었다. 그러다 마침내 윤수가 전
화를 받은 모양이었다.

—……여보세요.

작게 흘러나온 목소리를 놓칠세라, 강희가 내려놓았던 휴
대폰을 얼른 들어 귀에 붙였다.

"신윤수. 너 어디야? 괜찮아?"

득달같이 묻는 말에 잠시간 답이 없었다. 곧이어 수화기
너머로 옅은 한숨 소리가 흘러나왔다.

—난 괜찮아. 그러는 넌, 몸은 좀 어때?

"왜 말도 없이 갔어? 걱정했잖아."

—친구들이 달려왔는데 나까지 병실 지킬 필요 없잖아.

강희가 순간 대꾸할 말을 찾지 못하고 멈칫했다. 평소와는
다르게 왠지 모를 거리감이 느껴진 까닭이었다.

"……어디 다친 데는 없어?"

그러나 재차 물어 오는 염려에는 윤수도 끝까지 냉정하지
는 못했다.

―네가 구해 줬잖아. 안 다쳤어, 하나도.

"그래. 다행이다."

―……고마워.

새삼 고맙다는 말을 듣는 것이 겸연쩍기도 하고, 한편으로
는 당연한 일을 했다는 생각도 들었다. 강희가 괜히 말길을
돌렸다.

"내일 올 거지?"

―가게 마감하고 갈게.

"알았어. 늦었다. 그만 자라."

―응. 너도.

"잘 자라."

늘 건네던 인사와 함께 통화를 마쳤다. 옆에서 잠자코 기
다리던 동선이 '이제 됐냐?' 하고 물으며 고개를 절레절레
내저었다.

"근데 너 윤수랑 언제 화해했어?"

"무슨 화해?"

강희가 도리어 영문 모르는 얼굴로 되물었다.

"요새 윤수랑 분위기 안 좋았잖아."

"뭔 개소리야. 질투하냐?"

보조 침대를 꺼내 드러눕던 동선이 '미친놈' 하고 중얼거
리자마자 머리 위로 둔탁한 베개가 떨어졌다.

동선이 악 소리를 내며 머리를 문지르다가 이내 그것을 그

대로 베고 누웠다.

실없는 농지거리가 두어 번 오고 간 뒤였다. 머지않아 침대 위 강희가 먼저 곯아떨어졌다. 몸에 축적된 충격이 아직 해소되지 않은 탓이었다.

슬쩍 몸을 일으켜 강희를 살핀 동선이 픽 웃었다. 그러고는 낮고 불편한 병원 베개 위로 두 팔을 교차해 머리를 기댔다.

낮에 사고 소식을 알리는 윤수의 전화를 받고 적잖이 놀란 탓에 동선의 눈꺼풀 위에도 피로가 더께로 내려앉아 있었다. 그가 한 손을 내려 가슴팍을 짚었다.

혹시 강희가 잘못됐을지 모른다는 생각에 싸하게 내려앉았던 기분이 아직까지 생생했다. 병원에 와서 마주한 윤수의 얼굴이 워낙 어둡기도 했었고.

문득 처음 강희가 윤수에 대해 이야기했던 날이 생각났다.

요새 자꾸만 어떤 여자에게 눈길이 간다고.

남들 다 겪는 사춘기 때야 음담패설에 날 새는 줄도 몰랐다지만, 머리가 크고 나서 강희가 여자에 관심을 보인 것은 그때가 처음이었다.

이후로도 강희는 종종 그 여자에 대해 이야기했다. 대체로 별것 없는 얘기였다. 그 여자와 함께 갔던 어느 초밥집이 꽤 괜찮았다든가, 어느 골목 안 칵테일 바 분위기가 좋았다든가 하는 것들.

간혹 가다 동선이 그 여자랑 잘돼 가느냐고 물으면, 답지 않게 부드러운 미소를 지어 보였다. 어쩐지 그 미소만으로 한 번도 보지 못했던 여자에 대해 조금은 알 것 같았다.

그녀는 강희에게 저런 미소를 짓게 만드는 사람이었다.

동선이 아는 중 가장 퍼석하고 싸느란 시간을 지나온 강희에게 볕 같은 온기를 가져다준 사람.

단지 그것만으로도 동선은 윤수가 마음에 들었다.

윤수와 가까워지면서 강희는 자연스레 동선, 혜리와 보내는 시간이 줄었다. 혜리는 두 사람을 만나서도 자주 윤수를 언급하는 강희가 불만인 눈치였으나 동선은 오히려 흥미로웠다.

마침내 강희가 윤수를 여자 친구로 소개했던 날, 동선은 그녀가 상상했던 것처럼 빼어난 미녀라거나 마냥 천사 같은 여자는 아니라는 사실에 약간은 실망하고 말았다.

물론 윤수는 제법 예쁘장했고, 구김살 없는 성격을 가지고 있었다.

첫 만남에는 예의 있게 행동했고, 이후로는 강희의 친구들과 어울리려고 애썼다. 그러나 그녀가 노력하면 할수록 분명해지는 것은, 그들과 그녀의 사이에 쉽게 메워지지 않을 깊은 격차감이 있다는 사실뿐이었다.

윤수의 말과 행동, 사소한 습관이나 작은 버릇 하나하나가 그녀가 사랑을 받으며 자라 왔음을 암시했다. 아마 그 점이 강희의 눈에는 별빛처럼 예뻐 보였을 것이다.

원래 사람은 자신이 가지지 못한 것을 욕심내기 마련이니까.

어쩐지 사고 이후 강희의 태도가 영 이상했다. 최근 윤수와의 관계에 문제가 있다는 걸 불과 며칠 전에 본인 입으로 들은 참이다.

찜찜하다는 생각은 했었는데, 다음 날 정말로 기억 상실이라는 진단을 받았을 땐 동선도 턱을 떨어뜨리며 경악하고 말았다.

아침 일찍부터 여러 가지 검사를 받았다. 강희는 반나절 동안 병원의 몇 개 층을 순회해야 했다. 오후 무렵에 나온 검사 결과를 들고서 의사는 강희의 상태를 설명했다.

"기억 장애에도 여러 종류가 있습니다. 예를 들면, 심리적 요인으로 인해 어떤 특정 사건에 대한 제한적인 기억을 잃었을 경우에는 해리성 기억 상실이라고 합니다. 두렵거나 불안한 기억으로부터 도피하거나 방어하기 위한 기제라고 볼 수 있죠."

"아…… 네."

"반면 태강희 환자분의 경우, 역행 기억 상실에 해당합니다. 사실 충격으로 사고 당시를 기억하지 못하는 케이스는 그렇게 드물지 않습니다만, 문제는 환자분이 사고로부터 최소 몇 년 간의 기억을 전부 소실했다는 점입니다."

실제로 강희가 기억하는 마지막 날짜는 무려 4년 전이었다. 강희는 스스로를 막 대학을 졸업한 사회 초년생이라고 생각했고, 당시로부터 어제까지 있었던 일을 전혀 기억하지 못했다.

"기억은 돌아옵니까? 돌아오겠죠, 선생님!"

혼란에 빠진 건지, 입을 꾹 다물고 앉아 있는 강희 대신 동선이 다급하게 물었으나 들려온 대답은 그리 희망적이지 않았다.

"확신할 수 없습니다. 기억이 돌아올지, 또 돌아온다고 해도 그것이 완전한 기억일지 아니면 부분적인 기억일지 알 수 없죠. 급작스럽게 회복될 가능성도 물론 있고요."

"……휴대폰이요."

"네?"

"어제 휴대폰을 쓰는데 아무런 위화감이 없었습니다. 원래 제가 쓰던 게 아닌데, 그러니까 원래 제가 썼던 기종이 아니라는 뜻입니다."

"아, 무슨 뜻인지 알겠네요."

강희가 말하고자 하는 바를 정확히 이해한 의사가 설명해 주었다.

"그건 의미 기억에 속하기 때문입니다."

"의미 기억이요?"

"사람의 기억은 일화 기억과 의미 기억으로 나눌 수 있어요. 일화 기억이 경험했던 상황이나 사물에 대한 감정, 감각이라면 의미 기억은 학습된 지식을 의미하죠. 간단하게 설명하면, 외국어를 할 줄 아는 사람이 기억을 잃어도 이미 학습한 외국어를 듣거나 말할 수 있는 것과 비슷합니다."

"기억이 돌아오는 전조라고 볼 수는 없습니까?"

강희가 어떤 희망을 품었는지 뒤늦게 알아챈 의사가 쓴웃음을 지었다.

"유감스럽지만, 당장은 장담할 수 있는 게 아무것도 없습니다. 그래도 주기적으로 심리 치료를 받는 것이 도움이 될 수 있을 거예요."

지금은 불확실한 회복 가능성에 기대를 거는 것보다 되도록 빨리 현재에 적응하고 안정을 찾는 편이 좋을 거라고 조언했다.

"너무 초조해하거나 불안해하지 마시고요. 실제 해외 사례에서는 시간이 지나면서 자연스럽게 기억이 돌아오기도 했으니까요."

의사와의 상담을 마치고 병실로 돌아온 강희는 의외로 금세 자신을 추슬렀다. 본심이야 어떨지 몰라도 적어도 겉으로 보기에는 그랬다.

사실 그건 블랙홀 같은 혼란을 단시간에 전부 수습했다기보다는 그저 자기가 처한 상황을 제대로 파악하지 못한 것에 가까울 것이다.

애초에 잃은 게 무엇인지를 알아야 아쉽고 답답할 텐데, 불알친구 동선이 옆을 지키는 병원 안에서는 실감할 수 있는 것이 아무것도 없었기 때문이다.

정작 강희보다도 동선이 문제를 더욱 막막하게 받아들이고 있었다. 그리고 그가 가장 곤혹스러워하는 문제는 이 사실을 윤수에게 도대체 어떻게 전해야 하는지였다.

강희는 낮부터 내내 윤수가 오기를 기다리는 눈치였다. 동선의 눈에는 강희가 다른 무엇보다 기억하지 못하는 4년이라는 시간 뒤에 윤수가 아직 그의 곁에 머물러 있다는 사실에 가장 안도하는 것처럼 보였다.

✿   ✿   ✿

"사장님. 슬슬 마감 시작할게요."

언제 손님이 모두 빠졌는지 모를 일이다. 대체 종일 무슨 정신이었는지, 매니저 효진이 아니었더라면 주문 실수도 여럿 있었을 것이다. 윤수가 가슴에서부터 차오른 깊은 한숨을 흘리며 자리에서 일어났다.

다섯 살 차이밖에 나지 않으니 편하게 언니라고 부르라고 해도 효진은 사장님이라는 호칭을 고수했다. 매니저 아래 직원이 한 사람 더 있으니 적어도 카페 안에서는 그렇게 하는 편이 낫겠다고. 간혹 젊은 여자 사장이라고 하여 쉽게 보는 사람들도 있어 걱정하는 눈치였다.

조만간 군 입대를 앞두고 있는 아르바이트생 우주가 부지런히 홀을 쓸고 닦는 동안 효진은 주방에서 커피 머신을 청소하고 행주를 모아 삶았다.

무언가 도울 일이 없는지 기웃거리며 두 사람을 살피던 윤수가 카운터 앞으로 걸어갔다. 그리고 계산대를 열어 영수증을 꺼내고 하루 매상을 정리했다.

카페를 열고 반년 동안은 대개 적자거나 아슬아슬하게 임대료와 인건비, 재료비를 맞출 정도였지만 다행히 점차 안정적으로 자리를 잡을 수 있었다.

최근에는 2호점 개점을 위해 시간이 날 때마다 부지런히 발품을 팔고 있었다. 그런데 거기에 맞물려 강희와의 일로 머리가 복잡했다.

5년간의 긴 연애. 첫 키스, 첫 여행, 첫 섹스, 첫 사랑.

모든 것을 강희와 함께 나눴다. 앞으로도 윤수의 인생에 그 외의 다른 남자는 없을 거라고 믿을 정도로.

지금에 와서는 한 사람에게 몸과 마음을 아낄 줄 모르고 전부 내주었던 것이 얼마나 어리석은 일이었는지를 절감하고 있었지만.

사고는 순식간이었다.

차량이 인도로 달려들던 순간, 거센 힘에 떠밀려 넘어지며 강희가 차량에 덮쳐지는 모습을 지켜보았다.

이윽고 벌어질 일을 예상하고 겁에 질린 윤수와는 달리 정작 강희는 담담한 얼굴로 마지막까지 그녀를 눈에 담고 있었다.

차라리 직전에 그녀가 이별을 고하던 때 그가 지었던 표정이 더 참혹했었다.

그가 그렇게 반응할 것을 반쯤은 예상했고, 나머지 반쯤은 기대……했었던 것 같다. 헤어지자는 말을 단호하게 거부하는 강희의 모습을.

한편으로는 답답했다. 양손에 양립할 수 없는 것을 쥐고서 어느 것도 놓지 않으려는 그의 이기적인 마음이 원망스러웠다.

만약 이해심을 애정의 척도로 삼는다면, 강희의 애정은 윤수보다 한참을 밑돌 것이다. 지금까지 일방적으로 상대를 이해해야 했던 건 언제나 윤수의 몫이었으니까.

이해하지? 그래. 이해해.

처음 그렇게 답하던 마음은 자발적이고도 순수했었다. 그러던 것이 어느새 은근한 압박으로, 이윽고 체념으로 변해 갔다.

이해한다는 대답이 스스로를 향한 폭력이 될 수 있다는 사실을 몰랐다. 부단히 견뎌 지금에 이르러서는 그저 둔감해져 버렸다. 날카로운 아픔에도, 그리고 무딘 애정에도.

그러다 어느 순간에는 이 연애에 무슨 의미가 남았는가, 하는 회의감에 휩싸였다. 더는 실망한 얼굴을 애써 감추며 이해한다고 말하고 싶지 않았다. 그 대답이 아니면 어떤 식으로든 그녀의 진심이 매도당하는 이 관계에 더 이상 그녀의 사랑을 소비하고 싶지 않았다.

한때에는 바다보다도 깊었으나 이제는 사막에 고인 한 줌의 물처럼 메말라 버린 사랑을 이제는 그녀 자신을 위해 간직하고 싶었다.

그렇게 차츰 마음을 정리해 가고 있던 차였다. 아무리 갈무리해도 강희와 만나면 또다시 자라는 사랑을 어린 가지를 분지르듯 뚝뚝 분지르기를 반복했다.

지혈되지 않는 상처가 마침내 흉터로 아물었다고 생각했을 때, 어렵게 이별을 고할 수 있었다. 아니, 고할 수 있을 거라 생각했다.

차라리 강희가 단번에 이별을 납득했더라면 무언가 달라졌을까.

헤어지자며 강희를 몰아붙이던 그 순간에 그녀가 얼마나 고무되어 있었는지는 그녀 자신만이 알 일이었다. 순순히 받아들이지 못하고 재차 그녀를 붙잡던 강희의 모습에서 묘한 쾌감까지 느꼈다.

그를 더 상처 주고 싶었다. 깊게 할퀴어 다시는 지워지지 않을 흉터를 만들고 싶었다.

윤수가 그렇듯이 강희에게도 그들이 보낸 시간이 오래 잊히지 않고 후회로, 미련으로 남기를 간절하게 바랐다. 할 수만 있다면 그의 인생 전반을 마구잡이로 뒤흔들 정도로.

하지만 적어도 이런 식이길 바란 적은 없었다.

"……기억 상실증? 지금 장난하자는 거야?"

병실 앞 복도에서 그녀를 기다리고 있던 동선에게 붙들렸다. 잠시 할 얘기가 있다는 그의 얼굴이 심상치가 않아 별말 없이 따라 나왔다.

그러고서 듣게 된 이야기가 고작 이거였다.

"나도 제발 장난이었으면 좋겠다."

"둘이서 무슨 작당을 했는지 모르겠는데, 하나도 재미없어. 나 지금 가게 마감하고 오는 길이야. 피곤한 사람 붙잡고 뭐 하는 거야?"

어쩔 수 없이 목소리에는 미약한 짜증이 실려 있었다.

안 그래도 아침에 일어나니 온몸이 욱신거렸다. 괜히 걱정 끼칠까 봐 차마 부모님에게는 어제 사고에 대해 말하지 못했다. 그런데도 어정거리며 화장실로 향하는 윤수를 보고 엄마가 먼저 어디 아프냐고 물을 정도였다.

교통사고는 원래 후유증이 위험한 법이라 하루 쉴까 하는 마음도 들었으나 이내 고개를 저었다. 겨우 이 정도로 쉬기에는 그녀가 카페에 쏟는 애정이 컸다.

함께 일한 지 벌써 2년째가 되어 가는 효진에게 일을 거의 맡겨 두고서 윤수는 카운터 안쪽 공간에 드러눕다시피 했다. 점심시간이나 오후에 잠깐씩 손님이 몰릴 때만 일어나 주문을 받고 음료를 만들었다.

아무리 좋아해서 시작한 일이었어도, 남들이 쉴 때 쉬지 못한다는 점은 가끔 서글프기도 했다.

병원에 오는 길에 근처 죽집에 들러 소고기죽을 포장했다. 언젠가 한번 강희와 함께 먹었던 기억이 남아 있었다.

오늘 강희를 만나 흐지부지된 이별의 말을 못 박아야 했다. 그 전에 고맙다는 말을 전해야 했고.

병실에 도착했을 때만 해도 온기가 남아 있던 죽이 이제 종이 가방 안에서 차게 식어 있었다.

"너도 들어가 보면 알겠지만, 강희가 사고가 났던 걸 기억 못 해. 정확히는 몇 년 전 일까지."

"그러니까…… 진짜라고? 진짜로……."

"어. 진짜. 하늘에 대고 맹세, 아니, 부모님 이름을 걸고 맹세해."

"……하!"

머리가 이해하기도 전에 먼저 다리가 풀려 주저앉고 말았다. 종일 긴장했던 몸이 한순간 맥을 놓은 것처럼 힘이 없었다. 얼결에 손을 뻗은 동선이 그녀의 팔을 붙잡았지만 윤수는 한동안 쪼그려 앉은 채로 일어나지 못했다.

"그래서…… 뭘 기억 못 하는 건데? 아니, 어디까지 기억하고 있는데?"

"기억이 대략 4년쯤 날아갔어."

"4년이면……."

말로만 들었을 때는 언뜻 헤아리기가 쉽지 않았다. 머리로는 이해해도, 감정이 도통 따라잡지 못했다. 결국 착잡한 한숨만 갈고리처럼 속을 긁으며 흘러나왔다.

"강희 보기 전에 먼저 부탁할 게 있어서 데리고 나왔다. 요새 너네 별로 분위기 안 좋은 것 같아서."

윤수가 동선을 올려다봤다.

그녀가 모르는 곳에서 강희는 동선에게 그런 얘기를 털어놓았을까. 아닌 척해도 강희 역시 전과 다르다는 걸, 끝이 다가오고 있다는 걸 느꼈을 것이다.

그런 얘기, 엄혜리한테 하는 건 정말 싫은데.

"강희 저 새끼, 하루 종일 너만 기다리더라. 의사도 당분간은 안정적인 환경에서 지내는 게 좋다고 하고."

거기까지면 충분했다. 더 들을 필요가 없었다.

"……무슨 말인지 알겠어."

한번 마른세수를 하며 애써 표정을 털어 낸 윤수가 무릎을 짚고 일어났다. 똑바로 몸을 세웠어도 마음이 휘청거리고 있었다.

"그리고 어제 엄혜리 일은 미안하다."

왠지 속이 울렁거리는 느낌이 들어 발끝만 쏘아보고 있던 윤수가 싸한 얼굴로 고개를 들었다. 머뭇거리던 동선의 입에서 끝내 어정쩡한 사과의 말이 흘러나왔기 때문이다.

처음 사고가 났을 때, 의식이 없는 강희의 옆을 혼자서 지켜야 했다. 혹시라도 그가 잘못될까 하는 걱정에 목구멍이 바짝 타들어 갔어도 물 한 모금 마시러 갈 여유가 없었다.

부모님은 예전에 돌아가셨다고 했고, 달리 연락하는 친인척도 없다고 들었다. 때문에 병원에 실려 오자마자 막막한 심정으로 일단 동선과 혜리에게 소식을 알렸다.

평소에도 세 사람이 보여 주는 유대감에는 각별한 데가 있었다. 역시나 강희가 사고가 났다는 얘기를 듣자마자 두 사람 모두 한달음에 달려와 주었다.

마침 옆 동네 네일 숍에서 일하는 혜리가 동선보다 먼저 응급실에 도착했다. 한 번도 반가웠던 적이 없는 혜리가 그날은 눈물이 찔끔 날 만큼 반가웠다.

적어도 윤수가 느끼는 불안과 공포를 공유할 수 있는 사람이 곁에 있다는 것만으로 크게 위안이 되는 것 같았다.

대체 무슨 일이냐고 묻는 혜리에게 윤수는 떨리는 목소리로 사고의 전말을 설명했다.

난데없이 차가 덮쳤고, 윤수를 밀어내며 강희가 대신 다쳤다고. 사고를 낸 사람은 현장에서 바로 경찰이 연행했으며, 자신은 강희와 함께 곧장 병원으로 실려 왔다는 얘기를 더듬더듬 풀어놓았다. 아직 사고 당시의 기억이 여운처럼 남아 꼭 말아 쥔 양손이 파르르 떨리고 있었다.

당연하게도 그 순간 윤수는 혜리에게서 돌아올 걱정이나

위로의 말을 기다리고 있었다. 그녀를 가만히 훑어보는 혜리의 시선 어디에서도 그녀를 향한 염려 같은 것은 느껴지지 않았는데도.

"태강희 저 멍청이는 왜 겁도 없이 나서서……. 넌 이렇게 멀쩡한데."

대신 돌아온 건, 입술을 짓씹으며 내뱉는 질책 같은 혜리의 한숨이었다. 윤수가 기가 찬 얼굴로 쳐다보자, 화려하게 치장된 손톱을 초조하게 잘근거리던 혜리가 말했다.

"왜? 내 입장에선 충분히 할 수 있는 말 아니야?"

"……네 입장이 뭔데?"

막상 윤수가 그렇게 되물었을 땐 혜리도 잠깐이나마 말문이 막힌 듯했다.

"몰라서 묻는 거야? 강희랑 나랑 20년 넘게 친구……."

윤수가 냉랭한 어조로 혜리의 말을 잘랐다.

"그런 식으로 눈 가리고 아웅 하는 거, 비겁하지 않아?"

평소와 다르게 따져 묻는 윤수를 혜리가 사나운 눈초리로 노려보았다.

"강희를 향한 네 마음이 우정이 아니라는 건 너도 알고 나도 알아. 그런데도 네가 네 입으로 친구라고 했으니까 적어도 선은 지킬 줄 알았어. 근데 아니더라."

강희를 보는 혜리의 눈은 언제나 명백한 감정을 담고 있었다. 알면서도 모른 체한 것은 강희가 그런 혜리의 감정을 먼저 단호하게 잘랐기 때문이었다.

"너 하는 짓 참 비겁하다."

지금까지는 감정이 상해도 속으로 삭혀 왔다. 한 번도 혜리에게 직접 꺼내 놓은 적 없는 말들이 오늘만큼은 봇물 터진 듯 흘러나왔다. 강희와의 끝을 결심하고 나니 더는 아무것도 거리낄 게 없었다. 어차피 강희와 헤어지면 이들과의 인연 역시 잘려 나갈 것이다. 그렇게 혹시나 감정을 상하게 해서 서로 껄끄러운 사이가 될까 하는 주저함마저 사라졌다.

"친구 사이까지 틀어질까 봐 무서워서 고백도 못 할 거면 성의껏 숨기기라도 했어야지."

친구라는 명분으로 남으면 강희의 가장 가까운 자리에 머물 수 있다는 점을 영악하게 이용하고 있었다. 친구답지 않은 눈으로 강희를 보고, 윤수를 경계하면서.

"신윤수. 이제야 본색 드러내는 거야? 온갖 착한 척은 다 하더니."

잠시 반박하지 못하고 입을 벌리고 있던 혜리가 이내 실소하며 가슴 앞으로 팔짱을 꼈다.

"강희 앞에서도 이런 식으로 내 욕했어? 걔 그런 거 질색할 텐데."

그들이 함께 보낸 20년의 세월이 언제나 혜리에게는 절대적인 무기였다. 저들은 모르고 윤수만 아는 강희보다 윤수는 모르지만 저들이 아는 강희가 훨씬 큰 것이 사실이었으므로, 윤수는 늘 혜리 앞에서 불리했다.

"그렇게 태강희를 잘 알면서 왜 넌 여태 그 자리니?"

"……뭐?"

늘 궁금했다. 태강희에 대해서라면 세포 단위로 이해한

다는 듯이 구는 그녀가 그 오랜 세월을 같은 자리에서 맴도는 이유는 대체 무엇인지.

물론 그럴 의도가 아예 없었던 것은 아니지만 혜리는 그 말을 순전한 비아냥으로 받아들인 눈치였다.

혜리의 얼굴이 삽시간 빨갛게 달아올랐다. 찰나의 당혹스러움이 수치심으로, 그리고 다시 분노로 변하기까지 그다지 오랜 시간이 걸리지 않았다.

팔짱을 풀고 윤수의 앞으로 바짝 다가선 혜리의 기세가 무척 사나웠다. 학창 시절을 꽤나 거칠게 보냈더라는 치기 섞인 자랑을 술자리에서 몇 번 들은 기억이 난다.

그러나 학교가 안전하게 꾸며진 모형 정원이라면, 윤수는 날것 그대로의 사회생활을 혜리보다 이르게 시작했다. 혜리의 험악한 위세 정도로는 눈 하나 깜짝하지 않는다는 뜻이었다.

"네가 뭔데 함부로 입을 놀려? 착각하지 마. 앞으로 몇 년이나 더 네가 태강희 애인일 것 같아? 너희는 한 번 깨지면 끝이야. 더 볼 일도 없는 남남이라고."

윤수보다 조금 더 큰 혜리의 시선이 얼굴로 내리꽂혔다.

"넌 아무것도 몰라. 강희랑 내가 어떤 시절을 지났는지, 우리가 무엇을 어디까지 공유하고 있는지."

곧게 뻗친 검지가 윤수의 어깨를 쿡쿡 찔렀다. 힘주어 버티고 선 윤수가 그런 혜리의 손을 매섭게 쳐 냈다.

"그러니까 잘난 체는 적당히 해. 거기 네 자리 아니니까."

받은 만큼을 고스란히 돌려주는 혜리의 눈빛에 얼핏 승리감이 엿보였다. 보기에는 예쁘지만 흉기처럼 날카로운 큐빅 박힌 손톱이 살갗 안쪽의 심장까지 찌른 듯, 윤수는 욱신거리는 가슴께에 무심코 올라가려는 손을 꽉 말아 쥐었다. 화살처럼 꽂히는 말들을 묵묵히 참아 냈다.

"그래. 잘해 봐. 20년 동안 그랬듯 평생."

어쩌면 네 말대로 난 태강희 인생에 점 하나 찍고 끝나겠지만, 친구인 넌 아무리 애를 써도 쭉 그렇게 닿지 않는 평행선이겠지.

윤수가 힘없이 짓는 미소와 함께 굳이 입 밖에 내지 않고 삼킨 말까지 혜리에게 가닿았을 것이다. 아마도 처음 강희를 통해 서로를 알게 되었을 때부터 윤수에게 품고 있었을 반감은 금세 행동으로 나타났다.

휘둘러지는 손을 보면서 피하지 못한 건, 마지막의 마지막까지 설마 하는 마음이 있어서였다. 그만큼 폭력과 거리가 먼 환경에서 살아왔기 때문에.

뒤늦게 나타난 동선이 얼른 윤수의 어깨를 붙잡아 뒤로 당겼으나, 날카로운 손톱이 윤수의 볼을 옅게 할퀴고 지나갔다.

"엄혜리, 너 미쳤어?"

윤수 대신 동선이 고함을 내지르며 혜리를 붙들었다. 그리고 윤수가 미처 따져 물을 새도 없이 그대로 혜리를 끌고 나갔다.

하루가 지난 지금도 그 일을 상기하면 가슴이 두근거리고 목덜미가 다 화끈거렸다. 윤수의 친구들에 비해 평소 혜리의 말투나 행동거지가 거칠다는 생각은 들었지만 설마 그녀를 때리려고 들 줄은 몰랐다.

볼에는 빨갛게 긁힌 자국이 남았다. 옅은 화장으로 가렸으나 거울을 볼 때마다 화가 나는 것은 어쩔 수 없는 일이었다.

똑같이 받아쳤어야 했는데.

뒤늦게 후회해 보지만 막상 기회가 있었어도 그렇게 할 수 있었을지 자신할 수 없었다. 세 사람에게 '넌 곱게 자랐다'는 말을 유독 많이 들었던 이유를 이제 조금 알 것도 같았다.

"네가 좀 이해해 줬으면 좋겠다. 혜리 걔가 워낙 거칠게 커서 그래. 내가 대신 사과할 테니까."

그러나 동선의 부탁대로 일방적으로 이해하고 넘어갈 마음은 추호도 없었다.

"네가 왜?"

정작 당사자는 하나도 미안해하질 않는데, 왜 매번 아무 상관도 없는 동선의 사과를 받고 아무 일 없었다는 듯 넘어가야 하나.

"너희들 우정 참, 대단하다."

허탈한 마음이 한숨처럼, 그리고 실소처럼 흘러나왔다.

"그래. 니들만 아는 사정이 있겠지. 근데 어차피 말해 줄 생각은 없잖아. 그럴 거면 나한테 이해도 바라지 마."

사고가 나서 병원에 실려 와도 연락할 가족이 없는 강희나 쉽게 사람에게 손을 올리는 혜리, 그리고 동선까지.

묻지 않아도 언젠가는 말해 줄 거라 믿었다. 강희와의 관계가 깊어지고 혜리, 동선과도 잘 어울리다 보면 언젠가는.

"이제 나도 별로 알고 싶지 않으니까."

하지만 가망이 없는 그날보다 윤수가 먼저 지쳐 버렸다. 더 들을 이야기는 없는 것 같다며, 무언가 말을 하려는 동선을 무시한 채 윤수는 그대로 차갑게 돌아섰다.

✿   ✿   ✿

문을 열기 직전까지 충분히 마음의 준비를 했다고 생각했는데. 막상 강희를 눈앞에 둔 지금은 어떻게 행동해야 할지, 무슨 말을 건네야 할지 알 수 없었다. 침대 옆에 어색하게 서서 서로를 멀뚱히 쳐다보고만 있었다.

"이리 와."

자연스럽게 내밀어진 손을 가만히 응시하다 힘겹게 거기에 제 손을 겹쳐 올렸다. 강희의 손가락이 살며시 스치며 윤수의 손을 감싸 쥐었다.

"손 또 차갑다. 밖에 추워?"

"……응. 조금."

"얼른 들어와."

강희가 이불을 걷고 슬쩍 몸을 비켜 자리를 내어 주었다. 얼떨결에 침대에 살며시 걸터앉은 윤수는 순간적으로 무슨 표정을 지어야 할지 알 수 없어 고개를 수그렸다.

"다리는 좀 괜찮아?"

"뭐, 이 정도야 축구하다가도 부러지는데."

"팔은?"

"좀 불편하긴 한데 괜찮아."

"죽 사 왔는데 식었겠다. 휴게실 가서 데워 올게."

끝내 윤수가 불편한 자리를 회피하듯 병실을 빠져나왔다. 등 뒤에서 부르는 소리를 들었지만 애써 아무것도 듣지 못한 척 빠르게 걸음을 옮겼다.

"아, 여기 있었네."

아까 그렇게 헤어진 것이 무색하게, 동선이 휴게실까지 쫓아와 윤수를 찾았다.

"하아, 또 왜."

윤수가 지친 얼굴을 숨기지 않으며 그를 돌아보았다.

"진짜 미안한데, 내일 나 대신 강희 퇴원하는 것 좀 도와주라. 어제오늘 계속 여기 지키느라 일 밀렸다고 전화 오고 난리다."

동선이 주방 싱크대를 제작하는 아버지의 영세 사업을 돕고 있다는 얘기는 들었다. 두 손 모아 부탁하는 와중에도 그의 휴대 전화는 계속해서 울리고 있었다.

강희의 사고 원인에 분명 윤수의 지분이 있었으므로, 차마 안 된다고 딱 잘라 거절할 수가 없었다.

통화가 연결되자마자, 수화기 건너편에서 터져 나오는 거친 욕설이 조용한 공기를 왕왕 울렸다. 바빠 죽겠는데, 어딜 처나가서 집에도 안 들어오느냐 소리치는 목소리에 건성으로 대꾸하며 동선이 슬며시 저편으로 멀어졌다.

"후우."

부담과 부채감을 양 어깨에 얹고서 다시 병실 문 앞에 섰을 때, 윤수는 두어 차례 길게 날숨을 뱉었다. 죽을 담은 용기에서 솔솔 오르는 김이 윤수의 볼을 축축하게 스쳐 지나갔다.

아무것도 모르는 얼굴로 기다리고 있을 강희를 마주하기 위해 몇 번이고 심호흡을 하며 마음을 가라앉혀야 했다.

문을 열고 들어서는 윤수를 맞으며 강희가 환하게 미소 지었다. 순간 그가 그녀의 앞에서 저런 얼굴을 했던 게 대체 언제였는지 까마득하다는 생각이 들어 그만 멈칫하고 말았다.

"맛있는 냄새 난다. 안 그래도 병원 밥 별로였는데."

"내가 할 테니까 움직이지 마."

한 손으로 베드 테이블을 세우려 몸을 일으키는 강희를 만류했다.

강희의 등 뒤에 베개를 받쳐 주어 기대게 한 뒤에 베드 테이블을 밀어 올렸다. 뜨끈뜨끈하게 데워져 표면이 굳은 죽을 숟가락으로 뒤적여 한 김 식힌 뒤, 그의 앞에 놓아 주었다.

"……왜? 뭐 묻었어?"

윤수의 손이 무심결에 제 턱과 볼을 한번 쓸었다.

"그냥. 새삼 반해서."

미처 마음의 준비할 겨를도 없이 턱 뱉어 내는 말에 윤수의 눈꺼풀이 파르르 떨렸다.

그냥. 새삼 예뻐서. 반해서. 너한테 설레서. 아, 진짜 왜 이렇게 예쁘냐, 신윤수.

그가 입버릇처럼 하던 말들이 귓가에 메아리처럼 재차 번졌다.

그래. 이토록 사랑스런 눈으로 보곤 했었다. 내가 하는 말과 행동에서 예쁜 부분을 찾아내고, 나는 그런 너에게 속절없이 얼굴을 붉히고.

씩 웃는 강희의 모습에 갈비뼈 안쪽이 술렁거렸다. 아프게 찡그려지는 미간을 숨기며, 윤수가 그의 앞에 죽 그릇을 쭉 밀어놓았다. 강희가 앞에 놓인 죽을 후후 불어 한 숟갈을 떠먹어 보더니 이내 고개를 끄덕거렸다.

그가 어디서부터 어디까지를 기억하는지 묻고 싶었다. 무엇을 잃어버렸는지도.

궁금한 마음을 애써 내리누르며, 윤수는 보호자 침대에 주저앉아 그가 죽 한 그릇을 비우는 모습을 지켜보았다.

"잘 먹었어."

"입에는 맞았고?"

강희가 보란 듯이 바닥이 드러난 용기를 내밀었다.

"그래도 네가 끓여 준 게 훨씬 맛있어."

"내가 끓여 줬던 거?"

마치 어제 있었던 일인 것처럼 말하는 강희와는 달리 윤수에게는 까마득하게 느껴지는 이야기였다.

"그때……."

"우리 처음으로 싸운 날."

더듬더듬 기억을 되살리는 윤수의 말을 강희가 이어 받았다.

"나한테는 얼마 전 일인 것 같은데."

아, 그즈음이구나.

그제야 윤수도 강희의 기억이 어디에 정체되어 있는지를 깨달았다. 아마 그들이 서로의 마음을 확인한 지 반년 정도 지났을 무렵일 것이다.

2. How we used to be

대부분의 사람들이 그런 것처럼, 강희도 단지 음료를 마시기 위한 목적만으로 카페를 찾은 적은 없었다. 음료 한 잔이 아니라 그 한 잔을 비우는 동안 이 장소에 머물 수 있는 시간의 값을 치른다는 개념이었다.

　그날도 마찬가지였다.

　"아메리카노. 아이스로요."

　늘 그랬듯 주문을 하는데 굳이 메뉴판을 들여다보지는 않았다. 커피에 대한 기호랄 게 없이 그저 우유가 들어가면 라테, 쓰고 싼 것은 에스프레소라는 것만 알았다.

　그리고 메뉴판에 적힌 메뉴 중에 샷 추가를 빼면 두 번째로 저렴했기 때문에 카페에 가면 습관적으로 아메리카노를 시켰다.

　카운터에는 윤수 말고도 40대쯤 되어 보이는 남자가 함께

였다. 윤수가 주문을 받는 동안 턱수염이 거뭇하게 난 남자
는 이쪽으로는 시선도 주지 않고 제 할 일에 몰두해 있었다.

영수증을 받은 강희가 적당히 외진 자리를 찾아 앉았다.

노트북의 전원을 켜고 공용 와이파이를 연결하던 강희의
시야 안으로 투명한 유리잔과 그것을 쥔 하얀 손이 들어왔
다. 책과 필통이 부려진 테이블의 빈 곳에 먼저 동그란 코스
터를 깔고 그 위에 잔을 올려 둔 윤수와 눈이 마주쳤다.

그녀가 싱긋 웃었다.

"이건 서비스예요."

자그마한 사각 접시에 캐러멜 쿠키 하나와 명함이 들어 있
었다.

"이건 쿠폰이고요. 전에도 몇 번 오셨었죠? 도장 세 개 찍
어 드렸어요."

"……감사합니다."

그녀가 자신을 기억하는 게 뜻밖이라고 생각했다. 학교가
코앞이었어도 평소라면 번거로워 받지 않았을 쿠폰을 챙겨
지갑에 넣은 것도 그 때문이었다.

간간이 커피로 입술을 축이며 과제 하나를 끝내는 동안 몇
테이블의 손님이 가게를 거쳐 갔다. 윤수가 홀과 주방을 분
주히 오가며 손님을 맞았다.

입이 마른 것을 느끼고 무심결에 손을 뻗었다가 문득 잔이
빈 것을 발견한 강희가 지갑을 챙겨 일어났다.

"여기요."

빈 카운터 앞에 멀뚱히 서서 기다리다 결국 소리 내 누군

가를 찾았다. 목을 길게 빼 주방을 들여다보았으나 아무도 없었다. 인기척은 다른 곳에서 들렸다.

"에티오피아 원두는 알이 작고 단단하단 말이야. 대체로 아프리카 원두들이 그렇지. 일교차가 큰 고산 지대에서 자라니까 열매가 옹골차거든."

주방과 화장실로 향하는 통로 사이에 난 문이 반쯤 열려 있었고, 안에서 예의 그 턱수염 남자가 금속 재질의 원형 기계 앞에 서서 무언가를 설명하고 있었다.

"당연히 로스팅 시간도 길어질 수밖에 없지. 그렇다고 온도를 높였다가 타이밍 제대로 못 맞추면 어떻게 되는지 알지? 팝핑 시작하고 프렌치 로스팅 되기 전에 빼야 산미가 안 죽는다."

옆에서 윤수가 고개를 주억거리며 남자의 설명을 열심히 받아 적었다.

"아, 죄송해요."

그러다 마침내 강희를 발견하고는, 윤수가 잰걸음으로 나왔다.

"필요한 것 있으세요?"

"……리필 부탁합니다."

그녀가 지나온 자리로 달고 고소한 향기가 발자국처럼 떨어졌다. 문득 이웃이 커피를 볶으면 창문을 열고 그 향기를 만끽했다던 루소의 마음을 알 것 같았다.

당시 윤수가 그 카페에서 로스팅과 전반적인 카페 경영을 공부하고 있었다는 사실을 듣게 된 건 두 사람이 더 가까워

진 이후의 일이다

강희가 처음으로 열 개의 스탬프를 모아 공짜 커피 한 잔을 먹게 되었던 날, 평소처럼 아이스아메리카노를 주문하려던 강희에게 윤수가 넌지시 권유했다.

"바로 아침에 원두 로스팅했는데, 한번 드립으로 드셔 보시는 건 어때요? 아메리카노보다 맛이 깊고 부드러울 거예요."

어떤 원두가 신선한지, 맛과 향에는 어떤 특징이 있는지 조잘조잘 설명하는 윤수의 눈이 생기로 반짝거리고 있었다.

"······그럼 그걸로."

그런 윤수를 실망시키고 싶지 않아, 얼결에 드립 커피로 주문을 변경했다. 커피의 맛도, 뭣도 모르는 강희에게는 쓸데없이 길어서 결코 외워지지 않을 이름의 원두였다.

내부가 절반쯤 들여다보이는 오픈 주방의 안쪽에서 윤수가 주둥이가 기다란 드립 포트를 손에 들었다. 커피 한 잔을 내리는데 온 정성을 집중한 그녀의 입술이 어느새 동그랗게 오므려졌다.

강희는 그 입술에 정신없이 눈길을 사로잡혔다. 그러나 아직 가슴 안쪽에서 자꾸만 어딘가를 간질이며 부는 작은 실바람이 무엇의 전조인지는 알지 못한 채였다. 그저 기대에 찬 눈으로 그를 지켜보고 있는 윤수에게 나지막이 '맛있네요' 하고 중얼거린 것이 고작이었다.

얼마 지나지 않아, 강희는 검색 창에 하릴없이 카페 이름을 채워 넣고 있는 스스로를 발견했다. 그러다 제법 정성스럽게 꾸며진 블로그를 발견할 수 있었던 건 기대하지 않았던 뜻밖의 수확이었다.

보다 많은 게시물을 보기 위하여 평소에는 이용하지 않는 SNS에 로그인까지 했다. 한때 유행에 편승하여 만들어 두고서 줄곧 잊어버리고 있던 계정이었다.

블로그에는 아기자기한 일상이 담긴 게시글이 일주일에 두어 번 간격으로 올라왔다. 카페 주인인 턱수염 남자가 아니라 윤수의 솜씨라는 걸 바로 알 수 있었다.

주로 커피 상식을 설명한 짤막한 글이나 카페 메뉴에 대한 설명, 원두와 원산지에 관한 정보, 간간이 고마운 손님들에 관한 일화들이었다. 그중 분실물의 주인을 찾는 게시판이 강희의 눈에 띄었다.

손님이 두고 간 자리에 홀로 남겨진 물건 하나하나를 사진 찍어 올리고, 주인이 올 때까지 보관하고 있겠다는 짧은 글을 가만히 훑어 내렸다.

며칠 뒤.

5월 7일 저녁에 카페에 두고 가신 검은색 장우산을 보관하고 있습니다.

조명이 비추는 곳에서 벽에 우산을 기대어 놓고 찍은 사진이 올라왔다. 수업을 듣는 중간중간 블로그를 확인하던 강희가 저도 모르게 주먹에 불끈 힘을 주었다. 곧바로 댓글을 다는 대신 조급한 마음을 억누르며 수업이 끝나기를 기다렸다.

61

제 우산입니다. 엊그제 카페에 갔다 깜빡 잊고 두고 왔는데 찾으러 가겠습니다.

학식을 먹고 난 뒤 댓글 밑에 다시 댓글이 달렸다.

언제든지 편할 때 오세요. 기다리고 있겠습니다. ^^

방긋 웃고 있는 이모티콘 위로 어렴풋이 윤수의 미소가 떠올랐다. 그녀의 웃는 얼굴에서는 서비스업을 하는 사람들이 으레 짓는 경직된 미소가 아니라 진심이 느껴진다는 게 신기했다.

"뭐 좋은 일 있어요, 형?"

불현듯 어깨를 두드리는 후배 녀석의 말을 듣고서야 얼굴이 제멋대로 웃고 있다는 걸 깨달았다.

"있어, 좋은 일."

"뭔데요? 어, 형 어디 가요! 말은 해 주고 가야지!"

금세 눈을 빛내며 물어오는 후배를 밀어내고 가방을 챙겨 자리에서 일어났다. 당장이라도 날아 갈 수 있을 것처럼 가벼운 두 발이 어디로 달려갈지는 뻔한 이야기였다.

❀   ❀   ❀

첫 데이트는 비 오는 날 오후의 짧은 산책이었다.

분실물 게시판을 계기로 그녀와 몇 마디 말을 더 주고받을 수 있었다. 사나흘에 한 번씩 꾸준하게 업데이트 되는 게시물에 일일이 하트를 누르고 비밀 댓글을 남겼다. 그러는 동안 강희는 여름 방학을 일주일쯤 남기고 세 번째 쿠폰의 마지막 도장을 찍었다.

"오늘은 뭐로 드릴까요?"

강희를 대하는 윤수의 말투도 제법 친근해졌다. 음료를 주문하고 돈을 계산하는 동안 간간이 농담이나 안부 인사 같은 것들이 섞여 들어갈 때가 있었다. 카페에 오는 손님이 아니라 강희라는 남자를 인식하기 시작한 윤수에게 강희도 전보다 미소를 지어 보이는 일이 늘었다.

"추천 부탁합니다."

"음……."

윤수가 검지로 턱을 톡톡 두드렸다. 그러다 이내 고개를 돌려 등 뒤의 메뉴판을 눈으로 쭉 훑었다.

"오늘은 날씨도 흐리니까 달달한 것 어때요? 안 드셔 보셨으면 아포가토 추천할게요. 바닐라아이스크림 위에 에스프레소를 부어서 먹는 건데 정말 맛있어요."

강희가 저도 모르게 고개를 끄덕이며 그것으로 달라고 했다.

막 중간고사가 끝난 시기인 데다 윤수의 말마따나 오늘은 날씨까지 우중충하여 카페는 평소보다도 더 한산했다. 강희가 카운터와 가까운 구석 테이블에 자리 잡았다.

"아포가토 나왔습니다. 맛있게 드세요."

"감사합니다."

아이스크림 두 스쿱이 담긴 볼에 시리얼과 초콜릿 시럽이 뿌려져 있었다. 강희가 그 위에 에스프레소를 반쯤 부었다.

한 숟갈을 떠서 입 안에 집어넣으니 그 달콤함에 눈이 크게 뜨였다. 아이스크림을 녹인 에스프레소의 씁쓸함이 입가심처럼 찾아들었다. 그렇게 볼이 금세 바닥을 드러냈다.

트레이를 잠시 한쪽으로 밀어 두고서, 저녁에 가야 하는 과외 준비를 했다. 가르치는 학생의 6월 모의고사 성적이 올라 지난주 학생의 어머니에게 약간의 웃돈을 받았다.

오늘은 모의고사에서 틀린 문제로 오답 노트를 만들고, 지난 5년간 출제된 시험에서 유사한 문제들을 뽑아 풀어 보게 할 예정이었다.

아까 학교에서 미리 프린트 해 온 문제지들을 훑어보고 있을 즈음, 주방과 홀을 분리하는 칸막이 안쪽에서 턱수염 남자의 목소리가 들렸다.

"클라우드 나인 사장한테서 전화 왔는데 급하게 원두 좀 가져다 달라고 하네."

"사거리 앞 카페요?"

"어. 거긴 장사 잘 되나 보다. 어떻게, 네가 좀 다녀올래?"

"네. 그럴게요."

칸막이에 가려 보이지 않던 턱수염 남자가 자리에서 일어나 예의 그 로스팅 룸으로 들어갔다. 잠시 뒤 밖으로 나온 남자의 손에 제법 커다란 쇼핑백이 들려 있었다. 그러는 동안 앞치마를 벗고 휴대폰을 챙긴 윤수가 그것을 건네받았다.

"그럼 다녀올게요."

인사하고 가게를 나서는 그녀를 보던 강희가 곧 앉아 있던 자리를 박차고 일어났다.

문을 열고 나왔을 때 윤수는 이미 골목을 빠져나가고 있었다. 막상 뒤쫓아 가서도 무슨 말을 건네야 할지 알 수 없었다. 멈칫하며 그 자리에 우뚝 멈춰선 강희의 이마에 차가운 무언가가 툭 떨어졌다. 무심결에 올라간 손이 이마를 훔쳤다. 손끝에 물기가 묻어났다.

다시 카페로 뛰어 들어간 강희가 의자에 기대 놓았던 우산을 집었다. 주방 안쪽에 앉아 있던 턱수염 남자가 새로운 손님인가 하고 빼꼼히 고개를 들었다가 강희와 눈이 마주쳤다. 얼떨결에 목 인사를 하고 다시 가게를 나왔다.

목적지를 알고 있었으므로 그새 시야 안에서 사라져 버린 윤수를 따라잡는 건 어렵지 않았다. 점차 간격이 줄어드는 빗방울을 맞으며 뜀걸음으로 골목을 벗어났다.

다행히 신호등이 그녀의 걸음을 붙잡아 주었다. 주변에 지붕이 없어 비를 피할 길이 없는 윤수가 몸통만 한 쇼핑백을 가슴팍으로 끌어안았다.

"……어?"

어느 순간 머리 위로 드리우는 그림자에 눈을 크게 뜬 그녀가 뒤를 돌아봤다. 윤수에게 우산을 기울인 강희가 멋쩍게 웃었다.

"제본소 가는 길인데, 비를 맞고 있길래."

얼떨결에 주절거린 핑계치고는 나쁘지 않다고 생각했다.

때마침 자주 가던 제본소가 그녀의 목적지 근처에 있었으니까.

다행히 날씨는 강희의 편이었다. 변덕스러운 초여름의 하늘이 잠깐 사이 비를 퍼붓기 시작했다. 톡톡 떨어지던 빗방울이 우두두 폭격 소리처럼 사나워졌다. 반사적으로 윤수가 강희의 곁으로 반걸음쯤 다가왔다. 강희가 무심한 얼굴로 우산을 윤수에게 더 기울여 주었다.

"혹시 명진당 쪽으로 가시면 거기까지만 같이 써도 될까요?"

강희가 대답 대신 고개를 끄덕였다. 윤수가 안도의 한숨을 내쉬며 품 안의 쇼핑백을 더욱 힘주어 안았다.

"맛있던데요. 그…… 이름이 뭐라고 했죠?"

"아포가토요?"

"네. 그거. 커피 이름을 잘 몰라서."

멋쩍어하는 강희를 보며 윤수가 쿡쿡 웃었다.

"괜찮아요. 가끔 아보카도 달라는 손님도 있는데요. 근데 여기 대학 다니시는 거죠?"

"그렇죠."

"전공이?"

"시스템 공학이요."

"아…… 시스템 공학."

그녀의 입술로 되뇌는 그 단어가 마치 그가 아포가토를 발음할 때처럼 어색하게 들렸다. 아마도 윤수에게는 시스템 공학이라는 말이 그가 이름이 긴 커피를 접하는 것처럼 어려웠을 것이다.

"뭘 공부하는 거예요?"

"간단히 설명하면 기관이나 회사의 복잡한 시스템을 조금 더 효율적이고 안전하게 운영할 수 있게 하는 일이에요."

"아, 그렇구나."

얼핏 알아들었다는 듯 고개를 주억거리지만, 정작 표정은 반도 이해하지 못한 얼굴이었다. 그런 윤수를 보고 있자니 괜히 웃음이 났다.

소소하게 대화를 이어 나가는 동안 그의 목적지라던 제본소를 지나쳤다. 그 사실을 일러 주려던 윤수가 그를 힐끔거리며 입술을 달싹이다 이내 그만두었다. 강희는 당연하다는 듯이 그녀를 클라우드 나인이라는 이름의 카페 앞까지 데려다주었다.

"혹시 먼저 나오더라도 가지 말고 기다려요. 나도 금방 끝나니까."

함께 돌아가고 싶다는 바람을 그녀를 위한 배려처럼 포장하며 돌아섰다. 무성의한 핑계라도 사실로 만들어야 했기에, 모의고사 문제를 3년 치 더 인쇄해 들고 나왔다. 수분이 잔뜩 고인 대기에 종이가 금세 눅눅해졌으나, 강희는 아랑곳않고 그것을 둘둘 말아 뒷주머니에 대강 쑤셔 넣었다.

클라우드 나인 쪽으로 걸어가니 유리 벽 너머 그녀가 밖을 내다보고 있는 것이 보였다. 곧 강희를 발견한 윤수가 문을 열고 나왔다. 그들 사이에 놓여 있던 짧은 거리를 종종걸음으로 좁혀 그의 우산 속으로 뛰어들었다.

하나로 내려 묶은 머리칼이 어깨 앞으로 넘어오며 그녀의 향기 역시 훅 끼쳐 들었다. 어디에 있든 윤수 자체가 하나의 카페 같았다.

만약 그녀의 곁에 머물 수 있는 이 시간을 살 수만 있다면 얼마를 지불해도 좋을 텐데.

"……차가 시끄러워서 조금 돌아가려고 하는데."

길이 접히는 것처럼 짧다는 표현이 오늘만큼 실감 난 적이 없었다. 힘껏 당겨서 조금이라도 늘릴 수 있다면 기꺼이 이 길과 한바탕 줄다리기를 했을 것이다.

"그럼 저쪽으로 꺾어서 가요. 저 골목이 예쁘거든요."

그의 궁색한 변명에 다행히 윤수는 선뜻 응해 주었다.

"어차피 이런 날씨에는 손님도 별로 없어요."

혀를 쏙 내밀며 웃는 그녀가 가슴 저릴 만큼 사랑스러웠다.

강희가 잃어버렸고, 블로그를 통해 되찾은 검은 우산 아래에서 두 사람은 나란히 걸었다.

한 뼘이 채 되지 않는 간격을 두고, 한 사람이 오른발을 내디딜 때 다른 사람이 왼발을 내딛는 바람에 자꾸만 어깨가 부딪쳤다. 부싯돌도 아닌데 부딪친 어깨에서 뜨거운 열기를 가진 스파크가 튀는 것만 같았다.

그러다 어느 순간 윤수의 손이 강희의 팔꿈치 쪽을 붙들었다. 작은 새가 내려앉은 것처럼 가벼운 동작이었다. 강희는 속으로 흠칫하며 그녀를 돌아보았다.

"……비 맞으니까."

그렇게 윤수는 비를 핑계 삼았고, 강희는 그런 윤수의 다정한 마음씨를 핑계 삼아 서로에게 닿아 있었다.

빗방울이 우산의 표면에 떨어지는 소리가 백색 소음처럼 우산 밖 세상을 흐리게 만들었다. 오로지 우산 안쪽의 간지러운 공기에 집중하게 했다.

추적추적 내리는 봄비가 반대쪽 어깨의 끄트머리를 적셨다. 그리고 아직은 낯설기만 한 설렘 역시 강희의 마음을 조금씩 적셔 가고 있었다.

카페에 들어가기 직전, 강희는 윤수에게 전화번호를 물었다. 머뭇거리듯 잠시 그의 눈을 들여다보던 윤수가 이윽고 그의 휴대폰을 받아 그녀의 번호를 입력했다.

그 자리에서 통화 버튼을 누르려다가, 그것이 혹 윤수에게 압박처럼 느껴질까 봐 관두었다. 대신 다음 날 몇 번이나 지우고 쓰길 반복한 끝에 보낸 짧은 메시지에 그녀가 답해 주었다.

[오늘은 손님 많아요?]

[아까 잠깐 몰렸다가 지금은 한가해요.]

어렵게 튼 대화의 물꼬가 금세 말라 버릴까 봐 강희는 허겁지겁 글자를 덧붙였다.

가게에 혼자 있어요? 사장님은? 식사했어요? 손님 없을 때는 뭐 하면서 시간 보내요?

대부분은 해도 되고 안 해도 될 군말들이었다. 때때로 늦

어지기도 했으나 그래도 매번 답장이 왔으므로 강희가 깊이
고민하여 적어 보낸 이 군말들은 10cm씩 그녀와의 거리를
착실하게 좁혀 가는 징검다리가 되어 주었다.

[밥은 먹었어요?]

[아직이요. 점심에 손님이 왕창 몰려서ㅠㅠ]

[배고프겠다.]

[강희 씨는 점심 뭐 먹었어요?]

[(사진 첨부)]

[맛있겠다!!!]

강희는 느낌표가 세 개 찍힌 짧은 문장을 물끄러미 들여다
보았다. 별것 아닌 학식에 환호하는 표정을 보지 않아도 상
상할 수 있었다.

점심 무렵 주고받던 메시지가 어느 시점을 기준으로 끊겼
다. 아마도 서너 시간이 지나 조금 한가한 때가 오면 다시 그
녀에게서 답이 올 터였다.

그렇게 연락이 오고간 뒤 두어 주가 흘러 처음으로 카페가
아닌 다른 장소에서 그녀를 만났다. 그녀의 일이 끝나는 시
간에 카페 근처에서 만나 함께 저녁을 먹었고, 영화를 봤다.

앞치마를 벗고 긴 머리를 푼 채 그를 향해 인사하는 윤수
의 모습에 넋을 빼놓고 서 있다 이내 정신을 차렸다. 어색하
게 마주 손을 흔드는 그를 그녀가 환한 미소로 맞았다.

윤수가 좋아하는 음식은 치킨, 삼겹살, 김치찌개, 매운 갈

비찜.

그녀가 좋아하는 영화 장르는 드라마, 로맨틱 코미디, 액션.

그녀의 취미는 독서, 음악 들으며 산책하기.

그녀가 싫어하는 것은 예의 없는 사람. 개념 없는 사람. 그리고 무단횡단.

서로 동갑이라는 사실을 알게 된 후, 그녀가 먼저 편하게 말을 놓자고 했다. 강희도 흔쾌히 그러자고 고개를 끄덕였다.

다섯 시간이 되지 않는 짧은 만남이었다. 강희는 윤수에 관해 더 많은 것을 알고 싶었다. 그녀가 하는 말을 강의 시간보다 귀 기울여 들었다.

사람이 이렇게나 궁금해진 적은 처음이었다. 그 사람이 무엇을 좋아하고 싫어하는지, 나와의 공통점은 무엇이고 차이점은 무엇인지 일일이 확인하고 싶었던 적도. 새로운 대륙을 발견한 콜럼버스처럼, 강희는 윤수라는 미지의 대륙을 한 점도 빠짐없이 탐험하고 싶었다.

두 번째 영화를 본 날에는 손을 잡았다. 두 사람 사이에 놓인 손잡이를 걷어 올리고, 팝콘 컵을 바닥에 내려놓은 강희가 먼저 손바닥을 펴 내밀었다. 눈을 끔뻑이던 윤수가 이내 부끄러운 듯이 미소 지으며 그 위로 손을 겹쳤다.

영화를 보는 내내 강희의 신경은 어깨 위로 내려앉은 그녀의 자그마한 머리에 쏠려 있었다. 배경 음악이나 효과음이 쾅쾅 터지는 액션 영화였음에도 불구하고 강희의 심장 울림이 그보다 더 크고 깊었다.

영화의 막이 내리고 영화관을 나왔을 때 시간은 자정에 가까웠다. 별수 없는 일이었다. 카페가 늦게 문을 닫았으니까.

그녀의 손을 잡고 빠른 걸음으로 뛰어 간신히 전철의 막차에 올라탔다. 그마저도 그녀가 내려야 할 정류장까지는 운행하지 않았다. 지하철역으로 세 정거장을 남겨 두고서 내려 역을 빠져나왔다.

"부모님이랑 살지 않아?"

"같이 살지."

"근데 괜찮겠어? 이렇게 늦게 들어가도."

"오늘 데이트한다고, 늦을지도 모른다고 말씀 드렸어."

"12시 넘었으니까 이제 외박인데."

휴대폰으로 시간을 확인한 강희의 얼굴에 다소의 염려가 담겨 있었다.

"두 분 다 나를 믿으시니까 괜찮아."

그런 강희를 돌아보며 씩 웃는 윤수의 말이 강희에게는 마치 외계어처럼 들렸다. 부모 자식 간의 신뢰, 애정, 존중, 그런 단어들과는 거리가 멀어도 한참은 먼 삶을 살아온 탓이다.

"……그렇다면 다행이고."

"너는? 부모님이랑 같이 살아?"

"아니. 난 자취."

"우와."

윤수가 부러움의 탄성을 내며 입술을 오므렸다.

"왜, 자취하고 싶어?"

"로망이기는 한데, 아마 힘들 거야. 부모님도 허락 안 하실 거고, 나도 다른 데 쓸 돈은 없으니까."

일주일에 하루만 쉬고, 매일 아홉 시간씩을 꼬박 일하는 윤수였다. 강희가 의아하게 쳐다보자 그녀가 어깨를 으쓱였다.

"나도 얼른 내 가게 낼 거거든. 열세 살 때부터 꿈이었어. 카페 차리는 거."

묘하게 구체적인 나이라 강희가 작게 웃었다.

"내가 원래 한번 마음을 먹으면 끝까지 가는 성격이라서. 고등학교 들어가면서부터 아르바이트하기 시작했어. 전단지 돌리는 일부터 시작해서 도넛 가게, 패밀리 레스토랑, 일식집, 카페를 두루 거쳤지."

손가락을 꼽으며 읊는 이력이 화려했다. 윤수가 젠체하며 턱을 추켜올렸다.

"우리 엄마는 딸이 아니라 경주마를 낳은 것 같대. 너무 앞만 보면서 달린다고."

지금에 와서는 반쯤 우스갯소리 삼아 하는 말이지만, 몇 년 전만 해도 윤수는 그녀의 선택을 이해하지 못하는 엄마와 부단히도 다투었다. 그녀가 수시 합격한 대학에 진학을 하는 대신 사이버 대학에 입학하겠다고 선언했을 때는 특히.

"자신 있었거든. 어차피 나한테 필요한 건 이론보다는 실전이었고. 일을 하면서 최대한 돈 들이지 않고 빠르게 대학 졸업장을 따는 게 목표였어."

덥지도 춥지도 않은 밤공기의 차분함과 늦은 시각의 고요, 그녀를 간질이며 빗겨 가는 밤바람까지 기분 좋았는지 고개를 살랑거리던 윤수가 말을 이었다.

"다행히 아빠는 내 편을 들어 주셨어. 일단 아빠가 한번 결정을 내리면 엄마도 쉽게 번복 못 하거든. 대신 평소에는 엄마가 우리 집 여왕이지만."

아마도 자신이 가진 결단력과 고집은 아빠에게서 고스란히 물려받은 성질일 것이라며 윤수가 킥킥댔다.

가족에 대해 이야기하는 목소리에서 그녀가 부모님을 얼마나 사랑하고 있는지가 느껴졌다. 비록 그 마음을 온전히 공감할 수는 없었어도, 그녀의 이야기를 듣고 있는 것만으로 덩달아 가슴이 따뜻해지는 느낌이 났다.

강희는 그저 이대로 그녀의 집이 영원히 가까워지지 않는 마법을 걸 수 있으면 좋겠다고 생각했다.

3. The difference between us

퇴원 수속을 밟으면서 강희는 윤수가 이미 병원비를 지불
했다는 사실에 화를 냈다.

"나 때문에 다친 거잖아."

"뭐가 너 때문이야."

태강희가 신윤수를 지키는 일이 지구가 파란 것만큼이나
당연하다는 얼굴이라 윤수는 잠시 할 말을 잃고 말았다.

"……이래야 내 마음이 편해."

윤수가 그의 부상에 죄책감을 느끼고 있음을 피력하며 말
끝을 흐리자 강희도 더는 무어라 하지 못하고 마지못해 수긍
했다.

본인이 강하게 원했기 때문에 퇴원은 하지만, 의사는 다친
팔 다리가 나으려면 적어도 한 달은 안정을 취해야 한다고
권고했다.

한 달. 윤수가 그의 곁에 있기로 한 시간이었다. 그 시간이 지나면 반드시 강희를 떠나겠다는 결심을 윤수는 재차 마음에 새겼다.

강희의 자취방 앞에 도착해서는, 그의 집이 있는 2층으로 올라가는 계단이 좁아 그를 부축하는 모양이 어설펐다. 평소 그가 무던히 뛰어다녔을 계단이 오늘만큼은 에베레스트처럼 가팔랐다.

"……비밀번호가 뭐지?"

잠긴 문 앞에서 망연한 얼굴이 된 강희가 윤수를 돌아보았다. 그런 강희를 가만히 지켜보던 윤수가 결국 한 발짝 앞으로 나섰다.

강희와 윤수의 태어난 달과 월을 섞은 여덟 자리 숫자를 눌렀다. 잠금이 풀리는 소리가 나자, 강희가 머쓱하게 뒷머리를 매만졌다.

"집이 여전히 여기라 이것도 그냥 자연스럽게 눌러질 줄 알았는데 안 되네."

문이 열리면서 뒤로 물러서던 강희가 순간적으로 비틀거렸다. 윤수가 재빨리 그의 팔을 붙들어 주었다.

"조심해. 그러게 병원에 더 있지."

"뭐 하러. 멀쩡한데."

강희가 먼저 안으로 발을 들였다. 왼쪽 겨드랑이 아래를 받치고 있던 목발을 신발장에 기대어 세워 두고는 마루로 올라섰다.

"많이 바뀌었네."

내부를 한번 쭉 훑는 강희의 눈길에는 마치 이곳을 처음 와 본 듯한 생경함이 담겨 있었다.

강희가 잃어버린 4년의 시간은 그의 세계에 윤수가 스며든 시간이었다. 시선이 닿는 구석구석 윤수의 손길이 미쳤고, 추억이 녹아 있었다. 어쩌면 이 집은 지금 강희보다도 윤수에게 더 익숙한 공간일지도 몰랐다.

절뚝이며 들어간 강희가 조금 머뭇대며 침대 매트리스에 걸터앉았다.

"원래 이런 취향이었나."

자문하는 강희의 표정이 묘했다. 아마도 스스로는 그 질문에 답을 내릴 수 없을 것이다.

강희에게는 사실상 집을 꾸민다는 개념이 없었다. 카페나 그녀의 방을 나의 공간이라고 인식하는 윤수와는 달리 강희에게 이 자취방은 그저 일을 하고 돌아와 지친 몸을 쉬어 갈 장소에 불과했다. 어쩌면 그러한 차이가 두 사람이 첫 다툼을 벌인 시발점이었을지도 모른다.

이 집에서 윤수는 강희와 처음으로 사랑을 나눴다. 수줍게 몸을 열었고, 강렬하게 마음을 섞었다. 어렴풋한 새벽빛을 보다 잠이 든 순간부터 다시 떠오른 해를 맞이하며 눈을 뜰 때까지 온통 강희의 숨결과 내음에 둘러싸여 있었다.

그것이 섹스가 되었든 혹은 강희의 자취방이 되었든 간에 한번 발을 들이고 나니 그다음은 우스울 정도로 쉬웠다. 데이트의 종착점은 항상 그의 침대였고, 그의 품이었다.

자연스럽게 섹스에도, 강희의 자취방에도 애정이 깃들 수밖에 없었다. 강희의 집에서 강희와 시간을 공유하다 보니 어느 순간부터는 강희의 집을 공유하다고 있다는 착각도 들었다.

윤수의 방과 강희의 방은 한눈에 보기에도 극명하게 달랐다. 만약 누군가의 방으로 그 사람을 설명해야 한다면 윤수의 방은 레이스 커튼과 창가에 놓인 꽃이 핀 화분으로, 강희의 방은 우는 장판으로 상징할 수 있을 정도로.

책상 겸 화장대 겸 식탁으로 쓰는 탁자, 작은 서랍, 행거와 거치대가 가구의 전부인 8평짜리 분리형 원룸은 늘 어딘가 초라하고 궁색해 보였다. 작은 냉장고 속 역시 밀도가 낮기는 마찬가지였는데, 그것이 마치 강희의 삶을 쓸쓸하게 만드는 한 가지 이유인 것 같아 윤수는 그의 방을 따듯함으로 채워 주고 싶었다.

하루는 일을 마치고 마트에 들렀다. 낮에 강희에게서 컨디션이 좋지 않다는 이야기를 전해 들은 차였다.

당시 강희는 취업 준비에 한창이었고, 보다 나은 선택지를 쥐기 위해 필요한 스펙을 채워 나가는 중이었다. 윤수는 한 가지 목표에 집중하는 그의 열성이 멋있다고 생각했으나, 한편으론 무리하고 있는 것이 눈에 보여 마음이 쓰였다.

엄마에게서 얻은 레시피를 들고서 재료를 찾아 장바구니에 담았다. 강희의 집에 없을 게 뻔한 조미료나 조리 도구, 커다란 냄비까지 전부. 쇼핑을 마치고 강희의 집에 양손 무겁게 도착했을 때 그는 미열이 있는 상태로 면접 관련 필독서를 공부하고 있었다.

윤수가 곧바로 주방으로 가 팔을 걷어붙였다. 먼저 쌀을 씻어 불려 놓고, 소고기에 적당히 간을 해서 볶았다. 불려 놓은 쌀과 물, 고기를 한 냄비에 넣어 한소끔 끓이는 동안 적당히 허기를 자극하는 냄새가 퍼지기 시작했다.

줄곧 책상에 얼굴을 박고 있던 강희도 고개를 들어 손에 익지 않은 조리 기구로 소꿉놀이하듯 요리를 하고 있는 윤수를 지켜보기 시작했다.

처음 해 본 요리의 간을 보다 서서히 배가 불러오고 이 맛이 맞는지 아닌지 알 수 없어 혼란한 얼굴로 갸웃거릴 즈음, 그런 그녀를 빤히 쳐다보던 강희와 눈이 마주치고 말았다. 당황하여 허둥지둥 손에 든 국자를 흔들다 결국엔 멋쩍게 미소 짓는 윤수를 보며 강희는 하하, 크게 웃음을 터뜨렸다.

그 순간 두 사람 사이에 고여 있던 농도 짙은 애정을 기억한다. 윤수를 향한 눈길에서는 단 1g의 변질도 없는 순수한 사랑을 느낄 수 있었다. 연극 무대처럼 가장 아름다웠던 장면에서 막을 내리고 그 기억에 행복이란 이름을 붙일 수 있었다면 얼마나 좋았을까. 그러나 언제나 최악은 최고의 순간 직후에 찾아드는 법이다.

죽을 만들 때까지만 해도 기분이 좋아 보였던 그가 갑자기 싸늘하게 식어 버린 이유를 알지 못했다. 적어도 윤수는 그의 태도가 급변할 만한 계기를 포착할 수 없었다. 때문에 그저 그의 컨디션이 나쁜 탓에 기분도 우왕좌왕하고 있을 뿐이라고만 여겼다.

맛이 괜찮으냐는 물음에 어, 하는 단답만 돌아왔다. 먼저 그의 기분을 풀어 주려고 이말 저말을 떠들어 대던 윤수도 어느 순간 울컥하는 마음이 치밭았다.

별것 아닌 이유로 시작된 다툼이 자갈이 튀듯 날카로워져 버린 건 순식간이었다. 단지 각자의 감정이 상했다는 이유만으로 싸움은 크게 번져 갔다. 이후 며칠이나 데면데면하게 지내다가 결국에는 아무 일 아니었던 것처럼 싱겁게 화해를 했다.

"봐 봐. 이제 좀 사람 사는 집 같지?"

첫 싸움의 발단이 그녀가 경솔하게 내뱉은 그 말 한마디 때문이었다는 건 나중에 수차례 그 일을 복기해 보고서야 깨달았다.

"왠지 내 집 같지가 않네."

불현듯 귓가를 파고든 중얼거림에 윤수의 가슴이 덜컹 내려앉았다. 잠깐 상념에 잠겨 멀어졌던 시선이 현실로 되돌아왔다. 그녀가 조금 파리한 얼굴로 강희를 돌아보았다.

"따뜻해 보여."

낯선 세계로 들어선 이방인처럼 내부를 휘 돌아온 그의 눈길에서 윤수는 익숙한 고독을 마주했다. 그녀가 아무리 노력해도 지워지지 않는 강희의 고정 값이었다. 종국에는 곁에 있는 사람까지 전염되고 마는.

손을 타지 않는 작은 화분들. 깔끔한 베이지색 커튼. 계절마다 각기 다른 향을 내던 디퓨저와 보드라운 러그.

그 모두가 아무리 사랑하는 연인이라도 채워 줄 수 없는 고독이 존재한다는 사실을 모르던 시절 윤수가 부린 치기였다. 강희는 가진 고독이 유독 짙은 남자였다.

식물을 곧잘 죽이는 강희 대신 매번 그녀가 물을 주어 키운 페페 화분을 손에 들어 관찰하던 강희가 다시 그것을 제자리에 내려놓았다.

"낯설어도 좋다. 집이 너를 닮아서, 너한테 안겨 있는 기분이 들어."

나지막한 고백에 윤수가 속절없이 얼굴을 붉혔다.

"너 집에 잘 도착한 거 봤으니까 나 이제 그만……."

순간적으로 흔들리는 마음을 어쩌지 못하고 그저 상황을 회피해 보려던 시도는 성공하지 못했다. 창가에 걸터앉아 있던 강희가 불현듯 윤수의 손목을 붙들었다. 가볍게 당기는 힘에 윤수는 못 이기는 척 이끌렸다. 강희의 긴 다리 사이에 자리한 몸이 그의 뜨거운 눈빛에 갇혀 버렸다.

깁스를 한 팔이 그녀의 허리를 감아 안쪽으로 끌어안았다. 혹시나 아플까 봐 그를 밀어내지도 못하고 틈 없이 가까워지고 말았다.

"아……."

부드러운 감촉이 아랫입술을 머금었다. 내려 뜬 강희의 속눈썹이 눈 밑으로 음영을 만들며 가늘게 떨렸다. 놀라 크게 뜨인 눈으로 그것을 보는 윤수의 심장도 덩달아 파르르 떨렸다.

살짝 벌어진 입술 사이로 밀고 들어온 혀가 뜨거운 숨을 불어넣었다. 그 뜨거움은 금세 목구멍을 타고 내려와 아랫배에 고였다. 저도 모르게 허리를 추켜세우며 그의 품으로 밀착했다. 기다렸다는 듯이 강희의 팔이 그녀를 조금 더 강하게 끌어안았다.

입술은 잠시 떨어졌다 맞붙었고, 다시 떨어졌다가 맞붙었다. 밀물처럼 깊게 스몄다가 썰물처럼 밀려났고, 가볍게 닿았다 싶으면 다시 무겁게 파고들기를 반복했다.

볕이 들어오는 한낮, 조용한 실내에 젖은 마찰음만 뇌쇄적으로 울려 퍼졌다. 단지 입술을 부비고, 서로의 타액을 교환하는 행위에 온 마음을 몰두한 강희가 윤수를 마구잡이로 뒤흔들어 놓았다.

같은 남자와 하는 같은 키스인데 어째서 이렇게나 다른 걸까. 불과 며칠 전만 해도 섹스의 전조처럼 스쳐 지나가듯이 입을 맞추던 너였는데.

진한 키스에 슬슬 열이 오르고, 전율에 잠겼던 몸이 다시 탈력감을 느끼며 흐늘거렸다. 두 손이 강희의 어깨를 쥔 채 간신히 버티고 서 있을 따름이었다.

그러다 끝내 그녀가 비틀거린다 싶을 때, 강희는 그녀를 제 온전한 허벅다리 위로 기대어 앉게 했다. 그와 같은 방향을 보도록 살짝 몸이 틀어진 상태에서 강희는 그가 잔뜩 빨아 붉어진 입술을 놓아주고 대신 그의 뺨과 턱, 그리고 목덜미를 탐했다.

"……읏."

입술이 흰 피부를 연신 지분거렸다. 그가 닿을 때마다 감전된 듯 몸을 떠느라 어느새 그의 손이 셔츠 속으로 들어왔다는 것도 몰랐다. 옆구리를 한 번 쥐고, 브래지어 아래쪽 살을 다시 한번 힘 있게 쥔 손가락이 사르르 살결을 쓸어내렸다.

"하아……."

마침내 와이어 밑으로 긴 손가락이 파고들었다. 부드럽고 말랑한 가슴을 장난처럼 짓눌러 보는 강희에게서 나른한 한숨이 샜다.

그 숨이 쇄골에 뜨겁게 고였기 때문에 윤수는 움찔했다. 힐끗 내려다본 강희는 그 얼굴을 그녀의 가슴에 묻고서, 손가락으로 그녀의 가슴 끝을 살살 건드리고 있었다.

자극이 느껴질 때마다 살갗이 오소소 일어났다. 윤수가 다급히 그의 허벅다리를 짚으며 등을 세웠다. 그것이 오히려 강희에게 가슴을 내미는 꼴이 되었다.

짙어지는 애무에 몸이 녹았다. 어느새 걷어 올린 상의가 강희의 콧대에 걸려 있었다. 그의 혀가 살을 녹진하게 핥고 머금었다.

그러는 동안 그의 손은 매끈한 배를 타고 내려갔다. 바지 속으로 숨어들어 그 안에 한 겹 남은 속옷까지 침범했다. 까슬까슬한 감촉을 지나 여린 살 틈에 도달했을 땐 둘 중 누가 먼저랄 것 없이 젖은 숨을 통해 냈다.

그가 손끝을 구부려 예민한 알맹이를 살살 긁을 때마다 윤수는 울대가 도드라진 그의 목에 얼굴을 묻고서 달달 떨었다. 그녀의 자극점을 누구보다 잘 아는 강희의 애무에 몸도

85

정신도 하얗게 바래지던 즈음이었다.

"하고 싶어."

귓가에 속삭이는 강희의 낮은 목소리에 윤수는 퍼뜩 정신이 들었다.

"자, 잠깐만."

그녀가 당혹으로 낯을 붉히며 얼른 그의 손을 밀어냈다. 거의 주저앉다시피 했던 그의 허벅다리에서도 일어났다. 이미 단단하게 부풀어 오른 그의 남성이 확연한 존재감으로 엉덩이를 스쳤다.

"왜?"

애써 태연히 묻지만 그 역시 적잖이 당황스런 눈치였다. 마치 윤수가 거부할 것이라고는 추호도 의심해 본 적 없는 사람처럼.

"무, 무리하면 안 된다고 했잖아."

윤수는 깁스를 한 그의 팔다리를 변명으로 삼았다.

"네가 올라오면 되잖아."

"피임도 그렇고……. 나 지금 휴약기야."

차마 그녀에게 콘돔을 사 오라고 할 만큼 뻔뻔하지는 못했던 강희가 아쉬운 한숨을 흘렸다. 자칫 익숙한 온기와 흥분에 이성을 흩트릴 뻔했던 윤수가 얼른 옷매무새를 가다듬었다.

"가 봐야겠다. 오늘 부동산이랑 약속이 있어서."

현관 앞에 내려놓았던 가방을 챙겨 들었다. 그녀가 조금 더 머물러 주길 바라는 강희의 표정에 미련이 스쳤다.

"부동산은 왜?"

"가게 자리 알아보러. 괜찮은 매물이 나왔다고 연락이 왔거든."

"드디어 카페 내는 거야?"

반갑게 묻는 강희에게 윤수는 어색한 웃음을 지어 보였다.

"첫 카페는 3년 전에 개업했고 이번에 두 번째 가게 내려고 알아보고 있어."

"그거…… 굉장한데."

아마도 윤수의 대답이 그가 잃어버린 시간의 공백을 새삼 와닿게 했던 모양이었다. 그가 기억하지 못하는, 이미 그들의 곁을 스쳐 지나간 것들에 대해서.

"그럼 쉬어."

윤수가 순간적으로 멈칫하였으나, 이내 마음을 다잡고 신발을 마저 꿰어 신었다. 강희를 한 번 눈에 담고서 돌아서는 윤수를 한쪽 다리에 중심을 둔 채 기우뚱하게 선 강희가 엄마를 떠나보내는 아이처럼 쓸쓸한 모습으로 배웅했다.

❀   ❀   ❀

사고의 후유증을 가볍게 여기며 넘겼던 건 아마도 자기방어 본능에서였을 것이다. 퇴원해 집으로 돌아온 강희는 마치한 번도 읽어 보지 못한 책을 중간부터 펼쳐 보듯 막막한 기분이었다.

내 집인 듯 내 집이 아닌 것 같은 장소, 익숙하지만 낯선 얼굴들 속에서 그가 잃어버린 기억의 파편을 발견할 때마다 불안했다. 어딘지 모르게 거리감이 느껴지는 윤수를 볼 때면 더더욱.

인생의 반 이상을 혼자 살다시피 했음에도 한 사람이 머물다 떠나간 자리가 문득 쓸쓸하게 느껴졌다.

술에 취해 폭력을 휘두르거나 혹은 폭력을 휘두르다 지쳐 술을 찾았던 부친과 강희를 버리고 일찌감치 도망쳐 버린 어머니. 강희의 최초의 기억은 부모가 없는 어두컴컴한 집에 홀로 앉아 빽빽 울어 대며 호소하던 외로움이었다.

누구의 관심도 받지 못하고 혼자 커 버린 불쌍한 아이.

가끔 강희를 들여다보러 와 주던 주인집 할머니는 혀를 끌끌 차며 그렇게 중얼거리고는 했다.

썩 살갑지는 않았지만 아이의 굶주림을 외면하지 않은 이웃들이 있었다.

친구의 빚보증을 잘못 서서 하루아침에 셋방살이를 하게 된 윗집 동선이네 식구. 술집에 나가는 엄마와 매번 바뀌는 그녀의 애인 때문에 집에서 자주 쫓겨나야 했던 지하방 혜리. 두 사람을 그 시절에 만났다.

그림자 속에서 자란 이의 인생에 좀처럼 그늘이 거두어지지 않듯, 볕을 받으며 자란 윤수에게서는 늘 화사한 빛의 냄새가 났다.

"우리 엄마는 딸이 아니라 경주마를 낳은 것 같대."

우스개 삼아 했던 말처럼, 윤수는 언제나 직진이었다. 꿈을 향해서, 사랑을 향해서 머뭇거리거나 돌아가는 법이 없었다.

사람이 살아가다 보면 자의와는 상관없이 앞을 가로막는 장애를 맞닥뜨리기 마련이지만, 윤수는 삶을 변곡시키는 장애 따위는 한 번도 만나 보지 못한 어린애처럼 맹목적인 데가 있었다.

이르게 아르바이트를 시작하여 모아 온 목돈에 본래 그녀의 대학 등록금으로 쓰일 예정이었던 통장을 부모님에게 받아 일찌감치 창업을 준비했다. 부모님의 한없는 관심과 사랑을 당연하게 받아들이는 윤수를 보고, 아마도 그때 처음으로 강희는 윤수와 그 사이에 차이가 아닌 괴리가 존재한다는 사실을 깨닫게 되었던 것 같다.

언젠가 그들에게 갈등이 발생했을 때, 이렇게나 동떨어진 서로를 이해할 수는 있는 걸까 하는 의문이 강희의 가슴에 뿌리를 내렸다. 그리고 시간이 지날수록 잡초처럼 번져 가기 시작했다.

"후우······."

윤수가 떠난 뒤, 조용히 벽에 기대어 앉아 있던 몸을 신음과 함께 일으켜 세웠다. 아까 전 그를 지배했던 뜨거운 욕구를 식히기에 충분한 시간이었다. 흥분감 대신 잊고 있던 통증이 조금씩 그 자리를 채워 가기 시작했다.

냉장고에서 생수병을 꺼내 차가운 물과 함께 진통제를 한 포 삼켰다. 문득 눈에 띈 창가의 화분에 마시던 물을 조금 흘려주었다. 시들시들하게 고개를 떨군 잎이 마치 윤수의 관심을 받지 못해 말라 가는 자신을 보는 것 같았다.

하릴없이 집과 물건을 뒤적거리다 기대했던 것보다 많은 돈이 모여 있는 통장 잔고를 확인하고서는 이상하게 기분이 더 착잡해지고 말았다.

대학에 복학하면서 들어왔던 이 월세 방에서 벌써 5년째 살고 있다고 했다. 바닥 장판이 우글거리고, 온수를 쓰려면 한참을 기다려야 하는 낡은 보일러가 기꺼웠을 리 없다. 아마도 통장은 윤수와 함께하는 미래를 꿈꾸며 조금씩 몸집을 불려 가는 중이었을 것이다.

다만 애초부터 출발선 자체가 다른 경주였다. 언젠가 윤수와 발맞춰 나갈 날이 오기는 할까.

불현듯 그가 기억하지 못하는 4년이란 시간에 만에 하나라도 그의 자격지심이 윤수의 발목을 붙든 일은 없었는가 하는 의혹이 피어나기 시작했다. 만약 그런 이유로 윤수의 마음이 멀어지고 있었다면…….

"……하, 태강희. 너 대체 무슨 짓을 한 거냐."

강희가 마른세수를 하며 양 손바닥으로 얼굴을 세게 문질렀다. 입술 사이로 새어 나온 한숨이 자책이 되어 모질게 강희를 휘갈겨 댔다.

꽃 　　　 꽃 　　　 꽃

샤워를 하고 나온 윤수가 젖은 머리칼을 하고 그대로 식탁

앞에 앉았다. 내내 집에서 윤수가 오기를 기다렸던 엄마가 늦은 저녁상을 봐주고 있었다.

"요새는 왜 반찬 싸 달라는 말이 없어?"

맞은편에 의자를 빼고 앉아 윤수가 식사하는 모습을 지켜보다가 문득 물었다. 혹시 떠 보는 말인가? 순간적으로 헷갈렸던 윤수가 엄마의 얼굴을 한 번, 그리고 거실에 앉아 신문을 읽고 있던 아빠를 한 번 힐끔거렸다.

"퇴원한 지 얼마 안 돼서 당분간은 괜찮아."

"퇴원?"

엄마가 마른 반찬을 집어 그녀의 밥 위에 놓아 주었다.

"응. 교통사고 났었거든."

"어머, 어머! 그래서, 몸은 괜찮고?"

"지금 집에서 쉬고 있어."

엄마는 강희가 어쩌다 사고가 났는지, 어디를 다쳤는지, 그래서 지금은 상태가 어떤지를 연달아 물었다. 윤수는 사고에서 자신이 관련되어 있다는 부분을 쏙 뺀 채로 답했다.

"까맣게 몰랐네. 얘도 참, 진즉에 말을 하지."

"말하면 뭐, 엄마가 가서 병간호라도 해 주게?"

윤수의 타박에 말문이 막힌 듯, 엄마가 괜스레 죄 없는 멸치볶음을 쑤석거렸다. 평소 강희와의 만남을 탐탁지 않아 하는 걸 은근히 티 내고는 했던 탓이다.

"근데 너도 별일이다. 걔 감기만 걸렸다고 해도 달려가서 지극 정성으로 보살피던 애가."

윤수가 입 안 가득 밥숟가락을 밀어 넣으며 잠시 대답을 미루었다. 꼭꼭 씹어 삼키고서야 느지막하게 변명했다.

"나도 요새 바쁘잖아. 어쨌거나 강희도 집에서 푹 쉬면 나을 거고."

"얘는, 교통사고가 원래 후유증이 길게 가는 법이야. 한동안 고생 좀 하겠다."

"웬일이래. 엄마가 강희 걱정을 다 해 주고."

짐짓 안 듣는 척해도 모녀의 대화에 귀를 기울이고 있던 아빠가 끼어들어 엄마의 역성을 들어 주었다.

"네 엄마가 속정이 참 깊은 사람이다. 마음씨 따뜻한 사람이고."

그에 엄마는 홍 하고 코웃음을 쳤지만 이내 밥 한 그릇을 비우고 일어나는 윤수를 붙들었다.

"마침 엊그제 우족 사다 놓은 것 있는데 잘됐네. 한 솥 푹고아서 싸 줄 테니까 갖다 주든가."

신문을 넘기던 아빠의 입매가 슬쩍 휘어진다. 내심 곤혹스런 기색을 간신히 숨긴 윤수는 마지못해 고개를 끄덕였다.

결국 그 이튿날 출근길에 강희의 집에 잠깐 들렀다. 아침 일찍부터 찾아온 윤수를 강희가 반가운 얼굴로 맞이했다.

"어제 잠 못 잤어?"

붉게 충혈된 눈과 거뭇거뭇한 눈 밑을 한 채로 그가 그녀를 안으로 들였다.

"어, 좀."

"아파서?"

걱정스레 묻는 말에는 고개를 저었다.

"전에 일했던 자료가 노트북에 남아 있더라고. 한번 살펴보느라."

회사에서 받은 한 달의 병가를 마치면, 강희는 기억을 회복했든 못했든 간에 다시 출근하여 곧바로 일을 시작해야 했다. 힘들게 노력해서 들어간 회사였고, 성실하게 일했다는 것을 누구보다 윤수가 잘 알았다.

"다행히 그동안 꽤 열심히 다녔던 모양이던데. 어느 정도는 몸이 기억하고 있는 걸 보면."

"그럴 거야. 하는 일에도, 직장에도 항상 최선을 다했어, 너."

스스로 무엇 하나 확신할 수 없는 강희 대신 줄곧 그의 곁에 있었던 윤수가 보증해 주었다.

"근데 손에 든 건 뭐야?"

귓바퀴가 불그스름해진 강희가 말을 돌렸다.

"아, 이거. 엄마가 뼈에 좋다고 사골 끓여 주셨어."

한 끼 분량으로 소분하여 봉지에 나눠 담은 것이라 묵직했다. 차 트렁크에서 여기까지 오는 동안 손잡이 끈 모양으로 손바닥에 자국이 남았다. 윤수가 그것을 작은 냉장고 앞에 내려놓았다.

"어머님이?"

"응."

그러고 보니, 윤수가 처음 부모님께 강희를 소개한 건 만난 지 1년이 지나서였다.

"우리 엄마 기억 나?"

혹시나 해서 묻는 말에 뜻밖에 강희가 선뜻 고개를 끄덕였다.

"기억 나. 너희 부모님."

"정말?"

벌써 조금씩 기억이 돌아오기 시작한 걸까.

분명 잘된 일이었지만, 그 사실이 마냥 기쁘지 않은 스스로가 윤수는 이해되지 않았다. 그가 하루빨리 정상적인 생활로 되돌아와야 그녀도 흐지부지된 이별을 마치고 마음을 정리할 수 있을 텐데.

"밥 안 먹었으면 같이 아침 먹고 가."

"아니야. 카페 가 봐야 돼."

"혼자 밥 먹기 싫어서 그래."

좀처럼 약한 소리를 하지 않던 강희였다. 윤수가 차마 뿌리치지 못하고 결국 입고 있던 외투를 벗었다. 들고 온 쇼핑백에서 뿌옇게 고아진 사골 국물과 곁들이로 넣어 놓은 반찬통을 꺼내 놓았다.

전에 윤수가 몇 번 집 냉장고의 반찬을 덜어 강희에게 가져다준 이후로, 엄마는 아예 반찬을 만들 때 강희의 몫을 더 했다. 입으로는 투덜거려도 가끔은 먼저 반찬 떨어질 때가 되지 않았느냐며 챙겨 주기도 했고, 넌지시 강희의 입맛을 묻기도 했다.

이번에도 밀폐 용기에 꼼꼼하게 싸 준 반찬을 넓적한 접시에 조금씩 옮겨 담았다. 전자레인지에 국과 즉석 밥을 데우고, 수저를 놓고 물을 떠 왔다.

부지런히 식사를 준비하는 윤수의 모습을 어느새 강희의 눈길이 쫓고 있었다. 어쩌다 마주친 그 눈길의 온도가 순간 가슴을 저미게 할 만큼 그리운 데가 있어, 윤수는 그가 보지 못하게 돌아서서는 애꿎게 아랫입술을 잘근거렸다.

소박하게 상이 차려지는 동안 강희는 작은 테이블을 차지하고 있던 노트북과 책을 대충 치워 두었다.

퇴원 후 내내 집 안에 틀어박혀 있던 차다. 그간 해 온 업무들을 쭉 훑어보고, 자신이 어떤 회사 생활을 해 왔는지를 대강이나마 파악했다.

병가가 끝날 때까지 기억이 회복되지 않는다면 아무래도 문제가 생길 것이다. 그 전에 가능한 한 업무를 숙지하여 대비하는 수밖에 없었다.

"개수대에 어떻게 빈 컵만 잔뜩이야. 엄마가 이것저것 싸 주셨으니까 되도록 식사 거르지 마."

윤수가 그의 앞으로 젓가락을 가지런히 놓아 주었다. 왼편에는 물컵이, 밥그릇 오른편에는 국그릇이 놓여 있었다. 한 끼 식사에 먹을 만큼만 덜어 놓은 반찬 접시는 가운데에 놓았다.

윤수와 식사할 때면, 가정 교육이 그 사람의 행동 양식뿐 아니라 의식주 전반에 걸쳐 반영된다는 사실을 새삼 깨닫게 된다.

강희는 반찬을 접시에 덜어 먹는 집은 드라마 속에서만 존재하는 줄 알았다. 아침에 일을 나간 아버지가 저녁 무렵이면 퇴근하고, 어머니가 현관에서 아버지를 맞으며 외투와 가방을 받아 정리하는 모습 역시 작위적이라고 생각했었다. 한데 강희가 늘 우습게 시청했던 그 비현실적인 일들이 윤수에게는 일상이었다.

"맛있다. 감사하다고 대신 전해 드려."

하룻밤 들인 정성만큼 사골이 깊게 우러나 있었다. 밥을 말아서 깍두기를 올려 먹으니 부드러운 국물에 새콤한 맛이 안성맞춤이었다.

윤수의 어머니가 싸서 보냈다는 반찬들은 인공 감미료를 쓰지 않아 간이 약한 편이었으나 의외로 강희의 입맛에 잘 맞았다. 얼핏 익숙한 맛이라는 착각까지 들 정도였다.

밑반찬이 하나같이 손이 많이 가는 음식뿐이었다. 딸의 남자 친구까지 살뜰히 챙겨 주는 넉넉한 인품이 엿보였지만, 강희에게는 윤수의 어머니가 넌지시 보내오는 무언의 메시지처럼 느껴지기도 했다. 밥공기가 비어 갈수록 속이 무거워지는 것은 모두 그러한 까닭이었다.

처음 윤수의 부모님을 마주했을 때, 강희를 못마땅하다는 듯이 훑던 어머니의 시선이 아직까지도 선연하게 기억났다. 예쁘고 귀한 것만 주며 키운 딸을 감히 너 같은 자식이 욕심낸다는 게 가당치 않다는 듯.

어처구니없게도 그 자리에서 그런 어머니의 심정을 절절하게 이해하는 사람이 바로 강희였다.

감히 나 같은 놈이, 윤수를?

"설거지는 내가 할게, 뭐."

식사를 마치고 그릇을 들고 일어나는 윤수를 그가 만류했다.

"너 출근해야지. 사장님이라고 농땡이 부리면 쓰나."

눈가를 찡긋거리며 놀리는 그는 사실 아직까지도 윤수가 카페를 운영하고 있다는 사실이 얼떨떨했다.

"팔이 그런데 설거지를 어떻게 해."

"재활이지."

"됐어. 그냥 저기 가서 앉아 있어."

"내가 한다니까."

깁스한 팔 대신 소매를 입으로 물어 걷어 올리려고 용을 쓰는 모습에 윤수가 끝내 체념의 한숨을 흘렸다. 그녀가 강희의 앞으로 다가와 손을 뻗었다. 도로 흘러내려 온 소매를 대신 접어 주었다. 강희는 그런 윤수를 가만히 내려다보았다.

전체적으로 세련된 인상이지만 일견 차가워 보일 수 있는 어머니와는 달리, 유순한 그녀의 눈매는 그녀의 아버지를 빼닮았다.

강희가 기억하는 것보다 주름지고 나이 든 얼굴이었다. 곧장 알아채지 못한 것이 어쩌면 당연했다. 그와 마주 앉았던 게 벌써 십수 년 전의 일이었으니까.

더욱이 당시 그녀의 아버지는 까마득하게 높아 보이는 판사석에 자리했고, 강희는 그 앞에 초라하게 고개 숙인 피고인이었다.

마냥 편치만은 않은 분위기 속에서 식사를 마치고, 대화를 나누고, 예쁜 모양으로 깎은 과일을 집어 먹을 때에도 알아보지 못했었다. 집 구경을 시켜 주겠다며 윤수가 그의 팔짱을 잡아끌어 제 방이며 아버지 서재를 보여 줄 때까지도 까맣게 몰랐다.

그러다 문득 서가에 꽂힌 두툼한 법전들을 발견했고, 윤수는 자랑스러운 목소리로 아버지의 직업이 판사라는 사실을 알려 주었다.

그때까지도 설마 싶었다. 어쩌면 믿고 싶지 않았던 건지도 모른다. 사람이 살면서 맞닥뜨릴 수 있는 최악의 순간에 그 인생 전반을 좌지우지할 결정권을 가졌던 이를 여자 친구의 아버지로 다시 만나게 될 희박한 확률에 대해서.

마침내 확신하게 되었을 때는 써늘한 불안이 등줄기를 타고 내렸다. 다시 거실로 나와 포크를 쥔 손에 식은땀이 가득 고였다. 말수가 줄었고, 몸이 경직되었다. 금세 안색까지 하얗게 질린 강희를 윤수와 그녀의 부모가 걱정스럽게 쳐다보고 있었다.

긴장 속에서 식사를 한 탓에 급체를 한 모양이라며 손을 따 주겠다고 호들갑을 떠는 윤수 대신 그녀의 어머니가 소화제를 챙겨 주었다. 잠시 뒤에는 그녀의 아버지가 차 키를 들고 일어났다. 집까지 태워다 주겠다는 호의를 한사코 사양해도 소용없었다. 결국 세 사람의 친절에 떠밀리듯 윤수 아버지의 차에 올랐다.

그 순간 강희가 바랄 수 있는 희망은 판사씩이나 되는 그녀 아버지가 자신을 알아보지 못할 확률에 대해서였다. 그러나 그마저도 희박했다. 윤수 어머니에게서 부모님이나 가족에 관한 질문이 나올 때면 윤수와 함께 넌지시 말머리를 돌려 주었던 것이 떠올랐다.

차를 타고 오는 내내 대화가 오가지 않았다. 아마도 몸이 좋지 않은 강희를 위한 배려였을 것이다. 마침내 집 앞에 도착하여 차가 멈춰 섰을 때, 강희는 불편한 공기와 불안한 예감으로부터 한시라도 빨리 도망치고 싶었다.

문을 열고 지면에 발을 디뎠다. 이제 다시 문을 닫고서 차가 멀어지기를 기다리면, 모든 게 무사히 넘어갈 거라고 자신을 속이고 있을 즈음이었다.

"잘 자랐구나."

투명한 차창을 사이에 두고, 손가락 한 마디쯤 열린 틈으로 신 판사의 나지막한 목소리가 흘러나왔다.

강희의 눈이 절로 커졌다. 그리고 그런 강희를 보는 신 판사의 눈매에는 윤수에게서 발견할 수 있었던 것과 같은 온도의 따스함이 어려 있었다. 그때만큼은 어째서 그동안 윤수를 보면서 신 판사를 떠올릴 수 없었는지 이해가 가지 않을 정도로 두 사람이 닮았다고 생각했다.

한데 대체 왜 나를 보는 지금의 네 눈은 그때의 온기를 잃은 채 이렇게나 식어 버린 걸까.

"너를 이렇게 보고 있는데, 왜 자꾸 그리운 기분이 드는지 모르겠다."

그녀가 소매를 접는데 집중한 사이, 어느새 올라온 그의 손끝이 윤수의 볼에 살며시 닿았다.

"한 번만 안아 봐도 돼?"

물음만큼이나 조심스런 손길로 볼을 쓸어내렸다. 잠시간 주저하던 윤수가 먼저 두 팔을 뻗어 그의 허리를 감싸 안았다. 그의 가슴에 깊이 얼굴을 묻었다.

사고 이후 계속해서 강희에게 벽을 치고 밀어내는 윤수의 태도를 그가 느끼지 못할 리 없었다. 윤수와 애틋한 연인 사이라고 믿고 있으면서도 쉽사리 만지지도 못하는 그를 연민했다.

윤수로부터 멀어지던 차가운 순간들이 지금의 그에게는 남아 있지 않았다. 대신 그가 품고 있는 것은 오로지 순수하고 애틋한 감정뿐이었다.

어쩌면 남은 한 달의 시간은 윤수가 아닌 그에게 더 아픈 유예 기간이 될 지도 모르겠다. 이별이 저만치서 그를 기다리고 있다는 사실을 알지 못하면서도, 어렴풋하게 그것을 느끼고 있으니.

무슨 생각을 하고 있느냐고, 나를 떠나갈 거냐고 차마 묻지 못하고 그저 윤수의 몸을 힘주어 끌어안는 가여운 등을 몇 번이나 쓸어 주었다.

늘 그랬듯 왈칵 눈물이 고일만큼 따뜻한 품이었다. 안고 있는 그 순간마저 그 품이 그리울 만큼.

4. Telling me it's too late

퇴원한 지 2주 만에 왼 다리의 깁스를 풀었다. 한동안 석고에 갇혀 굳어 있던 다리를 어색하게 움직여 보았다.

"당분간은 보호대 착용하시고, 되도록 목발 사용해서 체중이 실리지 않게 해야 합니다."

의사가 거듭 주의시켰다. 목발 때문에 내내 어깨가 결리고 아팠다. 깁스만 풀면 당장 그것부터 내던질 생각을 했던 강희지만, 의사의 당부 앞에서는 순순히 고개를 끄덕였다.

3층 정형외과에서 볼일을 마친 뒤 다시 엘리베이터를 타고 5층으로 향했다. 오늘로 세 번째 만나는 의사의 얼굴에는 만성적인 무심함이 덧씌워져 있었다.

"좀 어떠셨어요? 어디 불편한 데는 없었고요?"

팔 하나, 다리 하나, 그리고 기억이 구멍 난 머리를 부둥켜안고 편히 지냈을 리 없다.

강희는 형식적인 질문에 똑같이 형식적인 끄덕임으로 답했다.

"기억 회복에는 차도가 좀 있었습니까?"

"단편적으로 몇몇 장면은 떠오른 것 같습니다."

"다행이네요."

"다행인가요?"

되묻는 물음이 회의적으로 들렸는지, 의사가 희미하게 웃어 보였다.

"당장은 답답할 수 있어요. 그래도 점진적으로 회복되고 있다는 점은 희망적이니까요."

영구적인 손상이 아니니 곧 일상생활에 무리가 없을 정도로 나아질 거라고 했다.

기다린 시간에 비해 순식간이라고 해도 좋을 만큼 짤막한 진료가 끝나고 진료실을 나오면서는 '희망적으로'라는 말이 씁쓸하게 강희의 입 안을 맴돌았다.

택시를 타고 집으로 돌아가는 대신 윤수의 카페에 들르기로 했다. 지갑에 들어 있던 쿠폰을 꺼내 주소를 확인했다. 찍혀 있는 도장은 세 개. 갱신 중인 건지 정체 중인지 알 수 없었다.

카페 근처 지하철 역 앞에서 택시를 세워 내렸다. 대로변의 꽃가게를 발견하고는 입구에서 잠시 망설였으나 이내 안으로 들어가 작은 꽃다발을 사서 나왔다.

장미나 튤립처럼 꽃대에 한 송이만 열리는 꽃보다 여러 송이가 소복하게 피는 꽃이 좋다던 윤수의 말을 기억하고 있어

다행이다.

그걸 알면서도 꽃 한 송이 변변하게 사 준 적 없다는 사실까지 기억난 것은 퍽 유감이었지만.

이처럼 생각만 하고 행동으로 옮기지 않은 것들이 또 얼마나 많을까. 그래서 윤수를 서운하게 한 일들은 또 몇 번이나 있었을까. 답을 알지 못하는 기억이 원망스러웠다. 설령 기억이 있더라도 답을 알고 있는지는 모를 일이었다.

소규모 IT 회사들이 자리한 빌딩 골목에 윤수의 카페가 있었다. 대로변에서는 눈에 띄지 않는 안쪽이었어도 건물과 건물 사이에 빼꼼하게 드러나는 위치라 해가 잘 들었다.

20평이 조금 안 되는 가게는 따뜻한 느낌을 주는 우드 인테리어로 꾸며져 있었다. 커다란 전면 유리에 걸린 레이스 커튼의 다각 무늬가 눈에 익었다.

문을 당기며 들어가자 달려 있던 풍경이 영롱한 소리를 내며 반겨 주었다.

이 풍경만큼은 그 연고를 알고 있어 다행이었다. 함께 인사동에 갔을 때 그녀가 고르고, 그가 선물한 것이 틀림없었다.

"어서 오세요."

손님을 맞아 카운터에서 고개를 든 윤수와 눈이 마주쳤다. 윤수가 놀란 얼굴로 강희를 쳐다보다 손에 든 포트를 내려놓았다. 그런데 그녀보다 먼저 다가와 강희에게 말을 거는 이가 있었다.

"오랜만에 오셨네요? 잘 지내셨어요?"

반가운 어조로 강희에게 인사를 건넸다. 그러다 그녀를 전혀 알아보지 못하는 강희의 반응에 점점 당황하기 시작했다.

"어, 사장님 남자 친구분…… 맞죠?"

마찬가지로 당혹스러움을 겨우 숨긴 강희가 멀뚱히 효진을 내려다보았다. 어느새 다가온 윤수가 강희 대신 말을 받았다.

"효진 매니저가 살이 너무 빠져서 못 알아보나 봐."

"정말요? 그러게, 왜 이렇게 뜸하셨어요!"

다행히 효진은 기분 좋게 웃으며 넘어가 주었다.

"이쪽으로 와."

윤수가 슬쩍 그의 손을 잡아끌었다. 언제나 그렇듯 그녀의 조그마한 손끝이 싸늘하여, 강희는 자연스럽게 그 손을 감싸 입가로 가져다 댔다.

"하아."

입김을 불어넣었다. 따뜻한 온기가 강희가 감싸 쥔 손끝으로 모였다.

"손발이 이렇게 차서 어떡하냐. 진짜 보약이라도 한 첩 지어 먹여야 하나."

그의 걱정이 새삼스러웠다. 불과 몇 주 전만 해도 그는 찬바람 부는 거리에 윤수를 남겨 둔 채 뒤도 돌아보지 않고 걸어가 버렸는데.

무의식적으로 빼내려는 손을 강희가 강하게 붙들었다.

"나 일해야 돼."

"알아."

마지못해 놓아주면서도 눈길만큼은 아쉬움을 담아 윤수에게 머물렀다. 강희가 카운터로 향하는 윤수의 뒤를 졸졸 쫓았다.

"왜?"

"커피 주문하려고."

윤수의 눈동자에 얼핏 황당함이 어렸으나, 이내 무시하기로 마음먹은 듯했다. 윤수가 건성으로 고개를 끄덕이며 카운터 안쪽으로 들어갔다.

"뭐 마실래?"

"오랜만에 네가 내려 주는 드립 커피 한잔할까. 추천해 줄래?"

"너 커피 안 좋아하잖아."

"누가 그래? 나 커피 좋아해."

"바닐라 라테 줄까? 아니면 아포가토?"

그녀의 말마따나 강희는 아직도 커피의 맛 같은 건 잘 알지 못했다. 다만 윤수가 커피에 얼마나 애정을 쏟는지 알기 때문에 그 역시 커피 한 잔에 담긴 정성을 마신다고 생각했을 뿐.

강희 본인보다 그의 취향을 잘 파악하고 있는 윤수와는 달리, 강희는 윤수가 어떤 커피를 가장 좋아하는지 알지 못했다.

남아 있는 1년 남짓한 연애의 기억 속에서는 물론, 잃어버린 시간 속에서도 아마 그는 그녀가 무슨 커피를 즐겨 마시는지에 대해 별 관심을 갖지 않았을 것이다.

아무리 어렵고 낯설어도 그녀가 내려 주는 커피 원두의 이름을 종일 입 안에서 곱씹어 보던 시절을 까맣게 잊은 것처럼.

"추천해 줘. 너 좋아하는 걸로."

"네 입맛에 맞는 걸 골라. 억지로 마시지 말고."

"누가 억지로 마신대?"

이상한 고집을 부리는 강희를 이해할 수 없다는 눈으로 보던 윤수가 끝내 어깨를 으쓱였다.

"계산은 이걸로."

불쑥 내밀어진 카드를 받아 커피 한 잔 값을 계산했다. 괜한 실랑이를 더 이어 가고 싶지 않았기 때문이다.

가게를 두리번거리던 강희가 비어 있는 구석 테이블에 자리 잡았다. 윤수는 메뉴판을 돌아보며 어떤 커피를 내릴까 고심하다 최근 그녀가 자주 마시는 만델링 원두를 집어 들었다.

한 잔 분량의 원두를 그라인더에 넣어 갈았다. 드리퍼에 종이 필터를 끼우고, 갈린 원두를 평평하게 옮겨 담았다. 포트의 스위치를 올려 두고서 끓기를 기다리는 사이 새로운 손님이 들어왔다.

"어서 오세요."

손님이 나간 테이블을 정리하고 돌아온 매니저 효진이 대신 주문을 받았다. 따뜻한 라테 두 잔이 찍힌 주문서를 보며 윤수가 묵직한 포터 필터를 집어 들었다.

에스프레소를 추출하면서는 그 굵기와 크레마의 정도를

보고 그라인더를 조정해야겠다고 생각했다.

아침에 출근하자마자 하는 일이 원두의 입자 크기를 맞추는 일이었는데, 아무래도 오후가 되면서 공기가 한층 무거워진 듯했다.

"……눈이 오려나."

혼잣말처럼 중얼거리는 소리에 효진이 '오늘 눈 온대요?' 하고 되물었다.

"사장님 예언 잘 맞는데……. 이따가 손님 끊기겠는데요?"

"그러게."

눈 오는 겨울밤은 거리도 가게도 부쩍 한적해지기 마련이다. 그런 날은 굳이 마감 시간까지 지키기보다 30분 정도 일찍 가게 문을 닫고 집으로 돌아갔다. 아쉬운 투로 말해도 효진의 목소리에 묘한 기대가 서린 것은 아마 그 때문일 것이다.

그러는 사이 에스프레소의 추출이 끝났다. 윤수가 피처에 우유를 따라 스팀 우유를 만들었다. 날카로운 소음이 잠시 귓가를 할퀴고, 곧 소용돌이처럼 돌아가기 시작하는 우유의 거품이 빠른 속도로 부풀어 올랐다.

왼손으로 흰 잔을 쥐고 오른손으로는 우유를 부었다. 기울이고 있던 잔을 평평하게 놓으면서 떠오른 원을 한 줄기로 긋고 지나자 완벽한 하트 모양이 되었다. 다른 한 잔에도 마찬가지로 하트를 그려 넣었다.

"예쁘다! 아무리 연습해도 저는 왜 자꾸 찌그러진 하트만

나오는지 모르겠어요."

바리스타 자격증 시험을 준비 중인 효진이 어깨 뒤에 딱 달라붙어 요령을 익혔다. 최근 들어서는 매일 우유 한 팩을 사 와서 연습하는 그녀를 윤수가 틈틈이 봐주기도 했다.

"한번 손에 익으면 금방 배우니까 괜찮아."

효진이 트레이에 컵 받침을 놓고 잔을 올렸다. 그녀가 손님에게 라테를 가져가는 것을 지켜보다가 곧 물이 끓은 전기 포트를 집어 들었다.

온도계를 확인하고 드리퍼에 물을 붓기 시작했다. 첫 물로 뜸을 들이는 동안, 방금 라테를 받은 테이블에서 휴대폰을 꺼내 커피 사진을 찍고 있는 모습을 발견하고는 잠시 흐뭇해졌다.

이어 윤수는 주둥이가 긴 드립 포트의 손잡이를 쥐고서 가느다란 물줄기를 천천히 돌리기 시작했다. 그러나 부풀어 오르는 커피와는 다르게 마음은 차츰 무겁게 침잠해 가고 있었다.

아까부터 그녀를 향해 있는 강희의 시선을 애써 모른 체하는 중이었다. 평소보다 커피가 빠르게 내려진 건 그 탓이었을 것이다.

시간과 정성을 들이지 않으면 깊은 맛이 우러나지 않는 터라 커피를 다시 내릴까 고민하다 관두었다.

착잡한 마음이 묻어난 탓에 오늘의 커피는 강희의 입맛에 조금 쓸지도 모르겠으나, 그 역시 자업자득이란 생각이 들었다.

110

그보다 강희에게 커피를 가져다주고, 그가 얼른 잔을 비우길 기다려 조금이라도 빨리 그를 그녀의 공간에서 밀어내고 싶었다.

무늬 없는 하얀 잔에 커피를 따라 트레이에 올려놓았다. 매니저 효진은 으레 윤수가 강희에게 커피를 가져다줄 거라 여겼는지 구석에서 밀린 설거지를 하고 있었다. 어쩔 수 없이 윤수가 직접 카운터 밖으로 나섰다.

"커피 마셔."

어느새 테이블 위에 펴 놓은 노트북 옆으로 찻잔을 들이밀었다. 모니터에 주의를 쏟고 있던 강희가 그제야 고개를 들었다.

"냄새 좋다."

커피 향을 냄새라고 표현하는 게 강희답다면 강희다웠다. 그러고 보면 강희는 윤수가 집에 가져다 놓는 디퓨저 향에는 딱히 관심을 보인 적 없으면서, 윤수에게서 나는 커피 향에는 유독 집요하게 구는 면이 있었다.

몸을 섞을 땐 그녀의 피부에 코를 묻고 몇 번이나 크게 숨을 들이마시는 버릇을 들였고, 아주 깊숙한 곳까지 달달한 냄새가 난다며 곧잘 입술을 가져다 대기도 했다. 그러면 윤수는 다리 사이에 놓인 강희의 머리를 어떻게든 밀어내 보려 하다가 결국 흐느끼는 신음을 뱉으며 힘없이 늘어지곤 했는데…….

"맛있네. ……왜 그래?"

"아, 아니. 아무것도 아니야."

커피로 입술을 축이고, 그 위를 혀로 쓸어 내는 것을 보고 윤수가 어떤 상상을 했는지 그는 꿈에도 알지 못할 것이다.

"이 커피 이름이 뭐야?"

"……만델링."

"만델링."

다음번에는 절대 잊어버리지 않겠다는 듯이 재차 발음하며 다시 잔을 입가에 가져다 댔다.

"자."

"……웬 꽃이야?"

강희가 불쑥 꽃다발을 내밀었다.

"떠올려 보려고 하는 중이야. 신윤수가 뭘 좋아하는지, 뭘 싫어하는지, 내가 놓친 건 뭔지."

윤수가 전혀 웃지 않는 얼굴로 한숨 같은 실소를 내뱉었다.

"그런 것보다 회사 일부터 잘 챙기는 게……."

"지금 나한테 제일 시급한 기억은 그거야."

신윤수, 너에 대한 것. 매일 조금씩 멀어져 가는 너를 붙잡기 위해서라면.

"그러니까 나한테 조금만 기대해 줘. 윤수야."

네가 멀어져 간 만큼 내가 다시 다가설 테니까.

그가 내민 작은 꽃송이들이 파르르 떨리는 것을 먼 시선으로 보고만 있던 윤수가 이내 가라앉은 목을 가다듬었다.

"……손님 오신다. 커피 마셔, 그럼."

언뜻 장난 같은 그의 애원에 윤수는 끝내 대답하지 않고 돌아섰다. 강희가 볼 수 없는 윤수의 얼굴이 차가운 질감으로 굳어 있었다.

적어도 기대라는 말을 그가 그녀에게 요구해서는 안 되는 거였다. 반복되는 실망 끝에 그를 놓아 버리기까지 그녀가 얼마나 울어야 했는지를 안다면…….

"화장실 좀 다녀올게."

트레이를 카운터에 가져다 놓고 잠시 자리를 비웠다. 하의를 내리고 변기에 앉았을 때에는 어쩔 수 없이 작게 한숨이 흘러나왔다.

아래가 조금 젖어 있었다. 단지 그와의 행위를 떠올린 것만으로.

그런 스스로에게 결국 쓰디쓴 미소를 짓고 말았다. 단단히 벽을 둘러친 마음은 그가 아무리 두드려도 쉽게 열리지 않을 것이다.

하지만 여전히 그녀의 욕망이 반응하는 대상은 오직 강희뿐이었다.

속옷을 그대로 올리기 찝찝하여 라이너를 붙이고 화장실에서 나왔다. 그사이 든 손님에게는 벌써 음료가 제공되어 있었다. 바쁘지는 않아도 꾸준히 손님이 들어오는 하루였다.

"매일이 오늘 같았으면 좋겠어요."

일이 한꺼번에 밀리거나 혹은 하릴없이 한가하지 않아, 매니저 효진이 그렇게 말할 정도였다. 윤수도 동의하며 고개를 끄덕였다.

"사장님, 저 잠깐 은행 좀 다녀와도 될까요? 후딱 다녀올

113

게요."

"괜찮으니까 느긋하게 다녀와. 괜히 뛰어가다 빙판길에 넘어지지 말고."

힐끗 시계를 보니 은행 마감 시간이 가까웠다. 마음만 급해 앞치마를 걸친 채로 패딩 점퍼를 입고 나가는 효진을 보다 고개를 설레설레 젓고 말았다.

효진이 없는 사이에 잠시 손님도 끊겼다. 아까 예감했던 대로 진눈깨비가 내리기 시작한 까닭이다. 어딘가로 불어 가는 바람 소리가 후웅, 거창하게 유리창을 할퀴며 지났다.

안과 밖의 온도 차로 뿌옇게 김이 서린 창밖에는 휘청거리는 가로수의 꼭대기만 간신히 보일 정도였다. 이따금 손님들도 점점 궂어지는 날씨를 걱정스런 눈으로 돌아보았다.

유리창 하나로 분리된 안과 밖은 마치 다른 세상처럼 달랐다. 잔잔한 음악과 안락한 소파가 있고, 온기와 커피의 느긋한 향기가 코끝에 감도는 카페 안에서 찬바람이 불고, 눈이 내리고, 두꺼운 구름 아래 갇혀 빛마저 잃어 가는 밖을 물끄러미 내다보았다.

오늘은 손님이 오래 머무르겠구나. 이런 날, 바깥으로 걸어 나가기 위해서는 평소보다 더 많은 용기가 필요하니까.

그래도 언젠가는 밖을 나서야 할 이들을 위해 윤수가 온풍기의 온도를 더 높였다. 얼마 지나지 않아 카페에 한층 더 훈훈한 공기가 고여 들었다.

두런두런 말소리가 작게 울려 퍼지는 나른한 분위기였다. 혹은 각자의 일에 몰두해 시간을 보내고 있었다. 강희 역시 한동안 펴 둔 노트북에 집중하고 있나 싶었는데.

언제부터였는지 모르겠다. 그가 자신을 보고 있었던 것이.

눈이 마주칠 때마다 아무것도 모르는 얼굴로 웃어 보이는 강희의 모습이 아프게 박혀 들어왔다.

나한테 조금만 더 기대해 줘. 아주 조금만 네 마음을 내 줘.

들리지 않는 목소리가 지금도 귓가를 맴돌았다. 마치 그는 보이지 않는 희망을 보고 있는 것 같았다. 간절함이 느껴져 잠시 흔들렸던 것도 사실이었으나 이내 마음을 다잡았다.

강희의 곁에 머무는 동안 그녀의 마음이 저 바깥세상 같았 다. 춥고, 외롭고, 때때로 절망스럽기까지 했다. 헤진 가슴을 부여잡고 겨우 여기까지 왔다. 두 번 다시 태강희라는 겨울 바람에 할퀴어지고 싶지 않았다.

그러니 바랄 뿐이었다. 부디 강희도 더는 그녀를 흔들려 하지 말기를. 그저 이곳에서 잠시 추위를 피했다가 떠나가기 를.

이후 강희는 매일같이 카페로 찾아왔다. 마치 그들이 처음 서로를 알게 되었을 무렵처럼, 커피를 시켜 놓고서 일을 하 거나 혹은 윤수를 관찰하며 긴 시간을 보냈다.

윤수가 넌지시 부담스럽다는 뜻을 전해 보았지만, 손님으 로서의 역할을 충실하게 하는 강희를 무작정 쫓아낼 수도 없 는 노릇이었다.

"오늘도 같이 출근하셨어요?"

막 가게로 들어선 효진이 강희에게 먼저 눈인사를 건네며 카운터 안쪽으로 향했다. 오늘은 윤수가 가게를 오픈하고 효진이 마감을 맡은 날이었다. 카페 문을 연 초창기에는 휴일, 명절 할 것 없이 나와서 자리를 지켰어야 했는데 이제 제법 여유가 생긴 참이다.

좀처럼 데이트를 할 시간이 나지 않아 강희가 카페에 오지 않으면 얼굴 보기도 힘들었던 시절이 있었다. 만약 강희가 없었더라면 윤수는 그 시절을 견디지 못했을 것이다.

시간적으로도, 경제적으로도 넉넉하지 않아 늘 쫓기는 기분이 들었었다. 하루 열두 시간씩 휴일 없이 이어지는 일상과 가게를 계속 유지할 수 있을까 하는 불안감이 몸과 마음을 좀먹을 때마다 윤수는 강희의 품에 안겨 위로를 받았다.

강희에게도 쉽지 않은 일이었을 것이다. 날로 지쳐 가는 윤수를 달래고 북돋아 주면서도 그런 내색은 일체 하지 않았다. 강희의 말없는 배려가 그 시절 두 사람의 관계를 본드처럼 꼭 붙들어 준 것이나 다름없었다.

아마 마음에 쌓여 있던 그때의 고마움이 이후 강희에게 느끼는 섭섭함이나 실망감을 일정 부분 희석시켰을 것이다. 그리고 그를 매정하게 밀어내지 못하고 있는 오늘 역시…….

저도 모르게 뱉어 낸 한숨이 길었나 보다. 앞치마를 매고 손을 씻으며 다가온 효진의 눈이 휘둥그레졌다.

"혹시 싸우셨어요?"

"아니야, 그런 거."

요 며칠 두 사람의 분위기가 영 이상했던 모양이다. 윤수가 애매하게 미소 지었다.

　점심시간에는 근처 회사원들이 한꺼번에 카페로 몰렸다. 효진이 주문을 받고, 보다 손이 빠른 윤수가 쉼 없이 음료를 제조했다. 한쪽에서는 믹서 돌아가는 소리가 요란하게 들리고, 다른 한쪽에서는 스팀 밀크가 부풀어 올랐다. 손이 네 개는 되는 것처럼 정신없이 움직이다가 손님이 차츰 줄어들 즈음 시계를 보면 한 시간이 후딱 지나 있었다.

　손님이 붐비는 피크 시간이 되면, 강희는 조용히 테이블을 치워 주었다. 한가해졌다 싶으면 다시 돌아와 구석 자리를 차지하는 식이다. 오늘도 어김없이 자리를 비웠던 강희가 손님이 빠지자 슬그머니 들어왔다. 성큼성큼 걸어 효진의 앞에 하얀 비닐 봉투를 내밀었다.

　"아직 식사 못 했죠?"

　길 건너 샌드위치 집 로고가 그려져 있었다. 강희가 얼른 받으라며 봉투를 흔들어 보였다.

　"윤수랑 잠깐 식사 좀 하고 와도 될까요?"

　"그럼요. 제가 가게 볼 테니까 맛있는 것 드시고 오세요."

　효진이 웃으며 떠미는 바람에 윤수는 어쩔 수 없이 웃옷을 챙겨 입고 카페 밖으로 나왔다.

　"뭐 먹고 싶은 것 없어?"

　"아무거나 상관없어. 너무 멀리 가지만 않으면."

　혹시 가게가 바빠져 효진에게서 연락이 오면 곧장 돌아올 수 있어야 했다. 길게 고민하지 않고 강희는 윤수를 옆 건물 초밥집으로 데려갔다.

문을 열고 들어서자마자 콧속에 스미는 비릿한 짠 내나 시선이 스치면서 닿는 풍경들이 하나같이 낯설면서도 익숙했다. 요 며칠 이 주변을 배회하며 몇 번이고 경험한 일이었다.

기시감과 미시감 사이에서 외줄 타기를 하듯 골이 휘청거렸다. 그 감각이 가장 강렬했던 순간은 역시나 윤수의 카페를 찾았을 때였다.

원목 테이블의 나뭇결이나 오후 3시쯤 드리우는 볕의 채광이 늘 봐 오던 것처럼 친숙하게 와 닿았다. 곳곳에 놓인 인테리어 화분과 카운터에 정갈하게 꽂힌 꽃꽂이는 누가 알려 주지 않아도 윤수 어머니의 솜씨라는 걸 알 수 있었다.

윤수가 신경 써서 골랐을 소품들과 메뉴판의 글씨체, 바닥재의 무늬, 창틀의 페인트 색, 하다못해 공기에 스며 있을 미세한 입자들까지도 이미 머릿속에 각인되어 있는 것을 새삼 눈으로 재확인하는 기분이었다.

윤수와는 안면이 있는 사장 아주머니가 뜨거운 보리차를 먼저 내주었다. 냄비 우동과 알밥을 주문한 뒤, 윤수가 따뜻한 다기 잔을 감싸 쥐는 것을 물끄러미 보던 강희가 문득 말을 꺼냈다.

"저번에 이 앞을 지나가는데, 너랑 여기 왔던 일이 기억났어."

윤수가 머리를 끄덕거렸다. 강희의 복귀가 이제 일주일도 채 남지 않았다. 차도가 있으니 다행이었다. 그녀가 그의 곁에 있어야 하는 필요성 또한 차츰 사라지고 있다는 의미였으니까.

"한 번이 아니라 자주 왔었던 것 같은데."

"카페 초창기에는 그랬지."

사람을 고용할 여력이 없어 혼자 일하는 윤수의 끼니를 챙겨 준 것이 바로 그였다.

"그런데도 사장님은 내 얼굴을 기억 못 하시네."

"어떻게 일일이 손님 얼굴을 다 기억하겠어."

오랜만이라던 효진의 인사, 그를 알아보지 못하는 윤수의 단골 초밥집. 그동안 강희가 윤수에게 얼마나 무심했었는지를 꼬집어 주는 지표가 이렇듯 곳곳에 있었다. 최근 두 사람의 분위기가 좋지 않았다던 동선의 말이나 묘하게 그를 피하는 윤수의 태도까지. 강희가 씁쓸한 입맛을 뜨끈한 찻물로 헹구어 냈다.

근처 회사원들을 상대로 하는 식당이라 주문한 지 얼마 되지 않아 금방 준비된 요리가 각자의 앞에 놓였다. 수저를 든 뒤부터는 딱히 대화가 오가지 않았다. 중간중간 고개를 들어 마주하는 그의 얼굴은 생각이 많은 사람처럼 복잡해 보였다.

먼저 식사를 마치고 윤수가 마저 다 먹을 때까지 기다리던 강희가 불쑥 무언가를 눈앞에 내밀었다.

"나 이거 쓰고 싶은데."

도장이 열 개씩 찍혀 있는 쿠폰이 여러 장이었다. 됐다는데도 강희는 카페에서 매번 정확하게 음료 값을 계산했다. 두어 시간에 한 잔씩 주문하며 반나절을 있었으니, 며칠 사이에 카페 VIP가 된 것도 이상하지 않은 일이다.

"써. 뭐든 마시고 싶은 걸로."

"음료 말고 다른 걸로 받으려고."

"다른 거?"

"쿠폰 한 장에 질문 하나씩. 어때?"

"……뭐 하러? 네가 물으면 답해 줄 텐데."

"대신 솔직하게."

마치 윤수가 줄곧 듣기에 무난한 말만 하고 있다는 사실을 꿰뚫고 있는 것 같았다. 흔들리는 윤수의 눈을 보던 그가 흥정을 시도했다.

"쿠폰 세 장 있다. 질문 딱 세 개야."

"……"

위로 곧게 치켜세워진 세 개의 손가락을 보고 여전히 망설이는 윤수에게 그가 한 발 더 양보했다.

"만약 들어 보고 곤란한 질문이면 셋 중 하나는 패스해. ……이 정도면 괜찮지 않나?"

재차 설득하는 것을 보니, 윤수에게서 답을 들을 때까지 강희는 포기하지 않을 모양이었다.

"뭐가 그렇게 궁금한데?"

윤수가 마지못해 고개를 끄덕였다.

"우선 첫째로, 나랑 만나면서 네가 가장 행복했을 때가 언제야?"

기억나지 않는 과거 중 묻기 힘든 일이라도 있는 걸까 짐작했던 윤수는 잠시 당황할 수밖에 없었다. 곧 그녀가 표정을 굳히며 일축했다.

"패스."

120

"첫 질문부터?"

마음에 들지는 않았으나 강희는 일단 수긍했다. 적어도 남은 두 질문에 대한 답은 들을 수 있을 테니까.

"그럼 나랑 만나면서 네가 가장 불행했을 때는?"

"……."

두 번째 질문 역시 그런 식이었다. 강희가 대체 무슨 생각으로 묻는지 알고 싶은 것처럼 그를 빤히 보던 윤수의 눈꺼풀이 내려앉았다. 어쨌거나 성실하게 답할 작정인지, 시선을 낮은 곳 어딘가에 던져 둔 채 곰곰이 생각에 잠겼다.

저 작은 머리로 그가 그녀를 불행하게 만든 모든 순간들을 헤아리고 있을까. 윤수의 생각이 길어질수록 강희의 표정도 덩달아 어두워졌다. 긴 침묵 끝에 굳게 닫혀 있던 그녀의 입술이 벌어졌다.

"내가……."

무언가를 말하려다 문득 목이 멘 윤수는 미지근하게 식은 찻물을 삼켰다.

"내가 네 우선순위에서 자꾸 밀려나는 걸 느꼈을 때. 불행하다기보다 슬펐어."

잠자코 듣던 강희의 가슴이 크게 일렁였다. 슬펐다고 이야기하면서, 그 슬픔은 이미 가슴을 쓸고 지나간 지 오래라는 듯이 윤수의 얼굴은 담담하기만 했다.

"그런 적 없어."

"단언하지 마. 너도 지금의 너를 모르잖아."

윤수는 말끝이 떨리는 것을 티내지 않으려 하관에 바짝 힘을 주었다.

"아무리 기억이 없대도 그건 확실해. 단 한 순간도 네가 나한테 가장 소중한 사람이 아닌 적 없어."

순간 울컥한 강희가 강하게 부정했으나, 윤수는 무심히 고개를 내저었다.

"하지만 넌 그렇게 느끼게 행동했어. 그게 중요한 거야."

이어지는 윤수의 말이 그가 입도 뗄 수 없도록 가로막았고, 못을 박았다. 그녀가 옳았다. 그의 진심이 어떻든 간에 윤수를 슬프게 만들었다는 사실은 변하지 않을 것이다.

어쩌면 뜨끔했던 건지도 모른다. 우선순위라는 단어가 예상치 못하게 그의 가슴을 바늘처럼 쿡 찌른 까닭에.

윤수를 제 여자를 만들어야겠다고 결심했을 땐 세상이 오로지 윤수로 가득 차 있었다. 길을 가다 마주치는 모든 얼굴이, 들리는 모든 음악이 윤수였다.

지구의 인력에 이끌리는 달처럼 세상이 윤수를 중심으로 돌아가고 있었다. 하루가 윤수에서 윤수로 끝나던, 오직 신윤수 한 사람이 그의 모든 시간을 차지하던 시절이었다.

윤수를 원했을 땐 윤수만 곁에 두면 더는 바랄 게 없다고 생각했는데. 막상 그녀를 곁에 두고 나니 그 곁에 선 자신이 그렇게 초라해 보일 수가 없었다.

사랑만 가지고 무엇을 할 수 있을까. 마음만으로는 그녀에게 제대로 된 무엇도 줄 수 없었다.

그녀의 옆에 떳떳한 남자가 되기 위해선 돈이 필요했고, 번듯한 직장이 필요했고, 그 안에서 인정도 받아야 했다. 윤수의 마음을 얻고 난 뒤, 미뤄 두었던 일들에 신경을 쓰기 시작한 건 순전히 그 이유에서였다.

하지만 어느 순간부터 주객이 전도되었다고 봐야 좋을 만큼 윤수에게 할애하는 시간이 줄어든 것도 사실이었다.

"오늘 늦어? 그럼 또 얼굴 못 보겠네."

귀여운 투정처럼 넌지시 서운한 마음을 드러내던 윤수에게 서서히 미안하다는 말도 하지 않게 되었다.

"별수 없잖아. 나도 사회생활을 해야 하는데."

당연한 일을 이해해 주지 못하는 것이 답답하다는 듯 대놓고 한숨을 쉬기도 했다. 그러는 사이 미안하다는 말은 되려 윤수에게서 자주 듣게 되었다.

네 옆에 있으면 내가 너무 못난 놈이 된다고, 차마 제 입으로 털어놓을 수 없었다. 자존심 때문에. 그깟 자존심 때문에.

아주 가끔은 그를 그렇게 만드는 사람이 바로 그녀인 것만 같아 원망스러운 마음까지 든 적이 있다.

윤수의 한없는 이해와 양보. 무엇 하나 당연하지 않은 것들을 당연한 것처럼 요구하기 시작한 건 대체 언제부터였을까.

그가 그녀를 사랑한다는 이유로, 마치 권리인 것처럼 그녀를 상처 주었다.

그녀가 그를 사랑한다는 이유로, 마치 의무인 것처럼 상처를 감내했다.

결코 소중하지 않은 것이 아니었는데. 한 번도 소중한 것을 가져 본 적 없었던 탓이라고 변명하기는 이제 너무 늦은 걸까.

윤수가 그에게서 차츰 돌아서고 있는 게 눈에 보일 때마다 강희는 누군가 쥐어짜기라도 하는 것처럼 가슴이 미어졌다.

"어, 효진아."

때마침 울린 전화가 아니었더라면, 그가 그녀를 밀어냈는지 아닌지에 대한 주제로 다시 논쟁을 이어 갔을지도 모르겠다. 그는 기억하지 못하지만, 지난 몇 년간이나 반복해 온 이 지긋지긋한 말싸움을 또다시.

—사장님, 죄송해요. 단체 손님이 열 분 들어오셨어요. 혹시 가까운 데 계시면 와 주실 수 있어요?

"응. 금방 갈게. 바로 옆이야."

마지막으로 찻물을 한 입 머금어 입 안을 씻어 내며 자리에서 일어났다. 덩달아 걸음을 옮기려던 강희가 계산을 잊었다는 사실을 깨닫고 돌아섰다.

맛있게 드셨냐고 묻는 사장님의 말에 잘 먹었다 대답하면서도 두 눈은 문을 열고 나가는 윤수의 뒷모습을 힐끗거리느라 바빴다.

근처 초등학교의 학부모 모임이 태풍처럼 가게를 휘몰아쳤다. 보통은 나긋나긋하게 흘러가던 카페의 분위기가 반전

되었다. 쉴 새 없이 수다가 이어지고, 왁자하게 웃음이 터졌다. 평소 이 시간대에 자리를 지키던 단골손님들이 그때마다 흠칫 놀라며 테이블 세 개를 붙여 놓은 단체석을 돌아볼 정도였다.

열 명 분의 음료와 곧 도착한 그들의 아이들을 위한 베이커리를 모두 내가고서야 윤수가 지친 기색으로 의자에 털썩 앉았다.

강희는 그대로 집에 돌아간 모양이었다. 윤수는 적어도 오늘은 그의 얼굴을 다시 보지 않아도 된다는 사실에 안도했다.

한번 다투고 나면 반드시 결론을 내야 직성이 풀리는 쪽은 늘 윤수였다. 상황이 격앙되면, 강희는 싸움의 원인으로부터 거리를 두려 했다.

때마다 답답함을 이기지 못하고 먼저 입을 떼고야 마는 윤수는 자신이 이 관계의 약자라고 여겼다. 하지만 오늘만큼은 이대로 흐지부지하게 대화가 중단된 것이 차라리 다행이었다.

그녀의 가슴은 이미 수확이 끝난 빈 밭 같아서, 구태여 꺼낼 필요 없는 과거의 일들까지 고구마 줄기처럼 딸려 오는 것이 싫었다. 그렇게 다시 한바탕 뒤집고 나면, 다시는 어떤 사랑도 심을 수 없는 황폐한 땅이 될까 봐 두려웠다.

그를 만나며 가장 행복했을 때가 언제였느냐는 질문은 사실 그리 어렵지도 않았다. 윤수의 마음에 곧장 답이 떠올랐다.

네가 나를 보며 웃던 모든 순간들이 행복했노라고.

하지만 그것을 입 밖에 낼 수는 없었다. 어렵사리 갈무리
하고 있는 감정에 긁어 부스럼을 내고 싶지는 않았으니까.

5. My ego, My pride, My selfish ways

caused you to walk out my life

강희가 받은 쿠폰은 세 장이었다. 첫 번째 질문은 소득 없이 넘겼지만, 두 번째 질문에는 답을 들었다. 이제 그에게 주어진 마지막 질문으로 무엇을 물어야 할까 깊이 고민해 본다.

대체 무엇을 물어야 네 마음을 들여다볼 수 있을까. 또 무엇을 물어야 그 마음을 다시 내게로 돌릴 수 있을까.

손에 든 자그마한 종잇조각 하나가 마지막 남은 희망인 것처럼 간절하게 바라보던 강희가 자리에서 일어났다.

아직 뻐근한 느낌이 남아 있는 왼쪽 다리를 바닥에 두어 번 디뎌 보며 상태를 가늠해 보았다. 이틀 뒤에는 오른팔 깁스까지 풀기로 했다. 한동안 불편하게 거동하다 겨우 살 만해질 참인데, 어느새 복직이 코앞으로 다가와 있었다.

아직도 기억은 군데군데가 빠진 도미노처럼 매끄럽게 이

어지지 않는다. 윤수에 관한 부분은 특히. 사고 당시의 기억
이 떠오른다면 역순으로 되짚어갈 수 있을 것도 같은데…….

눈을 감고 아무리 집중해 봐도, 골만 지끈거릴 뿐 좀처럼
수확이 없었다. 습관처럼 뱉어 내는 한숨으로 답답한 마음을
대신한 강희가 곧 집을 나섰다.

겨울 아침의 서늘한 공기가 패딩 점퍼로 가리지 못한 안면
에 마구 쏟아졌다. 내리막길을 내려가면 나오는 큰길가에서
버스를 탈까 하다 마음을 바꿔 택시를 잡았다. 버스를 기다
려야 하는 짧은 시간조차 허비하기 싫었다. 그의 시간을 오
로지 윤수에게 몰두하고 싶었다.

"오늘은 진짜 일찍 오셨네요. 근데 사장님 오후에 늦게 나
오신다고 했는데, 얘기 못 들으셨어요?"

카페의 유리문을 밀고 들어가자, 매니저 효진이 가장 먼저
그에게 인사를 건넸다. 허리를 굽혀 바닥 청소를 하던 아르
바이트생 우주도 작게 머리를 꾸벅거렸다.

"……엇갈렸나 봅니다."

몇 시쯤에야 윤수가 출근을 하는지 물어볼까 하다 이내 관
두고는 그대로 카페를 빠져나왔다.

주머니에서 휴대폰을 꺼내 그녀의 번호를 띄워 두었지만
통화 버튼을 누르기가 망설여졌다.

전화를 걸면 받고, 메시지를 보내면 답장이 돌아온다. 그
러나 그녀의 글자들이 겨울을 버티는 고드름처럼 날 서 있는
듯 보이는 건 기분 탓만은 아닐 것이다.

네모난 휴대폰 속의 글자들이 계절을 가지고 있다는 생각

이 우스우면서도 윤수가 찍은 구두점 하나에, 웃는 이모티콘 하나에 봄 향기 어린 때가 있었다는 것을 기억한다.

어떻게 하면 다시 그때의 마음으로 되돌릴 수 있을까. 도무지 방법을 모르겠다. 애초에 그녀가 강희의 무엇을 보고 사랑해 주었는지도 알 수 없는 노릇이기에.

아무런 대책도 없이 무작정 밀어붙인 고백. 무섭도록 솔직했던 스물다섯의 태강희. 그때의 강희에게는 있었고, 지금은 없는 게 무엇일까 진지하게 고민해 보았다.

……간절함. 지금의 강희에게는 그때만큼의 간절함이 없었다. 그것을 깨달은 순간, 그 사실이 벼락같은 충격으로 그를 내리쳤다.

내내 뻐근했던 왼쪽 무릎이 풀썩 꺾였다. 건물 벽에 기대어 간신히 중심을 잡고 섰으나, 한 손으로 입을 가린 그의 낯빛은 이미 어둡게 가라앉아 있었다.

집으로 되돌아와 한동안 우두커니 앉아 있던 강희가 휴대폰을 찾았다. 주머니에 전화기를 넣어 놓은 채로 외투를 벽에 걸어 놓았다.

부재중 전화 두 통. 동선과 혜리였다. 단체 대화방에 들어가 확인해 보니, 오랜만에 모여 술이나 마시자는 내용이었다. 대충 그것을 무시하고는 윤수와의 대화방을 열었다. 오늘처럼 엇갈리지 않도록, 그녀에게 내일은 몇 시에 나오느냐고 물었다.

[오픈이야.]

곧바로 내일 보자는 메시지를 보내려다가, 그러면 또 오지 말고 집에서 쉬라는 답장만 돌아올 것 같아 메신저를 끄고 휴대폰을 내려놓았다.

이튿날은 아침 일찍부터 눈이 뜨였다. 내일은 깁스를 풀러 병원에 가야 하므로 오늘 하루는 오롯이 윤수의 주위에 버티고 있을 작정이었다.

줄곧 갑갑한 석고에 갇혀 지내던 한쪽 팔을 해방하는데도 그다지 기꺼운 마음이 들지 않는 건, 윤수가 그에게 보이는 최소한의 다정함이 죄책감에서 파생되었음을 알기 때문이다. 몸이 멀쩡해지고, 기억이 모두 돌아오면 그녀는 서서히 그에게서 멀어지려 할 것이다. 옛날부터 강희의 불길한 예감은 꽤나 큰 확률로 실현되고는 했다.

요즘 강희는 아침에 일어나 밤에 눈 감을 때까지 윤수를 생각했다. 마치 그들의 시작으로 돌아간 것처럼.

덕분에 떠오른 것이 몇 가지 있었다. 잃어버린 기억의 일부가 아니라, 이미 알고 있었으나 무심히 잊어버린 윤수에 관한 것들이었다.

카페에 도착한 강희를 오늘은 윤수가 혼자 맞이해 주었다.

"자."

강희가 종이 가방을 불쑥 내밀었다.

"이게 다 뭐야?"

얼결에 건네받은 종이 가방이 묵직했다. 윤수가 슬쩍 입구를 벌려 안을 들여다보았다.

"이건 종합 비타민이고, 그건 비타민 C. 너 피곤하면 입부터 허는 거 예방하는 데 좋다고 해서. 또 이건 철분제. 누워 있다가 일어날 때 또 픽 쓰러지지 말고."

딱 한 번 기립성 저혈압으로 강희의 앞에서 풀썩 주저앉은 적이 있었다. 별걸 다 기억한다고 중얼거리면서도 괜스레 목구멍이 가려운 기분에 입 안쪽을 잘근거렸다.

"이건 안약. 안구 건조증 심하잖아, 너. 방부제 없는 거니까 되도록 빨리 쓰고. 홍삼은 하루에 한 포씩 챙겨 먹어, 까먹지 말고. 손발 차가운 데 홍삼이 제일 좋다니까. 그리고 이건 핸드크림."

줄줄이 늘어놓은 물건들이 카운터 앞에 수북이 쌓였다. 그것을 도로 종이 가방에 차곡차곡 집어넣으며 결국 윤수가 먼저 헛웃음을 짓고 말았다.

"약 먹다가 배부르겠어."

온갖 영양제에 사족처럼 따라붙는 걱정을 이번만큼은 냉정하게 쳐 낼 수가 없었다. 마침내 윤수의 웃는 얼굴을 보고서야 강희도 비로소 안도했다. 이중 삼중으로 단단히 걸어 잠근 윤수의 마음의 틈을 잠깐이나마 엿본 것 같아서.

"내가 뭐 도와줄 건 없어?"

"팔도 그 모양이면서? 됐거든. 방해 안 되게 저쪽 구석에 앉아 있어."

강희가 부러 처량하게 어깨를 늘어뜨린 모양으로 돌아서자, 등 뒤에서 다시 쿡쿡 웃는 소리가 났다.

이제는 그의 지정석처럼 되어 버린 자리에 엉덩이를 붙이고 앉은 지 얼마 지나지 않아 스피커에서 신나는 팝이 흘러나오기 시작했다.

온종일 허밍 같은 재즈 음악만 듣고 있다 보면 어느 순간 우울한 기분이 든다는 윤수.

좋아서 하는 일이지만 날씨 좋은 날에는 문득 유리문 밖으로 뛰어나가고 싶어진다는 윤수.

한 달에 한 번은 자기 자신을 위해 꽃과 책을 선물하는 윤수.

교통 법규를 잘 지키는 남자가 이상형이라는 윤수.

세상의 불친절한 다수가 그녀를 슬프게 만들지라도 자신만은 마지막까지 세상에 친절하고 싶다는 윤수.

무심코 흘려보냈던 윤수의 조각조각들을 그러모아 그의 안에서 불완전한 모양을 하고 있던 그녀의 존재를 조금씩 채워 가고 있었다.

오늘도 윤수는 집에서 급하게 나왔는지 아직 젖어 있는 머리를 야무지게 틀어 올린다. 잠시 주위를 두리번거리다가 곧 동그란 컵에 꽂혀 있던 볼펜을 찾아 비녀처럼 찔러 넣었다. 미처 빗어 올리지 못한 머리카락 한 가닥이 목덜미로 흘러내린 것은 까맣게 모르는 채.

넋 놓고 지켜보던 강희와 불현듯 시선이 마주쳤을 때, 잠시 당황하는 표정을 지었던 그녀는 이내 콧잔등을 찡그리며 귀엽게 웃었다. 언젠가 그의 가슴을 뛰게 만들었던 그때 그 얼굴로.

쿵쿵. 심장이 울렸다. 지끈거릴 만큼 거세게.

오픈 준비를 마치는 것과 동시에 카페가 잠시 분주해졌다.
출근길에 커피를 사 가는 손님들이 몰린 까닭이다.

"라테 한 잔 주세요."

"쿠폰 여기 보관해 두셨죠? 럭키 게임즈. 여기 있네요."

꽤 많은 사람이 오가는데도 윤수는 단골의 얼굴과 이름을
알아보고 소소한 안부를 물으며 웃는 얼굴로 음료를 건넸다.

아마도 사람들은 단지 커피 한 잔이 아니라 하루의 시작을
알리는 그녀의 다정한 미소를 보려고 이곳을 들러 가는지도
모르겠다.

11시에 효진이 출근하면서 윤수도 아주 잠깐 짬이 났다.
일하는 내내 그녀를 지켜보고 있었던 것처럼 고개를 돌릴 때
마다 눈이 마주치던 강희에게로 향했다.

"태강희."

다친 다리 때문에 옴짝달싹 못 할 때와는 달리 혼자 거동
할 수 있게 되고부터 강희는 윤수만큼이나 긴 시간을 카페에
서 보내고 있었다.

"너 종일 여기 앉아서 뭐 해?"

그녀가 맞은편에 앉는 순간 강희는 노트북을 접어 옆으로
밀어 두었다.

"일도 하고, 너도 보고. 요즘은 하루가 짧아."

진심 섞인 푸념이었는데, 윤수는 객쩍은 농담으로만 받아
들였다. 아지랑이처럼 흐려지는 그녀의 마음을 붙잡지 못하

고 헛되이 보내는 시간을 그가 얼마나 아쉬워하는지 꿈에도 모르는 얼굴로.

"나 내일 이거 풀러 가."

강희가 단단하게 감싸인 팔을 들어 보였다.

"잘됐네. 이제 좀 편해지겠다."

한쪽 다리, 한쪽 팔을 못 쓰는 동안 많은 불편을 감수해야 했다. 때로는 누군가의 도움 없이는 할 수 없는 일들도 많았다. 때문에 그의 쾌유를 축하하는 말이라는 것을 알지만, 어쩐지 윤수 자신이 편해지겠다는 의미처럼 들려 괜히 서운해졌다.

"내일 저녁에 데이트하자."

"……데이트?"

갑작스런 제안에 윤수가 망설였다. 강희는 기회를 놓치지 않고 밀어붙였다.

"우리 옛날에 다니던 술집 기억나? 너 거기 김치전하고 등갈비 찜 맛있다고 해서 자주 갔던 곳."

"홍 언니네? 근데 거기 없어진 지 꽤 됐어."

아마 강희가 그 기억도 잊어버린 모양이라고 짐작한 듯했다.

"새로 오픈했어. 너 거기 김치전 먹고 싶다고 했던 게 기억나서 어제 찾아봤는데, 여기서 그렇게 멀지도 않아."

"진짜?"

진종일 인터넷을 뒤진 수고가 아깝지 않을 만큼 윤수의 얼굴이 확 밝아졌다.

"내일 낮에 병원 갔다가 너 끝날 때쯤에 데리러 올게."

"그래. 퇴원 기념 축하해야겠다."

선뜻 고개를 끄덕이는 윤수를 보며 강희의 낯도 불을 밝힌 듯 훤해졌다.

✽   ✽   ✽

병원을 나서는 강희의 걸음이 후련했다. 하지만 마음에는 무언가 버석거리는 모래알 같은 것이 남아 작게 소용돌이치고 있었다.

이제 걷는 데 무리가 없는 다리와 보호대를 착용한 팔의 경과가 좋았다. 신경외과에서 찍은 CT에서도 이상 소견은 없다고 들었다. 모든 것이 순조롭게 회복되고 있다고도 했다.

어김없이 다음번 진료 예약을 잡으며 의사는 마지막으로 불편한 것이 없느냐고 물었다. 잠시간의 침묵 끝에 강희가 마른 입술을 열었다.

"……괴리가 큽니다."

모니터 속 차트를 막 정리해 저장하려던 의사가 멈칫했다.

"무슨 괴리를 말씀하시는 거죠?"

강희는 대답을 망설였다. 지나치게 사적인 영역을 열어 보이는 게 아닌가 해서. 의사는 재촉하는 대신 가만히 강희의 말을 기다렸다.

"여자 친구가 있습니다. 그 애가 제게는 전부라……. 가족도 없고 가진 것도 없는 저한테는 정말 그 애가 전부거든요. 제 기억은 그 애와 가장 행복했던 순간에 머물러 있는데 그 애는 아닌가 봅니다. 기억이 돌아올수록 손에 쥐고 있다고 생각했던 행복이 물거품처럼 사라져 가는 것을 매 순간 느끼고 있습니다."

증상이라기보다 한없이 사적인 고민에 가까웠음에도 다행히 강희의 이야기를 마냥 흘려듣는 것 같지는 않았다. 한동안 말이 없던 의사가 이윽고 침음과 함께 의사로서의 소견을 밝혔다.

"회복에 따른 예기치 못한 부작용이네요. 환자분의 입장이 약간이나마 이해가 됩니다. 의학적인 시각에서만 이야기하자면, 어쩌면 태강희 환자분께 작화증이 일어났을지 모른다는 생각이 드네요."

"작화증이란 게 뭡니까?"

"손실된 기억을 사실과 다르게 기억하는 증상을 말합니다. 기억 상실 환자에게서 종종 볼 수 있어요."

답답한 속을 털어놓다가 엉뚱한 진단을 받게 된 강희가 어처구니없다는 듯 웃었다.

"그러니까 제가 과거의 기억을 미화시키고 있다는 말인가요? 그건 아닐 겁니다. 저 혼자만이 아니라 그 애도 함께 가지고 있는 기억이니까요."

"스스로는 인식하지 못하는 증상이라 의심해 보았습니다. 하지만 말씀을 들어 보니 환자분께는 해당하지 않는 것 같네요."

윤수와의 추억에 어떠한 과장이나 거짓이 섞이지 않았음을 확신하는 강희를 보며, 중년 여의사가 부드러운 얼굴로 덧붙였다.

"개인적인 소견으로 말씀드린다면, 사랑은 작화증보다 강한 작용으로 기억을 미화시키곤 하더군요."

연륜이 깃든 의사의 조언에 강희는 어쩐지 멋쩍은 마음이 들었다. 그러는 동안 의사는 언제 사담을 나누었냐는 듯이 다시 본래의 업으로 돌아가 한 달 뒤 예약 날짜에 보자며 진료를 마쳤다. 강희가 꾸벅 고개 숙여 인사하며 그녀의 진료실을 나왔다.

미리 약속했던 대로 저녁 8시에 윤수의 카페에 도착했다. 마지막까지 매니저 효진에게 몇 가지 당부를 전하던 윤수가 유리문 밖에 서 있는 강희를 발견하고 손을 흔들어 보였다.

강희는 안으로 들어가는 대신 그녀가 나오기를 기다리기로 했다. 문득 주머니 속에 넣어 둔 휴대폰이 진동했다. 발신인은 혜리였다.

"어. 왜."

—전화받자마자 어, 왜가 뭐야. 친절하게 좀 받아 주지.

애교 섞인 말투로 투덜거리는 혜리에게 강희는 여전히 무심히 대꾸했다.

"왜 전화했는데."

—치. 됐다, 됐어. 내가 너한테 뭘 바라니.

강희가 카페 안에서 겉옷을 챙겨 들고 효진과 우주에게 손

인사하는 윤수를 힐끗거렸다.

"왜 전화했냐고."

―너 왜 요새 이렇게 얼굴 보기가 힘들어? 엊그제 오랜만에 모일까 했더니.

"바빠."

―뭐가 바쁜데? 너 아직 병가 중이잖아.

퇴원하고 이따금씩 보내오는 혜리의 메시지에 제대로 답을 한 적이 없었다. 급한 일이 아니면 되도록 동선이 함께 있는 단체 대화방을 통해 소통했다. 언젠가부터 혜리와 개별적으로 연락하는 일을 꺼리게 된 까닭이다. 아마도 그게 윤수와 크게 싸우고 난 뒤였던 것 같은데…….

―……듣고 있어? 주말에 시간 비워 두라니까!

잠깐 딴 생각에 빠진 사이 이야기를 진행시킨 혜리가 재촉해 왔다.

"주말엔 왜?"

―너 진짜 내 말 하나도 안 듣고 있었구나. 아휴…….

한숨이 수화기를 타고 흘러들었다. 그마저 건성으로 들으며 강희는 윤수가 다가오는 모습만 좇고 있었다.

―다음 주 월요일이 유동선 생일이잖아. 너 다음 주에 복직하고 나면 더 시간 안 날 테니까 주말에 만나자는 거지.

스무 해 넘게 소꿉친구로 지내 오는 동안 세 사람의 생일을 꼬박꼬박 기억하는 사람은 혜리뿐이었다. 강희처럼 가족이 없거나 아니면 있어도 없느니만 못한 혜리 자신을 위해서라도 우리끼리는 서로 축하해 줘야 한다는 이유에서였다.

기실 생일 같은 건 딱히 챙기지 않아도 상관없는 두 남자였지만 어려서부터 지독히 외로움을 타는 혜리의 성격이 세 사람을 주기적으로 모이도록 주도하고 있었다.

"그래서 토요일에 보자고?"

─응. 나 사장 언니한테 어렵게 말해서 시간 뺐으니까 너도 꼭 와야 돼.

"오케이."

윤수가 손잡이에 손을 올려 문을 밀어내는 것을 보며 전화를 급히 마무리했다.

밖으로 나오자마자 써늘한 바람이 그녀의 허술한 목덜미를 파고든 모양이었다. 윤수가 한 차례 부르르 몸을 떨었다.

"줘 봐."

손에 쥐고만 있던 목도리를 받아 그녀의 목에 둘둘 감아 주었다. 굵은 털실로 짜인 목도리에 조그만 얼굴이 반이나 가려졌다. 정전기 때문에 부스스하게 떠오른 머리를 한 번 쓸어 넘겨 주고는 그녀의 손을 잡아 제 주머니에 집어넣었다.

"가자."

가만히 서서 강희의 옆얼굴에 한 번, 그리고 제 손이 든 그의 코트 주머니에 한 번 눈길을 주었던 윤수가 이윽고 강희를 따라 걷기 시작했다.

추운 밤. 그녀의 목소리를 따라 몸을 낮추어 귀를 기울이는 강희. 꼭 감싸 쥔 손과 맞춘 것처럼 같은 방향으로 뻗어 나가는 걸음.

크지 않은 집 앞 공원을 빙빙 돌면서 너와 헤어지고 싶지 않아 몇 번이고 별로 중요하지 않은 비밀 얘기를 네 귀에 속삭였던 걸 너는 알고 있을까. 그때 네가 날 얼마나 황홀한 눈으로 보고 있었는지도.

오랫동안 느끼지 못했던 충만감이 윤수의 몸을 따뜻하게 감쌌다. 아련한 기분에 괜스레 눈시울이 붉어지는 것을 윤수는 애써 미소로 얼버무렸다.

연애 초기에는 강희와 맛집을 두루 찾아다녔다. 주로 가격이 저렴하고, 소란스럽지 않은 분위기의 식당들이었다.

'홍 언니네'도 강희와 함께 발견한 장소였다. 그들과 몇 살 차이가 나지 않을 것 같은 30대 여사장이 있었고, 테이블은 여섯 개밖에 되지 않는 협소한 술집이었다.

윤수의 카페 아르바이트가 끝나고 데이트를 하면 보통 밤늦은 시간이었기 때문에 자연스레 영업시간이 느지막한 곳을 찾아야 했다. 어둔 조명과 구수한 기름 냄새가 홀까지 흘러나오는 '홍 언니네'에서 두런두런 대화를 나누며 맥주병을 부딪치던 기억이 생생했다.

강희는 처음 와 보는 골목 안쪽을 용케도 비집고 들어갔다. 이 근방에 익숙하지 않으면 좀처럼 발걸음하지 않을 것 같은 모퉁이 건물 2층에 익숙한 간판이 걸려 있었다.

"진짜 있네."

낡은 건물 외벽에 똑같이 걸려 있는 간판을 올려다보자니, 어쩐지 감회가 새로웠다. 비좁은 계단을 올라 영업 중인지 의심스럽기까지 한 철문을 열고 들어갔다. 한물 지난 가요가 작게 흘러나오는 실내의 분위기가 전의 가게와 똑 닮아 있었다.

"어서 오세요."

카운터에 홀로 앉아 노트북을 들여다보다 나른한 얼굴로 손님을 맞는 사장의 모습까지도.

"뭔가 기분이 이상해."

전의 가게와 달라진 건 앉아 있는 테이블이 조금 더 커진 것뿐인 듯했다. 윤수는 자개가 장식되어 있는 테이블의 표면을 신기한 듯 쓸어 보았다.

"메뉴가 조금 바뀌었는데."

"그래도 난 김치전이랑 매운 갈비찜 먹을래. 아, 해물 계란찜도 맛있겠다."

"다 시켜, 그럼."

강희가 손을 흔들자 사장이 그들의 테이블로 걸어왔다. 음식과 곁들일 맥주 한 병씩을 주문하고, 메뉴판을 거두어 가려던 사장이 눈으로 두 사람을 한 번씩 흘낏거렸다.

"저희 대학가에서부터 따라왔어요. 여기 김치전 너무 먹고 싶어서."

"맞죠? 어쩐지, 둘 다 낯이 익더라. 그때는 허리까지 내려오는 생머리였잖아요. 찰랑찰랑하게."

윤수가 박수를 치며 좋아했다.

"어떻게 기억하세요? 벌써 3년도 더 지난 것 같은데."

"초창기에 많이 오셨잖아요. 워낙 보기 좋은 커플이었고."

주문서에 메뉴를 받아 적은 사장이 곧 서비스라며 감자튀

김을 한 바구니 주고 갔다. 냉장고에서 막 꺼낸 시원한 병맥주와 함께 집어 먹기 시작했다.

어제 이후로 둘 사이에 어색하던 공기가 다소 희석되었다. 강희의 부상이 눈에 띄게 나아지면서 윤수의 부담을 한 짐 덜었다는 점이 부드러운 대화가 오가는 것에 일조했을 터다.

테이블 중간에 가스버너가 놓이고 넓적한 냄비에 담긴 갈비찜이 나왔다. 뚝배기에 담긴 해물 계란찜의 고운 노란빛도 입맛을 절로 다시게 했다. 끄트머리가 바삭한 김치전은 말할 필요도 없었다. 마지막으로 갈비찜에 넣은 콩나물이 익으면 건져 먹으라는 사장의 당부에 차분히 몇 분을 더 기다렸다. 윤수의 앞접시에 먼저 고기와 야채를 덜어 준 강희가 제 앞에도 갈비찜을 덜어 놓았다.

"벌써 다음 주 복직인데 기분은 어때? 괜찮겠어?"

강희가 어깨를 으쓱였다.

"업무 숙지는 대강 해 뒀고. 문제는 사람 얼굴을 알아보느냐 하는 건데……. 뭐, 기억 안 나면 대충 얼버무려야지."

"차라리 미리 설명하고 양해를 구하는 편이 낫지 않을까?"

강희가 대답 대신 쓴웃음만 지어 보였다. 애초에 그런 걸 양해해 주는 물렁한 회사가 아니라고 푸념하기는 싫었던 까닭이다. 설명한다고 그녀가 이해할 수 있는 범주의 일도 아니다. 어쨌거나 그녀는 회사 생활은 경험해 본 적이 없었으니까.

"하기야, 태강희 대리님이 알아서 잘할 텐데 내가 괜한 참견했나 보다."

그 뜨뜻미지근한 반응을 어떻게 받아들였는지, 윤수가 말
끝을 흐렸다.

"그게 아니라, 너한테는 회사 얘기 지루하니까."

뭔가 실수를 했다는 느낌에 다급히 덧붙여 보지만 아까보
다 어둡게 가라앉은 윤수의 표정은 나아지지 않는다. 갑자기
왜 그러는 건지 그냥 말로 해 줬으면 싶어 답답해질 무렵, 윤
수가 옅게 한숨을 뱉어 냈다.

"그럼 나도 앞으로 너한테 카페 얘기는 안 해야 되겠다.
너도 지루할 텐데."

"그런 뜻이 아니잖아."

어째서 그런 식으로 맞받아치려 하는 건지 모르겠다. 강희
가 갑갑한 마음을 참지 못하고 연거푸 마른세수를 했다.

"그냥 너한테 힘든 얘기하기 싫어. 그런다고 해결되는 것
도 아닌데, 괜히 너까지 기분 안 좋을 필요 없으니까."

새삼 자신의 언변이 얼마나 형편없는지를 실감했다. 속에
뭉쳐 있는 마음이 그녀에게 제대로 전달되지 않는 것만 같아
초조했다. 있는 그대로 말을 해도, 상황이 자꾸만 악화되어
가는 게 눈에 보였다.

"알아. 전에도 그렇게 말했어, 너. 근데 그런 너한테 어느
순간 나도 힘든 얘기는 점점 할 수 없게 되더라."

반면 윤수는 그녀의 마음을 어떤 미사여구 없이 솔직하게
표현할 줄 알았다. 정확한 단어와 문장이 되어 그의 심장을
표적 삼아 날아왔다.

이번에도 마찬가지다. 커다란 망치에 때려 맞은 것처럼 머리도, 심장도 얼얼했다.

"해. 하면 되잖아."

우기는 강희를 보며 윤수는 허탈한 듯이 고개를 내저었다.

일방적으로 의지하여 무게 중심이 기울어진 관계가 얼마나 지속될 수 있을까. 뭔가 대단한 걸 바란 것이 아니었다. 그저 힘든 하루를 보내고 난 뒤 함께 상사 욕도 하고, 진상 손님 욕도 하면서 맥주 한잔 나눠 마시는 걸로 족했다. 그렇게 발을 맞추며 버거운 일상들을 함께 이겨 내고 싶었을 뿐이다.

"네 탓을 하는 건 아니야. 그냥 너랑 내가 그만큼 다르다는 뜻이겠지."

윤수의 체념이 책망보다도 아프게 와닿았다. 강희 자신 역시 숱하게 써 왔던 다르다는 말이 상대와 거리를 벌리는 말이었다는 것을 지금에서야 깨닫는다.

무어라 반박을 하고 싶었으나, 자칫 다툼으로 번질까 봐 억눌렀다. 잠시 그들 사이에 묵직한 침묵이 찾아들었다.

"……내가 힘든 건 대부분 돈 때문인데 내가 너한테 돈 얘기를 할 수는 없잖아."

서른 살의 태강희라면 절대 하지 않았을 이야기였다. 아마 이것이 윤수의 앞에서 가장 직접적으로 털어놓은 속내였을 것이다.

어딘지 초연한 표정으로 턱을 괴고 있던 윤수의 눈이 커졌다.

"너를 만나면서 단 한 번도 네가 얼마나 가졌는지를 따진 적은 없어."

윤수의 그 말을 끝으로, 두 사람 모두 다시 입을 다물었다. 더 내키지 않아도 차려진 음식에 몇 번 젓가락이 오고 가는 사이, 가게 안에는 몇 년 전 유행했던 노래가 흘러나왔다.

이 가수가 한창 인기 많았던 시절에도 두 사람은 함께였다. 어느새 대중의 관심에서 멀어져 더는 듣기 힘든 철 지난 유행가에는 두 사람이 함께 보낸 시간의 더께가 묻어 있었다.

경쾌한 선율은 여름의 강렬한 태양과 젊은 남녀의 소란한 웃음소리를 떠올리게 했다. 언젠가 이 노래를 함께 들으며 바다로 떠났던 적이 있다. 볕에 달구어진 모래사장을 밟고, 별빛이 밀려드는 밤의 파도를 구경했다. 태양보다 뜨겁게 서로를 품고, 습한 호흡을 주고받았었다.

그 기억이 시간의 파도를 타고 지금에 떠밀려 와 있었다. 우리가 따라 부르던 노래가 이제는 한물간 유행가가 되었듯이, 지금의 우리도 전혀 다른 우리가 되어 있었다.

"옛날에 남산 구경하고 저녁 식사하려고 간 레스토랑 기억나?"

문득 강희가 물었다. 젓가락을 내려놓고, 매운 기운이 남은 입으로 맥주를 넘기던 윤수가 고개를 갸웃 기울였다.

"그날 분위기 좋은 곳으로 가자고 너 데리고 을지로 루프탑 레스토랑 들어갔었어. 전면이 유리로 되어 있고, 서울 야경이 손에 잡힐 것처럼 내려다보이고."

도시의 마천루를 배경으로 하던 라이브 피아노 연주. 깔끔하게 통일된 옷차림과 허리를 곧게 편 자세로 음식을 나르던 종업원들. 곳곳이 눈에 담는 대로 멋진 그림 같았다.

입구를 지키고 서 있던 지배인이 안내해 주는 대로 뒤를 졸졸 따라가면서 그 장소가 그와는 어울리지 않는다는 것쯤은 단박에 알 수 있었다. 마치 물속에 살던 물고기가 수면 밖으로 마실 나온 것처럼 공기마저 갑갑했었다.

"솔직히 네가 마음에 안 든다고 끌고 나오지 않았으면 그저녁 식사 한 끼에 내 한 달 식비가 날아갔겠지. 돈 신경 쓰지 말고 여기서 먹자고 어깃장 놓으면서 너랑 한참 다투는 중에도 속으로는 다행이다 싶었다."

거북이의 등껍질을 빼앗아 지고 있던 뱀처럼 어울리지 않는 행세로 윤수를 눈속임하려고 했다.

"내가 이렇게 치졸한 새끼야."

억지로 붙들고 있던 허세와 자존심을 내려놓았더니, 그 무게가 얹혀 있던 자리에 허탈함과 비참함, 그리고 어느 정도의 속 시원함이 몰려왔다. 어쩌면 눈앞의 윤수는 그런 강희에게 속았다는 기분이 들지도 모르겠지만.

윤수가 어정쩡하게 들고 있던 병을 테이블 위에 내려놓았다.

"몰랐어."

윤수는 줄곧 그녀와 강희 사이에 넘을 수 없는 산과 강이 존재한다고 믿었다. 오해의 수심은 깊었고, 진실에 가닿기까지는 가시덤불이 우거진 숲을 지나야 했다.

강희에게 다가가려 할수록 상처는 늘어만 갔다. 때로는 회복되지 못할 흉터를 떠안아야 했다. 그러다 결국 포기해 버렸다. 더는 좁혀지지 않는 그와의 거리를.

그런데 지금 윤수는 그간 발 디딜 엄두조차 낼 수 없었던 오해의 강이 무릎까지 차오른 것을 느낀다. 발을 적신 강물은 그녀가 예상했던 것보다 차가웠으나, 겁을 낼 만큼 깊지는 않았다. 만약 그때 더 용기를 냈더라면, 그녀는 이 오해의 강을 건너갈 수 있었을까.

"진작 알았더라면, 그때 너를 더 꽉 안아 줬을 거야."

윤수가 혼잣말하듯 읊조렸다.

"네가 어떤 사람이든, 내 심장을 뛰게 만든다는 건 변함없다는 걸 알려 줄 수 있을 테니까."

그녀가 아는 강희는 언제나 단단한 껍질을 두르고 있는 것 같았다. 매번 그 껍질에 부딪쳐 튕겨 나기 일쑤였다. 만약 강희에게 이런 연약한 속이 있다는 걸 알았더라면 윤수는 그를 더 많이 안아 주었을 것이다.

윤수가 반쯤 남은 맥주병을 들어 강희의 것에 툭 부딪쳤다. 윤수의 말을 곱씹으며 가슴에 뭉근하게 퍼지는 뜨거운 감정을 힘겹게 소화하던 강희가 흔들거리는 병을 붙들었다.

"우리 오늘은 옛날이야기 그만하자."

그들이 지나온 길에 무수한 오해가 지뢰처럼 묻혀 있다는 것을 알았다. 오해가 발아한 그 시점에 서로에게 속마음을 털어놓았더라면 지금 이 자리에 다다르지는 않았을지도 모른다. 그러나 이제 와 되짚기에는 너무나 먼 길이었다.

사고 이후, 눈에 보일 정도로 애를 쓰는 강희의 노력이 그저 안쓰러웠다. 때로 그런 강희의 모습이 깊이 묻어 두었던 지난 설렘을 자극하는 것은 사실이었다.

몇 번이나 발로 꾹꾹 밟고 짓이겨 겨우 죽여 놓은 불씨가 고작 숨결 한 번에 살아나려 할 때마다 윤수는 그 위로 이성의 찬물을 들이부었다. 이미 재가 되어 버린 마음에서 불똥이 튀어 봐야 자신만 델 뿐이라는 걸 이제는 너무 잘 알기 때문이었다.

"기분 좋게 마시고 싶어. 오랜만이잖아."

적어도 오늘만큼은 그와 즐거웠던 추억만 나누고 싶었다. 장소는 바뀌었어도 감성은 고스란히 남은 단골 술집처럼. 다시 들으면 반가운 철 지난 유행가처럼.

다시금 챙, 하고 병이 부딪쳤다. 그리고 윤수가 입 모양으로 작게 건배를 외쳤다. 정작 무엇을 위한 건배인지 모르는 강희도 윤수를 따라 맥주병을 입가로 가져다 댔다.

오랜 시간 함께였어도 결국엔 너는 너, 나는 나였던 우리를 이제 그만 놓아 줄 준비를 하며, 건배.

그럭저럭 괜찮은 분위기에서 식사를 마치고 술집을 나설 때까지 가게에 손님은 딱 두 테이블밖에 오지 않았다. 이러다가는 머지않아 새로 문을 연 홍 언니네도 금세 문을 닫아 버릴 것 같다. 걱정스런 눈으로 가게를 둘러보는 윤수를 눈치챘는지, 카드를 받아 계산하던 사장이 싱긋 웃었다.

"또 놀러 오세요."

결제가 끝난 카드를 돌려주는 사장에게 윤수도 조만간 또 오겠다고 인사했다.

술을 마실 생각으로 애초에 두 사람 다 차를 가지고 오지 않았다. 술집을 나와서는 택시가 다니는 큰길까지 조용한 골목을 걸어 나왔다. 밤이 깊어질수록 더 환하게 붉을 밝히는 유흥가를 지나 대로변에서 강희가 지나가던 택시를 잡았다.

"우리 집 들렀다 가."

"아니야. 너 내려 주고 나도 우리 집 갈래."

"화장실 안 가도 돼?"

강희가 상체를 기울여 작게 속삭이는 말을 듣고 윤수의 볼이 속절없이 불그스름하게 달아올랐다.

소믈리에와 칵테일 주조사를 섭렵하여 음료 관련 자격증을 모조리 따 두겠다던 윤수의 야심찬 계획은 그녀가 아버지를 닮아 알코올 불내증이라는 것이 밝혀지며 무산되었다.

술자리에 가도 소주는 엄두도 내지 못했고, 맥주나 두어 잔 마시는 게 전부였다. 그 이상 취하면 얼굴부터 허벅지까지 얼룩덜룩한 홍반이 올라왔다. 때문에 하릴없이 맥주만 홀짝이다 보면 자연스럽게 화장실을 가는 일이 잦았다.

"아까 못 갔지? 여기서 우리 집이 더 가까워."

예전에 별생각 없이 들어갔던 공용 화장실에서 옆 칸에 몰래 숨어 있던 성추행범을 만난 윤수는 그날 이후 남녀가 함께 들어가게 되어 있는 공용 화장실은 절대 이용하지 않는다. 하필 홍 언니네가 사용하는 건물 화장실이 그랬다. 그러니 아마 꽤 오래 소변을 참고 있었을 것이다.

"……그럼 화장실만 좀 쓸게."

택시 운전사의 귀에 들리지 않게 작은 목소리로 소곤거리는 윤수의 귓불이 빨개진 건 비단 술을 마신 탓만은 아닐 것이다. 차창에 슬쩍 비친 강희의 얼굴에 옅은 웃음기가 떠올랐다.

강희의 집 앞에 도착했을 때 잠시 기다려 달라는 양해의 말을 건넬 새도 없이 기사는 다음 콜을 받고 떠나 버렸다. 별수 없이 콜택시를 불러야겠다고 생각하며 강희의 집이 있는 2층 계단을 올랐다. 강희가 현관문을 여는 동안 윤수는 그 옆에 쭈뼛거리는 기색으로 서 있었다.

"들어가."

열린 문을 가리키며 강희가 턱짓했다. 어두컴컴한 실내에서 윤수는 익숙한 손길로 조명 스위치를 더듬어 켰다.

"나 그럼 화장실 좀 쓸게."

"어."

"저기……."

곧장 화장실로 향하던 윤수가 주저하며 강희를 돌아보았다. 잠시 의아해하던 그가 곧 아, 하며 TV 전원을 켰다. 만족할 만큼 음량을 올린 뒤에야 강희의 등 뒤로 문이 닫히는 소리가 났다.

그렇게 오랜 시간을 알아 왔는데도, 심지어 그녀의 몸 곳곳을 그녀보다 더 잘 알고 있는 강희인데도 저런 것을 부끄러워하는 윤수가 귀엽다.

변기 물 내려가는 소리가 작게 들리고, 이어 오래된 수도에서 물 쏟아지는 소리가 요란하게 났다. 잠시 뒤, 화장실 문을 열고 윤수가 나왔다.

예상은 했지만 밝은 데서 보니 그녀의 얼굴이 꼭 홍옥처럼 붉었다. 시간이 지날수록 취기가 오르는 모양이었다.

갈비찜이 맛있다며 계속 맥주를 홀짝일 때 말렸어야 했나.

"괜찮아?"

"응. 나 물 한 잔만."

"거기 있어. 내가 줄게."

강희가 냉장고 문을 열고 생수병을 꺼내 물을 따랐다. 자연스레 집어 든 컵에 불현듯 눈길이 스쳤다. 언젠가 윤수와 신혼부부처럼 팔짱을 끼고 마트를 돌다가 그녀가 마음에 들어 하기에 샀던 것이었다.

문득 의아한 생각이 들었다. 전부를 기억하지는 못해도 그녀와 함께한 순간들을 간직하기 위해 산 소소한 물건들이 꽤 많았는데 왜 이것밖에 남지 않았을까.

"물 안 줘?"

냉장고 옆면을 짚고서 기우뚱하게 서 있던 윤수가 물었다. 곧 강희가 건넨 잔을 받아 꼴깍꼴깍 물을 넘기고는 젖은 입술을 손등으로 훔쳤다.

"후, 좀 살 것 같다."

평소보다 풀어진 얼굴이었다. 방긋 웃자 여전히 불그스름한 볼이 동그랗게 도드라졌다. 문득 그것을 만져보고 싶다고 생각했을 땐, 이미 손등으로 그녀의 광대뼈를 쓸어내리고 있었다. 손마디로 애틋하게 그녀의 살갗을 어루만졌다.

"나, 나 이제 가야겠다."

그녀답지 않게 말까지 더듬으며 고개를 돌렸다.

"같이 가."

윤수는 화끈거리는 얼굴이 단지 술기운 때문이라고 믿었다. 방금 물을 마셨는데도 새삼 입이 마르고, 가슴이 뛰는 것역시 알코올 작용일 뿐이라고.

"아니야. 뭐 하러. 요 앞에서 택시 잡아타면 돼."

윤수가 도망치듯 빠르게 걸어 현관으로 향했다. 신발을 찾는 눈길에 당황스러움이 묻어나 있었다.

"자정 지나서 위험하다고. 같이 가자니까. 윽!"

문고리를 붙잡는 윤수를 잡으려 단차 낮은 현관 타일에 의식 없이 왼발을 디딘 것이 문제였다. 갑작스럽게 하중이 실린 다리에 통증이 실리면서 맥없이 무릎이 꺾였다.

놀란 윤수가 재빨리 그의 허리를 부둥켜안았다. 두 손으로 문을 짚어 겨우 중심을 잡긴 했어도 욱신거리는 고통이 뼈를타고 올라왔다. 이를 악문 강희의 하관이 두드러졌다.

"다리 아파? 어떡하지. 병원 갈까?"

잔뜩 찌푸려진 얼굴을 올려다보며 윤수가 재차 물었다. 악소리가 나게 아팠던 고통은 다행히 시간이 지날수록 점차 옅어지고 있었으나, 그녀의 걱정을 받는 것이 좋아 부러 더 아픈 척을 해 본다.

"발 딛지 말고 나한테 기대 봐."

그보다 턱없이 작은 몸을 그의 겨드랑이 사이에 끼워 넣고는 부축하려 애를 쓰는 윤수의 이마에 쪽, 입을 맞췄다. 그

생생한 감촉에 윤수가 얼떨떨한 표정으로 고개를 들었다.

"뭐야, 너. 이런 걸로 장난……."

마음이 상해 투덜거리는 말은 더 흘러나오지 못하고 틀어막혔다. 어느새 현관문에 바짝 밀어붙여진 채로.

그를 부축하려고 했는데 정신 차리고 보니 오히려 그에게 뒤덮여 있는 형상이었다. 한 손으로 그녀의 등을 받치고, 다른 손으로는 머리 위를 짚은 강희가 쏟아질 듯 그녀에게 입술을 비비고 있었다.

"읏……!"

어설프게 힘을 준 입술을 강희가 혀끝으로 핥고 지났다. 열어 주지 않는 문을 노크하듯이 톡톡 치대며 커다란 손으로 그녀의 등을 쓸어 올렸다. 척추를 따라 올라오던 손이 그녀의 뒷덜미를 감싸 머리카락 속으로 파고들었다. 윤수가 몸을 부르르 떨며 흐느끼는 소리를 냈다.

"하아, 후……."

갈라진 틈을 핥고 누르고 다시 쓸어 가는 놀림에 점차 숨이 가빠 온 윤수가 그의 가슴께를 꼭 움켜쥐었다. 구조 신호처럼 간절한 손짓에 그녀를 꽉 붙들고 있던 강희가 잠시 숨을 쉴 공간을 내주었다.

"그, 그만."

"키스할 거야. 하고 싶어."

중간중간 그녀가 거부할 수 없도록 목덜미와 턱에 입을 맞추던 그가 욕망이 일렁이는 눈으로 그녀를 마주 보았다.

"입술 벌려, 신윤수."

명령처럼 들리기도 하고, 조르는 것 같기도 했다. 어느 쪽이든 꼼짝할 수 없었다는 건 변함없었다. 윤수가 무어라 대답하기도 전에, 그의 입술이 다시 그녀의 입술을 머금었다. 윤수가 눈을 질끈 감았다.

반복되는 구애에 더는 버티지 못하고 강희를 받아들였다. 그의 뜨거움이 다소 조급하게 밀려 들어왔다. 입술이 아니라 마음을 비집고 들어온다는 생각이 들었다.

파도처럼 안으로 쏟아졌다 그녀의 것을 와락 채어 가는 강희에게 정신없이 휩쓸리면서, 윤수는 이마저도 술기운 탓이라 변명하였다.

몸이 뜨거웠다. 아랫배 깊은 곳이 부글부글 들끓었다. 아까까지만 해도 주도권을 잡고 있던 차가운 이성이 미지근해질 만큼 뭉근한 열기였다. 겹쳐진 입술을 통해 강희가 계속해서 열기를 불어 넣었다. 윤수는 정신을 차릴 수가 없었다.

강희의 몸에 떠밀려 엉덩이가 현관문에 툭툭 부딪쳤다. 버거워하는 그녀를 알았는지 강희의 단단한 허벅지가 그녀의 다리 사이로 들어와 그녀를 어느 정도 지탱해 주었다. 마치 방금 전 휘청거렸던 건 엄살이었다는 듯이.

강희의 널따란 어깨 아래 윤수는 박제된 나비처럼 꼼짝없이 갇히고 말았다. 감긴 속눈썹만이 나비의 날갯짓처럼 파르르 떨렸다.

강희의 손이 윤수의 외투 지퍼를 잡아 내렸다. 앞섶이 열리자 그것을 그녀의 어깨 뒤로 밀어내는 손길은 더 빨랐다. 갑자기 외투가 벗겨져 한기를 느낄 새도 없이 강희가 그녀를 품으로 꽉 끌어안았다.

달래듯 허리를 쓸어내리던 손이 스웨터 안으로 파고들었
다. 달아오른 손에 데기라도 하듯 윤수가 몸을 떨었다. 아랑
곳 않고 그녀의 허리를 지분거리는 강희의 손길은 거침이 없
었다.

"윤수야. 신윤수."

재차 이름을 부르며 그녀의 눈꼬리에, 볼에, 입매에 입을
맞춰 내려갔다. 턱선을 쓸고 그 밑의 예민한 목덜미에 닿았
을 땐, 윤수에게서 습한 숨이 터져 나왔다.

일방적이었던 접촉에 그녀가 조금씩 호응하기 시작한 것
도 그 즈음이었다. 목구멍에 불씨가 떨어진 것처럼 얼굴이
화끈거렸다. 동시에 그 불씨는 몸을 타고 내려가 아랫배에서
도 들끓고 있었다.

그녀의 작은 손바닥이 강희의 가슴을 매만졌다. 손가락
이 스치는 대로 단단하게 힘이 들어가는 몸에 제 몸을 밀착
했다. 부드러운 젖가슴이 그에게 바싹 문대어지는 것을 느낀
강희가 더는 참지 못하고 잇새로 사나운 소리를 냈다.

"하, 돌겠다. 진짜."

으르렁거림과 비슷한 혼잣말과 함께 강희가 윤수를 번쩍
안아 들었다.

"너, 다리!"

윤수가 기겁을 하며 바동거렸으나, 강희는 아랑곳하지 않
았다.

"나 지금 눈에 뵈는 것 없어. 그러니까 그만 바동거려. 떨

157

어져."

사실 다리보다 그녀의 무릎 뒤를 받친 오른팔이 문제라면 문제일 테지만, 말 그대로 윤수 말고는 눈에 보이는 게 없는 강희는 성큼성큼 걸어 매트리스 위에 주저앉았다.

"오늘 집에 가지 마."

그녀를 허벅다리 위에 앉혀 두고서, 옴짝달싹 못 하게 끌어안고는 어린애처럼 졸랐다. 윤수의 봉긋한 가슴 사이에 문대는 얼굴이나 그녀의 엉덩이 아래로 존재감을 드러내는 본능은 어린아이의 그것과 한참은 거리가 멀었음에도, 간절하게 그녀를 보는 눈이 마치 그녀 없이는 외톨이가 되어 버릴 아이 같았다.

"내 옆에 있어. 응?"

대답 대신 그의 웃옷만 힘주어 움켜쥐었다.

바보 같은 짓이라는 걸 알고 있었다. 강희가 보여 주는 잠시간의 변화에 일희일비하지 말자고 몇 번이나 스스로를 다그쳤는지 모른다. 마치 기억을 잃은 게 강희가 아니라 윤수 자신인 것처럼 아팠던 과거를 부러 곱씹기도 했다. 그렇게 헤어짐을 재차 다짐했었는데…….

이제 와서 이렇듯 갈팡질팡하는 마음이 원망스러웠다. 마음보다 쉽게 휘둘리는 몸도 미웠다. 정말로 술이 그녀를 해이하게 만든 건지, 아니면 그저 핑곗거리를 찾을 뿐인지 분간할 수 없어 윤수는 질끈 눈을 감았다. 이 순간만이라도 그녀를 혼란스럽게 하는 모든 기억을 외면하고 싶었다.

오늘만, 딱 이 밤만 강희처럼 기억 상실에 걸린 시늉이라도 하며 충동에 몸을 맡겨 버린다면 어떨까.

"……꽉 안아 줘."

그녀를 원하는 강희의 눈동자 앞에서 이성은 물을 탄 듯 흐려졌다. 결국 이성을 물리친 순간의 감정이 윤수의 입술을 움직였다.

"더 꽉, 안아 줘."

나를 사랑하는 만큼 더 세게. 증명해 줘. 네 마음을.

언제나 강희에게 묻고 싶은 건 단 하나였다.

나를 사랑하니? 나를 아직도, 사랑하니?

어쩌면 헤어지자는 말조차 강희의 진심을 듣기 위한 질문이었을지도 모른다. 여전히 그녀는 알고 싶었다.

윤수가 강희의 품속으로 깊이 몸을 묻었다.

마침내 응답을 얻어 낸 강희가 다시금 그녀의 입술을 찾았다. 몸보다 마음이 더 갈급하여 시작된 키스는 길게 이어졌다. 윤수는 강희의 목에 두 팔을 두른 채로 그를 받아들였다.

그녀를 허벅지 위에 앉혀 놓고서 팔을 둘러 등을 받친 강희가 잠시 그녀의 입술을 놓아 주었다. 누구의 것인지 알 수 없는 타액으로 번들거리는 점막을 물끄러미 보다 다시 한번 그것을 쪽 빨았다. 그러고는 안아 달라는 윤수의 말대로 그녀를 꼭 부둥켰다.

천천히 몸을 좌우로 흔들자, 윤수는 마치 요람 속의 아기가 된 것처럼 편안해졌다. 문득 그런 제 꼴이 우스워 킥킥거리며 어깨를 떨었다. 강희와 마주친 윤수의 눈은 나른하게 풀려 있었다.

"졸려?"

"조금."

그녀의 눈가에 피곤이 내려앉았다. 윤수를 안쓰럽게 보던 강희가 투박한 손으로 그녀의 눈매를 섬세하게 쓸어 주었다.

"잠 깨게 해 줘?"

은근하게 묻는 목소리에는 장난기가 실려 있었다. 윤수가 반쯤 감겨 있던 눈을 번쩍 떴다. 그의 손이 어느새 그녀의 몸을 타고 내려가 바지 단추를 풀고 지퍼를 내리고 있었다.

앗, 하는 사이에 바지 속으로 침범했다. 등줄기를 따라 내려온 손이 그녀의 말랑한 엉덩이를 한 번 세게 쥐었다 놓았다. 동시에 고개를 숙인 강희가 그녀의 목덜미를 입술로 잘근거렸다. 오소소 소름이 돋은 윤수의 살갗이 우툴두툴하게 곤두섰다.

목덜미를 날름 핥아 올리는 강희를 느끼며 꼼짝없이 잡아먹히는 것 같다고 그녀는 생각했다. 욕심껏 엉덩이를 움켜쥔 강희가 불거진 쇄골을 이로 깨물었다. 아프기보다 묘한 간지러움이 일어 윤수의 입에서는 뜨거운 한숨이 흘러나왔다.

곧 강희가 움직임에 제약이 되는 그녀의 바지를 끌어 내렸다. 품이 큰 스웨터가 하얀 허벅지를 반쯤 가린 모습을 두어 번이나 훑어 내리던 그가 그녀의 콧대에 제 코를 가져다 대고 비볐다.

"예쁘다. 신윤수."

그녀가 정면을 보게 돌려 안은 그의 손이 스웨터 안쪽으로 침입했다. 속옷 가장자리의 레이스를 만지작거리다 불룩

하게 자리 잡힌 가슴 위를 꾹꾹 눌러 보았다. 컵 안으로 파고
들다 민감한 끝에 닿았다 싶으면 물러나길 반복했다. 감질나
는 자극이 계속되었다. 끝내 뒤편으로 돌아간 손이 툭, 가슴
을 가둬 두고 있던 브래지어의 혹을 풀었다.

억압받던 게 풀리자 한결 숨 쉬기가 편해졌다. 윤수가 깊
은 날숨을 내쉬며 어깨를 늘어뜨리는 것과는 별개로, 강희의
손이 그녀의 옆구리를 타고 올랐다. 날개처럼 벌어진 속옷을
지나 어깨끈을 잡아 내렸다. 스웨터의 넉넉한 소매 안으로
파고들어 소맷자락으로 어깨끈을 빼내고는 요령 좋게 속옷
을 벗겨 발밑에 던졌다.

그렇게 그녀를 다리 사이에 가둬 둔 강희가 윤수의 목덜미
에 코를 묻었다. 그리웠던 그녀의 향기를 마음껏 맡을 수 있
는 것만으로 비어 있던 가슴에 충족감이 차올랐다. 연신 쏟
아지는 그의 숨이 간지러웠는지, 윤수가 어깨를 움츠리며 웃
었다.

윤수의 옷 안에서 강희는 욕심껏 그녀를 어루만졌다. 봉
긋하고 말랑한 살이 그가 원하는 모양으로 짓이겨지다 꼬집
혔다. 손가락으로 둥글게 궁굴리며 예민한 끝을 곤두서게 했
다. 가려져 있는 탓에 그의 손길은 보다 은밀했고, 그만큼 노
골적이었다.

"가, 강희야."

"응."

"으응, 간지러워."

설명하기 힘든 묘한 쾌감을 그녀는 그렇게 표현했다. 그녀

의 등이 자꾸만 둥글게 굽으며 움츠러들자, 강희는 아예 그녀의 가슴을 꽉 잡아 그녀의 등을 그에게로 밀착시켰다.

양 가슴을 쥐고 멋대로 장난을 치던 손 하나가 아랫배를 타고 내려갔다. 부슬부슬한 곳을 지나 틈 속으로 파고드는 손가락에 윤수의 두 다리가 절로 모였다. 부끄러움을 이기지 못해 허벅지에 힘을 주고 있는데도 그의 손은 거의 제약을 받지 않았다.

윤수의 몸에 관해 강희는 언제나 학구열이 강한 남자였다. 어디가 예민하고, 어디가 더 강하게 자극을 받는지, 어떻게 해야 그녀를 흥분하게 할 수 있는지를 속속들이 알고 싶어했다.

연구 대상이 되어 버린 윤수는 기꺼이 그에게 자신을 열어 보였다. 창피함을 무릅쓰고 그의 앞에서 솔직하게 반응하려고 애썼다. 섹스가 쾌락뿐 아니라 애정을 맞교환하는 행위라고 믿었기 때문이었다.

그녀가 가장 민감하게 반응하는 부분을 문지르던 손가락이 점차 격하게 움직였다. 살살 건드리던 것을 세게 힘주어 누른 채로 진동했다. 힘줄이 선 팔의 운동에 따라 그에게 안겨 있는 윤수의 몸도 잘게 흔들렸다.

"흑……!"

잔뜩 웅크렸던 무언가가 한 번에 터지며 윤수가 고개를 꺾었다. 강희가 길게 드러난 윤수의 목덜미에 입을 맞추면서, 다리를 움찔움찔 조이는 그녀를 계속해서 자극했다.

"그만, 응, 싫어!"

도리질 치던 그녀가 헛숨을 집어삼키며 파르르 몸을 떨 때까지.

강렬한 흥분이 그녀를 뒤덮었다. 눈앞이 하얗게 바래지고, 그녀의 몸 안에서 강렬한 팽창이 일어나 전신을 전율하게 했다. 다채로운 감각이 머리끝부터 발끝까지 쓸어 간 뒤에는 잔뜩 늘어났다 끊어져 버린 고무줄처럼 축 늘어지고 말았다.

강희가 만족스런 얼굴로 그런 윤수를 매트리스에 눕혔다. 깔린 이불을 걷어 내고, 그녀의 스웨터를 말아 올려 벗겼다. 그녀가 팔을 교차해 가슴을 가리는 사이 강희는 마지막 남은 속옷도 끌어 내렸다. 그녀가 충분히 흥분했다는 증거가 속옷에 가느다랗게 묻어났다.

걸친 것 없이 맨몸이 된 그녀의 다리 사이에 무릎을 꿇고 앉아, 강희도 급하게 옷을 벗었다. 정작 그에겐 준비할 시간 따윈 필요 없었다. 윤수와 입을 맞추던 그 순간부터 이미 마음은 그녀에게 깊숙이 몸을 묻은 뒤였으니까.

잊지 않고 침대 옆 서랍에서 사 두었던 콘돔을 꺼냈다. 작게 키득거리는 소리가 들려 내려다보니 눈이 촉촉하게 젖어 있는 윤수가 발갛게 익은 얼굴로 웃고 있었다. 지난번 콘돔이 없다는 이유로 거절당한 이후 편의점에서 세 박스나 사다 채워 놓은 걸 발견한 모양이다.

마침내 끝이 번들거리는 남성을 쥐고 그녀의 입구를 향해 다가갔다. 사탕이라도 되는 것처럼 그가 쉼 없이 핥아 올린 윤수의 가슴이 반질반질했다.

하얀 피부 위로 푸른 핏줄이 비치는 모습에 이상하게 군침이 돌았다. 강희는 참지 않고 다시 고개를 내려 마시멜로 같은 그녀의 살을 한입에 베어 물었다.

"아, 흑······."

동시에 그녀의 안으로 남성을 밀어 넣었다. 뜨겁고 연한 곳으로 깊이 잠겨 들었다. 강희의 입에서 형용할 수 없이 많은 감정이 담긴 깊은숨이 흘러나왔다.

좁지만 한껏 벌려 그를 가득 채우고 있는 윤수가 밑에서 바르작댈 때마다 그는 점점이 퍼져 있는 감각이 일시에 폭발하는 것을 느꼈다.

윤수의 가는 허리를 꼭 부둥켜안았다. 그리고 더는 갈 수 없을 때까지 밀고 들어갔다. 윤수가 그의 목에 팔을 두르며 힘겹게 그를 받아들였다.

"내가 이 안에 있어."

윤수의 아랫배를 지그시 누르며 중얼거렸다. 그러는 와중에 속에서 움찔거리는 것이 느껴졌는지 윤수의 한쪽 눈썹이 밀려 올라간다. 땀 맺힌 이마에 달라붙은 머리카락을 넘겨주면서, 그녀의 등 밑에 손을 집어넣어 가슴과 가슴이 딱 맞붙게 했다.

분명 서두르지 않으려 했다. 오늘따라 조금 버거워하는 윤수를 위해서라도 느긋하게 시작하려 마음먹었다. 그러나 미칠 것 같은 쾌감을 맛보고 나니, 자제가 되질 않았다.

조금씩 쾌감이 몰아치기 시작했다. 쿵, 쿵. 심장 박동을 따라 몸짓도 점점 빨라졌다. 쿵, 쿵. 그녀가 그에게 매달려 위아래로 흔들렸다.

어느새 저만치 위로 밀려난 몸을 도로 주르륵 끌어왔다. 말랑한 허벅지를 쥐어 그의 허벅다리 위에 올려놓고, 움푹 팬 허리를 양손으로 붙잡았다. 안정적인 자세에서 다시 밀어붙였다. 옅은 신음이 섞인 숨소리가 흘러나와 강희의 귓가를 간지럽혔다.

"후, 미칠 것 같아. 넌, 좋아?"

대답할 여유가 없어 보임에도 강희는 재차 물었다. 그러면서도 멈추지 않았다. 흑, 흑. 울음 같기도 한 소리가 벌어진 윤수의 입술 사이로 샜다.

"더 기분 좋아지게 해 줄게."

힘에 겨워하는 윤수를 그냥 두지 않았다. 겹쳐진 몸 사이로 손을 내리고, 그녀의 안을 거세게 파고드는 동시에 손끝으로 자극했다. 열 번, 스무 번이 반복되자 윤수의 몸이 손놀림을 따라 바르르 경련하기 시작했다.

"이제…… 그만, 그만해."

더는 견딜 수 없어 그의 손을 밀어내는데도 고집스럽게 행위를 반복했다. 서른 번, 마흔 번 가깝게 짓찧을 즈음엔 윤수도 입을 크게 벌리며 시트를 움켜쥐었다. 곧 그녀의 허벅지와 내부가 같은 박자로 응축하기 시작했다.

"아아!"

강희도 그 이상 붙잡고 있지 못하고 참고 있던 열기를 터뜨렸다.

긴 사정의 시간 동안 그와 그녀는 서로의 몸을 힘껏 끌어안았다. 거친 호흡으로 들썩이는 가슴을 맞댄 채였다.

섹스를 마친 뒤, 전력을 다해 몸을 움직이던 두 사람 모두 탈력 상태에 빠졌다. 같은 방향을 바라보며 강희의 팔을 베고 누운 윤수의 부드러운 몸을 후희 삼아 어루만지다 이내 꿀같이 단잠에 빠져들었다.

✿　　　✿　　　✿

눈꺼풀이 무겁게 내려앉아 좀처럼 정신이 들지 않는 새벽이었다. 밤새 품고 있던 자그마한 몸이 빠져나간 자리가 서늘했다. 온기마저 가신 차가운 시트를 더듬거리던 강희가 찬물을 뒤집어쓴 사람처럼 자리에서 벌떡 일어났다.

어슴푸레한 푸른빛이 창문으로 새어 들어왔다. 옆이 비어 있는 것을 빤히 보고서도 미련하게 이불을 들춰 보았다. 역시나 윤수는 없었다.

어디로 갔을까. 언제. 왜 말도 안 하고 갔나.

원망이 울컥 차오르던 그때, 달칵 하는 소리와 함께 화장실 문이 열렸다.

"왜 벌써 일어났어?"

윤수였다. 잠옷 대신 강희의 반팔 셔츠를 헐렁하게 걸치고 있는 실루엣이 조명 아래 드러났다가 그녀가 스위치를 끄자 다시 어둠에 잠겼다.

"……네가 없어서."

그 잠깐 사이 가위라도 눌린 사람처럼 등골이 서늘했다. 그가 옆자리를 손으로 툭툭 치며 윤수를 불렀다.

"누나 없어서 무서웠어요? 에구, 혼자 두고 화장실도 못 가겠네."

혀 짧은 소리로 강희를 놀리며 윤수가 그를 건너 매트리스의 안쪽으로 자리 잡았다.

"맞아. 누나 없으면 잠 못 자. 그러니까 이리 좀 와 봐."

셔츠 안으로 불쑥 들어와 젖가슴을 움켜쥐는 강희 때문에 윤수가 새된 비명을 지르며 깔깔 웃었다. 어린애 흉내까지 내며 그녀의 옷자락을 걷어붙이고는, 전혀 어린애답지 않은 입 장난까지 하고 나서야 다시 마주 보고 누울 수 있었다.

"얼른 자. 오픈이면 몇 시간 못 자겠다."

"응. 자야지."

나른한 고양이처럼 하품을 하며 그녀가 두 팔과 다리를 쭉 뻗었다 다시 웅크렸다. 그대로 끔뻑끔뻑하다 오래지 않아 눈이 감겼다.

강희가 그런 윤수의 허리에 팔을 둘러 그녀를 자기 쪽으로 쭉 끌어왔다. 맨살과 맨살이 닿고 나서야 아까 그가 느꼈던 커다란 공허감도 서서히 채워지는 듯했다.

매일같이 네가 내게 이별을 고하는 장면을 꿈으로 꾸고 있다고 하면 넌 무슨 말을 할까.

그냥 싱거운 악몽일 뿐이라고 웃어 주었으면 좋겠다. 혹시나 꿈에서와 같은 서늘한 얼굴로 더는 나를 사랑하고 싶지 않다는 말을 듣게 될까 봐 두려워하는 내게 그냥 꿈이라고, 현실이 아니라고 말해 주었으면…….

한번 깨어나니 쉽게 잠들 수 있을 것 같지 않다. 품에 안

167

겨 있는 윤수를 놓고 싶은 생각도 없어서, 그는 한참이나 어
둔 허공을 응시하며 새벽을 축냈다.

"으응, 추워……."

잠깐 이불 밖으로 벗어났던 윤수의 발이 금세 싸늘해졌다.
조그마한 발을 끌어당겨 그의 종아리 사이에 넣고 데워 주었
다. 계절을 가리지 않고 시려 하는 손발이 안쓰러웠다.

조용히 상체를 일으킨 강희가 서랍으로 손을 뻗어 양말을
꺼냈다. 깨지 않게 조심히 신겨 놓고 보니, 그녀의 발에 한참
은 커서 헐렁거렸다. 그래도 썩 만족스러워하며 다시 그녀를
보듬어 안았다.

마찬가지로 얼음을 쥐었다 놓은 듯 차가운 손을 잡아 그의
가슴에 가져다 댔다. 적어도 그녀를 품고 있는 한 그의 가슴
에서 열기가 식을 날은 오지 않을 것이므로, 언제까지나 강
희는 윤수의 장갑이 되어 주고 싶었다.

그녀를 시리게 하는 차가움으로부터 한 겹이나마 감싸 줄
수 있는, 포근한 양말이 되어 주고 싶다고 생각했다.

6. Stop pretending what we are not

이마를 간질이는 느낌에 부스스 눈꺼풀을 들어 올렸다. 흐릿한 시야 속으로 까만 머리칼이 폭포수처럼 쏟아졌다.

"……지금 나가?"

칼칼하게 잠긴 목에서 낮은 목소리가 흘러나왔다. 그의 얼굴 위로 몸을 기울여 침대 안쪽에 놓아 둔 휴대 전화를 집으려던 윤수의 눈이 동그래졌다.

"나 때문에 깼어?"

금세 미안한 얼굴을 지어 보이는 윤수를 덥석 끌어안았다. 그녀가 상체를 숙여 그를 마주 안아 주었다. 젖은 머리카락에 손을 넣어 쓸어 보다가 몇 시냐고 물었다.

"7시야. 더 자."

"같이 가."

"뭐 하러. 더 자."

윤수가 그녀를 따라 일어나려는 강희의 어깨를 지그시 누른다.

날이 밝아 올 즈음 느지막하게 잠이 든 탓에 좀처럼 잠기운이 가시질 않는 강희가 못 이기는 척 다시 베개에 머리를 뉘였다.

"그럼 이따가 점심 같이 먹어. 시간 맞춰서 갈게."

"알았어."

"조심해서 가."

"응."

겉옷을 걸쳐 입으며 현관을 나서는 그녀의 뒷모습을 마지막까지 지켜보았다. 문이 닫히고, 점점 작아지는 발소리를 두 귀로 쫓다 곧 스르르 잠이 들었다.

알람이 울려 눈을 떴을 땐 그로부터 세 시간 정도가 지난 뒤였다. 화창하게 날이 밝았고, 창문을 통해 침대로 볕이 따가울 정도로 쏟아지고 있었다.

간만에 꿈도 꾸지 않는 깊은 잠을 잤다. 줄곧 속으로만 품고 있던 불안감이 일말이나마 해소된 덕분이었으리라.

일어나자마자 가볍게 샤워를 했다. 간밤에 흘린 땀을 씻어 내고, 젖은 머리를 털며 밖으로 나왔다.

곳곳에 어젯밤 두 사람의 흔적이 눈에 띄었다. 강희가 픽 웃으며 수건을 빨래 바구니에 던져 넣었다.

살림살이가 단출한 집은 남자 혼자 사는 것치고 지저분할 일이 별로 없었다.

강희가 자라 온 환경이 워낙 결핍에 익숙한 탓이다. 사람이 살아가는 데 필요 충족 그 이상의 무언가가 필요하다는 걸 알려 준 사람은 윤수였다.

고독이 가득 차 있는 강희의 방을 휘 둘러보고는 그곳에 화분을 가져다 놓고, 커튼을 달았고, 디퓨저를 놓았으며, 조명의 색을 보다 따뜻한 것으로 바꾸었다.

크지는 않지만 작고 소중한 변화들. 삶에 온기를 불어넣는 건 바로 그런 사소한 변화들이라는 걸 윤수를 통해 깨달았다.

구겨진 시트를 정리하면서 그 위에 떨어진 기다란 머리카락 하나를 발견하고 괜스레 기분이 좋아졌다.

이 집에 그녀의 체취가 조금이라도 더 오래 머물기를 바라며, 밤새 그녀가 입었던 티셔츠를 이불 위에 그대로 펼쳐 놓았다.

한창 손님이 밀려 바쁠 시간을 피해 느지막이 집을 나섰다. 날은 이제 겨울이 절정에 달해 버스를 기다리는 동안 코끝이 얼어붙었다.

카페에 도착했을 때, 유리문 안쪽은 여전히 손님들로 기다란 줄이 서 있었다. 슬쩍 시간을 확인하니 평소보다 늦게까지 피크 타임이 이어지는 모양이었다.

바쁜 와중에도 손님과 짧은 대화를 하고, 웃으며 인사를 하는 윤수가 보였다.

잠시 서서 기다리다 이내 걸음을 돌렸다. 제대로 잠을 자지 못해 피곤할 그녀에게 따뜻한 음식을 먹게 하고 싶었다.

무엇이 좋을까 고민하다가 무난하게 설렁탕집으로 향했다. 설렁탕 2인분과 만두를 포장해서 돌아왔을 즈음에는 윤수도 주문을 모두 내보내고 그 뒷정리를 하는 중이었다.

"왔어?"

"어. 식사 안에서 해도 되지?"

"응. 잠깐만."

윤수가 막 설거지를 끝낸 효진과 우주를 불렀다. 계산대에서 만 원짜리 두 장을 꺼내 건네며 식사를 하고 오라고 했다. 희희낙락하며 돈을 받아 든 두 사람이 곧 두꺼운 외투를 걸치고 가게를 빠져나갔다.

"들어와."

그를 카운터 안쪽으로 들인 건 사고 이후 처음이었다. 줄곧 넘지 못했던 벽을 하나 무너뜨린 것 같아 묘하게 기분 좋아진 그가 웃으며 흰 봉투를 내밀었다.

"안 그래도 속이 좀 아팠는데."

안에서 뽀얀 국물이 든 일회용 용기를 꺼내자 윤수가 반색했다.

홀에서는 보이지 않는 구석에 나란히 자리 잡고서 식사를 했다. 밥을 국에 말아 깍두기 한 점과 함께 입 안에 넣고 우물거리는 윤수의 얼굴에 곧 만족감이 피어올랐다.

늘 좋은 것만 먹고 자랐을 것 같은 윤수는 사실 음식 맛에 까다롭게 구는 편이 아니었다. 그보다는 식당의 청결이나 서비스에 더 민감했다.

입맛에 맞지 않는 음식을 두 번 쳐다보지 않는 쪽은 외려 강희였다.

언젠가 이유를 물으니, 윤수는 요리를 한다는 게 얼마나 정성이 들어가는 일인지 알기 때문이라고 말했다.

가족의 끼니를 챙기는 엄마의 뒷모습을 보고 자란 사람은 다 저런 생각을 갖는 걸까.

음식을 그저 살아가는 데 필요한 양분으로만 인식하던 강희는 고작 국 한 대접, 밥 한 그릇에서 정성을 읽는 윤수가 경이로웠다.

"눈 밑이 파랗다. 힘들지는 않고?"

카페를 운영한다는 게 마냥 고상한 일처럼 생각되기 십상이지만, 윤수는 또래 직장인들보다 오랜 시간을 카페에서 보내고 있었다.

사람을 상대하는 것은 물론, 부리는 일도 무엇 하나 쉽지 않아 곧잘 스트레스받는 모습을 옆에서 지켜봐 왔다. 수입이 일정하지 않고, 경기의 흐름을 탄다는 것 역시 윤수를 몰아붙이는 요인이 되었다.

너는 하고 싶은 일을 하니 속 편해서 좋겠다.

언젠가 고등학교 동창들끼리 모인 자리에서 오랜만에 만난 친구가 건넨 말이 이상하게 속상하더라고 했다.

강희가 손끝으로 그녀의 볼을 걱정스럽게 어루만졌다. 고양이처럼 눈을 감고 손길을 받아들이던 윤수가 작게 고개를 내저었다.

"집에 가서 자면 돼."

힘들다는 말 대신 씩씩한 표정을 짓는 윤수를 보며 문득 생각한다.

어쩌면 더는 어리광조차 부리지 못하게 그녀의 입을 틀어막은 사람이 강희 자신이었을지도 모르겠다고.

급하게 식사를 마치는 동안 다행히 손님이 새로 들지는 않았다. 얼마 지나지 않아 점심을 먹으라고 내보냈던 두 사람이 돌아왔다.

그 둘에게 주방을 맡겨 둔 윤수가 따뜻한 바닐라라테 두 잔을 만들어 강희가 앉아 있는 테이블로 가져왔다. 건네받은 달달한 커피가 식사의 누릿한 잡내를 머금고 목구멍으로 내려갔다.

"새로 카페 내는 건 어떻게 돼 가?"

"아직은 그냥 자리 알아보는 정도야. 우주 그만두면 사람도 다시 구해야 되고, 교육도 해야 되니까."

새 매장을 열면, 이곳은 당분간 효진에게 맡겨 둘 작정이었다. 짬짬이 들여다보기는 할 테지만, 그곳이 안정될 때까지는 윤수가 직접 매장을 관리해야 할 것이다.

사실 카페를 확장하겠다는 계획 자체가 강희와의 이별을 염두에 두고 결정한 문제였다.

새로운 도전이었고, 모험이었다. 적어도 일에 정신을 빼앗기면 이별에 아파할 시간은 줄어들 거라는 얕은 계산이었고, 정신의 고단함을 육체의 고단함으로 희석하려 든 얄팍한 수작이었다.

하지만 지금은…….

"조금 더 고민해 봐야 할 것 같아."

윤수가 들고 있던 컵을 내려놓았다. 강희가 손을 뻗어 테이블 위에 놓인 윤수의 손을 잡았다. 어김없이 싸늘한 손끝이 마음에 걸렸다. 미간을 찌푸린 채로 윤수의 손을 주물렀다.

"토요일에 시간 어때?"

"토요일?"

또 데이트하자는 거냐며 윤수가 빙그레 웃었다.

"동선이 생일이라고 오랜만에 모인다는데 같이 가자."

꼼지락대던 손가락이 멈칫거렸다. 미처 눈치채지 못한 강희가 그녀의 손끝을 입에 대고서 살짝 깨물었다.

"너도 오랜만에 애들 얼굴 보고."

"미안."

강희의 말끝에 따라붙듯이 곧장 거절이 튀어나왔다. 동시에 붙들고 있던 그녀의 손이 쏙 빠져나갔다.

"그날 다른 약속이 있어."

"무슨 약속?"

묻지 말아야 된다는 걸 알면서도 물었다. 그녀가 곤란한 듯 웃었다.

"친구 만나기로 했어. 나도 가끔 내 친구 만나야지."

"친구 누구?"

"정혜."

"아."

귀에 익은 이름이었다. 윤수와 가장 친하고, 자주 만나는 친구였다.

초반에는 윤수와 함께 몇 번 밥을 먹었고, 술도 마셨으나 그런 만남이 그리 오래 지속되지는 않았다.

애초에 윤수라는 접점이 없으면 통하는 화제가 없었기 때문에, 이따금 윤수가 화장실을 가거나 해서 자리를 비우면 두 사람이 앉은 자리에는 어색한 정적만 내려앉았다.

윤수가 좋아하는 남자. 윤수가 좋아하는 친구. 서로를 단지 그런 식으로 인식할 뿐, 굳이 그도 정혜도 친구가 되려는 노력은 하지 않았다.

그런 이유로 윤수가 내 친구라는 식으로 구분 지었을 때, 그럼 동선과 혜리는 네 친구가 아닌 거냐고 묻지 못했다.

"다음으로 못 미뤄?"

"응. 나 오랜만에 쉬는 주말이잖아. 즐겁게 보내고 싶어."

아무렇지도 않게 답하는 말에 다시금 묵직한 바위 하나가 가슴 연못 속으로 풍덩 가라앉는다.

강희는 굳어지려는 얼굴을 애써 수습하며 고개만 끄덕거렸다.

❀   ❀   ❀

정혜는 평범한 회사원이었다. 시답잖은 주제로도 족히 두 시간은 깔깔거릴 수 있었던 중학교 시절엔 그런 수식어가 우리의 이름 앞에 붙을 날이 올 줄은 꿈에도 몰랐지만.

디자이너가 되고 싶었다가, 교사가 되고 싶었다가, 다시 방향을 틀어 안정적인 직장에 자리를 잡은 정혜와는 각자의 일이 정신없이 바빠도 한 달에 한두 번씩은 꼭 만나게 되는 친구였다.

한 몸처럼 붙어 다녔던 친구와 한 달에 겨우 한두 번이나 만나 밥을 먹고 수다를 떠는 일에 감사하게 될 거란 걸 누가 알았을까.

회사가 많은 골목에 자리한 까닭에 카페는 평일보다 주말이 되레 한산한 편이었다. 효진과 우주에게 가게를 맡기고서 모처럼 토요일 하루를 통째로 비워 두었다.

달팽이처럼 등 뒤에 지고 있던 카페를 잠시 내려놓고 홀가분한 기분으로 약속 장소로 향하자, 정혜가 먼저 도착해 윤수를 기다리고 있었다.

"그동안 즐겨찾기 해 놓은 맛집 블로그 중에 너랑 여기 제일 먼저 와 보고 싶었어. 우리 고등학교 때 자주 가던 즉석 떡볶이집 없어져서 완전 슬펐잖아."

"그러니까. 나도 네가 보내 준 사진 보고 입에 군침 돌았어."

스물이 되어도, 서른이 되어도 정혜와 함께 있으면 그저 열다섯 소녀인 것만 같았다. 무람없이 웃고 떠들고, 얼굴 근육이 저리고 배가 당길 즈음에야 헤어져 집으로 돌아가곤 했다.

오늘은 특히나 더 마음이 들뜬 채였다. 회계 관련 업무를 보는 정혜가 연말연시에 부쩍 바빴던 탓에 거의 두 달 가까이 얼굴을 보지 못했다. 만나지 못한 시간만큼 나눌 대화가 첩첩이 쌓여 있었다.

철판 위에 온갖 사리들로 뒤덮인 떡볶이가 보글보글 끓고 있었다. 뻣뻣하게 누워 있는 당면 위에 모차렐라 치즈를 사르르 부어 넣으며 정혜가 먼저 회사에서 겪었던 일화를 풀어놓았다.

약속을 잡는 일주일 내내 매운 것 타령을 했던 걸 보면, 연초부터 상사 스트레스가 이만저만이 아닌 것 같았다.

저만치 위에 계신 분의 낙하산을 타고 내려앉았다는 직속 상사의 무능함에 대해서는 이미 윤수도 손가락 열 개 분량의 에피소드를 뽑아낼 만큼 익히 들어 알고 있었다.

유독 여자 사원들을 무시하는 경향이 있다는 정혜의 상사를 그녀와 함께 유감없이 욕해 주었다. 설령 얼굴도 모르는 사람일지라도, 내 친구를 괴롭히는 건 참을 수 없는 일이었으므로.

"쓰읍, 하. 맛있게 맵다. 그치?"

"응. 하아. 사이다 시킬까?"

"그러자."

달아오른 혀를 빼꼼 내밀고 바람만 삼키다 탄산음료를 주문했다. 뚱뚱한 캔으로 나온 사이다를 사이좋게 반 잔씩 따라 마셨다.

매운 떡볶이에 톡 쏘는 탄산으로 맞불을 놓으며 바지 후크가 당길 만큼 맛있게 식사를 했다. 식당을 나와서는 두둑하게 부른 배에 힘을 준 채로 인파가 북적이는 번화가를 목적지 없이 쏘다녔다.

세일 문구가 붙은 옷가게에 들어가 걸려 있는 옷들을 뒤적

거리며 몸에 대보기도 하고, 액세서리를 파는 매대에 멈추어
서서 각자에게 어울리는 귀걸이를 골라 계산하기도 했다.

굽 있는 부츠를 신고 나온 정혜의 걸음이 차츰 느려지기
시작할 즈음이 되어서야 인테리어나 메뉴가 적당해 보이는
카페를 찾아 들어갔다.

소화가 더딘 탓에 따뜻한 아메리카노를 주문해 홀짝이던
윤수를 보며 정혜가 툭 물었다.

"밥 먹으면서 너무 나만 떠든 것 같아. 너는 좀 어때? 저
번에 알바생이 좀 **뺀질뺀질**하게 군다고 그랬잖아."

"우주? 걔야 뭐, 오래 있을 애는 아니니까. 그 대신 효진
이가 되게 야무져. 말만 한 애를 손끝으로 부린다니까."

"효진 씨 덕분에 신경 쓸 일 덜었겠다. 사람 쓰는 게 원래
제일 스트레스받는 법인데."

윤수가 정혜에 대해 잘 아는 것처럼 정혜 역시 윤수의 일
을 제 일처럼 꿰고 있었다.

그에 더해 윤수의 5년 연애를 쭉 지켜봐 온 입장이라, 윤
수가 강희 때문에 힘들어할 때마다 고민 상담소가 되어 주었
다.

짧고 가벼운 연애를 반복하는 정혜는 강희와의 오랜 인연
을 쉽게 놓지 못하는 윤수를 답답해했다. 최근 들어 정혜가
주는 조언은 한결같았다.

"또 태강희 문제면 난 더 안 들을래. 내가 봤을 때 답은 하
나밖에 없는데, 어차피 안 헤어질 거잖아. 대체 행복하지 못
한 사랑을 왜 질질 끄니?"

헤어져서 힘든 건 잠깐일 뿐이라고. 그 잠깐만 견뎌 내면 지금보다 훨씬 가뿐해진다고.

자기 일이 아니라고 쉽게 얘기하는 것 같아 서운했던 적도 있지만, 결국엔 전부 윤수를 생각해서 하는 말이라는 걸 이해했다.

"행복했던 기억이 자꾸 생각나서 그래. 태어나서 제일 행복했던 순간에 곁에 있어 준 사람이니까."

씁쓸하게 웃는 얼굴을 샐쭉하니 노려보던 정혜가 푹 한숨을 내쉬었다.

"하긴. 그때는 태강희가 너한테 참 잘했었지."

화나고 슬펐던 일뿐만 아니라 기뻤던 일 역시 수없이 공유한 사이다. 윤수가 강희에게 가슴 설레었던 얘기를 하면, 같이 꺄꺅 비명 질러 준 사람도 정혜였고.

"태강희가 너 가게 초반에 장 보러 다닐 때마다 따라가서 짐 다 들어 줬었잖아. 지금도 술 마셨다고 전화하면 만사 제쳐 두고 데리러 오고. 그런 걸 보면 걔도 아예 마음이 뜬 건 아닌가 봐."

"실은…… 벌써 헤어지자고 말했어."

힘겹게 털어놓는 말에 정혜의 눈이 커졌다. 추운 날에도 차가운 음료를 주문해 마시던 정혜가 입에 물고 있던 빨대를 뱉어 냈다.

"진짜? 드디어!"

아주 잠깐 속 시원해하다가 이내 눈썹을 찡그리며 윤수의 눈치를 봤다.

"넌 괜찮아?"

"응. 근데 헤어지자고는 했는데, 사고가 났어. 바로 그 직후에."

"뭐어?"

이번에는 정혜도 커지는 목소리를 막지 못했다. 옆자리에 앉아 있던 젊은 여자들이 정혜를 힐끔거리다 이내 자신들의 대화로 되돌아갔다.

"무슨 사고?"

반작용처럼 속삭이는 목소리로 정혜가 물었다.

"교통사고. 강희가 나 대신 많이 다쳤어. 다행히 지금은 많이 괜찮아졌고. 그런데 기억을 못 한대."

"기억을 못 해? 뭘? 설마 너를?"

"전부는 아니고, 최근 몇 년만. 조금씩 괜찮아지고 있는데 그래도 아직 완전히 낫지는 않았어."

"……실화야?"

얼빠진 목소리로 중얼거리는 정혜 때문에 때 아닌 웃음이 터지고 말았다. 윤수가 고개를 끄덕거렸다.

"그럼 네가 헤어지자고 한 것도 기억 못 해?"

"응. 기억 못 해. 걔는…… 아직 우리가 서로를 많이 좋아하고 있다고 생각해."

"하!"

기가 찬 한숨이 새어 나왔다. 갑자기 목이 타는 사람처럼 정혜가 남은 커피를 쭉 빨아 마셨다. 후룩, 후룩 빈 컵을 훑는 소리가 요란하게 날 때까지.

탁 하고 빈 컵을 테이블에 내려놓은 정혜가 윤수의 팔짱을 끼고 일어섰다.

"왜?"

"이런 얘기 맨정신으로 하기 힘들어. 오랜만에 한잔하러 가자."

윤수가 못 이기는 척 그런 정혜를 따라 나섰다.

사람이 붐비는 술집을 피해 빌딩 고층에 위치한 칵테일 바를 찾았다. 회사 생활을 하느라 어쩔 수 없이 자주 술을 마시지만, 그다지 즐기지는 않는 정혜와 가끔 기분을 내고 싶을 때 가는 곳이었다. 가게는 조용했고, 달달한 술은 술보다는 음료 같았다.

주문을 받으러 온 바텐더에게 칵테일을 추천받았다. 여느 때 같았으면 바에서 셰이커를 멋들어지게 던지고 받는 손놀림에 시선을 빼앗겼을 테지만, 오늘은 그런 것이 눈에 들어오지 않았다.

석양처럼 붉은 빛의 칵테일을 받은 정혜가 꽂혀 있던 우산 장식을 뽑아 손으로 빙그르르 돌렸다.

"타이밍 한번 개같다. 네 성격에 헤어지자는 그 말을 몇 날 며칠을 가슴에 새기고서야 꺼냈을 텐데."

안 봐도 훤히 안다는 듯이 정혜가 혀를 찼다.

특유의 똑 부러지는 성격과 말투 때문에 어려서부터 박정해, 무정해라는 별명을 달고 산 정혜지만, 사람을 맺고 끊는데 칼같은 쪽은 오히려 윤수였다. 마냥 잘 웃고 순해 보여도 한번 돌아서면 더는 그 인연에 미련을 두지 않았다.

중학교에 다닐 때에도 정혜와 윤수 사이에서 이간질하던 친구를 단호하게 쳐 낸 적이 있었다.

그 애가 나중에 소위 잘 노는 애들과 어울리며 들으란 듯 윤수 욕을 해도 눈 하나 깜빡하지 않았다. 너와 절교할 거라고 딱 잘라 말하던 그날부터 그 애는 윤수에게 없는 사람이나 마찬가지였다.

그런 윤수니까 헤어지자는 말을 입 밖에 내기까지 속으로 수백 번은 곱씹어 보았을 것이다. 한번 뱉고 나면 돌이킬 수 없다는 걸 잘 아니까, 마지막의 마지막까지 참고 또 참았을 것이다.

그렇게 꺼내 놓은 말이 어처구니없는 사고 때문에 없는 일이 되어 버리다니.

윤수의 심정을 가늠해 보다 이내 고개를 가로저었다.

"너는 괜찮아? 어디 다친 데는 없어? 사고가 났으면 진작말을 했어야지, 바보야!"

"으응, 난 괜찮아. 멀쩡했어. 걱정할까 봐 부모님께도 말씀 안 드렸어."

아직까지도 사고 순간을 생각하면 치가 떨렸다. 갑작스럽게 닥쳐오던 승용차의 범퍼와 아스팔트를 찢는 굉음, 튕겨 나가던 강희, 주변인들의 비명 같은 것들이.

부모님께 말씀드리지 못한 게 당연했다. 교통사고라는 말이 두 분께 어떤 의미인지 잘 아는 까닭이었다.

"진짜 큰일 날 뻔했다. 태강희 아니었으면, 넌 더 크게 다쳤을 것 아냐."

"그랬겠지. 강희가…… 날 구해 줬어. 바로 직전에 헤어지자면서 매몰차게 돌아섰는데."

그녀를 밀쳐 내는 강희의 얼굴에 망설임 같은 건 보이지 않았다. 병원에서 깨어나서도 가장 먼저 그녀를 찾으며 걱정해 주었다.

돌이켜 보면 매번 그런 식으로 사람을 헷갈리게 만들었다. 누가 봐도 사랑에 빠진 눈으로 그녀를 보다가 바로 그다음 순간엔 스쳐 지나가는 타인처럼 무심해졌다. 조증과 울증을 오가듯 극변하는 강희의 태도 사이에서 윤수는 갈피를 잡지 못하고 휘둘리기를 반복해 왔다.

"아휴, 우리 윤수 괜히 속 복잡하겠다. 너 구하다가 기억도 잃어버린 애한테 미안해서 또 헤어지자는 말도 못 할 테고."

"……."

하릴없이 칵테일을 휘젓던 윤수의 손이 멈추었다. 내내 가라앉아 있던 시선을 들어 올렸을 땐, 아래 속눈썹이 이미 축축하게 젖어 있었다.

"정혜야. 어떡하지?"

"왜? 뭐가. 응?"

"바보같이…… 마음이 흔들려."

"태강희랑 헤어지기 싫어졌어? 더 만나 보고 싶어?"

고개를 끄덕였다가 다시 내저었다가, 그녀 자신도 스스로의 마음을 정확히 알지 못하는 것처럼 방황했다.

"강희는 꼭 처음으로 돌아간 것 같아."

우리의 가장 찬란했던 시간으로.

그들 사이에 무슨 일이 있었는지, 그가 그녀에게 무슨 짓을 했는지 기억하지 못하는 강희는 그저 윤수를 열망하고 있었다.

그런 그가 밉고 원망스럽다가도, 어쩌면 그녀 역시 눈 딱 감고 아무것도 기억하지 못하는 척하며 그 시간으로 되돌아 갈 수 있지 않을까 하는 헛된 희망에 부풀었다.

"다시 잘해 보고 싶은 거야?"

윤수를 가만히 보던 정혜가 간결하게 물었다. 상대방의 기분을 생각한다는 구차한 핑계로 이리저리 돌아가는 법이 없었다. 윤수의 일을 자기 일처럼 고민해 주고 있기 때문이다.

"솔직히 지금만 같아서는, 응. 잘해 보고 싶어. 강희를 보고 있으면, 이미 시들어 버렸다고 생각했던 마음에서 뭔가 움트는 것 같아. 시작점으로 되돌아간 기분이 들어."

"⋯⋯그럴 만도 하지. 이해해. 솔직히 내가 봐 온 네 모습 중에 그때의 네가 가장 눈부셨으니까."

힘들어하는 윤수를 지켜보며 그럴 바엔 그냥 강희랑 헤어지라고 종용해 온 정혜이지만, 두 사람이 처음 만나 사랑을 키워 가던 시절이 얼마나 아름다웠는지에 대해서는 이견이 없었다.

그런 윤수에게 자극받아 섣부르게 남자를 만났다가 크게 데인 경험까지 있다. 하루하루가 달라지게 예뻐지던 친구가 속으로 많이 부러웠다.

"네가 원하면 그렇게 하면 되지. ⋯⋯왜? 혹시 내가 자꾸 헤어지라고 해서 그래?"

대답에 앞서 흘려 내는 한숨에 윤수의 잠 못 드는 밤들이 녹아 있는 것만 같았다.

수심으로 가라앉은 친구의 얼굴을 보며, 정혜는 그녀가 그동안 윤수를 너무 몰아붙였던 것은 아닌지 반성했다. 딴에는 그녀를 위하는 마음에서였다. 누가 봐도 윤수는 지금 강희가 주는 것보다 더 많은 사랑을 받을 자격이 있는 친구였으니까.

"아니야, 그런 거. 그리고 오죽했으면 네가 그랬겠어."

윤수가 얼른 손을 내저었다. 그러고는 미안한 듯 웃어 보였다.

만나서 저 힘든 얘기만 늘어놓는 것이 상대를 얼마나 지치게 하는지 잘 안다.

때문에 늘 조심하는 편이었으나, 단짝 친구 앞에서는 어쩔 수 없이 속을 터놓게 되고 말았다.

고민할 필요 없이 수식에 맞게 딱 떨어지는 숫자가 좋아 회계를 택한 정혜였다. 미적지근한 연애를 버리지도 못하고, 그렇다고 끌어안지도 못하는 채 고착되어 버린 윤수가 답답했을 것이다.

"그럼 뭐가 문젠데? 무슨 일이야, 응?"

강희가 언급된 이후로 줄곧 어둔 얼굴을 하고 있는 윤수를 걱정하며 물었다. 한동안 머뭇거리던 윤수가 아랫입술을 지그시 깨물었다.

"정혜야. 사랑의 유통 기한이 얼마나 될까?"

윤수의 나직한 물음이 칵테일 바에 흘러나오는 음악 위로 스몄다. 철학적인 질문은 언뜻 흔한 트로트 가사처럼 들리기도 했다.

"글쎄……. 한 100일쯤 되려나? 어림잡아 그 정도 아냐? 아니다. 섹스에 무뎌질 때. 그때가 딱 분기점인 것 같아."

한쪽으로 고개를 기울이며 턱을 괸 정혜의 입매가 냉소를 그려 냈다.

"근데 넌 꽤 오래가지 않았어? 난 네가 아직도 태강희한테 설렌다고 했을 때 솔직히 충격 먹었잖아."

"그랬어?"

"어. 네가 나한테 거짓말 치는 줄."

윤수와 정혜가 머리를 모은 채로 키득키득 웃었다.

"아무튼 갑자기 그건 왜?"

"그냥 그런 생각이 들더라고. 처음으로 돌아간 강희 마음이 변하는 데에 이번에는 시간이 얼마나 걸릴까."

이전처럼 몇 년은 지속될 수 있을까. 정혜의 말대로 100일, 그것도 아니면 몸을 섞는 것에 무덤덤해질 즈음 그는 다시 이 연애에 시들해지기 시작할까.

"요즘 강희 눈 보면 폭죽이 터지는 것 같아. 말하지 않아도 알겠어. 태강희가 나를 얼마나 사랑하는지. 마주하고 있으면 가슴이 벅차. 눈물이 날 만큼."

말끝이 떨리는 것을 숨기려 윤수가 얼음이 녹아 밍밍해진 칵테일을 한 모금 빨아들였다. 깊이 호흡하면서, 물렁해지는 감정을 가다듬으려고 애썼다.

"그러다가도 의심하게 돼. 이 사랑이 또 언제 변할까 하고."

이유 없이 사랑받았던 것처럼 사랑이 점점 옅어져 가는 것에도 이유를 찾지 못했다.

사랑하는 사람의 관심으로부터 멀어지는 것을 느낄 때마다 자존감은 무참히 짓뭉개졌다.

애정과 관심이 가득한 집에서 자라 사랑받는 데 익숙했던 그녀가 스스로를 갈수록 초라한 존재로 인식했다. 사랑을 알기 전에는 누구보다 스스로를 사랑했던 그녀였는데.

그 과정을 되풀이해야 한다고 생각하면……

"무서워."

참았던 눈물방울이 동공 위로 볼록하게 솟아 닦을 새 없이 툭 떨어졌다.

"너무 무서워서…… 정말 어떻게 해야 할지 모르겠어……."

손등에 동그란 얼룩으로 남은 눈물이 한 방울, 두 방울 모여 주르륵 미끄러졌다.

바들거리는 입가에 힘을 주고 버티던 윤수는 끝내 고개 숙인 채 두 손에 얼굴을 묻어야 했다.

✻   ✻   ✻

최신 가요가 요란하게 흘러나오고 있었다.

바로 맞은편에 앉아 있는 사람의 말소리가 목청을 높여야

만 또렷하게 들렸다.

골이 쨍할 정도로 차가운 맥주를 꼴깍꼴깍 마시고 잔을 테이블에 탁 소리가 나게 내려놓은 강희가 눈썹을 찡그린 채 소란한 내부를 휘 둘러보았다.

"인상 쓰지 마라. 내가 여기로 오자고 한 것도 아닌데."

건너 자리에서 안주로 나온 뻥튀기 과자를 집어 먹던 동선이 변명하듯 어깨를 으쓱거렸다.

"엄혜리가 지 일하는 근처에서 보자고 해서 온 거야."

"걔는 왜 안 오고?"

"늦게 예약이 잡혔다던데. 9시까지는 온대."

강희가 휴대폰을 들어 시간을 확인했다. 8시 반에 가까웠으니, 아마 곧 혜리도 도착할 것이다.

메뉴판에서 대강 골라 시켰던 치킨이 먼저 나오고, 강희는 금세 비운 잔을 밀어 놓으며 500cc 생맥주를 한 잔 더 주문했다.

"오, 태강희. 다 나았나 보다? 뭐 하는데 요새 얼굴 보기가 힘드냐?"

"바빠. 재활 다니고, 윤수도 보고."

"그럼 윤수랑 같이 오지. 왜 안 데리고 왔어?"

"친구 만나러 갔다."

"아하."

실없이 고개만 까딱거리던 동선이 힐끗 그의 눈치를 살폈다.

"근데 너네 괜찮냐?"

"뭐가?"

"둘이 사이좋게 지내냐고."

"······뭐가 궁금한데?"

되묻는 강희의 눈매가 서늘해졌다. 지난번부터 윤수에 대해 묻는 동선이 문득 의심스러워진 까닭이다.

처음엔 아무것도 아니라며 얼버무리던 동선은 점점 굳어지는 강희의 얼굴을 보더니 이내 쯧 하고 혀를 찼다.

"너 사고 나기 며칠 전에 나랑 술 마셨던 거 기억 안 나지? 너 그때······ 아니다."

도중에 말을 삼키는 동선을 짜증스럽게 노려보았다. 그냥 말하라고 재촉하던 강희가 진심으로 화를 낼 즈음에서야 동선이 힘겹게 털어놓았다.

"너 그때, 윤수랑 헤어진다고 그랬어."

"······뭐?"

도무지 믿기지 않아 되묻는 강희의 얼굴이 혼란에 휩싸였다.

"네 입으로 그랬다고. 윤수랑 헤어진다고. 그래야 한다고."

"새끼야, 그러니까 그게 말이 되는······!"

"니들 또 싸워?"

마침 끼어든 혜리가 아니었더라면, 강희는 참지 못하고 동선의 멱살을 틀어쥐었을지도 모른다. 동선의 생일을 축하해주기 위해 만난 자리라는 사실조차 까맣게 잊고서.

"뭐야. 분위기 왜 이래?"

다가온 혜리가 강희 옆자리의 의자를 빼 앉을 때까지도 딱딱해진 강희의 표정은 도통 풀릴 줄을 몰랐다.

"진짜 둘이 왜 그래? 뭔 일인데?"

"뭔 일은 무슨. 강희 저 새끼가 나랑 축구 내기한 거 까먹고 돈 떼먹었다니까 괜히 저러지."

"뭐? 참나. 니들 대체 언제 철들래? 이 초딩들아!"

동선이 아무렇게나 둘러댄 다음에야 혜리도 안심한 얼굴로 의자에 가방을 내려놓았다.

"피곤해 죽겠다. 하필 퇴근할 시간에 예약이 잡혀 가지고. 그것도 개진상 손님이었어, 짜증 나게."

들으란 듯 크게 한숨을 쉬며, 혜리가 아직 입도 대지 않은 강희의 새 맥주잔을 가로챘다.

"후, 살 것 같다! 맥주 시원하네? 치킨 시켰어? 에이, 순살로 시키지!"

두 남자 사이에 혜리가 자연스럽게 스며들면서 테이블의 볼륨이 순식간에 두 배는 커졌다. 동선이 적당히 혜리의 수다에 맞장구를 쳐 주며 웃었고, 강희도 당장은 그를 더 추궁하지 않기로 했다.

그러다 혜리가 준비해 온 선물을 꺼내 동선에게 건넸다. 포장된 남성용 스킨케어 세트를 받고 동선이 좋아라 했다.

"강희는 다음 주부터 또 바빠지겠다. 근데 너 전화하면 한 번에 좀 받으면 안 돼?"

혜리가 강희를 향해 눈을 흘겼다. 동선과 일상적인 대화를 나누며 웃고 떠드는 동안 강희는 고개를 끄덕인다든지 하는 식으로 과묵하게 자리를 지키고 있었다.

오랜만에 만난 그녀에게 딱히 반갑게 말을 건네거나 하지는 않았어도, 혜리는 그의 옆자리를 차지한 것만으로도 만족했다.

할 수만 있다면 퇴원 후 그의 곁에서 일거수일투족을 챙겨 주고 싶었다. 시간이 날 때마다 들여다보며 어떻게든 기회를 만들어 보려 했다.

오랜 세월을 친구처럼, 가족처럼 지내 온 탓에 무심해진 강희에게 그녀를 이성으로 인식시킬 만한 특별한 계기가 필요하다고 결론 내렸기 때문이다.

충분히 여지가 있다고 생각했다. 강희와 윤수의 사이가 예전 같지 않다는 걸 알고 있었다. 윤수의 이야기만 나오면 막 물을 받은 화초처럼 싱그럽게 웃던 강희가 퍼석한 모래처럼 변한 것이 눈에 보였다.

병원에서 마주친 윤수 역시 마찬가지였다. 서로가 서로에게 맞지 않는다는 걸 빤히 알면서 혜리, 동선과 가까워지려 노력하던 그녀가 이번에는 속을 드러내 놓고 자신을 비난했다.

틈이 생기고 있는 게 틀림없었다. 나중에 가서 비겁하다는 소리를 듣게 될지언정, 파고들 틈을 발견한 이상 놓치고 싶지 않았다.

예상치 못한 난관은 바로 강희의 냉랭한 태도였다. 코흘리개 시절부터 강희, 동선, 혜리 셋은 무람없는 남매 사이나 다름없었다.

서로의 가장 숨기고픈 치부까지 낱낱이 꿰고 있는 관계였다. 자라는 내내 그랬다.

　　적어도 혜리가 강희를 마음에 담기 전까지. 그리고 그 마음을 강희에게 들키기 전까지는.

　　언젠가부터 그에게 차가운 벽을 느끼고 있었다. 윤수를 만나면서 그 벽은 더 높고 단단해졌다. 그럼에도 여전히 그들이 친구로 남을 수 있는 건, 아마도 힘든 시절을 함께 버텨낸 전우애 내지는 동질감이 클 것이다. 거기에 죄책감 역시 한 스푼 더해졌을 테고.

　　"넌 맨날 쓸데없는 일로 전화하잖아. 할 말 있으면 단톡에 올리든가."

　　강희의 냉정한 대구에 상처받은 혜리가 아랫입술을 지그시 깨물었다.

　　"친구끼리 전화도 못 해? 그러다 급한 일 생기면 어떡할 건데!"

　　울컥거리는 감정 때문에 물 먹은 목소리가 나자, 그제야 강희도 힐끗 혜리를 일별했다.

　　"……근데 신윤수는? 오늘은 안 데리고 왔어?"

　　"윤수 오늘 약속 있어."

　　"동선이 생일이라고 말 안 했어?"

　　비난조로 묻자, 강희가 눈살을 찌푸리며 대꾸한다.

　　"유동선 생일을 걔가 왜 챙겨야 되는데?"

　　"작년에는 왔잖아. 재작년에도. 우리 만날 때마다 오지 말라고 해도 꾸역꾸역 끼었으면서."

"엄혜리. 너 말 꼭 그따위로 할래?"

"야야야! 오늘 내 생일이다. 대체 언제 건배할 건데? 잔 들고 있다가 팔 떨어지겠다."

과열되는 분위기를 보다 못한 동선이 다급히 중재하고 나섰다. 태생부터 넉살 좋은 동선이 반쯤 남은 맥주잔을 들고 흔들었다. 그러고는 아까 혜리에게 제 몫을 뺏긴 강희를 위해 새 맥주를 다시 주문했다.

누가 들으면 퍽이나 사이가 안 좋다고 여길 만한 대화였지만, 셋은 항상 이런 식으로 부대껴 왔다. 아무것도 아닌 일로 둘이 다투면 나머지 하나가 끼어들어 말리며, 고운 정 못지않게 미운 정 역시 돈독하게 쌓으면서.

동선의 얼굴을 봐서 한 번 꾹 눌러 참은 강희가 휴대폰을 만지작거리는 동안, 동선은 혜리에게 경고의 의미를 담아 눈짓했다. 마주친 혜리의 눈에서 분한 마음이 덕지덕지 묻어났다.

"그만 가 봐야겠다."

"뭐?"

갑자기 휴대폰을 들고 벌떡 일어나는 강희를 두 사람이 황당한 얼굴로 쳐다보았다.

강희는 그새 패딩에 두 팔을 껴 넣고 지퍼까지 채워 올리고 있었다. 불현듯 두 사람을 돌아본 강희가 주머니에서 지갑을 주섬주섬 꺼내 들었다. 그러곤 카드 하나를 뽑아 동선에게 내밀었다.

"생일 축하한다."

따뜻한 말 한마디 건네기가 새삼 계면쩍고 소름이 돋는다는 듯이, 주는 사람도 받는 사람도 떨떠름했다.

"나 이걸로 장비 사도 되나?"

"그러든가. 30만 원 이상 긁으면 죽는다."

"오케이! 가라!"

"야, 태강희! 이렇게 가는 게 어디 있어! 야, 이 의리도 없는 새끼야!"

옆에서 혜리가 펄쩍 뛰며 소리를 질렀으나 소용없었다. 생일 선물로 30만 원어치 게임 장비를 얻게 된 동선이 흔쾌히 강희를 향해 손을 흔들어 주었으니까.

새로 주문한 맥주가 주인을 찾지 못하고 동선의 앞에 놓이게 됐다. 잔뜩 열이 올라 새빨개진 얼굴로 혜리가 동선을 향해 고개를 홱 돌렸다.

"넌 서운하지도 않아? 네 생일이라서 모인 건데 먼저 가는 게 어디 있어?"

"내 생일이니까 내 마음이지. 너야말로 내 핑계 대고 태강희 불렀는데 어쩌냐?"

가뜩이나 화가 치미는데 동선이 앞에서 약까지 올려 댔다. 혜리가 바닥에 발을 쿵쿵 구르며 그의 앞에 놓여 있던 맥주잔을 강탈해 갔다.

"아무튼 넌 일생에 도움이 안 돼!"

앙칼진 구박에도 동선은 킬킬 웃어 대기만 했다. 한동안 동선에게 화풀이를 쏟아 내던 혜리가 결국엔 먼저 지치고 말았다.

착잡한 마음을 달랠 겸 강희의 주머니를 털기 위해 주문한 소주가 테이블 위로 두 병, 세 병 모이기 시작했다.

"안 지겹냐? 강희한테 들이대는 거."

혜리나 동선이나 원체 말술이라 아직 취하기에는 이른 시점이었다. 동선이 비어 있는 혜리의 소주잔에 술을 따라 주었다.

"지겹고 안 지겹고의 문제는 아니잖아. 그냥 좋은 건데."

"태강희는 너 안 좋아하는데?"

동선의 무심한 대꾸에 혜리가 이를 악물었다.

"태강희는 너 말고 신윤수 좋아한다고."

"……내가 먼저였어. 내가 먼저 좋아했다고!"

부들부들 떨던 혜리가 빽 하고 내지르는 소리에 잠시간 이목이 집중되었으나, 오래지 않아 다시금 일상적 소란에 묻혀 버렸다. 정적이 내려앉은 것은 오직 혜리와 동선이 앉아 있는 테이블뿐이었다.

"무슨 선착순이냐? 한쪽만 열렬해 봐야 의미 없다는 건 너랑 나만 봐도 알 일이잖아."

동선이 강희는 손도 대지 않고 가 버린 치킨 바구니에서 다리 하나를 들어 제 접시로 옮겨 담았다. 어쩜 저렇게 태연한 얼굴로 남의 심장에 못을 박아 댈 수 있나. 혜리는 그저 기가 막힐 따름이었다.

"그러다가 너 친구로도 강희 옆에 못 남는다."

예언과도 같은 한마디가 촌철살인처럼 혜리의 이성을 무너뜨렸다.

친구, 친구, 친구!

이제는 정말 지긋지긋했다. 애초에 혜리에게 선택할 권한이 있었다면 절대 택하지 않았을 관계다. 혜리의 눈동자에 서슬 퍼런 독기가 차올랐다.

"강희 나 못 내쳐. 미안해서라도 절대."

"……그 일이 태강희한테 상처인 줄 알면서 이용하겠다고?"

따져 묻는 동선의 얼굴이 처음으로 딱딱하게 굳어 있었다. 다른 누구도 아닌 동선이 이토록 화를 내는 일은 극히 드물다는 걸 알면서도, 이미 정도를 지나친 혜리는 그것을 개의치 않았다.

"신윤수보다 내가 더 강희 좋아해. 강희에 대해 아는 것도 없는 그딴 계집애보다 훨씬 오래됐고, 훨씬 깊어."

마치 제대로 알아듣지 못하는 이에게 박아 넣듯이 한 자 한 자를 힘주어 말했다. 그런 혜리의 목소리에 강희를 향한 욕망이 지글지글 끓고 있는 것 같았다.

혜리가 강희를 봐 온 시간 동안 동선 역시 혜리를 가슴에 담았던 시절이 있었다. 그녀의 변덕 내지는 강희를 자극할 나름의 속셈으로 잠깐 사귀었던 시기도 있었으나, 일방적인 애정은 결국 사랑의 형태를 이루지 못하고 모래성처럼 무너져 버리고 말았다.

지금에 이르러서는 강희를 못내 시기하거나 혜리를 원망하는 마음까지 모두 사그라져 소꿉친구들의 복잡 미묘한 관계의 철저한 방관자가 되어 있었다.

동선의 안타까운 시선이 강희에 집착하고 있는 혜리에게 잠시 머물렀다.

　"어느 드라마에서 그러더라. 감정을 강요하는 것도 폭력이라고. 네가 지금 강희한테 하고 있는 짓이 그거인 거 알고는 있냐?"

　"내가 강희를 좋아하는 게 죄는 아니잖아!"

　섭섭하고 억울한 마음에 눈물까지 맺힌 혜리가 울먹이며 내지른다.

　"넌 진짜 친구도 아니야, 나쁜 새끼야!"

　"친구니까 하는 말이다, 친구니까."

　적어도 윤수를 알기 전까지 위태롭기만 했던 강희를 세 사람의 우정이 지탱해 왔다는 걸 알기에, 동선은 혜리의 고집스런 짝사랑이 불러올 결말이 우려스러웠다.

　"정말 네가 내 친구면 더는 아무 말도 하지 마. 나는 강희랑 이 이상 친구로 남을 바에야 차라리 남이 되는 게 나으니까."

　쏘아붙이는 혜리를 더는 말릴 수도, 탓할 수도 없었다. 대답 대신 앞에 놓인 빈 잔을 채워 입으로 넘기는 소주가 씁쓸하기만 한 동선의 가슴에 소낙비처럼 스몄다.

※　　　　　※　　　　　※

　[나 술 마셨는데 데리러 와 줄 수 있어?]

200

윤수로부터 메시지를 받았을 땐, 마침 강희도 친구를 만나러 간 그녀를 생각하던 중이었다. 윤수가 먼저 강희에게 연락을 했다는 사실 하나만으로 강희는 그녀가 같은 서울이 아니라 울릉도에 있다고 해도 당장 달려갈 각오가 되어 있었다.

동선의 생일인데 어떻게 그냥 갈 수 있느냐며 혜리가 붙잡았으나, 어차피 사내자식들끼리는 서로 챙기고 축하하는 그런 일들이 낯간지럽기만 할 뿐이다. 두 사람 다 평소처럼 잘 지내는 것을 확인했으니 되었다. 강희는 미련 없이 소란한 술집을 빠져나왔다.

곧장 택시를 잡아타고 윤수가 있는 곳으로 향했다. 자기 주량을 잘 아는 윤수가 그에게 데리러 와 달라 부탁할 정도로 술을 마셨다는 생각이 들자 마음이 조급해졌다.

"태강희, 여기!"

도착했을 땐 빌딩 입구 앞 연석에 윤수가 주저앉아 있었고, 그런 그녀의 옆에서 정혜가 등을 쓸어내려 주고 있었다. 정혜가 크게 팔을 흔드는 곳으로 강희가 뜀걸음을 했다.

"윤수야. 강희 왔어."

"왜 이래? 술 많이 마셨어?"

여전히 고개를 수그리고 있는 윤수 대신 정혜가 고개를 가로저었다.

"많이 마신 건 아닌데, 칵테일이 생각보다 도수가 높았나 봐."

"신윤수. 일어나 봐. 응?"

가뜩이나 살이 엘 정도로 추운 겨울밤이었다. 찬 바닥에 대책 없이 앉아 있는 윤수부터 일으켜 세웠다. 어깨를 붙들어 주자, 그녀가 힘없이 고개를 든다.

"강희…… 태강희."

"왜 이렇게 많이 마셨어. 괜찮아?"

끄덕이는 목이 너무 가늘어서 금방이라도 부러져 버릴 것만 같았다.

걱정스러운 마음에 강희가 커다란 손으로 그녀의 머리를 감싸 제 품에 기대게 했다. 겉옷을 열어 윤수를 품자, 가슴에 와 닿는 볼이 뜨거웠다.

"으응. 그냥 속이 좀 안 좋아서 그래. 괜찮아."

두 팔로 그녀를 안고, 등을 천천히 문질러 주었다. 윤수가 작게 신음하며 그의 품에 얼굴을 비볐다.

"같이 가. 택시 잡아 줄게."

"아냐. 나 택시 불렀어. 곧 도착할 거야."

정혜가 손에 든 휴대폰을 흔들어 보였다. 다행히 근처에서 대기하고 있던 택시가 5분도 되지 않아 정혜 앞에 멈춰 섰다.

"우리 윤수 잘! 응? 잘 데려다줘."

"걱정 말고 조심해서 들어가."

목구멍까지 치민 말들이 무수히 많았으나, 정혜는 그저 그렇게만 당부하며 택시에 올랐다. 그녀의 눈길이 차창을 넘어 윤수를 걱정스럽게 훑으며 멀어져 갔다.

"윤수야. 집에 가자."

"……너네 집 갈래."

비척거리는 그녀의 팔을 붙들어 똑바로 세웠다. 많이 취했나 싶어 윤수의 눈을 빤히 들여다보았다. 평소보다 조금 젖어 있는 동공이 그를 따라 차분히 움직였다.

"부모님께 말씀드렸어?"

"응. 오늘 정혜 집에서 잔다고 했어."

"가자, 그럼."

강희가 그녀의 손을 꼭 쥐고서 지나가는 택시를 잡았다.

한강 다리를 건널 즈음에 윤수는 강희의 어깨에 머리를 기대고서 잠시 졸았다. 얼굴에 올랐던 열이 가라앉은 대신 졸음이 몰려온 탓이었다.

강희는 그녀가 조금이라도 편해지도록 어깨를 낮춰 주었다.

잠결에 본능적으로 따뜻한 것을 찾아 끌어안는 그녀에게 한쪽 팔을 온전히 내어 주고는 그녀의 볼록한 이마와 속눈썹을 애정을 담아 바라보았다.

다행히 집에 거의 도착할 때쯤 되어서는 그녀도 잠기운을 털고 깨어났다.

"우리 여기서 내리자. 나 좀 걷고 싶어."

"그래."

큰길가에서 택시를 세우고 요금을 치렀다. 히터 바람이 쏟아지던 택시에서 내리자 정신이 번쩍 들 만큼 찬 공기가 입과 코로 몰려들었다.

윤수가 그것을 한 모금 크게 들이마셨다 다시 크게 뱉어

냈다.

"좀 괜찮아?"

"응. 아까는 속이 안 좋았는데, 지금은 나아진 것 같아."

"그러게 왜 그렇게 술을 많이 마셨어."

"많이 마신 건 아니고. 그냥 정혜랑 얘기하다 보니까 그런 거야."

취기는 대충 가신 것 같았는데, 말하는 것은 여전히 조금 어린아이 같았다. 평소에는 볼 수 없는 모습이라, 강희는 그런 윤수의 말투가 그저 귀여웠다.

"잠깐 편의점 갖다 올게."

윤수가 어둔 골목 어귀에 환하게 불을 밝힌 편의점을 돌아보았다.

"뭐 사게?"

"이것저것 필요한 게 좀 있어."

어쩐지 윤수의 그 말이 반갑게 들렸다. 지난번 그와 함께 밤을 보냈을 때, 윤수는 제 물건을 강희의 집에 남겨 두지 않았다. 칫솔은 일회용 칫솔을 찾아 썼고, 강희의 티셔츠를 빌려 입었다.

윤수는 머물다 간 자리에 그녀의 무엇도 남기지 않았다. 그것이 강희에게서 서서히 제 흔적을 지워 가려는 의도처럼 느껴졌었다.

편의점으로 함께 들어가 물건을 고르는 윤수 뒤를 졸졸 쫓았다. 계산대 앞에서 냉큼 카드를 내밀었다. 칫솔에 속옷에 자잘한 물건들이었지만, 윤수 대신 그의 집에 머물 거라고 생각하니 마냥 좋았다.

편의점 로고가 그려진 흰 봉투를 흔들면서 집에 도착했다. 신발을 벗고 들어가 막 불이 켜진 방 안을 서성이던 윤수가 부스럭거리는 봉투를 바닥에 내려놓고는, 강희를 돌아보았다.

"나랑 얘기 좀 해."

"무슨 얘기?"

그를 빤히 쳐다보고 있는 윤수의 표정이 심각했다. 그녀가 긴히 해야 할 얘기라는 게 무엇인지 머릿속으로 쉴 새 없이 가늠하면서, 강희는 그가 느끼는 불안을 겉으로 표 내지 않으려 애썼다.

"얘기하는 건 좋은데, 씻고 나서 하자. 너 지금 많이 피곤해 보여."

당장의 상황을 모면해 보려는 얕은 셈이었다.

뜨거운 물에 씻고 옷을 갈아입으면 그녀가 원하는 대화가 어떤 방향으로 튀든 노곤해진 몸으로 돌아가겠다는 말은 하지 않겠지 하는.

"아니, 그냥 지금……."

"너 아직 술기운 남았어. 중요한 얘기할 거면 샤워하고 술 좀 깨고 난 뒤에 해."

어깨의 둥근 부분을 쓰다듬으며 강희가 가만히 눈을 맞춰 왔다.

윤수는 스스로가 맨정신에 가깝다고 생각했으나, 강희의 눈에는 다를지도 몰랐다. 진지하게 나눠야 할 이야기였으므로, 윤수는 더 고집부리지 않았다.

"들어가. 갈아입을 옷 앞에 꺼내 둘 테니까."

그대로 어깨를 감싸 욕실 문까지 데려갔다. 조명 스위치를 누르며 지그시 등을 미는 손길은 어린애를 달래는 것처럼 다정했다. 그런 다정함에 떠밀리듯 윤수가 욕실 안으로 들어섰다.

낡은 수전을 돌려 뜨거운 물을 틀어 놓았다. 옷을 벗고, 하얗게 수증기를 뿜어내는 물줄기 아래에 머리를 들이밀었다.

머리카락을 타고 내려가 등과 엉덩이, 다리를 적시는 물이 조금씩 온도를 높였다. 그 자리에 가만히 서서 얼어붙었던 몸이 녹기를 기다렸다.

뜨거운 물이 식어 있던 체온을 끌어 올렸다. 이만큼 추위를 탔는데 전혀 느끼지 못했던 것을 보면, 아직 술기운이 남았다는 강희의 말이 옳은 것 같았다.

겨우 몸이 움직일 만해지자, 윤수는 손을 뻗어 샴푸의 펌프를 두 번 눌렀다.

손으로 거품을 내 머리를 감고 헹구었다. 익숙한 향기가 거품에 배어 몸을 타고 미끄러졌다.

바디 워시 역시 그녀가 항상 사용하는 제품이었다. 언제부터인가 윤수가 사다 놓지 않아도 강희의 집에 늘 준비되어 있었다.

수전을 걸어 잠그고 미역처럼 늘어진 머리카락에서 물기를 쭉 짜냈다. 젖어서 으슬으슬한 몸에 얼른 수건을 둘렀다.

예전에 윤수가 가져다 둔 목욕 수건이 수건 장 안에 깨끗하게 세탁되어 들어 있었다.

이 집에 더는 자신의 것은 없을 거라고 생각했는데. 몇 번을 훑어도 때마다 하나씩은 추억이 깃든 물건이 나왔다. 단지 찾아서 쓰레기통에 던져 버리는 것만으로는 정리가 되지 않을 거라는 경고 같기도 했다.

어쩌면 강희와 함께한 5년의 시간이 윤수의 평생에 깜빡 잊어버린 물건처럼 나타나 추억을 회상하게 만들지도 몰랐다. 아무리 치우고 치워도 계속해서 눈에 밟히는 물건들처럼.

인생 전반에 걸쳐 존재감을 드러낼 강희를 정리한다는 자체가 애초에 불가능한 일이었을지도.

수건을 몸에 감고서 욕실 문을 한 뼘쯤 열었다. 그와 몸을 섞은 것이 수십 번이고, 서로를 속속들이 알고 있는데도 강희가 기억을 잃은 후 윤수까지 덩달아 처음으로 돌아간 것처럼 맨몸을 보이는 게 민망해졌다.

방에서 새어 나온 불빛이 어둑한 거실 바닥 위로 길게 늘어졌다. 윤수는 강희가 욕실 문 앞에 가져다준 셔츠와 바지를 입었다.

방문을 열었을 때, 침대에 걸터앉아 있던 강희가 그녀를 발견했다. 머리에 어설프게 뒤집어쓴 수건을 보고 작게 웃었다.

"머리부터 말리자. 너 감기 걸려."

사실 젖은 머리 같은 건 아무래도 상관없었지만, 강희의 신경이 다른 곳에 쏠리는 게 싫어 잠자코 그러겠다고 했다. 강희가 욕실에서 드라이어기를 가져와 콘센트에 전원을 연결했다.

"이리 앉아 봐."

강희가 끌어당기는 대로 그의 다리 사이에 무릎을 모아 앉았다. 투박한 손이 얼굴로 내려온 머리카락을 슥슥 쓸어 넘기더니 따뜻한 바람이 쏟아지기 시작했다.

아주 잠깐 졸았을지도 모르겠다. 눈을 감고 있는 동안 강희와의 지난 기억들이 파노라마처럼 스쳐 지나갔다. 윤수의 긴 머리가 마를 때까지 꽤 긴 시간 동안 계속해서.

마침내 귓가를 윙윙 울리던 드라이어기의 전원이 꺼졌을 때, 윤수도 지그시 감고 있던 눈을 떴다.

"너 사고 났을 때 말이야. 아직도 기억나는 게 없어?"

윤수의 물음에 드라이어기의 전선을 몸체에 둘둘 감고 있던 강희가 그녀를 돌아보았다.

"별로."

"그럼 그 전 기억은? 우리 사이가 어땠는지 기억나는 거 없어?"

대충 갈무리한 드라이어기를 한쪽으로 밀어 두면서 강희는 대답을 주저했다.

돌아오는 기억은 언제나 무작위였다. 만 개의 퍼즐 조각 중에 느닷없는 한 조각이 튀어나왔다. 운이 좋으면 얼추 제자리를 찾기도 했지만, 대개는 앞뒤를 알 수 없어 애매한 기억들이었다.

"사고 직전에 우리, 헤어지려고 했어."

나직한 고백 위로 자신이 윤수와 헤어질 마음을 갖고 있었다던 동선의 말이 겹쳤다.

이미 그녀에게 이별을 고한 뒤였던가. 눈앞에 아찔함이 몰아닥쳤다.

그때, 강희에게 등을 보이고 있던 윤수가 돌아앉았다.

"내가…… 헤어지자고 했어."

한참의 시간이 지나고서야 윤수의 말을 받아들일 수 있었다.

"……왜?"

되묻는 목소리는 먼지가 쌓인 것처럼 버석거렸다.

"네가 기억하지 못하는 일들이 많아. 둘이 함께여서 마냥 좋았던 날들도 있었지만, 정말 피 터지게 싸운 날들도 많았어."

"여기서 너하고 처음 싸웠지."

"맞아. 그건 기억하네."

윤수가 힘없이 웃었다. 그런 윤수를 마주하고 있는 강희의 얼굴에서는 웃음기라곤 전혀 찾아볼 수 없었다.

"너 취직한 뒤로 한동안 엄청 다퉜어. 매일 야근에 회식에. 나한테 점점 소홀해지는 네가 야속했고, 넌 사회생활도 이해해 주지 못하는 내가 답답했을 거야."

윤수는 시스템 엔지니어라는 직업이 정확히 무슨 일을 하는지 알지 못했다. 기업에서 사용하는 시스템 인프라를 구축하고 관리하는 일이라고만 설명 들었다.

그 직업이 전반적으로 그런지는 알 수 없지만, 강희의 회사는 유독 업무 시간이 길었고, 업무 강도도 셌다. 물론 그에 비례하여 연봉이 높다고도 했다.

"얼마 전에 밤새도록 일하는 꿈을 꿨는데, 그거 꿈 아니었는지도 모르겠다."

농담인 듯 농담 아닌 말에 이번에는 두 사람 다 실없이 웃고 말았다.

"그리고……."

다음 말을 꺼내기에 앞서 윤수는 조금 주저할 수밖에 없었다. 윤수가 강희의 두 소꿉친구와 관련해서 불만을 가질 때마다 대화는 매번 다툼으로 번져 나가기 일쑤였으므로.

"그냥 말해. 괜찮아."

"……네 친구들 일로도 많이 싸웠어."

아니나 다를까. 윤수가 어떤 의도로 이런 얘기를 시작했는지 전혀 짐작하지 못하는 상황에서 그녀의 말을 귀 기울여 들어 주던 강희의 표정이 순간적으로 경직되었다.

그의 두 소꿉친구와 얽힌 미묘한 감정 문제를 말로 풀어 설명하기는 어려울 것이다.

세 사람 사이에 껴서 불편하고 서러웠던 상황들을 하나하나 따져 보자면 너무나 소소해서 그냥 넘어갈 때도 많았으니까.

결국 그 소소함들이 모여 윤수 마음에 깊은 구덩이를 파 놓았음을 어떻게 말해야 좋을지 알 수 없었다.

"너는 내가 서운해하는 게 우리가 서로 너무 다른 탓이라고 했어. 그 말이 꼭…… 노력해도 소용없다는 말 같아서 나도 점점 지쳐 갔어. 아마 너도 그랬을 거고."

서로의 다름이 서로에 대한 몰이해로 이어진다는 강희의 주장은 윤수를 무력하게 만드는 칼이었고, 방패였다. 그것은 그동안 그의 친구들과 어울리려 애썼던 윤수의 노력이 헛되고 쓸모없었다고 말하는 것이나 다름없었다.

"함께하는 게 차츰 의미가 없어졌어. 너랑 있으면 더 외롭고, 슬펐으니까. 네가 기억하지 못하는 시간을 겪고 난 너와 내가 그렇게 변했어."

그러다 이내 고개를 저은 윤수가 말을 고쳤다.

"변했다는 말에 너는 늘 예민하게 굴었지. 그러니까 변했다는 말 대신 그냥, 가진 사랑이 전부 닳았다고 해야겠다."

두 사람이 하는 사랑에서 한쪽이 먼저 바닥을 보이고 나면 남은 한쪽이 얼마나 초라해지는지 너는 모를 거라고, 윤수는 목구멍에 멍울처럼 고인 말을 힘겹게 삼켜 냈다.

"네 눈빛에서 애정이 옅어져 가는 걸 지켜보는 게 괴로웠어."

담담하게 이야기하려 노력하지만, 떨리고 있는 윤수의 눈빛이 그녀가 느낀 모든 감정을 대변하고 있었다.

강희는 그 눈을 피하지 않고 마주했다. 애써 아무렇지 않은 표정을 짓고 있지만, 윤수는 그가 속으로 무척 혼란스러워한다는 걸 알 수 있었다. 아니, 정확히는 두려워하고 있었다.

문득 이런 얼굴을 하고 있는 강희를 오늘 처음 본 게 아니

211

라는 생각이 들었다.

그날, 사고가 났던 그때도 강희는 헤어지자고 말하는 윤수의 앞에서 이런 얼굴을 하고 있었다.

"5년이면 지겨워질 만도 해. 뭐든 영원한 건 없는 거니까."

"아니야."

"분명한 건, 너도 나와 헤어지길 바랐다는 거야."

"아니라니까."

강희가 강하게 부정하며 고개를 가로저었다. 받아들일 수 없었다. 그가 이별을 바랐다는 말은 물론 윤수를 더는 사랑하지 않게 되었다는 사실까지.

"네가 잘못 안 거야. 기억을 못 해도 확실해."

그가 윤수의 손을 잡아 그의 가슴에 무턱대고 가져다 댔다.

"봐. 심장이 얼마나 뛰는지 네가 직접 확인해 보라고."

빼내려고 해도 놔 주지 않았다. 그럴수록 그의 가슴 위로 손을 더 꾹 누를 뿐이었다.

괜한 실랑이를 하기 싫어 그냥 그가 원하는 대로 하게 두었다.

정적 위로 서로의 숨소리만이 옅게 들리던 어느 순간, 윤수는 손바닥을 간질이는 고동을 느꼈다.

"의사가 그러는데, 기억에는 두 가지 종류가 있다고 하더라. 경험한 감정이나 감각을 일컫는 일화 기억, 그리고 이미 학습된 지식을 뜻하는 의미 기억."

그의 목소리를 따라 닿아 있는 몸이 둥둥 울렸다.

"내 마음이 변했으면 다시 만난 너를 보고도 아무렇지도 않았겠지. 적어도 시간이 지날수록 무덤덤해졌어야 하는 게 맞아."

단순하지만 속일 수 없는 지표로 그는 자신의 마음을 증명하려 했다.

언젠가 윤수가 그에게 더 꽉 안아 줄걸 그랬다고, 그렇게 그녀의 마음이 변치 않았다는 것을 알려 줬을 거라고 말했던 걸 선명히 기억한다는 듯이.

"⋯⋯그럼 나한테 왜 그랬어?"

그의 심장 소리를 듣던 윤수의 손이 그의 무릎 위로 스르르 흘러내렸다.

"왜 차가워졌어? 왜 전처럼 웃어 주지 않았어? 왜⋯⋯ 날 혼자 남겨 두고 갔어?"

울먹거리던 목소리가 끝내 눈물을 머금었다. 윤수의 붉어진 눈에서 볼록 솟은 눈물방울이 한 줄기 빗금을 내리그었다.

우는 윤수를 지켜보는 강희의 가슴에도 빨갛게 빗금이 그어졌다. 그 자리를 날카로운 손톱이 할퀴고 지나간 것처럼 마음이 아팠다.

할 수만 있다면 몇 대 죽어라 패 주고 싶었다. 그녀를 울린, 그가 기억하지 못하는 그 자신을.

한번 시작된 눈물은 그칠 줄을 몰랐다. 설움이 설움을 덧입은 모양이었다.

손으로 아무렇게나 눈을 문지르는 윤수를 보다 못해 두 손목을 붙들었다. 빨갛게 부어오른 눈가가 안쓰러웠다.

숨까지 헐떡이는 것을 보고 안 되겠다 싶어 그녀를 끌어당겼다. 다리 사이에 앉히고서 그녀의 얼굴을 그의 품에 묻게 했다.

"네가 또 똑같이 행동할까 봐 무서워. 너를 이렇게 사랑하게 만들어 놓고, 또 나를 팽개쳐 둘까 봐…….."

울먹이는 목소리 곳곳에 어린애 같은 딸꾹질이 숨어 있었다. 아픈 표정을 짓던 강희가 커다란 손으로 그녀의 등을 툭툭 두드려 주었다.

"절대 안 그래. 안 그럴게. 미안하다, 윤수야."

정작 무엇이 미안한지 알지도 못하면서 계속해서 미안하다는 말만 흘러나왔다.

답답했다. 윤수의 입에서 기어코 헤어지자는 소리를 들었을 만큼 자신이 그녀를 몰아붙였다는 것만 알겠다. 하지만 사랑이 변하지 않았는데 행동만 변했다면 분명 이유가 있었을 것이다. 당장은 짐작조차 할 수 없는 이유가.

강희의 셔츠 앞자락이 다 젖도록 울어 젖히고는 기진맥진한 윤수가 그대로 힘없이 늘어졌다. 강희가 그녀의 몸을 둘러 안아 침대로 옮겨 주었다. 그리고 그 옆에 누워 다시 그녀의 어깨를 어루만졌다.

"나 너랑 안 헤어져. 못 헤어져. 그러니까 너도 다시는 나한테 헤어지자고 말하지 마."

겨우 울음을 수습하고 있던 윤수와 눈을 맞추며 강희가 선수를 치듯 단단히 일러두었다. 윤수는 그의 단호한 말투 속에 숨겨진 일말의 불안감을 읽어 내고는 작게 고개를 끄덕였다.

오늘 정말로 그와 헤어지려 마음먹었다면, 이렇듯 그 헤어짐의 이유를 설명하지는 않았을 것이다. 만약 또다시 윤수의 입에서 이별을 꺼내게 될 때에는 이미 모든 것을 체념하고 난 후일 테니까.

후회가 남을 것 같으면 마지막으로 한 번 더 해 보라고, 뜻밖에도 정혜는 그녀의 등을 떠밀어 주었다. 만약 똑같은 결말이 오더라도 지금 느끼는 후회는 해소할 수 있지 않겠느냐고. 기회로 삼으라고 했다. 한 줌 미련과 후회를 죄 털어 버릴 기회.

딱 한 번만 더 이 사랑에 그녀가 가진 모든 믿음을 걸어 보기로 했다.

이별의 앞에서 돌려세운 걸음이니 두 번 다시 같은 길을 가지는 않을 것이라고. 이미 우리가 지나온 길이 아닌, 새로운 길이 있을 거라고.

"정말 마지막으로 믿을 거야. 정말 마지막이야……."

작게 읊조리며 턱밑에서 넘실거리는 불안을 애써 억눌렀다.

강희가 그런 윤수에게 밀착하며 그녀를 꼭 끌어안았다. 다시는 놓치지 않겠다는 듯이.

주저하던 그녀의 손이 그의 등을 마주 감싸 안고서야 강희도 속으로 작게 안도의 한숨을 흘렸다.

잔뜩 부은 눈을 느리게 끔뻑이던 윤수는 지쳤는지 금세 잠이 들었다.

새근새근 숨소리를 흘리는 와중에도 한 줄기 눈물이 눈꼬리에서 떨어져 베갯잇에 동그란 점으로 스몄다.

동시에 강희의 가슴에도 그녀의 눈물이 얼룩이 되어 남았다.

7. Where were you when I cried at night

다음 날 새벽, 맞춰 놓은 알람 소리에 잠에서 깨 화장실로 향한 윤수는 거울을 보고 저도 모르게 헛숨을 들이켰다. 하도 눈이 부어 30년간 고이 간직해 온 쌍꺼풀이 희미해졌을 지경이었다.

황급히 찬물로 세수를 하고, 손마디로 눈두덩을 꾹꾹 지압하고서야 붓기가 조금 가라앉았다.

여전히 불긋한 눈가나 충혈된 눈은 어딘가 모르게 사연 있는 여자처럼 보였다. 절로 한숨이 나오는 얼굴이었다.

대충 수습한 뒤 밖으로 나왔을 땐 웬일로 강희가 일어나 있었다. 아침마다 좀처럼 잠기운을 떨치기 힘들어하는 그였는데.

"이리 와."

그녀가 밤새 누워 있던 자리를 손으로 두드리며 윤수를 불렀다. 그녀를 향해 뻗은 손에 깍지를 껴 넣으며 윤수가 침대에 걸터앉았다.

"놀랐잖아. 벌써 간 줄 알고."

"더 자. 아직 7시도 안 됐어."

"안 피곤해? 일할 수 있겠어?"

"약간 피곤하긴 한데, 효진이한테 조금 일찍 나와 달라고 하지 뭐."

그녀의 거뭇한 눈 밑과 부은 눈두덩을 손끝으로 조심스럽게 쓸어 보던 강희가 몸을 일으켰다.

"우리 오늘 여행 갈까?"

"여행?"

윤수의 눈이 동그랗게 뜨였다.

"화해 기념으로."

머리에 까치집을 지어 놓은 강희가 고개 숙여 그녀의 입술을 쪼듯이 짧게 입을 맞췄다.

"가자."

느닷없는 계획이라 잠시 망설였지만 윤수는 결국 고개를 끄덕였다.

카페를 개업하고 몇 년 동안이나 쉼 없이 달려왔으니, 하루쯤 마음 내키는 대로 행동해도 누구도 뭐라 할 수 없을 것이다. 더욱이 일주일 중 가장 손님이 적은 일요일이기도 하고.

"그러자. 너 내일부터 출근하면 한동안 시간 내기 힘들 테니까."

사뭇 충동적이었으나 오랜만에 여행을 간다고 생각하니 그때부터는 기분이 마구 들뜨기 시작했다. 어디를 갈까 잠시 고민하다가 차를 타고 교외로 빠지기로 했다.

"그럼 얼른 씻고 나와. 나는 효진이한테 미리 연락해 놓을게."

"그래."

침대에서 벗어난 강희가 부스스한 머리를 쓸어 넘기며 욕실로 향했다. 열이 많아서 겨울에도 웃통을 벗고 자는 강희의 체질은 윤수와는 정반대였다. 그가 걸을 때마다 깎아 놓은 듯 홈이 패는 등을 슬쩍 훔쳐보던 윤수의 시선이 문득 제 발을 향했다.

오늘도 그녀의 발에 한참은 큰 검은 양말이 그녀도 모르는 새 신겨져 있었다.

"......바보."

조그맣게 중얼거리는 윤수의 얼굴에 빙그레 미소가 떠올랐다.

강희가 간단히 샤워를 하는 동안 윤수는 강희의 서랍을 뒤적여 입을 만한 옷을 꺼냈다. 집에 가서 옷을 갈아입고 나오기에는 당일치기 여행이라 시간이 빠듯했다.

품이 넉넉한 기모 셔츠를 걸치고, 가지고 있던 파우치를 열어 옅게 화장을 했다. 눈썹을 그리고, 창백해 보이는 입술에 색을 입힌 다음에야 얼굴에 조금 생기가 돌아오는 듯했다.

[효진아 미안한데 오늘 가게 나가면 오픈 좀 해 줄래?
일찍 나올 건 없고, 원래 출근하는 시간에 가면 돼.
내가 오늘 가게를 못 갈 것 같아서.]

전화를 할까 하다가 아직 이른 아침이라는 데 생각이 미쳤
다. 메시지를 보내 놓고 1분도 지나지 않아 답장이 왔다.

[그럴게요. 근데 무슨 일 있으세요?]
[내가 깨웠으면 미안. 아무 일 없어.
그냥 강희랑 여행 다녀오려고.]
[별일 아니라니 다행이에요.
저 오늘 일찍 눈이 떠져서 계속 미드 보고 있었어요.
화해하셨나 봐요. 재밌게 놀고 오세요!]

마지막으로 두 발로 선 개가 환하게 웃으며 손을 흔드는
이모티콘이 전송되어 왔다.

아무래도 조만간 효진에게 마음을 담아 작은 선물이라도
챙겨 줘야겠다고 생각하며 휴대폰을 내려놓을 즈음, 강희가
화장실에서 나왔다.

"아침은? 먹고 갈까?"

"가다가 휴게소 들르자. 나 우동 먹고 싶어."

목에 두른 수건으로 젖은 머리를 털다 그의 옷을 입고 있
는 윤수를 본 그가 문득 멈춰 섰다.

"나 옷 좀 빌릴게. 괜찮지?"

양팔을 옆으로 벌리고 고개를 기울이며 어떠냐고 묻는 윤수에게 성큼 다가가 그녀의 허리를 확 끌어당겼다.

"갑자기 나가기 싫어지는데."

은근하게 몸을 붙여 오는 강희를 윤수가 어깨를 비틀며 밀어냈다.

"됐거든. 얼른 준비나 해."

"먼저 키스해 주면."

입술을 쭉 내밀고 고집스레 버티는 강희를 흘겨보다 결국 웃으며 쪽 하고 입을 맞췄다. 그리고 곧바로 떨어지려는데, 허리를 감아 안은 강희의 손이 그녀를 놓아 주지 않았다.

"으응······."

셔츠 자락 아래로 집어넣은 다른 한 손이 엉덩이를 꽉 움켜쥐었다.

고개를 꺾으며 파고드는 혀를 막을 길이 없어 윤수는 그저 눈을 감고 강희를 받아들였다. 몇 번이나 그녀의 입술을 베어 물고 나서야 강희는 그녀를 놓아 주었다.

윤수가 그의 가슴을 손바닥으로 찰싹 내리치며 그의 품에서 벗어났다.

아침이 더디게 오는 겨울이라, 두 사람이 준비를 마치고 길을 나섰을 땐 공기가 파랗게 날이 서 있었다. 저도 모르게 몸을 부르르 떠는 윤수를 끌어안다시피 하고서 꽤 오랫동안 방치해 둔 차로 향했다. 문을 열어 윤수를 먼저 태우고, 그도 운전석에 올랐다.

"그러고 보니까 너 다리랑 팔이 그런데 운전할 수 있어?"

"끄떡없어."

보호대 찬 팔을 흔들며 씩 웃는 모습을 여전히 걱정스런 눈으로 보던 윤수가 결국 그를 조수석으로 밀어냈다.

"내가 한다니까."

"쓰읍. 안 된다고 했어. 너도 알지? 나 교통 법규에 민감한 사람이야."

윤수가 그렇게까지 얘기했을 땐 강희도 더 고집을 부리지 못했다.

일요일인데도 이른 시각이라 다행히 걱정했던 만큼 도로에 차가 많지는 않았다. 올드 팝이 흘러나오는 아침 라디오에 주파수를 고정해 놓고 수월하게 운전해 나갔다.

서울에서 순환 고속 도로를 타고 도심을 빠져나간 뒤 약한 시간 정도가 지나서야 기다리던 휴게소가 나왔다.

널찍하게 비어 있는 주차장에 차를 세워 놓고 시동을 껐다. 말수도 많지 않으면서 운전하는 내내 옆에서 계속 말을 걸어 주던 강희가 수고했다며 한 손으로 윤수의 어깨를 주물러 줬다.

"너무 배고프다. 요기하고 가자."

차에서 내리자마자 두 팔을 번쩍 들고 기지개를 켠 윤수가 기다리고 있던 강희의 손을 맞잡았다.

서울보다 한층 매서운 겨울바람을 피해 도망치듯 실내로 들어섰다. 날씨 탓인지 휴게소는 이용객이 적어 한산한 편이었다.

딱히 특별할 것 없는 메뉴들 중에서 윤수는 우동을 주문했고, 강희는 돈가스를 시켰다.

커다란 테이블을 둘이서 차지하고서 음식을 나누어 먹었다. 우동 국물이 너무 짰고, 돈가스는 소스를 박하게 뿌려 주었지만 들뜨고 설렌 마음을 반찬 삼아 기분 좋게 식사를 했다.

식당을 나와서는 윤수가 강희의 팔짱을 끼고 이쪽저쪽으로 끌고 다녔다. 야외 매점에서 구운 감자와 떡볶이, 음료수를 사서 차로 향했다.

"이거 다 먹을 수 있어?"

"배가 부르기는 한데, 그래도 맛있을 것 같아."

운전석과 조수석 사이에 음식을 늘어놓고는 신이 나서 집어 먹었다. 서로의 입에 넣어 주는 시늉을 하며 유치한 장난을 치기도 했다. 문득 윤수는 강희와 이렇게 보내는 시간이 무척 오랜만이라는 생각이 들어 저도 모르게 감상에 젖고 말았다.

취업한 지 1년쯤 지났을 무렵, 강희가 구입한 이 중고차로 한동안 이곳저곳을 놀러 다녔었다. 도심에서의 판에 박힌 데이트에 한창 싫증이 났던 때다. 그저 교외로 멀리 드라이브를 나가서 밥 한 끼를 먹고 돌아오는 일정이어도 마냥 새롭고 좋았다.

그렇게 보내는 시간들이 정체되어 있던 일상에 활기를 불어넣어 주었다.

열어 놓은 차창으로 불어오던 바람, 라디오에서 흘러나오는 우리의 애창곡, 차가 멈춰 설 때마다 짝을 찾아가듯 엮이던 손, 마주치는 눈길······.

행복의 카테고리 속에 저장되어 있던 추억들이 귀에 익은 음악 위로 겹쳐 흘렀다.

'달링'이란 단어로 시작되는 감미로운 선율이 사실은 떠나간 연인이 돌아오기를 바라며 애원하는 가사임이 오늘에서야 제대로 귀에 들렸다.

대체 어디서부터 길을 잃었는지 알 수 없다고, 기회를 달라고, 당신이 돌아올 때까지 무릎을 꿇고 기다리겠노라고.

애절한 남자의 목소리를 강희와 둘이서 어설프게 따라 부르곤 했었다.

영어 가사를 제대로 알지 못해도 후렴구의 마지막 구절인 'I'm down on bended knee' 하는 부분만은 놓치지 않았다. 가수의 창법을 따라 한답시고 우스꽝스럽게 음을 꼬아 부르며 깔깔거리기도 했었다.

때마침 그 부분이 흘러나왔다. 조수석에서 작은 허밍으로 노래를 따라 부르는 강희를 힐끗 돌아보며, 윤수는 언젠가 다시 이 노래를 들었을 땐 오늘의 기억이 음악 위에 덧씌워져 있지 않을까 생각했다.

정오 즈음에 양평 두물머리에 도착했다. 차에서 내린 두 사람은 강변을 따라 조금 걷기로 했다.

앙상하게 마른 나무, 바람이 부는 쪽으로 강하게 물결치는 물비늘.

눈 닿는 풍경마다 적적했다. 황량하고 추운 풍경 속에서 온기를 가진 것이라고는 강희의 주머니 속에 숨은 깍지 낀 손뿐이었다.

그래도 좋았다. 매서운 칼바람 때문에 온 얼굴이 얼얼해도, 가장자리에 살얼음 낀 강에서 물비린내가 나도.

그저 강희와 함께 있다는 사실만으로 윤수는 얼마든지 그 안에서 행복을 찾을 수 있었다. 그리고 이상하게도 딱 그 행복의 크기만큼 근원을 알 수 없는 불안 역시 그림자처럼 내려앉았다.

"저기 드라마에 나왔던 덴데 우리도 사진 찍을까?"

"그래."

모처럼 기분을 내는 건 윤수만이 아니었던지, 평소라면 사진 찍기를 싫어하는 강희도 순순히 그녀를 따라 포토 존에 앉았다.

네모난 액자 틀 속 여백에 흐릿하게 안개 낀 산의 능선과 검은 강물이 한 폭으로 담겼다. 그것이 마치 쓸쓸함을 한 장면으로 표현한 엽서 같았다.

액자의 귀퉁이에 강희와 나란히 머리를 맞대며 끼어들었다. 프레임 안에 비치는 상대의 낯선 표정을 멀거니 쳐다보다가 결국 둘 다 어색한 미소로 사진 속에 박제되었다.

추위에 이미 꽁꽁 얼어 버린 얼굴로 더 나은 사진이 나올 것 같지 않아 윤수는 처음 찍은 그 사진을 떨떠름하게 저장했다.

"춥다. 들어갈까?"

윤수가 몸을 부르르 떨며 묻자, 강희가 그녀의 어깨를 감싸 차가 있는 방향으로 걸음을 틀었다. 이대로 돌아가기는 아쉬웠으나, 한겨울의 낭만을 찾다가 감기라도 앓으면 그만큼 어리석은 일이 없을 것이다. 대신 윤수의 귀에 입을 가져다 대고 속삭였다.

"봄에 오면 예쁘겠다. 꽃 피는 것 보러 다시 오자."

윤수가 꽃처럼 활짝 웃으며 고개를 끄덕였다.

돌아오는 길엔 강희가 운전대를 잡았다. 두어 번 말려 보았으나, 보호대를 풀고 손목을 돌려 가며 건재함을 과시하는 바람에 별수 없이 자리를 넘겨주었다.

"가는 길에 좀 자. 피곤해 보인다."

"나보단 네가 쉬어야지. 너 내일 출근하잖아."

"몇 주나 쉬어서 좀이 쑤실 지경이야."

강희가 흐트러진 윤수의 잔머리를 귀 뒤로 넘겨 주었다. 그녀의 안전벨트까지 채워 준 뒤 차를 출발시켰다.

양평에서 서울로 돌아갈 땐 올 때보다 길이 막혔다. 차는 정체된 도로 위에서 가다 서다를 반복했다. 광고만 연달아 흘러나오는 라디오를 끄고, 이따금 대화를 나누다 곧 차창 밖으로 시선을 돌린 윤수가 문득 표지판 하나를 발견하고 반가운 얼굴을 했다.

"우리 할머니 계신 곳이야. 오랜만에 오네."

강희의 시선이 윤수의 검지를 따라갔다. 포장도로가 얼마나 이어질지 알 수 없는 좁은 샛길 입구에 '그리움 추모 공원'이라고 표시되어 있었다.

"친할머니?"

"응. 외할머니는 일찍 돌아가셔서 얼굴도 몰라. 친할머니도 나 초등학교 들어가기 전에 돌아가셨고."

외조부 역시 윤수가 중학교에 다닐 무렵에 고인이 되었다. 친가 쪽은 남은 일가친척이 없어 외가 쪽 친척들만 이따금씩 교류하는 편이었다.

"넌 친척들이랑은 연락 안 해?"

"없어. 연락할 친척 같은 거."

일축해 버리는 강희의 음성이 조금 냉랭하였으나, 윤수는 그저 고개만 끄덕거리고 말았다. 그러고는 다시 창밖을 돌아보았다.

차 안에 고이는 정적이 어색했던지 강희가 다시 라디오를 켜고 채널을 돌렸다.

클래식, 교통 정보에 이어 개그맨들이 DJ로 나와 시시껄렁한 농담을 주고받고 있는 방송에 주파수를 맞추었다. 청취자의 재미있는 경험담을 소개하는 코너에서 강희가 가끔 웃음을 터뜨리기도 했다.

서울까지 아직 먼 길이 남아 있었다. 어제의 곤함이 풀리지 않은 탓에 연신 하품을 쏟아 내던 윤수가 머리를 기울여 창가에 기대었다.

지그시 눈을 감으니, 서행하는 차의 움직임이 꼭 요람 같았다. 조금씩 밀려드는 졸음에 미약하게 저항해 보다 괜찮으니 조금이라도 눈을 붙이라는 강희의 말을 듣고 이내 항복했다.

가물가물한 눈을 끔뻑이며 강희의 옆모습을 훔쳐본 것이 마지막이었다.

잠에 빠져들며 생각했다. 지금까지도 강희는 전혀 모르고 있는 게 분명했다.

윤수가 단 한 번도 그의 돌아가신 부모님에 대해 먼저 물은 적이 없다는 사실을.

강희의 차가 윤수가 사는 아파트 입구에 멈춰 섰다. 어느새 오후 4시가 지나 있었다.

고속 도로보다 주말의 서울 시내 교통 체증이 더 심각했다. 결국 반나절을 좁은 차 안에서만 보낸 셈이다. 윤수는 두 팔을 천장으로 뻗으며 뻐근한 허리를 폈다. 안전벨트를 풀고 강희를 돌아보았다.

"일찍 들어가서 쉬어. 내일 출근 준비 잘 하고."

돌이켜 보면, 멋모르던 20대 때에는 다음 날 출근해야 한다는 강박이나 피로함보다 두 사람이 함께 보내는 시간에 더 몰입했었던 것 같다.

사랑하는 사람이 옆에 있는 것만으로 현실을 잊을 수 있었던 건 육체적으로 젊었던 까닭일까, 정신적으로 미숙했던 탓일까.

30대가 된 지금은 사랑을 지속하기 위해 현실적인 요건이 충족되어야 한다는 것을 안다. 연애를 앞서는 가치들도 생겨났다. 책임감이나 일에서 얻는 보람, 사회적 지위, 자기만족 같은 것들이.

"윤수야."

차 문을 열고 나가려 몸을 틀었을 때, 강희가 나직이 그녀를 불렀다.

'응?' 하고 되묻기 전에 그는 이미 그녀의 얼굴 앞으로 다가와 있었다. 운전대를 틀어쥔 그의 손등에 핏줄이 얇은 나뭇가지처럼 불거졌다.

헤어짐의 아쉬움을 달래려는 듯 그의 입술이 윤수의 입술을 쪽 빨았다. 그리고 이내 겹쳐졌다.

깊이 파고드는 그를 버텨 내며 윤수가 그의 숨을 받아들였다. 강희가 아닌 누구에게도 내어 준 적 없는 안이 덩달아 뜨거워졌다.

부드럽게 머금었던 혀가 빠져나가면서 윤수의 아랫입술을 핥고 깨물었다.

서로의 속눈썹이 맞닿을 만큼 가까운 거리에서 마주친 강희의 눈동자 속에 일렁이는 욕망을 보았다. 몸에 전율이 일 정도로 강렬했던 그 빛이 그의 깊은 호흡에 점점 가라앉는 것도 보았다. 이윽고 그가 윤수의 젖은 입술을 엄지로 쓸어냈다.

"들어가."

"······응."

윤수 역시 은근하게 들끓었던 충동을 갈무리하며 차 문을 열고 나왔다. 문을 닫고서 마지막으로 손 인사를 하려 차창으로 고개를 숙였을 때였다.

무슨 일인지 손에 든 휴대폰을 들여다보고 있는 강희의 표정이 평소와 조금 달라 보였다.

윤수가 똑똑 창문을 두드렸다. 강희가 휴대폰을 내려놓고 창문을 열었다.

"무슨 일 있어?"

"회사. 내일 나오느냐고."

"일요일에 확인 문자까지 해? 너 농땡이 피울까 봐 걱정인
가 보다."

"못 부려 먹어서 안달이지. 얼른 가. 너 들어가는 거 보고
갈게."

"응. 운전 조심하고."

마지막으로 인사하며 돌아섰다. 아파트 현관의 자동문이
열리고 잠깐 돌아보았을 때에도 강희의 차는 그 자리에서 윤
수를 지켜보고 있었다.

이만 가 보라고 손을 흔들며 윤수가 입구 안쪽으로 사라졌
다.

"하, 제길!"

남겨진 차 안에서 아무렇게나 집어 던진 휴대폰을 노려보
며 짓씹는 험한 말들을 윤수가 듣지 못해 천만다행이었다.
손바닥 아랫부분으로 두 눈을 꾹꾹 누르던 강희가 끝내 분노
를 이기지 못하고 운전대를 주먹으로 쿵 내리쳤다. 불과 2분
전 수신된 메시지에서 몇 년 동안이나 잊고 지냈던 이름을
보았기 때문이었다.

[태희광 출소]

왜 하필 오늘이야. 어렵사리 마음을 돌린 윤수와 소중한 시간을 보낸 오늘 같은 날, 왜 하필…….

한참이나 운전대에 머리를 묻고 있다가 빵, 하는 소음에 정신을 차렸다. 본의 아니게 길을 막고 있었던 것을 사과하는 뜻에서 뒤차에 손을 들어 보이며 서행으로 아파트 주차장을 빠져나왔다.

아버지가 상습적인 주취 및 폭행으로 구속된 직후 강희는 흥신소를 찾아가 그의 출소 날짜를 사전에 고지받을 수 있게 조치해 두었다. 적어도 그가 세상에 풀려나기 전 준비를 해두어야 할 것 같아서였다.

신 판사를 세상에서 가장 존경하는 윤수와는 달리, 강희에게 아버지라는 존재는 그저 미친개 그 이상도 이하도 아니었다.

기억할 수 있는 가장 어린 시절부터 강희는 폭력적인 아버지가 왕처럼 군림하는 삭막한 집에 익숙해져 있었다.

어린 강희를 끌어안고 아버지에게 발길질을 당하던 어머니의 모성은 끊임없이 반복되는 가정의 비극을 끝내 견디지 못했으나, 강희는 그런 어머니를 원망하지 않았다. 어느 날 갑자기 어머니가 가출해 버린 이후 아버지의 폭언과 폭력이 곧장 강희를 향하였다고 해도.

지방 건설 현장을 따라다니며 일용직으로 막일을 하는 아버지가 집에 붙어 있는 날이 드물었다는 게 그나마 다행이었다. 술을 물처럼 마셔 대는 사람이었으니 술 살 돈을 벌기 위해서라도 좋으나 싫으나 계속 일을 해야 했을 것이다.

공사가 끝나고 집에 머물 때면 인사불성으로 취해 행패를 부려 댔다. 지긋지긋했던 아버지의 폭행은 강희 스스로 저항할 힘을 기를 때까지 계속되었다.

열일곱 살의 강희는 삶을 혐오했고, 세상을 증오하는 소년이었다. 어쩔 수 없는 일이었다.

가정 폭력에 만성적으로 움츠러들던 아이가 처음으로 반항하여 아버지를 떠밀었을 때, 재수 없게 뒤로 나동그라진 아버지는 문지방에 머리를 찧고 말았다.

병원에서 경미한 뇌진탕 진단을 받아 미성년자인 친아들을 존속 폭행으로 고발한 건, 이미 잃어버린 아들에 대한 통제력을 되찾으려는 졸렬한 수작질에 지나지 않았다.

아마 아버지 앞에서 잘못했다고 무릎을 꿇고 빌었다면, 그 일은 그쯤에서 마무리되었을 것이다. 다시 아버지에게 끌려가 보복 이상의 폭력을 감당하는 것으로, 계속 그렇게 굴복하며 살아가는 것으로.

그러나 아버지에게 대항했던 최초의 경험은 강희에게 어쩌면 그 지긋지긋한 지옥을 벗어날 수 있을지도 모른다는 희망을 갖게 했다.

아버지의 무자비한 발길질에 짓밟히던 구깃구깃한 자존심이 뒤늦게 머리를 치켜들었다.

아들의 기를 꺾는 데 실패한 아버지는 결국 강희를 법정까지 끌고 갔고, 평생 폭력에 시달리다 단 한 번 반항한 일로 강희는 소년 재판의 피의자가 되었다.

어디서 주워들었는지 아버지는 자식을 교육시키는 데 필

요하면 징벌을 할 수 있는 권리가 부모에게 있다고 떠들어 댔다.

경찰에게는 애당초 기대도 없었다. 아버지에게 멱살 잡힌 채 끌려온 이 재판에서 강희가 아는 정의 같은 건 찾아볼 수 없었다.

앞서 법정 안으로 들어갔던 그의 또래 몇이 학교 폭력 및 금품 갈취 같은 죄목으로 작게는 사회봉사에서 크게는 소년 원 송치의 판결을 받았다며 떠드는 이야기를 들었다. 어린 강희의 눈빛이 점점 어둡게 침잠해 가고 있었다.

나도 소년원에 가게 될까. 이렇게 범죄자가 되어서?

불현듯 억울하고 두려운 마음이 그림자처럼 그의 발밑에 고여 들었다. 언제 터져도 이상할 것 없는 폭약이 된 것처럼 그는 가슴 속에서 파직파직 심지가 타들어 가는 것을 느꼈 다.

그러던 중 누군가 강희의 이름을 불렀다.

체념과 분노로 눈동자가 검게 들끓고 있는 소년.

아마도 법정 안의 모든 이들이 강희를 보며 그런 생각을 했을 것이다.

피고석에 홀로 앉아 있는 소년은 마치 세상의 가장 어두운 구석으로 내몰린 어린 짐승 같았다.

강희에게 배정된 국선 변호사는 판사에게 강희가 부친을 공격했던 일이 오랜 가정 폭력에서 비롯되었음을 피력하며 선처를 호소했다. 변호사의 입에서 나온 선처라는 단어가 강 희의 가슴에 가시처럼 박혔다.

대체 내가 뭘 잘못했다는 거야? 저 인간이 나를 팰 땐 아무도 도와주지 않았으면서. 내가 뭘 잘못했다고!

마침내 인내라는 심지의 끄트머리까지 타들어 간 순간이었다. 주먹을 불끈 쥔 강희가 입을 벌린 것과 동시에 판사가 강희에게 고개를 돌렸다.

"웃옷을 좀 벗어 보겠어요?"

판사의 말에 한순간 실내가 술렁였다. 인상을 잔뜩 찌푸린 채 판사를 노려보는 강희를 옆의 국선 변호사가 툭툭 두드리며 옷 벗는 시늉을 했다. 무조건 판사가 시키는 대로 하라는 뜻이었다.

내키지 않았으나, 판사의 권위와 법정의 엄정함을 마냥 무시하기에는 어린 나이였다.

강희가 떨떠름한 손길로 입고 있던 교복 셔츠의 단추를 풀어 내렸다. 이윽고 강희의 마른 몸이 드러나자 그곳에 모여 있던 이들이 소리 없이 경악했다. 강희를 마주하고 있던 판사의 눈동자도 크게 뜨여 있었다.

"다시 입어도 좋습니다."

판사의 말에 강희가 주섬주섬 단추를 채워 올렸다.

이상한 일이었다. 분명 아까까지만 하더라도 무언가에 화풀이를 하고 싶은 폭력적인 충동에 사로잡혀 있었다. 옷을 벗어 보라는 말에는 자신을 웃음거리로 만들어 조롱하고 싶은 거냐며 악을 쓰고 싶었다.

한데 지금은…… 지금은 왠지 강희를 똑바로 바라보는 판사의 눈이 그를 조용히 타이르고 있는 것만 같았다.

판사는 강희에게 몇 가지 질문을 했다.

언제부터 아버지가 폭력을 행사했는지, 어느 정도의 피해였는지, 도움을 요청할 방법은 없었는지, 도와준 어른은 없었는지 등을.

마치 피의자가 아니라 피해자에게 묻고 있는 것 같았다. 경찰서에서 재판까지 오는 내내 아무도 강희에게 그렇게 물어 주지 않았다.

때문에 강희는 오히려 이런 상황이 생경하고 어색하게 느껴졌다.

질의가 끝나고, 잠시 두터운 서류의 몇 장을 꼼꼼히 훑어 내리던 판사가 마침내 처분을 결정했다.

"본 사건은 사실상 아들이 아버지에게 가한 존속 폭행이 아니라, 아버지가 상습적으로 아들에게 저질러 온 가정 폭력, 폭언, 주취, 학대, 방임에 대한 잘잘못을 따져야 옳습니다. 더욱이 지속적으로 학대를 받아 오는 동안 교사, 경찰, 사회 복지사, 친인척을 포함한 어른들이 아이를 제대로 보호해 주지 않았고, 이번에도 자기방어를 하는 과정에서 아버지에게 상해를 입힌 것으로 판단되므로 이 사건에 대해서 불처분 결정을 내립니다."

더불어 판사는 재판이 끝난 뒤에 강희를 집이 아닌 청소년 쉼터로 보내 아버지로부터 보호받을 수 있도록 조치하라는 명령을 덧붙였다.

재판 내내 옆에 있어 주었던 국선 변호사가 잘 끝나서 다행이라며 강희의 어깨를 두드릴 때까지 강희는 재판이 끝난 줄 모르고 멍청한 얼굴을 하고 있었다.

재판의 결과를 제대로 받아들이지 못한 이가 강희 말고도 또 있었다.

애초에 재판을 받는 당사자와 그 보호자만 입실할 수 있는 법정이었다. 대낮부터 벌건 얼굴을 하고 방청석에 앉아 있던 아버지가 사납게 고함을 질러 댔다.

"이게 뭔 개소리야! 애새끼가 지 부모를 팼으면 당장 소년원에 처넣어야지, 불처분이라고?"

시선이 일제히 그에게로 쏠렸다. 진즉에 천륜을 거부한 강희였으나, 아버지의 추태는 가만 보고만 있어도 창피해 견딜 수가 없을 지경이었다. 쥐구멍이 있으면 거기에 얼굴을 처박고 싶은 심정이었다.

"조용히 하세요! 지금 뭘 잘했다고 법정에서 소란입니까?"

법정 경위보다도 판사의 호통이 먼저 서릿발처럼 내리꽂혔다. 법정을 왕왕 울리는 커다란 목소리에 강희 역시 화들짝 놀랄 수밖에 없었다.

"부끄러운 줄 아세요! 아이가 뭘 잘못했습니까? 지금 재판을 받아야 할 사람은 아이가 아니라 아버지인 당신입니다. 애를 낳았다고 다 부모인 줄 압니까? 가정 폭력에 학대에, 이게 다 범죄예요!"

"아니, 씨발, 내가 내 새끼 훈육하는데 뭔 참견이야!"

"훈육이 아니라 폭력입니다. 대체 술을 얼마나 마셨길래 말을 못 알아듣습니까? 부모로서 권위만 세울 생각 말고 의무 먼저 다하세요."

"판사면 다야? 어디 잘났다고 사람을 가르치려고 들어!"

아버지의 안하무인을 더는 들어 주기도 싫다는 얼굴로 판사가 법정 경위에게 눈짓했다.

망설임 없이 아버지를 제압한 경위의 손에 법정 밖으로 질질 끌려 나가던 모습이 강희가 아버지를 본 마지막 기억이었다.

강희는 저를 이끄는 변호사를 따라 아버지가 나간 것과 다른 문으로 법정을 빠져나왔다. 등 뒤로 묵직하게 문이 닫혔다.

재판이 무사히 끝났다는 사실을 그제야 실감했던 것 같다. 변호사를 따라 고요한 복도를 걸어가면서 강희는 뒤늦게 긴장이 풀려 휘청거렸다. 벽에 어깨를 기댄 채로 마른세수를 했다.

실은 정말로 소년원에 가게 될까 봐, 세상이 그를 범죄자로 낙인찍을까 봐 몹시도 두려웠다. 그것은 차후 전과가 남고 말고의 문제는 아니었다.

어느 순간 뒤를 따르는 발소리가 들리지 않자 되돌아온 변호사는 복도 중간에 멈춰 서서 고개를 푹 떨군 채 흐느끼는 강희를 발견했다.

국선 변호인으로 선임되어 아이와 첫 대면을 한 순간부터 지금까지 아이는 나이답지 않게 침착한 태도를 유지해 왔다. 충동적으로 사고를 칠 만한 아이가 아니라는 사실을 안 뒤로는 아이의 환경과 아이가 처한 사정을 내심 안타깝게 여기고 있던 차다.

그런 아이가 모든 게 끝이 난 후에야 비로소 안도하여 흘리는 눈물이었다. 그는 아는 척하는 대신 강희에게 시간을 줘야겠다며 잠시 자리를 비켜 주었다.

법원을 나서는 길에 강희는 잔뜩 붉어진 눈으로 변호사에게 물었다.

"혹시 아까 판사님 성함 아세요?"

"판사님? 잠깐만."

들고 있던 서류 봉투에서 기록을 꺼내 확인하고 이름을 알려 주었다.

강희는 그길로 법원 앞에 있는 문구점에 들어가 500원짜리 편지지 세트를 샀다.

태어나서 처음으로 저에게 무죄를 선고해 주셨습니다. 감사합니다. 열심히 살겠습니다.

수십 줄의 공백을 두고 단 세 문장을 채워 편지를 봉투에 넣었다. 직접 가져다주기에는 쑥스런 마음에 입구의 민원 안내를 하는 직원에게 전달을 부탁했다.

변호사가 개인적으로 알고 지내는 사회 복지사의 연락처를 알려 주며, 원한다면 곧바로 쉼터에 들어갈 수 있다고 말했으나 강희는 집으로 돌아왔다. 어차피 아버지는 법정 소란을 일으킨 죄로 적어도 며칠은 감치되어 있을 거라고 했다.

종일 자신의 일처럼 마음 졸이고 있었을 동선과 혜리에게 짧게 연락을 남기고서 강희는 그대로 스무 시간 가까이 잠을 잤다.

그날 이후 아버지를 볼 일은 없었다. 풀려나자마자 제 성질에 못 이겨 또 술을 찾았고, 수중에 가진 돈이 없어 값을 치르지 않고 그냥 가게를 나가려다 경찰을 부르겠다는 편의점 주인과 시비가 붙어 그의 머리를 소주병으로 내려쳤기 때문이었다.

적어도 강희가 대학에 들어갈 때까지는 아버지의 그림자도 보지 않고 지낼 수 있었다.

대학에 입학하고 얼마 지나지 않아 아버지가 출소했다. 그때는 이미 전에 살던 방을 빼 이사를 한 다음이었다. 지방에 일을 다녀오는 사이 어머니의 가출을 경험한 적 있는 아버지는 강희의 부재에 미친 듯이 분노했다. 아들의 행방을 수소문하기 위해 그가 찾아간 사람은 아직 그 연립 주택의 지하방에 살고 있던 혜리였다.

아버지는 독하게 입을 다문 혜리에게서 강희가 있는 곳을 끝끝내 알아내지 못했고, 그 과정에서 몇 대나 얻어맞은 혜리의 신고로 곧장 재수감되어 가중 처벌로 꽤 긴 형량을 받았다.

그 일로 강희는 혜리에게 갚아야 할 빚이 생겼고, 대신 아버지로부터는 다시금 유예 기간을 벌 수 있었다.

언젠가 아버지가 다시 세상에 나올 것을 알고 있었다. 이제 강희는 그를 보면 무작정 겁을 먹던 어린애가 아니었다. 몇 년간 만난 적 없으나, 한창 때의 자신과 아버지가 상대가 될 것 같지도 않았다.

다만 두려운 것은, 어느 날 갑자기 그가 윤수 앞에 모습을 드러낼지도 모른다는 사실이었다.

❀　　　　❀　　　　❀

숨 가쁜 점심 장사를 끝내고, 윤수는 얼얼한 손목을 돌리며 의자에 주저앉았다.

꽃샘추위가 연일 지속되는 탓에 손님들은 아침저녁으로 따뜻한 커피를 주문했다. 스팀 밀크를 데우고, 티백 위로 뜨거운 물을 채웠다.

쉼 없이 에스프레소를 추출하고, 드립 커피를 내렸다. 오죽했으면 늘 서늘한 기운이 묻어 있던 손끝이 화끈거릴 정도였다.

많으면 하루 매출의 절반, 최소 3분의 1이 점심 장사로 충당되었다. 이제 부근에서는 제법 맛있는 커피를 내리기로 소문이 난 참이었다. 이렇게 자리를 잡기까지 윤수가 카페에 들인 시간과 노력이 이루 말할 수 없었다.

대학가와 역세권, 회사가 몰려 있는 업무 지구에서 짧게는 3개월, 길게는 1년 넘게 아르바이트를 한 경험을 바탕으로 카페를 어디서 시작해야 매장을 안정적으로 유지할 수 있을지 고심했다.

처음부터 권리 분석을 꼼꼼하게 하고 들어왔어도 개업 초창기에는 뜨내기로 드는 손님이 대부분이었다.

단골을 잡기 위해 별의별 행사를 다 했었던 것 같다. 주변에 포진한 카페들보다 30분 일찍 문을 열어 출근이 이른 직장인들을 맞았고, 그들에게 무료로 토스트 식빵과 생크림을 제공했다.

싼 가격에 리필을 해 주고, 기존 메뉴에 차별성을 두기 위해 메뉴 개발에도 열성을 쏟았다.

처음 제공하는 쿠폰에 도장을 두 개, 많으면 세 개씩 찍어 주는 것은 기본. 그렇게 하나둘 늘려 간 단골손님들의 쿠폰을 가게에서만 100장이 넘게 보관하며 관리하는 중이었다.

낮 동안 인근의 회사로 단체 주문 배달까지 하면 매출이 조금 더 늘 텐데.

하다못해 자전거라도 한 대 들여 놔야 하나 고민하고 있을 때였다. 함께 뒷정리를 하던 효진이 갑자기 한숨을 푹 쉬었다.

"사장님. 얘 안 되겠어요. 또 지각이에요. 그렇게 좋게 얘기했는데."

윤수가 시계를 흘끔 보았다. 원래 나오기로 한 시간에서 10분이 지나가는데도 우주는 통 올 생각이 없었다.

우주가 지각을 할 때마다, 하루 전에 갑자기 휴무일을 옮겨 달라고 할 때마다, 일이 미숙해 실수를 할 때마다 되도록 웃으며 넘겨 왔다. 불성실한 태도만 보더라도 오래 끌고 갈 인연은 아니라고 생각했기 때문이었다.

"그러게. 한번 말을 해야겠네."

양반은 되지 못하는지 때마침 우주가 문을 열고 카페로 들어왔다. 꾸벅 인사를 하면서도 사과는 하지 않았다. 그런 우주를 보는 효진의 눈매가 사나워졌다.

"효진아. 가서 밥 먹고 와. 맛있는 걸로."

"아니에요. 사장님 먼저 가서 드시고 오세요."

아무래도 크게 한 소리 할 것 같은 얼굴의 효진을 달래려 식사비를 꺼내는데, 효진이 손을 내저었다.

"그럼 우리 오늘 뭐 시켜 먹을까?"

"햄버거요. 저 햄버거 먹고 싶었어요."

"그럼 햄버거 먹자. 요 앞이니까 배달보다 사 오는 게 빠르겠는데, 바람 쐴 겸 다녀올래?"

"그럴게요."

효진이 앞치마를 벗고 안쪽에 걸어 두었던 두툼한 점퍼를 꺼내 입었다. 배가 고프니 이것저것 넉넉하게 사 오라며 만 원짜리 세 장을 건넸다. 효진이 금방 다녀오겠다면서 종종걸음으로 카페를 나섰다.

"우주야. 입대가 언제라고 했지?"

넌지시 묻는 말에 휘적휘적 설거지를 하던 우주가 윤수를 돌아보았다.

"다다음 달이요. 그래서 말인데 저 이번 달까지만 나올 것 같아요."

그녀가 먼저 꺼내려 했던 말을 우주가 먼저 해 버렸다. 내심 당황했지만 이내 고개를 끄덕였다.

"그래. 미리 말해 줘서 고마워. 그럼 월급은 말일까지로 정산해서 넣을게."

"네."

카운터에 놓여 있던 탁상 달력을 들어 말일에 동그라미를 쳐 놓고 '우주 알바비 입금'이라고 표시했다. 말일까지 2주 정도가 남아 있었다. 집으로 돌아가면 구인 모집 공고를 올려야겠다고 생각했다.

사람이 하는 일 대부분이 노력 여하에 따라 결과를 얻기 마련이지만, 사람을 쓰는 일만큼은 늘 마음처럼은 되지 않아 답답했다.

그렇다고 그들을 일방적으로 나무라고 싶지도 않았다. 적지 않은 아르바이트를 해 본 바, 사장에게는 사장의 입장이, 아르바이트생에게는 아르바이트생의 입장이 나름 존재하기 때문이다.

아무쪼록 효진에게 더 잘해 줘야겠다는 마음이 물씬 들었다. 아무런 걱정 없이 믿고 가게를 맡길 수 있는 사람이 있다는 건 정말 큰 복이었으니까.

이번에는 또 어떤 기준을 두고 사람을 뽑아야 할까 골머리를 앓고 있을 즈음, 메신저 알림이 줄지어 울렸다.

[나 이제 들어가. 밥 먹었어?]
[오늘 식단(사진 첨부)]
[1층 카페에서 커피(사진 첨부)]

강희였다. 이제 막 점심 식사를 마치고 사무실로 돌아가는 중이라며 점심으로 먹은 메뉴와 손에 든 커피를 클로즈업해 찍은 사진까지 보냈다.

　이런 일과 보고가 출근을 시작한 뒤로 일주일 넘게 이어지
고 있었다. 강희 성격을 빤히 알아 굳이 그럴 필요 없다고 해
도 자기가 하고 싶어서 하는 거라고 했다.

　어쩌면 강희는 벌어졌던 틈을 메꾸려고 저 나름대로 애를
쓰고 있는 건지도 몰랐다. 그가 잃어버린 우리의 시간을 필
사적으로 만회하고 싶은 것처럼 보였다.

　　　　　　　　　　[난 아직. 효진이가 햄버거 사러 갔음.]
　[손님 많았어?]
　　　　　　　　　　　　　　　　　　[응. 많이 바빴어.]

　윤수가 젠체하는 듯한 얼굴을 가진 토끼 이모티콘을 함께
전송했다. 그러자 강희에게서 엄지 두 개를 치켜든 개 이모
티콘이 돌아왔다.

　[나 진짜 들어가. 이따가 끝나고 전화할게.]
　　　　　　　　　　　　　　　　　　　　[응. 수고!]

　대화를 마무리하고 메신저를 종료할 때쯤 효진이 햄버거
가 든 종이봉투를 품에 안고서 돌아왔다.

　점심 손님이 싹 빠진 홀은 한 테이블만 남아 있었다. 우주
에게 카운터를 보게 하고 효진과 안쪽에 나란히 앉아 햄버거
와 감자튀김, 너깃과 음료들을 꺼내 놓았다. 간편하지만 두

246

둑하게 배를 채우기 시작했다.

그리고 같은 주 목요일이었다. 일이 끝나고 회식이 있을 거라고 강희에게서 미리 연락을 받은 참이었다.

출근한 지 2주가 되어 가는 오늘까지 강희는 바쁜 와중에도 퇴근 후 곧장 카페로 왔다. 괜찮다는데도 부득불 소매를 걷어붙이고 가게 문을 닫는 윤수를 도왔다.

가끔은 효진과 우주에게 카페를 맡기고 나와 심야 영화를 보거나 홍 언니네에 가서 늦은 저녁을 먹기도 했다. 야근을 하는 날에는 짬짬이 전화를 걸어 왔다. 짧은 통화는 대체로 소소했다.

저녁은 먹었는지, 가게는 바쁜지, 무슨 일 없었는지, 힘들지는 않은지.

질문받은 만큼 윤수도 비슷한 질문을 되돌려 주었다. 그럼 강희는 아직은 서툴지만 그래도 전과 달리 회사에서 겪은 일들을 솔직하게 이야기하려고 애썼다.

"어떻게 왔어? 오늘 회식이라며."

아마도 올해의 마지막 눈이었을 진눈깨비를 털어 내며 나타난 강희를 윤수가 놀란 얼굴로 맞았다.

"이거 핑계 대고 일찍 빠져나왔어."

강희가 보호대를 낀 손을 슬쩍 들어 보였다. 그러면서 장난기 많은 소년처럼 씩 웃음 지었다.

원체 야근도, 회식도 많은 회사였다. 갓 취직했을 땐 이 사람 저 사람 눈치 볼 것투성이인 강희가 안쓰러워 아무 말하지 못했었다.

어느 정도 시간이 지나고서는 그 역시 업무의 연장이라 별수 없다고 했다. 나중에는 이런 이야기만 나와도 그가 먼저 지친다는 듯 고개를 내저었기 때문에 그 이상 왈가왈부하지 않았다.

"술 많이 마셨어?"

"어, 조금. 일찍 보내 주는 대신 벌주 받으래서."

뼈가 부러져 병가를 썼던 사람을 회식 자리까지 끌고 가서 얼굴이 새빨개질 정도로 벌주를 마시게 하는 회사라니.

"넌 이직할 생각 없어? 아무리 생각해도 너네 회사 너무 악덕 기업이야."

"연봉이 높아서 들어왔는데, 막상 보니까 돈 주는 것보다 더 많이 부려 먹네. 진짜 이직 준비나 할까."

강희가 맞장구를 치며 그녀의 허리에 팔을 둘렀다. 그의 두 팔 안에 느슨히 갇힌 채로 윤수가 턱을 들어 강희와 가만히 눈을 맞추었다.

"정말 연봉 때문에 거기 들어갔어?"

"어. 빨리 돈 벌고 싶어서."

솔직하게 긍정하는 강희를 보며 윤수가 콧잔등을 찌푸렸다.

"나는 돈 많은 남자보다 행복하게 일하는 남자가 더 좋아. 만약 네가 연봉 높은 회사를 고른 이유 중에 내가 있다면 말이야."

강희가 그런 윤수를 물끄러미 내려다보다 이내 고개를 주억거렸다.

"앞으론 네 말 잘 들어야겠다."

순순히 대답하는 강희에게서 진한 술 냄새를 맡은 윤수가 결국 한숨을 푹 내쉬었다.

"아무래도 안 되겠어. 효진아. 둘이 마감할 수 있지?"

"그럼요. 들어가시게요?"

"응. 얘 많이 취한 것 같아. 봐서 두 사람도 조금 일찍 들어가."

"그럴게요."

그길로 옷을 챙겨 입고 그의 팔짱을 낀 채 부축하듯이 데리고 나왔다.

몸을 못 가눌 정도로 취한 것 같지는 않지만, 오늘따라 그는 이상하게 들떠 있었다. 차에 태워서 집으로 돌아가는 길에도 그는 평소와 다르게 말을 많이 했다.

출근 첫날에는 이 사람 이름과 저 사람 이름이 헷갈려서 몇 번이나 실수를 했는데, 이제는 얼굴을 보면 알아서 이름이 떠오르더라.

어제는 맞은편 자리 김 대리가 얼마 전 청약에 당첨됐다는 사실도 불현듯 생각이 났어. 그 친구 결혼식에 가서 먹은 뷔페가 그다지 맛이 없었던 것도 말이야……

그런 강희의 옆얼굴에서 전에 없던 초조함이 엿보였다. 마치 무언가에 쫓기고 있는 사람 같았다. 무슨 일이냐는 질문이 턱밑까지 차올랐으나 입 밖에 내지는 않았다.

말은 안 해도, 기억이 온전하지 않은 상태에서 복직하게 된 스트레스가 컸을 것이다. 회복에 집중해야 할 시간을 윤수에게 신경 쓰느라 헛되이 흘려보내게 한 것이 이제 와 새삼 미안해지고 말았다.

윤수는 그의 속이 조금이나마 풀릴 때까지 마음껏 주절거리는 말들을 싫은 내색 하나 없이 전부 들어 주었다.

집으로 들어서자마자 강희가 그녀를 와락 끌어안았다. 마주한 그의 눈빛이 마치 보름달을 본 야수처럼 돌변해 있었다.

불 꺼진 실내에서 두 눈동자 속에 깃든 야성만이 번뜩였다. 그가 무엇을 욕망하는지 잘 알았기 때문에, 윤수는 두렵기보다는 오싹한 흥분이 일었다.

오톨도톨하게 곤두선 피부 위로 강희의 뜨거운 입술이 내려앉았다.

목덜미를 잘근 깨물며 겉옷을 떨쳐 내는 손길이 다급했다. 윤수 역시 그의 턱을 쓸어 올리며 그의 짧은 머리카락 속으로 손가락을 집어넣었다. 맞붙은 입술과 섞이는 혀에서 달달한 알코올의 잔향이 옮겨 왔다. 윤수까지 덩달아 열이 오르고 있었다.

입고 있던 스커트 아래로 불쑥 들어온 손이 습해져 가는 속옷을 느릿하게 문질렀다. 직접적인 애무에 윤수의 입에서 강아지 같은 신음이 샜다. 그녀를 현관문에 밀어붙이며 강희가 스타킹을 찢듯이 끌어 내렸다.

두꺼운 스웨터를 들추고 가슴을 가리고 있는 브라를 우악스럽게 당기며 그가 바짝 곤두선 가슴을 머금었다. 불룩하게

솟은 그의 바지 지퍼가 윤수의 다리 사이를 꾹꾹 눌러 대고
있었다.

윤수가 손을 내려 그의 바지 지퍼를 내렸을 때, 강희도 더
는 참지 못하고 그르렁거리는 소리를 냈다. 정말 한 마리의
짐승 같아서 윤수가 쿡쿡 웃음을 터뜨렸다.

"아!"

아마도 그 웃음이 강희를 자극한 모양이었다. 왜 웃느냐고
묻는 대신 그는 그녀의 귓불을 깨물며 경고했다. 다른 어디
에도 관심과 시선을 주지 말고 오로지 자신에게 집중하라는
것처럼.

그가 바지 뒷주머니에서 지갑을 꺼냈다. 그 안에 든 콘돔
을 다급한 손으로 덧씌웠다. 그러고는 속옷을 마저 다리에서
끌어 내릴 여유도 갖지 못하겠다는 듯이 손가락으로 젖힌 그
가 그녀의 안으로 쿵, 박혀 들어왔다. 윤수가 저도 모르게 헉
하고 숨을 들이켰다.

놀란 윤수를 달래듯이 강희가 손으로 그녀의 등을 몇 번
이나 쓸어내렸다. 그러는 동안 아랫배 안쪽에서는 두 사람의
몸이 같은 박자로 맥박 치고 있었다.

"하아. 신윤수. 윤수야……."

하염없이 이름을 부르는 강희의 눈이 허락을 구하는 것임
을 모르지 않았다. 윤수가 그를 마주 보며 고개를 끄덕였다.

"아아, 응, 흑!"

현관문 밖 복도에 누군가 있었더라면 적나라하게 들렸을
만한 교성을 내질렀다.

뒤늦게 윤수가 손등으로 입을 가리려 했을 때, 강희는 그녀의 양 손목을 하나로 잡아 머리 위로 치켜올렸다. 대신 그의 입을 깊게 맞부딪쳐 그녀의 신음 한 자락까지 삼켜 버렸다.

강희가 그녀의 안을 마구 들쑤셨다. 그 힘에 못 이겨 발끝을 세운 채 헐떡이는 윤수를 사정 봐주지 않고 몰아붙였다. 드러내 놓은 가슴에 걸린 웃옷과 무릎까지 내려와 두 다리를 옭아맨 검은 스타킹이 위아래로 흔들리는 몸을 따라 그의 시선을 음란하게 어지럽혔다.

묶어 두었던 그녀의 손을 놓아 주는 대신 그녀의 한쪽 허벅지를 들어 제 몸에 감게 했다. 그리고 더 빠른 속도로 짓치기 시작했다.

"으윽!"

단말마의 신음과 함께 강희가 사정하자 동시에 흥분의 고점을 찍은 윤수의 몸이 옴찔옴찔 경련했다. 그대로 축 늘어지려는 윤수를 안아 들었다. 그녀가 코알라처럼 그의 목을 끌어안고 매달렸다.

어느새 땀방울 맺힌 이마에 짧은 입맞춤을 뿌려 대면서 그녀를 침대 위에 내려놓았다. 흐트러진 옷차림 그대로 침대에 부려진 윤수의 모습이 한 송이의 농염한 꽃 같았다. 파정과 함께 시들었던 그의 것이 도로 묵직해질 정도로 아찔한 광경이었다.

사용한 콘돔의 입구를 묶어 쓰레기통에 던져 넣은 강희가 침대맡 서랍에서 새것을 꺼내 다시 씌웠다. 그때까지 거칠게 호흡을 고르던 윤수의 젖은 눈이 약간의 기대와 두려움을 담아 그를 재촉해 오고 있었다.

이번에는 아까만큼 성급하게 굴지는 않았다.

그녀의 옷을 하나씩 벗겨 내는 즐거움도 건너뛰지 않았고, 하얀 눈밭 같은 피부에 점점이 발자국을 새기는 것도 잊지 않았다.

강한 마찰로 붉게 달아오른 윤수를 입으로 애무해 주려 할 때는 창피해하는 윤수와 작은 실랑이가 있었으나 결국엔 그가 원하는 만큼 탐할 수 있었다.

녹진녹진 풀어진 윤수의 몸 안에 저를 깊숙이 묻어 두고서, 어딘지 필사적이기까지 한 움직임으로 그녀를 가졌다. 시트가 출렁일 때마다, 그의 몸에서 흘러내린 땀이 그녀의 몸으로 미끌거리며 스밀 때마다 거친 숨을 뿜어냈다.

그녀를 엎드리게 하고 뒤에서 치받기 시작했을 땐 흥분의 극치를 넘어선 윤수가 뒤로 팔을 뻗어 그를 밀어냈을 정도였다. 그럼에도 강희는 흥분에 취해 그녀를 놓아 주지 않았다.

결국 감당하지 못할 오르가슴에 울음을 터뜨리게 만들고서는 만족스럽다는 듯이 억제하던 그 자신도 놓아 버렸다. 그렇게 겹쳐진 몸이 우주처럼 팽창하는 감정을 이기지 못하고 한동안 서로를 꽉 부둥켜안고 있었다.

새벽의 정적을 가른 건 어딘지 다급한 분위기를 띤 전화벨 소리였다. 계속해서 울리다 한 번 끊어졌던 전화가 다시금 울리기 시작했다.

두 번의 정사 이후 욕실에 들어가 뜨거운 물 아래에서 한 번 더 강희와 몸을 섞은 윤수는 기절한 것처럼 깊은 잠에 들어 있었다. 결국 짜증이 스민 손길로 머리맡을 더듬은 건 강희였다.

"……여보세요."

목소리가 탁하게 갈라졌다. 그 역시 지난밤 내일을 생각하지 않고 양껏 윤수를 가진 탓이다. 격한 흔들림 속에 술기운은 날아갔으나 겨우 한 시간을 눈 붙인 피로감만은 떨쳐 내지 못한 채였다.

"여보세요."

소란하기만 하고 응답은 들려오지 않는 전화기를 귀에서 떼어 내어 험하게 노려보았다. 왼쪽 끄트머리에 찍힌 시간은 새벽 3시를 지났다.

이 시간에 장난 전화라니.

"아, 씨, 누구야."

절로 욕지거리가 흘러나오던 순간, 그의 귀를 스쳐 지나간 비명이 익숙했다.

강희가 팔꿈치를 세워 몸을 일으켰다. 잘 뜨이지 않는 눈으로 발신인을 확인했다. 혜리였다.

─아파, 아프다고! 제발 그만해!

"무슨 일이야. 엄혜리!"

수화기에 대고 소리쳤으나 상대방은 그의 목소리를 듣고 있는 것 같지 않았다. 순간 불길한 기시감이 강희의 척추를 타고 내렸다.

아버지가 출소한 지 2주가 지났다. 만약 그가 강희의 행방을 알아내려 또다시 혜리를 찾아간 거라면……

"너 어디야. 말해, 빨리."

순식간에 치솟은 분노와는 다르게 머리는 차가워졌다. 날이 선 목소리로 혜리에게 재차 어디인지를 물었으나 끝내 대답을 듣지 못하고 전화가 끊겼다.

그에 강희가 지체하지 않고 이불을 걷으며 일어났을 때였다.

"……어디 가?"

윤수가 눈을 비비며 물었다. 그제야 잊고 있던 그녀를 돌아보았다.

"화장실 가?"

"……"

그가 답하지 않자, 멍한 얼굴로 보던 윤수의 눈에 긴장이 어렸다. 곧 불안한 음성으로 다시 물었다.

"태강희. 지금 어디 가?"

"잠깐 가 봐야 할 데가 있어."

"어딜?"

"금방 올 거야."

"어디 가냐고 물었어."

윤수가 집요하게 답을 요구하자, 그는 곤혹스러운 듯 미간을 찡그렸다. 그녀가 그의 친구들, 특히 혜리에게 예민하게 반응한다는 걸 알기에 잠시 망설였으나 이내 솔직하게 털어놓았다.

"엄혜리한테 무슨 일 있는 것 같아. 위험한 일일 수도 있어서 가서 확인만 하고 올게."

역시나 윤수의 낯빛이 어둡게 가라앉았다. 강희는 그것을 애써 못 본 체하며 벗어 두었던 바지를 찾아 다리를 넣었다. 어둠 속에서 그가 옷을 꿰어 입는 동안 윤수는 침대에 앉아 우두커니 그를 지켜보고 있었다.

강희가 걸려 있던 코트에서 지갑을 찾아 바지 뒷주머니에 챙겼다. 그러고는 침대로 다가와 윤수의 머리를 쓰다듬으며 상체를 숙였다.

"자고 있어. 너 깨기 전에 올 거야."

윤수의 이마에 그의 입술이 스치듯이 닿았다가 떨어졌다. 그대로 멀어지려는 강희를 윤수가 붙잡았다.

"……가지 마."

강희가 놀란 눈으로 그의 옷깃을 붙든 그녀의 손을 내려다보았다.

"진짜 급한 일이라 그래."

"동선이한테 가라고 하면 되잖아."

"내가 가야 돼."

"왜! 대체 왜 네가 가야 되는 건데!"

아, 이런 내가 얼마나 못돼 보일까.

속으로 한탄하면서도 윤수가 참지 못하고 소리쳤다.

그가 가지 않기를 바랐다. 그래서는 안 되는 거였다. 또다시 윤수 혼자 이 텅 빈 침대 위에 남겨 두고 떠나 버리는 건…….

"다녀와서 다 설명할게. 미안해."

끝끝내 멀어지는 그를 황망하게 지켜보았다. 현관문이 쿵 닫히고, 윤수도 그대로 무너져 울음을 터뜨렸다.

8. Everything we do is overdue

문밖을 나서는 강희의 낯빛이 까만 밤보다 어두웠다. 언젠가 닥칠지도 모른다고 예상했으면서도, 결국 이 순간이 올 때까지 윤수에게 진실을 말하지 못했다.

　어디서부터 바로잡아야 하나. 죽었다던 아버지가 실은 살아 있었다고. 그것도 인생의 절반을 술에 절어서, 남한테 민폐만 끼치며 살아온 전과자였다고. 그 아버지와는 현재 철천지원수나 다름없고, 때문에 이제 막 교도소에서 출소한 아버지가 강희는 물론 윤수에게까지 해를 가할지도 모르는 상황이라고.

　그런 이야기를 대체 무슨 얼굴로 얘기해야 하는 걸까. 무슨 염치로.

　자꾸만 그가 원치 않는 방향으로 굴러가는 상황이 갑갑했다. 아무리 노력해도 진창에 빠진 발이 점점 더 깊숙한 곳으로 가라앉는 것 같아서. 그러다 어느 순간에는 정말 호흡하는 것에도 답답함을 느끼기 시작했다. 기분 탓이라고 생각했는데, 부정적인 생각들이 가슴에 먼지처럼 들어찬 모양이었다.

숨을 헐떡이며 겨우 계단을 마저 내려갔다. 상체를 구부린 채로 난간을 부여잡았다. 일시적인 과호흡이었다. 화생방 훈련 때 한 번 겪어 본 적 있었다.

들이쉬는 만큼 공기가 폐에 고이지 않았다. 제대로 산소를 전달받지 못한 머리가 어지러웠다. 갑작스러운 고통에 당황하다 이내 얼른 정신을 다잡았다. 숨이 모자랄수록 천천히 심호흡을 해야 했다.

후욱, 후욱. 그 상태로 몇 분이 지나고서야 겨우 가라앉았다.

잠깐의 공황을 겪은 몸이 저릿저릿했다. 축축 늘어지는 팔다리를 움직여 차 문을 열었다. 밤새 차 안에 고여 있던 싸늘한 공기 위로 하얀 입김이 피어올랐다. 시동을 걸고 골목을 빠져나가기 전, 마지막으로 그의 집을 올려다보았다. 복도로 난 창문은 여전히 어둠 속에 잠겨 있었다.

잠시 뒤, 낡은 중고차의 헤드라이트가 어둔 골목을 비추며 빠져나갔다.

어릴 적 세 친구가 모여 살던 오래된 연립 주택을 가장 먼저 나간 것은 동선이네였다. 태생이 근면 성실한 동선의 부모님은 동선이 중학교를 졸업할 즈음에 친구 대신 지게 된

보증 빚을 전부 갚았다. 이후 같은 동네의 방 두 개짜리 전셋집으로 옮겼다가, 동선이 고등학교를 졸업하는 것과 동시에 작은 평수의 주공 아파트에 들어갈 수 있었다.

워낙 공부 머리가 없던 동선이라 고졸 학력으로 곧장 아버지 밑으로 들어가 기술을 배우기 시작했다. 겉으로는 늘 빼질거리는 것 같아도 속은 부모님의 부지런함을 고스란히 물려받은 동선은 벌써부터 제 몫을 단단히 해내고 있어 걱정할 것이 없었다.

동선 다음으로 강희가 대학에 입학하면서 그 부근으로 이사했다. 정작 연립 주택의 쾌쾌한 지하방을 누구보다 벗어나고 싶어 했던 혜리는 스물일곱이 되어서야 비로소 자취방을 얻어 그곳을 나올 수 있었다.

혜리가 이사하던 날에는 강희와 동선이 팔을 걷어붙이고 이삿짐 나르는 걸 도와주었다. 정리가 끝나고 난 뒤, 간단히 집들이를 하자는 말에 윤수를 부를까 했지만 혜리가 빽 소리치며 반대했다.

동선이 낡은 싱크대를 새것으로 교체해 줬어도 모서리마다 곰팡이가 핀 벽지나 방까지 냄새가 새는 화장실, 가구랄 것도 없이 구석에 세워 둔 비키니 옷장과 대충 바닥에 쌓아 올린 이불들은 여전히 너절했다. 그런 것들에 에워싸인 혜리가 속절없이 빨개진 얼굴로 부들거리는 이유를 알 것 같았다.

결국 그날은 소꿉친구 셋이서만 조촐하게 짜장면 파티를 했다. 겹겹이 건물에 둘러싸여 빛이 잘 들지 않는 방에 셋이

옹기종기 모여 앉아야 할 만큼 작은 방이었어도 그날 혜리는 충분히 행복해 보였었다.

혜리가 아직 그곳에 살고 있던가?

마침 대로변에서 신호에 걸려 잠시 정차하고 있던 중이었다. 무작정 기억을 따라 속도를 내던 차를 갓길에 멈춰 세웠다. 별수 없이 새벽부터 한 사람을 더 깨워야 했다.

—…….

전화를 세 번이나 걸고서야 겨우 통화로 연결되었다. 그러고도 여전히 잠이 들어 있는 모양이었다. 숨 쉬는 소리만 들리는 휴대폰에 대고 버럭 소리를 질렀다.

"유동선, 일어나!"

—……뭐야. 몇 시야.

잠시 부스럭대는 소리가 나더니 곧 동선에게서 걸걸한 욕설이 튀어나왔다. 다 들어 줄 여유가 없어 강희가 동선의 목소리를 싹둑 잘랐다.

"엄혜리 집 주소 뭐야."

—야, 이 상식도 없는 새…… 뭐? 엄혜리?

"빨리. 급해."

—무슨 일인데?

아무리 막역해도 평소라면 연락하지 않았을 시간에 혜리의 주소를 묻는 강희에게서 위급함을 감지한 모양이었다. 동선의 목소리도 낮게 가라앉았다.

"아버지 얼마 전에 출소했어."

단지 그 사실만으로 모든 상황이 설명되었다. 혜리의 집 주소를 반복해서 불러 준 동선이 자신도 출발하겠다며 통화를 끝냈다.

동선이 일러 준 혜리의 집 근처에 도착했을 때는 내비게이션의 안내가 없어도 어딘지 알 수 있었다. 고만고만한 다세대 주택이 줄지어 있는 골목에 차를 세우고, 외부로 드러난 좁다란 계단을 올랐다. 어둠에 가라앉은 건물에서 유일하게 혜리의 집 창문에 불이 켜져 있었다. 강희가 절반이 반투명 유리로 되어 있는 현관문을 두드렸다.

"엄혜리. 문 열어."

한참을 기다려도 들려오는 응답이 없다. 강희가 다시 한번 노크하며 문고리 돌렸다.

"나야, 엄혜리. 문 열라고."

"······태, 태강희?"

뒤늦게 인기척이 가까워지며 잠겨 있던 문이 찰칵 열렸다. 놀란 표정으로 문밖에 내민 얼굴이 퉁퉁 부어 있었다. 산발을 하고 있는 혜리를 가만히 훑어보던 강희가 안쪽으로 발을 들였다.

"너 혼자야?"

신발 두 켤레로 꽉 차는 좁은 현관을 지나 안으로 들어섰다. 매트리스 옆에 놓인 작은 서랍은 온통 뒤집어져 속을 보이고 있고, 앉은뱅이책상도 다리를 하나 잃은 채 기울어 있었다. 누가 봐도 그녀가 원치 않았던 손님이 다녀간 흔적이었다.

"누구야."

"으응?"

"누가 이랬냐고."

주저하던 혜리의 입에서 한참 만에야 대답이 나왔다.

"……엄마."

누군가와 실랑이를 한 게 분명했지만 크게 다치지 않은 상태를 보고 어느 정도는 예상한 대답이었다. 강희가 나지막한 한숨을 흘렸다.

"흑, 어떻게…… 딸한테 이럴 수가 있어?"

보지 않아도 알 만했다. 울컥 치받는 울음 때문에 입술을 씰룩이던 혜리가 결국 진이 빠졌는지 바닥에 철퍼덕 주저앉았다. 이내 무릎을 끌어안고 엉엉 울기 시작했다.

"또 돈 문제야?"

확인차 묻는 말은 그녀의 울음을 북돋는 꼴밖에는 되지 않았다. 전혀 다른 상상으로 여기까지 달려오는 동안 뒷목까지 경직되었던 긴장이 일시에 풀려 버렸다. 강희가 연거푸 마른 세수를 했다.

상고를 졸업해 곧바로 네일 아트 숍에 취업한 혜리가 여태까지 전세 보증금도 모으지 못한 이유가 바로 그녀의 어머니에게 있었다.

그녀는 딸 없이는 살 수 있어도 남자 없이는 살지 못하는 사람이었다. 그녀의 취향은 유부남이나 주름이 자글한 늙은이, 조카뻘의 애송이를 가리지 않았다. 한번 애인이 생기면 영혼까지 끌어다 갖다 바쳤고, 그 관계는 번번이 오래가지 못해 문제를 일으키고는 했다.

몇 년 전에는 폐암 진단까지 받아 혜리가 모아 둔 목돈을 죄다 수술비에 치료비로 써야 했다. 병원에 있을 땐 아파 죽겠다는 우는 소리에 밥투정까지 해 대는 바람에, 일을 다니며 어머니의 병 수발을 들던 혜리의 낯빛이 암 환자인 모친보다도 나빴을 정도였다. 어렵사리 치료를 마치고 퇴원해서도 하루 두 갑씩 피워 대는 담배를 끊지 못했다.

강희가 착잡한 눈으로 울고 있는 혜리를 내려다보고 있을 때쯤, 다급한 발소리가 계단을 올라왔다. 벌컥 문을 열고 들어온 동선이 난장판이 된 집 안 꼴과 혜리를 발견하고는 입을 벌렸다.

"어떻게 된 거야?"

"아줌마 다녀갔다고."

"아……."

동선 역시 그 말을 곧장 알아들었다. 자다 깬 그 상태로 와서 가뜩이나 눌린 머리를 손으로 마구 헤집더니, 이내 걸음을 옮겨 뒤집어진 세간을 정리하기 시작했다.

"뭐 해. 얼른 치우고 가자."

동선이 강희를 돌아보며 재촉했다. 여전히 서럽게 울고 있는 혜리를 힐끗 일별한 강희도 동선을 도와 방을 치우기 시작했다.

"엄혜리. 청승 그만 떨고 너도 가서 세수나 하고 와."

엎어진 화분 때문에 흙이 쏟아진 바닥을 쓸어 내던 동선이 걸리적거린다는 듯이 혜리의 어깨를 툭툭 쳤다. 두 손에 얼굴을 묻고 있던 혜리가 발끈했는지 벌건 눈으로 동선을 홱 쏘아보았다.

"내버려 둬! 다 싫으니까, 나 좀 내버려 두라고!"

울음의 끝이 앙칼지고 사나웠다. 하지만 단순한 화풀이에 지나지 않는다는 것을 두 사람 다 알고 있었다. 자라는 내내 이런 식이었다. 한쪽은 건성인 것처럼 뭉툭하게 위로했고, 다른 한쪽은 짜증을 부리면서도 그가 내민 손을 잡고 일어섰다.

"그러니까 아줌마한테 주소 가르쳐 주지 말라고 했잖아."

"엄마잖아. 나한테는 하나뿐인 가족이야. 엄마도 없으면 난 고아란 말이야……."

셋 중 가장 먼저 취직을 해 늘 자기가 제일 누나라는 듯 굴었어도 실은 가장 외로움을 타는 게 혜리였다. 언젠가부터 미안한 마음도 없이 혜리를 지갑처럼 이용하는 엄마를 외면하지 못할 만큼.

"네 꼴 좀 봐라. 차라리 고아인 게 낫지."

동선이 그만 정신 차리라고 아프게 뱉어 내는 말에 호되게 얻어맞은 혜리가 손에 잡히는 대로 물건을 집어 던졌다. 기껏 치운 집이 또다시 어질러지자 동선의 미간에도 짜증 섞인 주름이 졌다.

"아 씨, 몰라. 너 알아서 해 그럼."

다시 한번 거친 손길로 머리를 털어 댄 동선이 먼저 자리를 박차고 나가 버렸다. 그 뒷모습을 노려보는 혜리의 눈이 붉게 달아올랐다.

"엄혜리."

"……왜?"

"어디 잠깐 가 있을 데 없냐?"

만약 지금 아버지가 강희를 찾고 있다면, 가장 먼저 혜리나 동선에게 접근할 가능성이 컸다. 혜리의 모친이 아직도 그 연립 주택의 지하방에서 살고 있었다.

아버지가 나왔다는 얘기를 전해 듣자마자, 혜리의 얼굴이 순간 핼쑥해졌다. 때로는 어머니에게, 때로는 어머니의 애인들에게 툭툭 쥐어박히는 게 일상이었어도 폭력은 당할 때마다 수치스럽고 두려운 법이었다.

"아직까지 엄마를 찾아온 것 같진 않아. 그런 얘기 없었어."

갑작스럽게 딸의 방에 나타난 엄마의 목적은 하나였다. 오로지 돈, 그것뿐. 그녀가 어떻게 지내고 있는지, 밥은 먹었는지 묻는 인사치레도 없었다. 제발 피우지 말라고 애원한 담배의 연기를 면전에 뿜어 대면서, 당장 급하니 5백만 해 달라고 졸랐다.

그런 돈이 어디 있냐고, 아직 엄마 병원비도 다 못 갚았다고 말해도 소용없었다. 오히려 그런 딸의 얼굴을 매섭게 갈기며 키워 준 값도 못하는 등신 같은 년이라고 욕을 해 댔다.

"당분간 조심해서 다녀. 무슨 일 있으면 전화하고."

"전화해도 받지도 않으면서."

입술을 삐죽거리며 슬쩍 강희의 눈치를 보자, 심각한 표정으로 미간을 모으고 있던 강희가 눈썹을 긁었다.

"해. 받을 테니까."

혜리가 쉽사리 그녀의 모친을 놓지 못하는 것처럼, 강희 역시 그의 아버지가 주변인들에게 끼치고 다니는 해악에 책임감을 느꼈다. 물론 그것은 혜리처럼 애정을 느끼기 때문은 아니었다.

"간다. 문단속해."

그렇게 혜리의 집을 나와 곧장 집으로 돌아가는 강희의 마음이 이곳에 올 때보다도 더욱 조급해졌다.

강희는 그래도 윤수가 기다려 줄 거라고 믿었다. 비록 가지 말라고 붙잡는 그녀의 손을 뿌리치고 와야 했지만, 그의 부탁대로 그가 설명하기를 기다려 줄 것이라고.

하지만 있는 힘껏 가속 페달을 밟아 돌아온 그의 방에는 그녀가 없었다. 집 안 어디에서도 그녀의 모습을 찾을 수 없었다.

그녀의 긴 부재를 증명하기라도 하듯 누워 있던 침대 시트가 서늘했다. 손으로 쓸어 보니, 그 서늘함에 마음을 베일 것만 같았다.

강희는 그녀가 떠난 빈방을 마주하고서야 깨달았다. 만약 윤수가 이곳에 남아 그를 기다려 주었더라도, 그녀에게 제대로 된 설명 같은 건 해 주지 않았을 것이다.

다음에 또 다음으로. 미룰 수 있는 만큼 미루면서 그녀를 적당히 납득시키려 들었을 것이다.

그것이 사랑하는 사람이 받을 상처보다 내 치부를 드러내는 일을 더 대단하게 생각하는 기만이라는 것을 알면서도.

강희는 문득 동화 속 인어 공주 이야기가 그와 닮아 있는 지도 모르겠다고 생각했다.

사랑하는 사람 앞에서 지느러미와 비늘로 뒤덮인 모습을 드러낼 수 없어 거짓으로 두 다리를 만들었다. 그의 진짜 모습을 들키면, 애정 가득하던 눈이 곧 혐오하는 시선으로 바뀔까 두려워 벙어리를 자처했다.

온통 거짓뿐인 자신을 눈치챈 그녀가 끝내 그를 버리고 가 버리면 한낱 물거품으로 흩어지게 된다는 걸 알면서도.

뒤늦게 뼈아픈 후회를 하며 몇 번이나 전화를 해도 윤수는 받지 않았다. 받지 않을 걸 알면서도, 강희는 계속해서 걸 수밖에 없었다. 우연하게라도 그녀와 연결이 된다면 이번에야 말로 모든 걸 숨김없이 설명해야겠다고 결심하면서.

그렇게 밤새도록 윤수의 휴대 전화가 울렸다. 그녀가 응답해 주길 간절히 바라는 강희의 마음은 부재중 전화로 남아 네모난 화면 위로 하염없이 쌓여 가고 있었다.

다음 날 회사에 가서도 종일 일이 손에 잡히지 않았다. 어제 새벽 이후로 윤수와 계속 연락이 되지 않고 있었다. 전화도 문자도 메신저도 받지 않았다. 쌓여 가는 초조함에 안 하던 업무 실수까지 저질렀다.

가뜩이나 한 달 남짓 쓴 병가로 상사의 눈 밖에 난 상황에서 제대로 건수까지 던져 준 셈이었다. 결국 팀원들이 다 보는 앞에서 과장에게 크게 깨지고 돌아왔다.

"괜찮아? 어제 회식하고 다 죽을 맛인데 저 인간만 쌩쌩하네. 그나저나 눈에 실핏줄 터졌어. 사고 났다가 돌아온 사람한테 저렇게 박하게 구냐."

맞은편 김 대리가 과장을 향해 남몰래 눈살을 찌푸렸다. 정작 강희는 과장이 침을 튀기며 쏘아 댄 험한 욕설 따위는 귀에 들어오지도 않았다. 어제 집에 돌아온 뒤로 윤수의 연락을 기다리며 꼬박 밤을 샌 바람에 다른 것에 신경 쓸 겨를 따위 없었으니까.

일찍 퇴근하여 곧장 윤수의 카페로 가 봐야겠다고 마음먹었을 때, 그런 강희의 속을 읽기라도 한 것처럼 과장이 강희에게 새 업무 지시를 내렸다. 아직 기한이 넉넉하게 남아 있는 보고서를 굳이 오늘 안으로 끝내 올리라는 지시였다.

결국 금요일 밤에 꼼짝없이 야근을 하게 생겼다. 오늘 내로 검토하지 않을 서류를 들먹이는 걸 보면 그냥 엿 먹으란 소리였다. 과장이 멀어짐과 동시에 입에서 작게 욕지거리가 새어 나오자, 앞자리 김 대리의 눈이 동그래졌다.

[윤수야.]
[왜 대답이 없어.]
[어제 잘 들어간 거야?]
[걱정되니까 문자라도 해 줘.]
[이따가 내가 카페로 갈게.]
[기다려.]

짬이 생길 때마다 메시지를 보냈으나 소용없었다. '응' 이

272

라는 한 글자라도 좋으니 대답이 돌아온다면 내내 속을 울렁 거리게 하는 이 불안감도 가실 것 같은데. 야속하게도 저녁을 먹고 돌아와 자리에 앉을 때까지도 윤수는 묵묵부답이었 다.

"여보세요."

─태강희. 진짜 전화받네?

자기가 먼저 전화를 걸었으면서 받는다고 신기해 떠드는 음성은 강희가 익히 아는 사람의 것이었다.

─뭐 해?

"일해. 왜?"

기다리던 전화가 아니었다. 실망감을 감추지 못한 강희의 음성이 절로 무뚝뚝해졌다. 그런 강희 때문에 주눅이 들었는 지, 잠시 주저하던 혜리가 물었다.

─나 너네 집 가도 돼?

순간적으로 강희의 눈썹 사이가 모여 들었다.

"네가 우리 집엘 왜 와."

─……누가 쳐다보고 있는 것 같단 말이야.

그제야 강희가 등받이에 느슨하게 기대고 있던 몸을 세워 앉았다.

"너 어딘데."

─네일 숍. 아까 사장 언니도 저녁 먹으러 갔다 와서 그랬 어. 수상한 아저씨가 얼쩡거린다고.

손가락으로 미간을 꾹꾹 누르던 강희가 어쩔 수 없다는 듯 길게 한숨을 흘렸다.

"유동선 보낼 테니까 같이 와. 동선이 갈 때까지 가게에 있어. 괜히 돌아다니지 말고."

—알겠어.

혜리와 통화를 끝내자마자 동선에게 곧장 전화를 걸었다. 자초지종을 전해 들은 동선이 선뜻 혜리를 데리러 가겠다고 했다. 강희가 동선에게 문자로 미리 현관 비밀번호를 보내 주었다.

하던 일을 최대한 빠르게 마무리 짓고 회사를 나섰을 땐 벌써 9시가 훌쩍 지나 있었다. 주차장으로 뛰듯이 내려가면서는 잠시 미뤄 두었던 과장 욕을 아낌없이 퍼부었다. 아무래도 윤수의 말대로 이직을 진지하게 고민해 봐야겠다 싶었다.

대입 원서 접수에 앞서 강희가 가장 먼저 고려했던 점은 졸업 후의 전망이었다. 취업률이 가장 높은 학과 중에 장학금을 받을 수 있는 학교를 고르고 나니 선택지가 하나뿐이었다. 적성이라든지 그 자신의 호오는 나중 문제였다.

다행히 그렇게 고른 전공이 나쁘지 않았다. 배울수록 재미를 붙여 갔고, 취직을 한 뒤에도 그가 하는 일에 점점 매력을 느꼈다.

다만 지금 다니는 직장에서는 일과 삶이 균형을 이루지 못하고 자꾸만 한쪽으로 기울어졌다. 행복해지기 위해서 돈을 벌고자 했는데, 어느 순간부터 돈 때문에 행복을 희생하는 일이 점점 늘어 가고 있었다.

운전석에 앉아 목 근육을 이완시키며 피로를 견디던 강희가 곧 잠겨 있던 사이드 브레이크를 내렸다.

잠들지 않는 도시 서울의 야간 교통 체증은 강희의 인내심을 한계까지 몰아붙였다. 막히지 않으면 30분이면 갈 거리를 한 시간이 걸려 도착했을 때, 막 두 사람이 카페의 간판 불을 끄며 가게 밖으로 나오고 있었다.

"효진 씨."

"어? 사장님 일찍 들어가셨는데……."

"몇 시쯤 나갔습니까?"

"8시? 그쯤이요. 오늘 계속 안색이 안 좋으셨어요. 많이 아파 보이셨는데."

"……알겠습니다. 고마워요."

그대로 다시 차에 올랐다. 윤수에게 전화를 걸었지만 여전히 받지 않았다. 발신한 통화 목록 가장 윗줄 윤수의 이름 옆으로 수신되지 못한 통화의 수가 30을 넘겼다.

후, 답답함에 한숨이 자꾸만 새어 나왔다. 차 안의 모든 공기가 이미 그가 내뱉은 한숨으로 가득 찬 것 같았다.

윤수가 보고 싶었다. 만나서 해야 할 이야기가 많았다.

사람 마음이라는 게 이처럼 얕고 영악할 수가 없었다. 새벽까지만 해도 그녀의 얼굴을 보면서 무슨 말을 어떻게 해야 할지 몰랐는데, 지금은 만나기만 하면 무엇이든 털어놓을 수 있을 것 같았다. 강희에게 많이 실망했을 그녀의 마음을 그렇게라도 달랠 수 있다면.

윤수의 아파트로 향하려 했으나 곧 핸들을 틀었다. 강희가 아는 윤수라면, 이렇게 흐지부지한 상태로 있는 걸 바라지 않을 것이다. 자신의 감정에 솔직한 그녀는 갈등을 마냥 속에 묵혀 두는 걸 못 견뎌 하고는 했으니까.

어쩌면 강희의 집에 먼저 도착해 기다리고 있을 거란 예감이 들었다. 도로를 내달리는 차의 액셀러레이터를 강희가 조금 더 강한 힘으로 지르밟았다. 강희만큼이나 성급한 티를 내면서, 자동차 헤드라이트가 익숙한 길을 되짚어 나갔다.

❋   ❋   ❋

주인이 떠나간 자리.

찬 공기만 머물던 그 방을 도저히 견딜 수 없어 도망치듯 강희의 집을 나왔다. 컴컴한 새벽 공기가 날을 세웠어도, 그 방에 혼자 남는 것보다는 나았다.

인적이 없는 도로에서 종종걸음을 치며 택시를 기다렸다. 자꾸만 눈물이 새는 건 칼바람에 안구까지 얼얼한 탓이라고 중얼거리면서.

마침내 새벽 운무를 헤치고 개인택시 한 대가 그녀의 앞에 멈춰 서자 망설임 없이 차 문을 열고 올랐다. 집 주소를 말하고는 곧장 창밖으로 시선을 주었다. 졸음을 쫓을 요량이었던 듯 손가락 한 마디쯤 열어 놓았던 창문이 스르륵 올라가고, 기사는 빨갛게 손등이 언 윤수를 위해 히터의 세기를 올려 주었다.

잠시 뒤, 룸 미러로 뒷좌석을 힐끔거리는 택시 기사의 얼굴에 난색이 비친다. 어두컴컴한 새벽에 유흥가도 아닌 곳에서 혼자 택시를 잡아탄 젊은 여자에게서는 술 냄새가 나지 않았다.

고작해야 딸뻘 나이의 승객이었다. 두꺼운 목도리에 얼굴의 반이 파묻혀 있었으나 울고 있다는 것을 알 수 있었다. 고집스레 외로 튼 옆얼굴에 가로등 빛이 스칠 때마다 슬픔이 떠올랐다 가라앉았다.

소리 없이 흘리던 눈물방울들이 빗줄기처럼 굵어지는 것은 금방이었다. 아직 목적지까지는 한참 남은 길 위에서 난감함에 인중을 긁적이던 택시 기사가 잠시 신호가 멈춘 사이 손을 옆으로 뻗었다. 조수석 글러브 박스 안에서 주유하고 사은품으로 받은 티슈를 꺼내 뒷좌석으로 슬쩍 건넸다. 처음에는 그것을 보지 못하던 여자 승객이 곧 망설이다 받아 들었다.

"……감사합니다."

무슨 사정인지 몰랐고, 딱히 캐물을 생각도 없었다. 딸과도 마주 앉으면 무슨 말을 해야 할지 몰라 TV만 쳐다보기 일쑤다. 그저 사연이 있겠거니 하며 마음이라도 편히 울 수 있도록 구성진 트로트가 흘러나오는 라디오 볼륨이나 높여 줄 수밖에.

부모님이 곤히 잠든 집은 조용했다. 깨금발로 방에 들어간 윤수가 소리가 나지 않게 조심히 문을 닫았다.

한나절 주인 없이 비어 있던 방이지만, 엄마의 살뜰한 손길이 닿아 포근한 향이 맴돌았다. 언제나 방문을 열면 그 자체로 이 작은 공간은 윤수의 안락함이 되었다.

안심하고 울 수 있는 장소에 도착했다는 생각이 들자, 스르르 힘이 풀렸다. 윤수가 쓰러지듯 침대 위로 몸을 던졌다.

늘 끌어안고 자는 커다란 쿠션 위에 얼굴을 묻었다. 그 위로 두 개의 점이 점점 커다랗게 번지는가 싶더니, 그대로 몇 시간을 내리 울어 버린 윤수는 어렴풋한 여명이 밝아 오고서야 저도 모르게 지쳐 잠이 들었다.

그날 아침 윤수는 눈을 뜬 순간부터 직감할 수 있었다. 힘든 하루가 될 것 같았다. 일단 컨디션이 너무 안 좋았다. 길지도 않은 수면 시간 내내 자다 깨다를 반복하며 끙끙 앓기까지 한 몸은 앉기도 힘들만큼 천근만근이었다.

하루를 쉴까 하다가 이내 마음을 바꿨다. 평일인 데다 오늘은 어제보다 더 추울 거라는 예보도 있었다. 이런 날엔 그녀의 카페가 입점한 건물 회사원들이 우르르 1층으로 내려와 음료를 주문해 들고 올라갔다. 점심시간에는 더 눈코 뜰 새 없이 바쁠 거라는 예상도 들었다.

이제 그만둘 날을 받아 놓은 우주는 매사 건성으로 일하는 게 눈에 보였고, 그럼 효진 혼자서 바쁜 피크 시간을 전전긍긍해야 할 것이다. 사장으로서 책임감 없게 굴 수는 없는 일이었다. 윤수가 끙, 신음하며 일어나 화장실로 터덜터덜 걸어갔다.

"그냥 하루 쉬라니까. 애들 고생하는 게 싫으면 오늘만 문 닫으면 되지."

"엄마도 참. 카페 하루 문 닫으면 그게 하루 매출만 손해 보고 끝인 줄 알아? 그동안 내가 단골손님들하고 신뢰 쌓느라 얼마나 힘들었는데."

얼굴이 벌겋게 달아오른 윤수를 본 엄마가 아침부터 호들갑이었다. 감기 기운이 있다고 말하니 병원부터 가자며 지갑을 들고 나오는 것을 겨우 말렸다.

"그러게 왜 장사를 한다고 고집을 부려서는. 그냥 남들처럼 회사 다니면 좀 좋아? 아니면 아버지처럼 공무원을 하든지."

스무 살 무렵부터 쭉 들어 왔던 잔소리였다. 오늘만큼은 엄마와 대거리할 힘도 없어 조용히 쌀죽만 퍼먹었다.

식사를 마치고는 엄마가 찾아 준 해열제를 먹고 나갈 준비를 했다.

"윤수 오늘은 아빠 차 타고 가라."

신 판사가 차 키를 들고 현관에서 그녀가 나오기를 기다렸다. 평소라면 그의 팔짱부터 덥석 끼며 매달렸을 윤수가 오늘은 병든 병아리처럼 맥이 없었다.

윤수의 카페로 향하는 도중에도 조수석 시트에 머리를 기댄 채 눈을 감고 있는 딸아이의 모습에 신 판사는 걱정을 숨기지 못했다.

"많이 아프면 병원 들렀다 갈까?"

"아니요. 아빠 지금 가도 늦었잖아요."

남들이 생각하는 것보다 업무량이 어마어마하게 많은 직업이 바로 판사였다. 윤수 때문에 평소보다 늦은 출근을 하게 된 걸 알았는지 윤수는 괜찮다며 가만히 고개를 내저었다.

"그래도 무리하지 말고. 하고 싶은 일을 하는 것도 좋지만, 건강이 가장 중요한 거야."

"걱정 마세요. 아빠도 너무 무리하지 마시고요."

혹시 무슨 다른 일이 있었던 건 아니니.

그렇게 물으려던 신 판사가 조용히 입을 닫았다.

처음 딸아이가 태어났던 날, 아장아장 걸음마를 배우던 모습, '아빠' 하고 부르며 안기던 얼굴, 졸업식 사진을 찍으며 맞잡았던 손의 감촉이 지금도 선연한데 벌써 그 아이가 서른이었다. 부모 속 한번 썩이는 일이 없이 제 앞가림을 했고, 자식에게 바랄 수 있는 모든 기쁨을 누리게 해 준 소중한 딸이었다.

무슨 까닭인지 하룻밤 새 핼쑥해진 얼굴을 보는 것이 가슴 아팠으나, 윤수가 굳이 말하지 않는 일들을 먼저 캐물어 봐야 하등 도움 되지 않을 것이다. 이제 윤수에게는 윤수의 인생이 있다는 사실을 받아들일 단계였다.

신 판사는 학교를 다녀오면 가방을 내려놓기가 무섭게 품에 안겨 학교에서 있었던 일을 조잘조잘 떠들어 대던 딸의 어린 시절이 문득 그리워졌다.

"운전 조심하세요."

"그래. 얼른 들어가. 춥다."

카페 앞에 윤수를 내려 주고는 저만치 멀어지는 차의 뒤꽁무니를 그녀가 그 자리에 오랫동안 서서 지켜보았다.

아무래도 안색이 안 좋기는 했던 모양이다. 카페 돌아가는 사정에 눈곱만큼도 관심이 없던 우주까지 어디 아프냐고 먼저 와 묻는 것을 보면.

어찌어찌 겨우 피크 시간을 버티고 나니, 아침에 먹은 해열제 효과가 뚝 떨어져 버렸다. 마냥 참는 것도 미련한 짓이라는 생각이 들어 손님이 뜸해졌을 즈음 두 사람에게 잠시 카페를 맡기고 근처 내과로 향했다.

병원에서 잰 체온은 37.1도. 예상했던 것처럼 몸살감기였고, 편도선이 많이 부어 있다고 했다. 오랜만에 바지를 내리고 엉덩이에 주사를 맞았다. 같은 건물 1층에 있는 약국에서 3일 치 약을 받아 카페로 되돌아왔다.

카페의 테이블 열다섯 개가 종일 들어차 있는 날이었다. 손님이 줄지어 나가고 또 들어왔다. 주문한 음료와 베이커리를 내간 뒤 사용한 기물을 설거지하고 있으면 또 다른 손님이 다가와 카운터 앞에 섰다. 용무를 마치고 나간 손님의 빈 자리를 행주로 닦아 내는 대로 기다렸다는 듯 새 손님이 그 자리를 채웠다.

그렇게 오후 나절이 정신없이 지나갔다. 올해 들어 가장 많은 매출을 기록한 날이었다.

저녁 8시쯤 윤수는 카페를 나섰다. 최근 두 사람에게, 특히 효진에게 일의 부담을 지우는 일이 자꾸만 생기는 것 같아 미안한 마음에 두 사람에게는 저녁으로 치킨 배달을 시켜 주었다.

몸도 아프니 되도록 일찍 집으로 돌아오라던 엄마의 당부가 있었지만, 윤수의 발길은 집이 아닌 다른 곳을 향했다.

종일 강희에게서 연락이 왔다. 진동 모드로 바꿔 놓은 휴대폰이 쉴 새 없이 울렸고, 메신저의 빨간 숫자 표시도 자꾸만 더해 갔다. 작년 한 해 동안 강희가 연락해 온 횟수보다 오늘 하루치가 더 많을지도 모른다고 생각하면 우스운 일이었다.

그렇게 강희가 애타게 찾고 있는 것을 알면서도 한쪽 구석에 뒤집어 놓은 휴대폰을 들여다보지 않았다. 아직까지는 그가 내어놓는 해명 내지는 변명을 듣고 싶지 않았기 때문이다.

어쩌면 정말로 그럴 만한 이유가 있었을지 모른다. 받지도 않는 연락을 이토록 부단히 해 오는 것을 보면 강희에게도 나름의 입장은 있었을 것이다.

이성은 강희의 이야기도 한번 들어 봐야 한다며 그녀를 달래었으나, 감정은 여전히 그가 두 번이나 그녀를 버리고 가버린 것에 대한 배신감을 떨치지 못했다.

어려서부터 마음이 아프면 꼭 통증이 몸으로 옮겨 오곤 했다. 오늘 아침 부모님이 그렇게 걱정한 이유도 그 때문일 것이다.

병원에서 주사를 맞고 온 뒤로는 다행히 조금 움직일 만해졌다. 날이 어두워지면서 팔다리가 저릿저릿했지만, 윤수는 어젯밤 있었던 일을 내일까지 질질 끌고 싶지 않았다.

강희의 자취방이 있는 동네 초입에서 택시를 보냈다. 5년간 제집처럼 드나들던 곳이라 곳곳이 친근하고 눈에 익었다. 때로는 강희와 함께, 때로는 오늘처럼 그녀 혼자 쓸쓸히 이 골목을 수도 없이 오간 까닭이었다.

부러 느린 걸음으로 주변을 훑으며 걷는데도 오늘따라 이 길목이 짧게 느껴졌다. 강희를 만나기 전에 미리 생각과 감정을 정리하고 싶었는데.

같은 마음을 가진 사람도 서로 생각은 다를 수 있다고, 상대의 다름을 틀렸다고 말하지 않는 것이 바로 존중이라고, 차근한 말투로 일러 주던 아버지의 말을 되새겼다.

어쩌면 우린 같은 마음인데 단지 생각이 다른 것뿐일까? 내가 지금 너의 다름을 틀렸다고 말하고 있는 걸까? 우리가 반대의 입장이라면, 너는 나를 틀렸다고 하지 않았을까?

혼자만의 생각으로는 결론이 나지 않는 일이라 더 심경이 복잡했다.

그렇게 계단을 다 올랐을 땐 복도 끝 강희의 집 창문에 불이 들어와 있었다. 문을 두드릴까 하다, 그 역시 자신을 기다리고 있었을 거라는 데 생각이 미쳤다. 윤수는 자신과 강희의 생년월일이 합쳐진 비밀번호를 꾹꾹 눌렀다.

그녀가 여덟 자리 숫자를 다 완성하기도 전에, 안에서 벌컥 문이 열렸다.

"어서 와. 기다리느라 눈 빠지는 줄……."

활짝 웃는 얼굴로 맞이하던 혜리의 표정이 윤수를 발견한 순간 어색하게 경직되었다. 마찬가지로 그녀가 왜 이곳에서 나오는지 이해할 수 없어 혼란에 빠진 윤수가 혜리와 혜리의 어깨 너머를 흘끗 살폈다.

"네가 왜 여기 있어?"

묻는 목소리는 자신의 귀로 들어도 서늘했다. 혜리의 눈썹이 뾰족하게 치솟았다.

"내가 여기 있는 게 뭐? 여기가 네 집이야?"

"강희는? 강희도 너 여기 있는 것 알아?"

"당연하지. 강희가 불러서 왔는데."

자신이 이곳에 있는 게 아무 거리낄 것 없다는 혜리의 태도에 처음으로 윤수의 표정이 무너졌다. 무언가 치미는 것처럼 손으로 입을 가린 그녀가 비틀거리며 반걸음을 물러났을 때였다.

"……신윤수."

하필이라고 해야 하는지, 마침이라고 해야 하는지.

윤수의 등 뒤에 강희가 서 있었다. 윤수를 보고 반가운 얼굴로 다가왔으나, 정작 그가 마주한 것은 그녀의 원망 어린 눈이었다.

"나쁜 새끼."

윤수가 짓씹듯 내뱉은 말에 강희의 눈이 크게 뜨였다. 곧 윤수가 강희를 거세게 밀쳐 내며 걸어가기 시작했다.

"잠깐만, 멈춰 봐. 윤수야!"

당황했던 것도 잠시. 강희가 얼른 뒤쫓아 가 그녀의 팔을 붙잡았다. 윤수가 그의 손을 매섭게 쳐 냈다.

"놔!"

또다시 붙든 손이 이번에는 쉽사리 떨어져 나가지 않자,

윤수가 몸을 비틀며 소리쳤다. 강희가 그런 윤수의 어깨를 꽉 부여잡고 그를 돌아보게 했다.

"네가 생각하는 그런 거 아니라고!"

한차례 몸싸움으로 숨이 거칠어진 윤수를 빤히 쳐다보면서, 강희가 낮은 목소리로 입을 열었다.

"엄혜리. 유동선 어디 가고 너 혼자 있어?"

"……잠깐 나갔어. 집에 먹을 거 없어서 사 온다고."

"문 닫고 들어가. 우리 할 얘기 있으니까."

혜리와 말을 섞는 와중에도 시선은 오로지 윤수를 향해 있었다. 때문에 그는 문틈 사이로 마주친 혜리의 눈이 윤수를 비웃듯 휘어지는 것을 보지 못했다.

"놓으라고 했어."

"오해라니까. 너도 들었잖아. 유동선이 데리고 온 거야."

마치 그녀가 터무니없는 착각을 했다는 듯이 타이르는 투였다. 그러고는 그녀의 또 다른 오해에 대해 해명하기 위해 강희가 막 입을 연 찰나였다. 고개를 들어 그를 보는 윤수의 눈에서 눈물이 뚝 떨어졌다.

"놔 줘."

애원처럼 들리는 목소리에 그녀를 붙들고 있던 손에서 절로 힘이 풀렸다. 윤수가 그런 강희에게서 벗어나 한 걸음을 물러났다.

"어제 일은 미안해. 근데 그럴 수밖에 없는 사정이 있었어. 어디서부터 설명해야 하는지 모르겠는데, 사실 나한테 아버지가……."

"그만하자."

고개를 떨군 윤수가 강희의 말을 잘랐다.

"……그만하자니? 내가 다 얘기한다고 했잖아."

"아니, 그만해, 우리."

"신윤수. 나 봐."

발끝만 주시하며 끝까지 그를 외면하던 윤수가 고개를 들었다.

"더는 못 하겠어. 그만해."

"그만하자는 말이나 그만해. 그냥 오해한 거잖아. 풀면 아무 일 아닌 거 가지고."

강희가 대수롭지 않은 일로 쉽게 이별을 말하는 윤수를 철없다는 듯이 다그쳤다.

"그래. 오해겠지. 매번 내가 착각한 거겠지. 네가 그렇다면 그런 거겠지."

"빈정거리지 마."

"오해에도 기한이 있는 거야, 이해도 마찬가지고. 그 기한을 넘기면 감흥도 없어. 지금 우리 사이에 있는 오해가 그런 것처럼."

더는 해명조차 듣지 싶지 않다고 했다. 그 어떤 말도 필요 없다며 단호하게 잘라 냈다.

"태강희, 대체 나한테 왜 이래?"

하염없이 눈물을 떨구며 윤수가 물었다.

"나를 좀 봐. 한때 나는 네 옆에서 가장 예쁜 여자였는데, 지금은 네가 날 누구보다 추하게 만들고 있잖아."

강희를 마주하는 윤수의 얼굴이 와락 일그러져 있었다. 순간적으로 할 말을 잃어버린 강희의 가슴에 윤수가 마지막으로 못을 박았다.

　"헤어지자. 부탁이야."

　강희의 대답은 필요 없다는 듯이, 싸늘하게 등 돌린 윤수가 그렇게 멀어져 갔다.

　"윤수 왔던데 그냥 가네? 오늘 둘이 약속 있었어?"

　소주병이 든 비닐봉지를 달그락거리며 동선이 계단을 올라왔다. 복도 중간에 우두커니 선 강희를 툭툭 쳐 보고는 고개를 갸웃했다.

　"너 괜찮냐? 너 지금 얼굴이 창백한데……."

　그때 강희의 몸이 크게 휘청거렸다. 놀란 동선이 얼른 손을 뻗었으나 강희가 거부했다. 대신 입을 틀어막은 강희가 그 자리에서 상체를 구부린 채로 몇 번이나 구역질을 했다.

　"뭐야? 얘 왜 이래?"

　어느새 문밖으로 튀어나온 혜리가 질겁하며 다가왔다. 혜리가 등을 쓸어 주려는 듯이 손을 올리자, 강희는 그마저도 쳐 냈다.

　"……너네 둘 다 오늘은 그냥 가라."

　언뜻 숨까지 헐떡이며 힘겹게 뱉어 낸 말이 그것이었다. 돌아가는 사정은 알 수 없으나, 강희의 안색이 한눈에 보기에도 최악이었다. 동선이 알았다며 고개를 끄덕였다.

　"자, 잠깐만. 지금 얘 아프잖아."

"그냥 와."

동선이 버티는 혜리를 잡아끌었다. 강희는 그런 두 사람을 향해 눈길 한번 주지 않았다.

"대체 나 없는 새 무슨 일이 있었던 거야?"

졸지에 술과 과자가 잔뜩 든 검은 봉지를 들고 길거리를 방황하게 된 동선이 혜리에게 물었다.

"아, 몰라. 신윤수 와서 혼자 지랄하잖아. 헤어지자면서 울고불고 진상 부리고 갔어."

"강희한테 헤어지자고 했다고?"

"어. 개도 성격 진짜 별로야. 태강희 옆에 자기 말고 아무도 없어야 직성이 풀리나."

혜리가 가감 없이 윤수의 흉을 보았다. 동선은 혜리가 말한 것 이상의 일이 분명 더 있었을 거라고 짐작했다. 그러니 강희가 저 지경일 테고.

"아까 보니까 강희 아픈 것 같은데 우리라도 옆에 있어야 되는 거 아냐?"

"가서 병 주고 약 주게?"

두 사람의 다툼에 네가 끼어 있는 것을 다 안다는 투였다. 혜리는 그런 동선의 시선을 피하며 딴청을 부렸다.

"그래서 어디 가려고?"

"갈 데가 어디 있냐. 네 방 가야지. 우리 집 가자면 싫을 거 아냐."

"내가 아니라 아줌마가 더 질색하실걸."

미련이 남은 것처럼 한 번 강희의 집을 올려다본 혜리가 이내 체념하며 돌아섰다. 적어도 오늘은 강희를 더 자극해선 안 된다는 걸 은연중에 느낀 모양이었다.

"엄혜리, 이리 와서 이거나 같이 들어. 무겁다."

"사내자식이 뭐 이렇게 부실해?"

"네 팔뚝이나 내 팔뚝이나 두께는 거기서 거기야."

"뭐? 이 자식이!"

혜리를 양껏 약 올리고는 동선이 꽁지가 빠지게 도망갔다. 그의 깐죽거림에 넘어간 혜리가 잔뜩 눈을 치켜뜬 채 동선을 뒤쫓기 시작했다.

술병끼리 부딪쳐 달그락거리는 소리가 강희의 집에서 점점 멀어졌다. 늘 그랬듯, 알게 모르게 마음을 쓰는 동선 덕분에 혜리는 강희에 대한 생각을 잠시 뒤로 미뤄 둘 수 있었다.

꽃　　　　　꽃　　　　　꽃

그날도 새벽에 전화가 울렸다. 그의 팔베개를 베고서 새근새근 잠이 든 윤수의 눈꺼풀이 움찔거리는 것을 보고 먼저 눈을 떴다. 몇 시간 못 자고 일어나 일을 나가야 하는 윤수였다.

최근에는 카페에 손님이 늘어 자다가도 다리에 쥐가 나 깰 정도로 피곤해하고 있었다. 새벽 시간 울리는 정체 모를 전화가 윤수의 곤한 잠을 깨우게 둘 수 없었다.

"여보세요."

모르는 번호였다. 그대로 수신 거부해도 될 전화를 받은 건 순전히 잠결에 버튼을 잘못 누른 탓이었다.

통화는 곧바로 싱겁게 끊어졌다. 아마 잘못 걸린 전화였을 것이다. 강희가 한숨을 쉬며 머리맡에 휴대 전화를 내려놓았다.

윤수와 사랑을 나누고 난 뒤에 대개는 강희가 먼저 잠이 들고는 했다. 그가 더 격렬하게 움직이는 까닭도 있을 테지만, 그보다는 사랑하는 사람을 품고 있다는 만족감이 정신까지 노곤하게 만들기 때문일 것이다.

하지만 근래 들어서는 좀처럼 깊은 잠을 이룰 수가 없었다. 생각이 많은 머리가 그를 불면의 밤으로 끌어들였다.

고민의 발단은 두 달 전 도착한 우편에서부터였다. 무심하게 뜯어본 편지 봉투 안에 교도소에서 아버지가 쓴 편지가 들어 있었다.

구구절절 쓰여 있는 글을 제대로 읽지 않았음에도 눈에 박혀 들어오는 문장들이 몇 있었다.

내가 왜 교도소에 들어오게 되었는지 이 안에서 많은 생각을 했다. 아내가 집을 나가 버린 후에 혼자서 어린 아들을 키우게 된 심정이 막막하여 아버지 노릇을 제대로 하지 못했다. 그러니 네가 아버지인 내게 억한 심정을 가졌어도 할 말 없다…….

요약하면, 서로가 서로에게 잘못을 했으니 화해를 하자는 편지였다.

철저히 아버지 입장에서만 쓰인 글을 읽고 나서 기가 찬 나머지 화도 나지 않았다. 편지는 그대로 찢어 쓰레기통에 쓸어 담았다.

그 후로 두어 번 더 편지가 전달되었지만, 읽지 않고 버려 버렸다. 강희의 답장을 기다리고 있었는지, 마지막은 그가 직접 전화를 걸어 왔다. 그쯤 되었을 땐 강희도 아버지의 연락을 위협으로 받아들이기 시작했다.

그랬다. 아버지는 이미 강희가 있는 곳을 알고 있었다.

그날 새벽에 울렸던 전화는 아버지가 아니었다. 교도소에 있는 사람이 그 시간에 전화를 걸 수 있을 리 없으니까. 하지만 그 전화 한 통이 마지막 남은 강희의 인내를 갉아먹은 것만은 틀림없었다.

품 안에 윤수가 잠들어 있었다. 무슨 일이 있어도 지켜야 하는 여자가 바로 그의 품 안에.

윤수의 벗은 어깨에 이불을 덮어 주고서 조용히 집을 나섰다. 찬 새벽보다 아버지를 대면할 마음을 먹은 강희의 얼굴이 더 시렸다.

아버지가 수감된 이후 처음으로 찾은 교도소였다. 접견 가능 시간에 비해 지나치게 일찍 도착한 탓에 잠시 차 안에서 눈을 감고 앉아 있었다. 9시가 되기를 기다린 끝에 건물 안으로 들어갔다. 민원실의 안내에 따라 접견 신청을 하고, 대기 번호를 배정받았다. 가지고 있던 소지품을 모두 로커 안에 보관하고서 면회실로 들어갔다.

잠시 뒤 수형복을 입고 면회실로 들어온 남자를 빤히 쳐다보며 관찰했다. 강희가 기억하는 것보다 아버지의 얼굴이 많이 늙고 추레해져 있었다.

이런 사람이었나. 고작 이런 사람을 그다지도 두려워했었나. 정말 이 사람이 악몽 속 괴물이었던 그 아버지가 맞나…….

속으로 강희가 느끼는 감회만큼 아버지 역시 강희를 보며 크게 놀란 얼굴이었다. 그럴 만도 했다. 마지막으로 그가 보았던 강희는 겨우 열일곱 살짜리 소년이었으니까.

자신이 느끼는 불행을 세상에 대한 반항과 반감으로밖에 표출할 줄 모르던 어린애가 자라 지금은 스스로를 온전히 건사할 줄 아는 서른의 강희가 되어 있었다.

"많이 컸구나."

아크릴 벽을 사이에 두고, 낯설기만 한 아버지에게서 마침내 흘러나온 말은 언젠가 신 판사에게서 들었던 말과 같았다. 사람도, 상황도, 그리고 그 말을 건네는 심경까지도 다른 두 사람을 저도 모르게 비교해 보다가 이내 픽 웃었다.

오랜 시간 저 자신도 모르게 품어 온 공포가 눈앞에 아버지를 대면하고서야 안개처럼 사라지는 것을 느꼈다. 겨우 이런 사람을 두려워할 이유가 없었다.

교도소에서 날것의 본능만 기가 막히게 발달해 버린 사내는 강희의 웃음이 어떤 의미인지를 단박에 알아챈 것 같았다. 이제 더는 장성한 아들에게 어떠한 영향력도 발휘할 수 없다는 사실을 깨닫고 그의 얼굴이 처참하게 일그러졌다.

"연락한 이유가 뭡니까."

반면 차분하게 이성을 되찾은 강희가 담담하게 질문했다.

"그야, 자식이라고는 하나 있는 놈이 몇 년이나 아버지를 만나러 오지도 않으니까."

"제 주소랑 연락처는 어떻게 아셨습니까."

"나도 여기서 마냥 허송세월하지는 않았다. 사람도 제법 만나고……."

강희가 신경질적인 웃음을 뱉어 냈다.

"하, 그러니까 지금 전과자를 시켜서 뒷조사를 했다는 겁니까."

"흐흠! 뒷조사라니. 그냥 부탁을 들어준 것뿐이지."

아버지가 무언가 눈치를 보는 사람처럼 얼른 말을 정정했다. 그 터무니없는 모습에 강희는 지끈지끈 골이 아파 오기 시작했다.

"아무튼 이제 곧 아버지 나가니까, 너도 미리미리 준비해라."

강희가 그 말을 이해하지 못하고 눈썹을 찌푸리자, 아버지가 입가에 썩 달갑지 않은 미소를 그렸다.

"듣자 하니 다니는 직장도 번듯하고, 여자도 만난다던데. 네 나이가 벌써 서른이냐? 그럼 결혼 생각도 하고 있는 거지? 그쪽 집안에서는 알고 있고?"

여자 운운하는 소리에는 저도 모르게 주먹이 꽉 쥐어졌다. 아버지의 시선이 그뿐만 아니라 윤수에게까지 미쳤다고 생각하자 입이 마르고 얼굴이 굳었다.

처음으로 동요하는 강희를 눈치챘는지, 곧 아버지의 표정에 한 줌의 여유가 생겼다.

"전과자 자식이라고 하면 너도 쪽팔릴 테고, 나도 면이 안 서지 않겠냐."

하는 말마다 너무 뻔뻔하니 웃음조차 나오지 않았다. 강희가 어디 더 해 보라는 듯이 팔짱을 끼고 등을 뒤로 기댔다.

"너 만나는 여자가 물장사 같은 걸 한다는데. 결혼하면 시아버지 소일거리 할 수 있게 가게 하나 정도는 넘겨주겠⋯⋯."

쾅!

같은 피가 흐르는 남자의 인면수심을 더는 참지 못하고 주먹으로 그들 사이의 투명한 벽을 내리쳤다.

"개소리 그만하시죠. 쓰레기 같은 생각이나 뱉어 내는 머리는 교도소 안에서도 교정이 안 되는 모양인데."

커다란 소음에 흠칫 어깨를 떨었던 아버지는 이내 분노로 얼굴이 시뻘겋게 달아올랐다. 강희가 아크릴 벽 앞으로 얼굴을 가져다 대며 이를 악문 채로 속삭였다.

"나오면 그냥 밑바닥에서 조용히 살아요. 괜히 내 앞에 나타나서 또 쥐어 터지지 말고."

꼴에 사내라고, 아버지가 자신의 주먹에 갖는 자부심은 대단했다. 그것은 기실 그가 정말 대단한 싸움꾼이라서가 아니라, 늘 아내나 어린 아들과 같은 약자들을 상대로 폭력을 휘두르고 권력을 취했기 때문이었다. 그러니 아버지를 자극할 수 있는 말이야 뻔했다.

아니나 다를까, 아크릴 벽 안쪽에서 광분해 소란을 피우던 아버지는 결국 뛰어 들어온 교도관에게 끌려 나갔다. 강희가 그 추한 꼴을 끝까지 노려보고 앉아 있었다. 그렇게 아버지가 완전히 시야에서 사라지고 나서야 무겁게 차오른 한숨을 뱉어 내며 마른세수를 했다.

면회를 마치고 건물을 빠져나와 차에 되돌아왔을 땐, 과하게 긴장했던 반동으로 탈력감이 휘몰아쳤다.

계속해서 울려 대는 진동 때문에 일찌감치 꺼 두었던 휴대폰의 전원을 켜니, 쌓여 있는 연락의 대부분을 당일 병가를 낸 부하 직원을 탓하는 과장의 욕설이 차지했다. 그리고 윤수에게서도 메시지와 부재중 전화가 남아 있었다.

[일어났는데 없어서 깜짝 놀랐잖아.]

[어디야?]

[회사에 급한 일이 있어서 일찍…….]

답장을 보내기 위해 액정 위 자판을 두드리다 이내 휴대폰에 이마를 대며 고개를 숙였다.

아버지가 윤수를 안다. 아버지가 윤수가 일하는 카페를 알고 있다.

"어떡해야, 내가 어떻게 해야……."

널 지킬 수 있을까…….

절망이 구정물처럼 배 속에 고여 그를 메스껍게 만들고 있었다.

❀   ❀   ❀

"우욱! 욱!"

예고도 없이 갑자기 돌아온 기억 속에 그때의 절망감이 동반되었다. 재차 게워 내고도 속이 계속해서 울렁거렸다. 동시에 때와 장소가 다른 기억의 잔상들이 씨줄과 날줄로 교차되어 눈앞을 어지럽히기 시작했다.

"너랑 나 이제 헤어지는 거야."

그가 알지 못하는 낯선 얼굴로 차갑게 이별을 고하던 윤수.

"그만하자, 제발. 부탁이야. 잡지 말고 놔줘."

그리고 방금 그를 남겨 두고 떠난 윤수의 모습이 마침내 하나로 겹쳐졌을 때, 강희는 비로소 잃었던 모든 기억을 되찾았다. 구역질을 하느라 붙들고 있던 세면대 거울 위로, 젖은 얼굴을 한 자신과 마주했다. 까맣게 잊고 있던, 어쩌면 잊고 싶었던 진실이 떠올랐다.

만약 윤수가 먼저 헤어지자고 말하지 않았다면, 먼저 이별을 고했을 사람은 바로 강희 자신이 되었으리란 걸.

9. Can't Stop her leaving Through the door

아마도 이번에는 진짜인가 보다고, 동선은 강희의 집을 나오며 생각했다.

지난 밤 혜리의 자취방에서 새벽까지 술을 마시다 까무룩 잠이 들었다. 강희까지 셋이 위아래 층에 살았던 시절에는 곧잘 배를 까 놓고 낮잠을 자고는 했던 사이라, 이런 일에 새삼 유난을 떨 이유는 없었다. 한때 혜리를 여자로 봤던 시절이었다면 다른 얘기였겠지만.

그 당시 동선이 혜리를 포기했던 건 단지 그녀의 마음이 그가 아닌 다른 곳을 바라보았기 때문만은 아니었다. 자칫 동선의 어설픈 연정이 평생을 함께 갈 우정을 깨뜨릴지 모른다는 두려움이 더 컸다.

전과 같은 친구 사이로 되돌릴 수 있을 때 돌아가야겠다고 마음먹었다. 그 결심을 지금도 후회하지 않는 동선은 같은 이유로 강희에게 맹목적으로 욕망하는 혜리를 볼 때마다 그녀가 걱정스러웠다.

일어나 보니 혜리는 벌써 일을 나가고 없었다. 어제 그런 일이 있고 난 뒤라, 혹시나 싶어 강희에게 연락을 해 보았다.

혜리의 말로는 헤어지자는 소리까지 오고 가며 크게 다퉜다지만, 그 둘은 그렇게 쉽게 헤어질 수 있는 사이가 아니었다.

적어도 강희에게 윤수는 태어나 처음으로 가져 본 욕심이었다.

애초에 스스로 선택할 수 없는 부모나 한 지붕 아래 부대끼며 가까워진 친구들을 제외하고는 누구에게도 깊이 정을 준 적 없었던 강희가 유일하게 원했던 사람. 그런 윤수와 싸우고 난 뒤 그 속이 말이 아닐 터였다.

한참 신호가 간 뒤에야 전화를 받은 강희의 목소리가 평소와는 확연하게 달랐다. 그 길로 약국에 들른 동선이 약을 사서 곧장 강희의 집으로 향했다.

"……괜찮냐?"

대체 반나절 만에 어떻게 이 꼴이 될 수 있는 건지. 눈꺼풀을 들어 올리는 것조차 버겁다는 듯이 가늘게 뜬 눈으로 동선을 확인한 강희가 이내 다시 눈을 감아 버렸다.

그나마 오늘이 회사에 가지 않아도 되는 주말이라 다행이었다. 속으로 혀를 쯧 차며 동선이 침대맡에 사 온 약 봉투를 내려놓았다.

"뭐 좀 먹었고?"

"……."

못 들은 척하는 걸 보니 동선의 걱정이 성가신 모양이었
다.

"윤수랑 싸웠다며. 화해는 했어?"

"……."

"괜히 나랑 엄혜리 때문에 그런 거지? 어쩌냐, 내가 윤수
한테 그런 거 아니라고 제대로 설명할까?"

"하지 마."

줄곧 입을 다물고 있던 강희가 단호하게 말했다.

"하지 마. 윤수한테 연락하지 마. 우리 이제 아무 사이도
아니니까."

그러고는 애써 담담한 투로 윤수와 이별했다는 사실을 확
인시켰다.

"너 괜찮냐? 지금이라도 미안하다고 붙잡으면 윤수
도……."

"다 떠올랐어. 지금껏 내가 한 짓, 앞으로 내가 할 짓까지.
그러니까 붙잡지도 못해."

"……."

그대로 이불을 뒤집어쓴 채 돌아눕는 강희의 등을 물끄러
미 쳐다보다가, 동선은 조용히 강희의 집을 나왔다.

일주일 뒤, 동선은 기어코 윤수를 찾아갔다. 동선으로서도
어쩔 수 없는 일이었다.

윤수에게는 아무 말 하지 말라는 강희의 강한 당부 내지는

경고가 있었기 때문에 그저 강 건너 불구경으로 끝내려고 했다.

적어도 사흘 내내 앓다가 일어난 강희가 그다음 일주일을 시체처럼 지내지만 않았어도.

강희가 안다면 그야말로 노발대발할 일이라, 동선으로서도 어렵게 뗀 걸음이었다.

사실 사내자식들끼리는 친구의 연애에 간섭하지 않는다는 불문율 같은 게 있었다. 결별 후유증에 다 죽어 가는 꼴을 하고 있어도, 술이나 한잔 따라 주며 세상의 반이 여자라는 상투적인 위로를 건네면 그만이었다. 차라리 다른 놈들처럼 찌질하게 훌쩍거리며 힘든 티를 냈더라면 동선도 몇 번 술이나 사 주고 말았을 것이다.

그런데 이 자식이 아프다는 한 마디 없이 마음이 죽어 가고 있는 걸 어쩌겠는가.

눈빛이 시꺼멓게 꺼지고, 세상만사에 무뎌져 가는 주제에 성질은 갈수록 날카롭게 벼려졌다.

윤수의 이름 한번 언급하지 않는데, 속으로는 윤수로 앓고 있다는 게 눈에 보였다.

윤수를 잃은 스스로에게 무심해졌다. 식사도 제대로 챙기지 않는지 며칠 사이에 눈에 띄게 살이 빠졌다. 이러다간 정말 무슨 일이라도 날 것 같았다.

그에 더해, 애초에 두 사람 갈등의 계기가 그와 혜리였다는 사실도 그의 행동에 얼마간 당위성을 부여해 주었다.

카페 앞으로 찾아가 윤수에게 전화를 걸었다. 서로의 연락처를 알고는 있었어도 개별적으로 연락을 한 적은 없었기 때문에 전화를 받은 윤수는 조금 놀란 기색이었다.

동선이 유리문 밖에서 카운터에 서 있는 윤수를 향해 손을 흔들었다. 통화를 종료한 그녀가 웃옷을 들고 밖으로 나왔다.

"웬일이야? 여기까지."

"그냥. 근처 지나가다가 들렀어."

말은 그렇게 해도 사실이 아니라는 건 윤수와 동선 모두 아는 일이었다. 따뜻한 곳에 있다가 나온 탓인지 한기가 든 윤수가 앞을 여미며 안으로 들어가자고 말했다.

"카페 말고, 근처에 어디 조용히 얘기할 데 있어?"

"……바로 앞에 작은 공원 있어. 따라 와."

평소와 다른 분위기를 알아챈 윤수가 별말 하지 않고 앞장을 섰다.

그렇게 막상 공원에 도착해서는, 동선이 쉽사리 얘기를 꺼내지 못하고 곤혹스런 기색으로 주위를 둘러보았다. 사방이 휑한 데다 겨울에 시달려 잎을 모두 떨군 나무들뿐이라 찬바람을 막아 줄 벽도 없었다.

"너도 어디 아파? 안색이 안 좋다."

동선이 가늘게 몸을 떨고 있는 윤수를 보며 미안한 표정을 했다. 순간 너도 아프냐고 묻는 말이 덜컥 마음에 걸렸으나, 그녀는 그것을 내색하지 않았다.

"할 말이 뭐야? 괜찮으니까 그냥 해. 너 그러려고 온 거잖아."

대신 서론도 잘라 내고 단도직입적으로 물었다.

웃음기 없이 메마른 표정이나 차가운 말투 같은 것이 마치 다른 사람 같아서 잠시 주저하던 동선이 입을 열었다

"나랑 엄혜리 때문에 니들 또 싸웠다고 들어서. 너도 알겠 지만, 그날 그 집에 나도 같이 있었어. 강희 그 자식 너 만나 면서 한 번도 엄혜리 혼자 집에 들인 적 없었고, 개랑 따로 연락도 잘 안 해. 강희네 집 비밀번호도 나만 알고 있었고."

"……."

"그날은 혜리가 집에 못 갈 사정이 생겨서 어쩔 수 없었 어. 우리 집 데려가면 좋은데, 엄마가 혜리네 아줌마랑 옛 날에 크게 한번 싸운 적이 있어서 혜리를 별로 안 좋아하거 든."

잠자코 듣기만 하는 윤수의 눈치를 보며 동선은 그의 예상 보다 상황이 좋지 않다는 것을 느꼈다. 차라리 화를 내는 편 이 지금처럼 담담하게 반응하는 것보다는 나을 것 같았다. 어쩐지 동선의 마음이 다급해졌다.

"네 입장에선 우리가 싫겠지. 이해해. 근데 가뜩이나 가진 것 없는 놈한테 친구랑 애인 중에 하나만 고르라고 하는 건 좀 가혹하잖아. 어차피 태강희 너밖에 모르는 건 너도 알고 엄혜리도 아는 일인데."

결국 또 도돌이표 같은 대화였다. 들으란 듯 한숨을 내쉰 윤수의 얼굴에 피로감이 어렸다.

"유동선, 너 지금 선 넘고 있는 것 알지?"

"알아. 근데 지금 강희 그 새끼 다 죽어 간다. 그리고 너도

마냥 멀쩡하게 지내는 것 같지는 않고. 나 네 친구기도 하잖아."

지겹게 반복되는 친구라는 단어에 윤수가 신경질적으로 웃었다.

"너 나 친구라고 생각 안 하잖아."

"……뭐?"

"너네 셋이서 사람 하나 바보 만드는 것 참 쉬운 일이다."

윤수가 바람에 마구 휘날리던 머리를 거친 손길로 쓸어 넘기며 동선을 쏘아보았다.

"네가 무슨 말을 하든 나 너네 사이에 다신 안 껴. 너는 엄혜리한테, 엄혜리는 강희한테, 강희는 또 나한테 반쪽짜리 사랑만 주는 게 너넨 익숙한지 모르겠는데 나는 아니거든. 나는 적어도 그것보다 더 사랑받을 자격 있어."

저 세 사람의 대단한 친구 놀이에 더는 끼지 않을 것이다. 은근한 배척에 마음 상하고, 저들 사이에 온전히 녹아들 수 없는 것에 슬퍼하는 게 얼마나 진 빠지는 일인지 깨달았으니까.

"너넨 모르는 것 같아서 하는 말인데, 테두리 밖에서 보면 너희 셋 이상해. 너네 말처럼 내가 이해를 못 하는 게 아니라, 그냥 너네가 이상한 거야."

이렇게까지 대놓고 말할 줄은 몰랐는지 동선이 그 자리에서 굳어 버렸다.

서로에게 반쪽짜리 사랑만 주고받는다는 말이 날카롭게 박혀 괜스레 얼얼한 가슴을 문질렀다. 몰랐는데 신윤수, 제

305

대로 사람 뼈 때리는 재주가 있었다.

그렇게 어떻게 더 붙잡을 여지없이 돌아서 가 버리는 그녀를 멍하니 쳐다만 보고 있었다. 어쩌면 이게 윤수를 보는 마지막이 될지도 모른다는 걸 어렴풋이 짐작할 수 있었다.

강희와 헤어지면서 나머지 두 사람도 미련 없이 잘라 낸 윤수에게 묘한 섭섭함을 느끼며 투덜대던 동선이 이내 찬바람에 부르르 떨며 코를 훌쩍거렸다.

✽　　　✽　　　✽

가게 문 닫을 즈음 들어선 강희를 보고 윤수는 아무 말 하지 않았다.

강희 역시 마찬가지였다. 그저 그 자리에서 윤수와 한번 눈 맞춤한 뒤, 늘 앉던 테이블로 향했다.

"사장님, 그럼 저 먼저 가 볼게요."

"그래. 들어가. 내일 보자."

효진이 조심스레 인사하며 먼저 퇴근했다. 실내조명 하나만 남겨 둔 채 간판과 가게 불을 모두 내린 윤수가 강희에게 다가가 그의 맞은편에 앉았다.

"끝났어?"

"응. 너도 지금 퇴근한 거야?"

"아니, 아까. 집에 들렀다 왔어."

짧게나마 아무 일 없던 것처럼 대화를 주고받았다. 하지만 묘하게 가라앉아 있는 강희를 보며 윤수는 그가 오늘 이별을 마무리 짓기 위해 왔음을 알 수 있었다.

"얼굴이 안 좋다. 어디 아파?"

정작 그렇게 물어오는 강희의 안색이 더 좋지 않았다. 얼핏 보아도 며칠 새 부쩍 야윈 얼굴이었다. 하지만 윤수는 그를 걱정하는 말을 하는 대신에 그저 가만히 고개만 가로저었다. 그리고 그 상태로 잠시 대화를 잊은 두 사람이 서로의 얼굴만 보며 앉아 있었다.

아프지 마라. 그동안 미안했다. 잘 지내라. 많이 사랑했었다. 그리고 지금도…… 사랑하고 있다. ……가지 마라. 제발…….

입으로 하는 것보다 더 많은 말들이 눈길 속에 오고 갔다. 그러다 서로의 눈이 붉어지는 것을 보고는 거의 동시에 고개를 떨구고 말았다.

함께해 온 시간이 길었다. 지난 5년간 서로의 가장 가까운 곳에서 가장 깊숙한 부분까지 공유한 사이였다. 그런데도 오늘 이 순간이 지나면 남이 되어 각자의 삶을 살아가야 한다는 게 비현실적인 일처럼 느껴졌다.

"이거 받아."

강희가 내미는 크지 않은 상자를 윤수가 영문 모르는 얼굴로 내려다보았다. 강희는 그것을 윤수의 앞으로 밀어 놓았다.

"뭔데?"

"선물."

아마도 이별 앞에서 가장 어울리지 않는 단어가 있다면 그게 바로 선물이란 단어가 아닐까 하고 윤수는 문득 생각했다.

"안 받을래."

"그럼 버려."

냉정히 말하고는 강희가 먼저 자리에서 일어났다. 그것을 다시 돌려주어야 하나 망설이던 윤수도 엉겁결에 따라 일어났다.

"잘 지내. 아프지 말고."

"너도."

새삼스럽게 서로를 원망하는 일 같은 건 하지 않았다. 시간이 흘러 먼 훗날이 되면 대수롭지 않게 꺼내 볼 수 있는 빛바랜 추억으로 남겨지도록, 이 순간만큼은 좋은 말만 건네주고 싶었다.

어쩌면 이것이 생의 마지막으로 강희를 보는 걸지도 모르니까. 5년간 그녀의 연인이었던 강희에게 그 정도 예의는 지키고 싶었다.

그와 함께한 모든 기억 속에서 그의 뒷모습을 보는 것만큼은 몹시도 낯설었다.

그렇게 강희가 카페를 떠났다. 유리문에 달린 풍경이 윤수가 표현할 수 없는 아쉬움 대신 아름답게 울어 주었다.

어쩐지 멍한 기분으로 한참을 자리에 앉아 있던 윤수가 뒤늦게 그녀의 앞에 놓인 상자를 열어 보았다. 안에 든 것은 두툼한 양말과 털장갑 한 켤레였다.

이별을 앞두고 강희가 어떤 마음으로 이런 선물을 했을지 알아챈 윤수의 눈에 눈물이 고이기 시작했다. 결국 포갠 두 팔 위에 엎드려 쏟아 내기 시작하는 윤수의 울음이 이별의 긴 여운으로 남았다.

※　　　　※　　　　※

지독했던 몸살을 털고 일어난 강희의 얼굴이 많이 상해 있었다. 거칠해진 인상만큼이나 눈빛도 전보다 메마른 느낌이 들었다.

동선은 그런 강희를 보며 이별 한번 심하게 앓는다며 속으로 혀를 찼다.

동선의 주도로 모인 자리였다. 끝까지 나오지 않겠다는 강희를 설득할 수 없어 무작정 그의 집으로 쳐들어온 참이었다. 위로랍시고 두 손 묵직하게 사 온 술을 강희가 거침없이 비워 내기 시작했다.

속이 시커멓게 타들어 가는 것을 아는데, 무슨 생각인지 맨정신으로 독하게 버티던 강희가 그날만큼은 자제의 끈을 놓아 버렸다.

혼자 따라 마시지 말라고, 복 없다고 타박하며 술을 따라 주던 두 사람이 따라가기 버거울 정도의 속도였다.

혹여나 술에 체할까 몇 번 말려 보던 동선도 이내 포기해 버렸다. 이렇게라도 풀어야 강희도 살 수 있다는 생각이 들어서였다. 무너져 가고 있는 속을 이렇게라도 풀어야.

고작 여자랑 헤어진 걸 가지고 세상이 무너진 것처럼 구는 강희를 한심하다 나무랄 수 없었다. 윤수라는 유일한 오아시스를 잃어버린 채 시간이 갈수록 황폐한 사막이 되어 가는 강희를 지켜보는 게 속 쓰렸던 동선도 어느새 말을 하는 대신 술을 들이켜기 바빴다.

다음 날 일찍 일을 나가 봐야 하는 혜리만 두 남자 사이에서 눈치를 보며 과자 안주를 집어 먹고 있었다.

결국 동선이 가장 먼저 나가떨어지고 말았다. 동선도 주량이 적은 편은 아니었는데, 급하게 들이켠 술기운이 빨리 퍼진 모양이었다.

보일러도 잘 돌아가지 않는 냉 바닥에 냅다 드러누워 버린 동선을 혜리가 찰싹찰싹 때려 깨웠다. 성가신 표정으로 겨우 정신을 차린 동선이 고분고분 침대로 가 쓰러졌다.

말없이 술잔을 채우는 강희를 보다가 혜리가 손을 뻗었다.

"줘 봐."

"치워."

단지 혼자 술 마시는 게 처량해 보여 대신 따라 주려던 것뿐인데, 강희는 그런 혜리의 손을 싸늘하게 외면했다.

"내가 너 잡아먹기라도 해?"

울컥한 얼굴로 따져 묻는 혜리를 강희는 한 번 힐끗 쳐다보고는 무시했다.

"한 번쯤은 나도 여자로 봐줄 수 있는 거잖아."

윤수와도 헤어졌으면서 아직까지 그녀에게만 벽을 세우는 그가 야속했다. 그녀의 마음을 다 알면서 모르는 척 지내 온 지난 시간들의 설움까지 몰려와 그 순간 혜리를 충동적으로 행동하게 했다.

혜리가 바닥을 한 손으로 짚고 상체를 기울여 강희에게 다가갔다.

쪽. 입을 맞추기까지 순식간이었다. 도둑 키스를 하고 나서 그의 반응을 보기 위해 조금 떨어졌다.

아무리 소꿉친구라도 결국엔 남자와 여자였다. 그동안은 이성으로 생각되지 않았더라도, 몸으로 부딪치면 작은 불꽃이나마 튀지 않을까 싶은 안일한 생각으로 벌인 일이었다.

"아……."

그러나 마주한 강희의 눈동자에는 아무런 감흥도 느껴지지 않았다. 그저 빙하처럼 싸느란 온도로 혜리를 응시할 따름이었다. 그 시선에 돌연 바르르 오한이 일었다.

"강희야, 난 그냥……."

농담으로 넘어갈 수 있는 일이 아니었다. 변명도 할 수 없었다.

넘지 말아야 할 선을 스스로 넘었다는 것을 깨달은 혜리의 얼굴이 점차 하얗게 질려 갔다.

들고 있던 술잔을 바닥에 내려놓은 강희가 말했다.

"가라. 너 이제 보기 싫다."

그것으로 끝이었다. 여자로서도, 그리고 친구로서도 끝.

허무하리만치 단호하게 잘려 나간 인연의 끝을 붙들고 망연자실하던 혜리가 힘없이 자리에서 일어났다. 들고 온 가방을 챙겨 뛰쳐나가는 혜리를 강희는 돌아보는 일조차 하지 않았다.

아무 일 없었던 것처럼 다시 술잔을 채우기 시작한 강희 대신 기척도 죽인 채 침대에 누워 있던 동선이 일어나 혜리를 뒤쫓아 나갔다.

그날 밤, 동선이 사 가지고 온 술병들이 바닥을 나뒹구는 가운데 겨우 빈자리를 찾아 웅크리고 누운 강희의 휴대폰이 울리기 시작했다.

"……여보세요."

취중에 전화를 받은 강희의 얼굴이 이윽고 사정없이 구겨졌다. 곧 그가 수화기에 대고, 가진 악감정을 짓씹는 것처럼 말을 뱉어 냈다.

"그냥 나가 죽어 버려요."

할 말은 그것뿐이라는 듯, 귀에 휴대폰을 대고 있던 손이 스르르 떨어져 내렸다. 술과 잠기운에 취해 인사불성인 강희는 스스로 종료 버튼을 눌렀다고 생각했지만, 휴대폰에서는 그러고도 10여 초간 더 시끄러운 욕설이 터져 나오다 이내 사그라졌다.

✻   ✻   ✻

유독 길었던 꽃샘추위가 끝나고, 바야흐로 봄의 초입이었다.

달이 바뀌는 것과 동시에 찾아든 이상 기온에 두툼한 패딩에 익숙해졌던 사람들은 부랴부랴 화사한 봄옷을 꺼내 입기 바빴다.

윤수의 카페도 이번 주부터는 조금씩 얼음이 들어가는 음료의 판매량이 늘고 있었다.

날이 더 더워지기 전에 겨우내 부실하게 돌아가던 제빙기를 새로 장만해야겠다고 마음먹은 윤수가 오후 내내 인터넷을 뒤적이며 제품 사양을 비교했다.

"달래야. 쉬엄쉬엄해. 손님 없을 땐 잠깐 앉아 있고."

모니터를 들여다보다 문득 고개를 들어 목을 스트레칭하던 윤수가 조리대 상판을 열심히 닦고 있는 달래를 발견했다. 원체 수줍음이 많은 성격인 듯, '이것만 마저 하고요' 하고 대답하는 목소리가 조그마했다.

봄이 오면서 카페에도 덩달아 봄이 찾아왔다. 지난달까지 일을 했던 우주가 나가고, 그 빈자리를 대신 채워 주게 된 새로운 아르바이트생 이름이 진달래였다.

매번 사람을 뽑을 때마다 무엇을 집중적으로 봐야 할까 했던 고민은 효진에게 미뤄 두었다. 달래는 전적으로 효진의 마음에 들어 고용하게 된 아르바이트생이었다. 때문인지 효진은 달래를 살뜰하게 끼고 다니며 가르쳤고, 달래 역시 병아리처럼 효진을 잘 따랐다.

손님이 잠깐 뜸해진 틈을 타 윤수가 효진을 홀로 불렀다.

"달래야. 우리 커피 두 잔만 내려 줄래?"

"네, 사장님."

연습 삼아 달래에게 에스프레소를 뽑아 보라고 했다. 느리고 어설픈 동작이지만 배운 대로 짚어 나가는 달래의 손이 곧 황금빛 크레마를 추출했다.

"맛있게 드세요."

"응. 고마워."

윤수와 효진의 앞에 각각 잔을 놓아 준 달래가 쟁반을 껴안고 총총 카운터 안으로 들어갔다. 그것을 지켜보다 눈이 마주친 효진과 함께 흐뭇하게 웃음 지었다.

"효진아. 일하는 건 어때? 할 만해?"

"네, 좋아요. 아직 달래가 미숙하긴 한데 열심히 배우니까 가르치는 맛이 있어요."

"잘됐네."

윤수가 그랬던 것처럼 효진도 언젠가 자신의 카페를 내는 것을 목표로 하고 있었다. 같은 꿈을 꾸고 있기 때문인지 윤수는 효진의 열정과 책임감이 늘 고맙고 기특했다. 때문에 이런 제안을 하는데 크게 망설이지 않았다.

"다른 게 아니라, 물어볼 게 있어서."

"뭔데요, 사장님?"

일하던 도중에 따로 불러 시간을 갖는 까닭을 내심 불안해하는 눈치였다. 그런 효진을 안심시키기 위해 윤수는 돌려 말하지 않았다.

"실은 내가 지금 2호점 내려고 알아보는 중이거든. 근데 아무래도 새로 매장을 개업하면 한동안은 내가 여기에 신경을 많이 못 쓸 거야."

"아, 네……."

"그래서 말인데, 효진이 네가 나 없는 동안 이곳을 맡아주면 어떨까? 물론 일과 책임이 많이 늘어나는 만큼 월급도

올릴 거야. 당분간 그렇게 하다가 나중에 목돈 생기면 그때 투자를 해서 지분으로 받아 가도 되고. 어떻게 생각해?"

조심스럽게 묻자, 효진은 잠시 얼떨떨해했다. 지분으로 받아 간다는 게 무슨 뜻이냐고 묻기에, 공동 사장이 되는 거라고 답했더니 토끼 눈이 되어 두 손으로 입을 가렸다.

"사실 아까는 사장님이 여기 문 닫는다는 줄 알고 걱정했거든요."

"그럴 리가. 여기서 안정적으로 나오는 매출이 없으면 2호점도 못 내."

윤수가 푸스스 웃었다. 윤수는 효진의 결정에 앞서 앞으로 월급은 얼마 정도 인상될 것인지, 그녀가 할 일이 어떻게 늘어날 것인지를 설명했다.

"며칠 시간 줄 테니까 한번 곰곰이 생각해 봐. 나는 효진이 네가 맡아 준다고 하면 든든할 것 같은데, 분명 하는 일이 쉽진 않을 거야."

"그럼 내일 모레까지 생각해 보고 말씀 드릴게요."

윤수의 제안을 고심해 보겠다는 듯 주먹을 꼭 쥐는 효진의 표정이 밝아 보여, 윤수는 내심 안도했다.

❀   ❀   ❀

퇴근 시간에 맞춰 걸려 온 전화를 받은 강희가 하던 업무를 마무리 짓고서 일어났다.

최근 강희는 '잔업은 필수, 야근은 성의' 라는 말을 버릇처럼 남발하는 과장에게 단단히 찍힌 상태였다. 어차피 조만간 이직을 염두에 두고 있었으므로, 더는 과장의 눈치를 보며 쓸데 없이 업무를 자처하지 않았다.

사고가 나기 전까지만 해도 입 안의 혀처럼 굴던 강희의 확연한 변화가 과장에게는 퍽 당혹스러우면서도 거슬렸을 것이다. 그때는 강희에게 꿈꾸던 미래가 있었으나 지금은 없다는 사실을 알지 못하는 과장은 그저 요즘 젊은이들은 근성이 없다는 식으로 말하며 혀를 찰 뿐이었다.

회사 앞에 캐주얼한 청바지 차림으로 서 있는 동선은 검은 돌 사이의 흰 돌처럼 눈에 띄었다.

"어쩐 일이야, 여기까지."

"그냥 저녁이나 같이 먹으려고 왔지, 뭐."

여상하게 대꾸하는 동선을 데리고 근처 김치찌개를 잘하는 식당으로 향했다. 저녁을 먹으러 나온 직장인들이 자리를 채우고 있는 식당 한구석에서 빈 테이블을 발견하고 앉았다.

"여기 맛집인가 보다. 사람 많네."

신기하듯 휘둘러보는 동선에게 강희가 고개를 끄덕거리며 말했다.

"나도 자주 와서 먹어. 김치찌개 괜찮게 해."

김치찌개를 시키면 함께 나오는 삼겹살을 돌판에 올렸다. 고기가 듬뿍 들어간 김치찌개가 가스버너 위에서 보글보글 끓으면서 침샘을 자극하는 맛있는 냄새가 나기 시작했다.

"이모, 여기 소주 한 병 주세요."

동선이 도저히 못 참겠다며 술을 주문했다. 공깃밥과 함께

술이 나오고, 식사를 반주 삼아 두 사람이 술잔을 부딪쳤다.

"이제 살 만하냐? 얼굴은 좀 나아진 것 같기도 하고."

여전히 눈빛은 거칠지만, 그래도 몇 주 전보다는 나아진 강희를 보며 동선은 내심 안도했다. 강희가 술을 한 모금 목구멍 뒤로 넘기고는 쓴 미소를 지었다.

"그냥 사는 거지."

당연한 말이지만, 딱히 노력하지 않아도 삶은 그냥 살아졌다. 배가 고프면 밥을 먹고, 졸리면 자고, 잠에서 깨어나면 회사에 가는 것만으로도.

윤수가 없으면 돌아가지 않을 것 같던 그의 세상이 여전히 평온하게 흐르고 있었다. 그 사실에 언뜻 배신감마저 느껴질 만큼.

"시간이 약이라고 하더라. 살다 보면 다 잊혀져. 그러다 보면 더 좋은 여자 만나는 거고."

동선의 여상한 위로에는 마음도 없이 고개만 끄떡거리고 말았다.

그의 말처럼 시간은 분명 약이었으나 강희가 바라는 종류의 것은 아니었다. 시간은 그저 독한 마취제 같았다. 고통은 옅어졌지만 사라지지는 않았다. 일에 정신없이 몰두하면 잠시 잠깐은 윤수를 잊을 수 있었어도 이후 더 큰 반동으로 찾아들었다.

말없이 서로 밥만 먹다, 동선이 문득 생각났다는 듯이 말을 꺼냈다.

"엄혜리, 곧 호주 간대."

"호주?"

"어. 워킹 홀리데이 비자로 일단 나가서, 거기는 네일 아트 관련해서 취직이 좀 된다네? 지내면서 아예 영주권까지 따려고 마음먹은 것 같던데."

"걔 영어 못하잖아."

동선과 마찬가지로 공부라면 담을 쌓았던 혜리였다. 그녀가 영어를 못한다고 단정 짓는 말에 동선이 킥킥 웃었다.

"예전에 네일 아트 배울 때 친하게 지낸 누나 하나가 그쪽에서 숍을 하고 있다나 봐. 거기서 일하기로 얘기가 잘된 모양이야. 영어는 당장은 필요 없고, 워킹 비자가 연장하면 최대 2년까지인가 나오는데 그동안 일 열심히 하면 취업 비자 딸 수 있게 도와주겠다고 했대. 그 누나는 현지인이랑 결혼해서 지금 영주권자라고 하고."

말도 통하지 않는 낯선 타국에서 그래도 믿을 만한 사람이 있으면 의지가 될 것이다. 외로움이 많은 혜리의 경우에는 더더욱.

"근데 엄혜리 성격에 만약 취업 비자 안 나오면 외국인 하나 꼬셔서 결혼할 것 같지 않냐?"

동선의 얼굴을 슬쩍 살핀 강희가 픽 웃으며 동조했다. 이제는 동선도 혜리에 대한 애착을 말끔히 지운 듯했다. 언뜻 후련해 보이기까지 했다.

"의외네. 아줌마 두고 갈 결심한 걸 보면."

"안 그래도 지난달에 난리 났어."

"……왜?"

동선의 빈 잔을 채워 주던 강희가 멈칫하며 물었다.

"아줌마 또 사고 쳤다. 애인이 도박 같은 걸 했나 본데, 빚이 생겨서 그거 메꾸려고 혜리 월세 보증금 빼돌리려다가 딱 걸렸지. 그 집 주인이 혜리 사정을 알고 있어서 딸 보증금 빼달라는데 안 된다고 하고 혜리한테 바로 연락했거든."

"하."

처음 이야기를 들었을 때의 동선과 마찬가지로 강희의 입에서도 기가 막히다는 한숨밖에 나오지 않았다.

"엄혜리도 이번엔 완전 뚜껑 열렸어. 솔직히 그 돈이 어떤 돈이냐? 걔 처음 들어갔던 숍 사장이 완전 쓰레기였잖아. 그 밑에서 맨날 울며불며 일해서 모은 돈을 또 그렇게 날리려고 하니까."

나이를 먹는다고, 혹은 자식을 낳는다고 모두 어른이 되는 것은 아니라는 사실을 혜리의 모친과 아버지를 보면 알 수 있었다. 책임감이라고는 한 톨 찾아볼 수 없는 그들을 부모로 둔 죄로 고통은 자식들이 오롯이 감당해야 했다.

"엄혜리 지금 아줌마랑 대판 싸우고 아예 방 빼서 네일 숍에서 먹고 자고 해."

"그래서 호주 간다는 거야? 아줌마랑 아주 연 끊으려고?"

"그런 것도 있고. 뭐, 여기서는 더는 못 살겠다고 그러더라."

한국에서 더는 버티지 못할 정도로 혜리를 몰아붙인 데에 강희 역시 크게 일조했을 것이다.

하지만 동선은 그에 관해서는 언급하지 않았다. 그저 언젠가는 이렇게 될 일이었고, 결국엔 정리했어야 할 감정이었다고 생각했을 뿐.

동선과 식당 앞에서 헤어진 후, 대리 기사를 불러 집으로 향했다. 동선과 세 병 남짓 비운 소주는 그의 얼굴을 불그스름하게 만들었어도 가라앉은 그의 마음까지 들뜨게 하지는 못했다.

한강 다리 위를 가득 메우고 있는 차들의 행렬이 마치 비행하는 반딧불 같았다. 그러나 아름다운 서울의 야경도 무감한 시선으로 차창 밖을 내다보는 강희의 마음에 동요를 일으키지는 못했다.

어떤 황홀한 광경이라도 마찬가지였다. 윤수가 떠난 이후, 강희의 세계는 무성의 흑백 영화를 보는 것처럼 고요했고, 무뎠다. 그의 삶에 색채를 입혀 주던 윤수가 이제는 그의 곁에 없는 까닭이다.

그의 개인적 불행과는 상관없이 시간은 계속해서 흘러가고 있었다. 동선이 말했던 것처럼, 이렇게 살다 보면 결국엔 살아질 것이다. 배가 고프면 밥을 먹고, 졸리면 자고, 일어나면 회사에 가는 것만으로도. 단지 그 속에 윤수가 없다는 사실이 강희를 삶이란 감옥에 갇힌 무기수의 심정으로 만들었을 따름이었다.

회사에 있을 때, 그 전화를 받았다. 모르는 번호였으나 업무상 필요한 전화일지도 모른다는 생각에 통화 버튼을 눌렀다. 아버지에 관련된 전화일 거라는 생각은 미처 하지 못했다. 이제 와서는 설령 그런 전화를 받는다 해도 대수롭지 않기도 했다.

—경찰서입니다. 혹시 태희광 씨가 부친 되십니까?

그때까지만 해도 아버지가 출소하자마자 사고를 친 모양이라고 지레짐작했다. 짜증과 피로감이 엄습하여, 그것을 목구멍 아래 눌러 내리기 위해 턱을 악물어야 했다.

"연 끊고 산 지 오랩니다. 더는 아버지라고 생각하지도 않고요."

싸느란 대답에 맞은 편 김 대리가 휘둥그레 뜬 눈으로 건너다 볼 정도였다. 그대로 전화를 끊으려는데, 수화기 너머에서 한숨과 함께 예상치 못한 이야기가 흘러나왔다.

—그럼 시신은 인계 거부하시는 걸로 알고, 무연고자 처리하면 되겠습니까?

"……시신이요?"

전화를 사이에 두고 잠시 침묵이 흘렀다. 잠시 뒤, 순경이 아까보다는 조금 더 나긋한 말투로 일러 주었다.

—이렇게 소식을 알려 드려서 유감입니다. 오늘 새벽에 교통사고로 사망하셨어요. 운전자 말로는 도로 한가운데 누워 있어서 보지 못했다는데, 블랙박스 확인해 본 결과 사실이었고요. 고인이 술에 만취한 상태에서 사고가 난 것 같습니다.

자세한 설명을 듣고도 대꾸할 말을 찾지 못해 입술을 달싹거렸다.

—많이 놀라셨겠지만, 저희도 절차에 따라서 시신을 어떻

게 할 건지 결정해야 해서요. 만약 시신 인계를 받지 않으시면 지자체에서 화장해서 뿌리게 되어 있습니다. 인계하시겠다고 하면, 유족이 장례를 치르는 거고요.

"……예."

—잘 생각해 보시고 결정해 주셨으면 합니다. 인계받지 않으시더라도 직접 확인하실 수는 있는데, 병원 위치 알려 드릴까요?

불러 주는 주소를 기계적으로 메모했다. 다소 망연한 기분이었다. 그런 강희를 이해한다는 듯이 순경은 사흘간의 유예기간을 재차 당부하며 전화를 끊었다.

"……태 대리, 괜찮아?"

대강 통화 내용을 짐작한 김 대리가 물어 왔다. 오히려 그가 강희보다 더 심각한 얼굴을 하고 있었다.

"아버지가…… 사망했다고 전화가."

"아니, 근데 왜 이러고 있어? 얼른 일어나서 가 봐야지!"

아직 얼떨떨한 얼굴로 앉아 있는 강희를 김 대리가 일으켜 세웠다. 당장 가 보라며 코트와 가방을 들려 등을 떠미는데, 때마침 화장실에 갔다가 사무실로 돌아온 과장과 맞닥뜨렸다.

"회사에 놀러 왔어? 담배 피우러 나가, 똥 싸러 나가, 커피 마시러 나가. 왜, 아예 나가서 들어오지 말지 그래!"

말만 들으면 이만한 충신이 또 없을 것이다. 실상은 부하 직원에 대한 부당 대우와 성과 가로채기, 여직원 성희롱 등으로 몇 번이나 물의를 일으켜 만년 과장에 머문다는 사실을 적어도 이 사무실 안에는 모르는 이가 없었다.

"가뜩이나 오늘 안으로 처리해야 할 일이 얼마나 많은데. 나 때는 부모가 상을 당해도 빈소에서 곧장 출근하고 그랬어!"

"……아버지가 돌아가셨습니다."

불쑥 튀어나온 강희의 말에 사무실이 찬물을 뒤집어쓴 듯 조용해졌다.

"뭐?"

"태 대리 아버님 돌아가셨답니다. 그러니까 지금 보내도 되죠, 과장님?"

강희 대신 김 대리가 나서서 확인 사살까지 해 버렸다. 이제 됐냐는 듯이 쳐다보는 눈길에 과장은 목까지 시뻘게져서는 자기 자리로 돌아가 앉았다. 그 꼴을 보고 속으로 고소해하던 김 대리와 불현듯 시선이 마주쳤다. 본의 아니게 부친의 부고를 이용한 것처럼 되어 버린 김 대리가 민망해하며 머리를 긁적였다.

정작 강희 자신은 아버지의 죽음을 어떻게 받아들여야 할지 결정하지 못한 상태였음에도 불구하고 그렇게 떠밀리듯 일찍 회사를 나와야 했다.

건물 밖으로 한 걸음을 내딛자, 한낮의 볕이 눈부시게 쏟아졌다. 오랜만에 마주한 봄은 어쩐지 눈물이 날 정도로 따사로웠다.

강희를 스쳐 지나는 모두가 각자의 목적을 위해 바쁜 걸음으로 나아가고 있었다.

오직 방향을 잃어버린 강희만 그 자리에 홀로 우두커니 서 있는 것 같았다. 줄곧 붙잡고 있던 누군가의 손을 놓쳐 버린 어린애처럼 길 한가운데 덩그러니 놓인 채로, 강희는 여전히 어디로 가야 할지를 알 수 없어 끝내 어지러운 두 눈을 질끈 감아 버렸다.

10. One last cry

아버지의 시신을 직접 눈으로 확인하고 나면 잃어버린 현실감을 되찾을 수 있지 않을까 했는데. 여전히 강희는 허공에 붕 떠 있는 사람처럼 불안정한 부유감을 느끼고 있었다.

아버지가 더는 같은 하늘 아래 숨 쉬지 않는다는 사실을 확인한 강희의 표정은 그저 무덤덤했다.

언젠가는 이런 날이 올지도 모른다고 생각했었던 것 같다. 아니, 오기를 간절히 바랐던 적이 있었다. 매 맞던 시절, 매일같이 아버지가 죽어 버리길 기도하고는 했었으니까.

강희에게 있어 아버지는 검은 그을음 같은 존재였다. 볼 때마다 그에게 얻어맞았던 기억이 트라우마처럼 떠올랐다. 아무리 지우려 해도 지워지지 않았다.

심지어 한창 때의 아버지보다 몸이 훌쩍 자란 지금까지도 강희는 아버지 앞에서 여전히 정신적인 약자일 수밖에 없었다. 단지 그것을 신체적 우위로 감추고 있었을 뿐.

우습게도 잠이 든 것처럼 평온한 표정을 하고 있는 아버지의 시신을 내려다보며 강희는 생각했다. 앞으로 아버지라고 하면 떠올릴 얼굴은 바로 지금 이 얼굴이 될 것이라고.

생의 마지막까지 그 좋아하던 술과 함께여서인지 그는 살아 있을 때와 달리 고통을 모르는 얼굴이었다.

반평생 술을 마시던 아버지가 결국 술에 잡아먹혀 죽었다. 인사불성인 상태로 차도 한가운데서 잠이 들었다던 아버지의 몸 위로 두 개의 타이어 자국이 지나가며 삶을 으깨 놓았다. 어린 강희에게 무자비하게 휘두르던 두 주먹이 완전히 으스러진 채였다.

경찰서에서 확인한 사고 지점은 공교롭게도 강희의 회사에서 그리 멀리 떨어지지 않은 곳이었다. 우연이었을까, 아니면 필연이었을까.

만약 강희를 만나러 오는 길이었다면, 아버지를 맞닥뜨리지 않고 끝난 것이 어쩌면 다행이었을 수도 있다.

시신을 인계할 것인지 물어 오는 병원 직원에게 아무 대답도 하지 못한 채 우두커니 서 있다 불현듯 떠올렸다. 아버지와 마지막으로 했던 통화가 언제였지. 무슨 얘기를 했더라.

……아, 그래. 생각났다. 나가 죽어 버리라고, 그렇게 말을 했었지. 내가.

아버지의 주검을 무감하게 마주하고 있던 강희의 안에서 그제야 작은 일렁임이 일었다. 허탈하게 웃는데, 이해할 수 없게도 눈물이 따라 흘러내렸다. 죄책감이었을까. 아니, 그보다 미움에 더 가까웠던 것 같다. 커다란 손으로 젖은 얼굴을 가리며 강희가 중얼거렸다.

"……정말 망할 아버지 같으니라고."

무슨 예감이 있었던 건지 때마침 연락한 동선이 아니었더라면, 강희는 혼자서 모든 절차를 마무리했을 것이다. 어디냐는 물음에 생각 없이 병원이라고 답했다가 결국 무슨 일이 있었는지를 설명해야 했다. 시신을 인계받고, 상조를 통해 무빈소 화장을 하기로 결정했을 즈음, 만사 제쳐 둔 동선이 병원으로 달려왔다.

"미친놈아! 이런 일이 있었으면 네가 먼저 연락을 해야 될 거 아니야!"

얼굴을 보자마자 거세게 성을 내더니, 이내 걱정스런 표정으로 강희를 들여다봤다.

"괜찮아?"

강희가 어깨를 으쓱였다.

"새삼스러운데. 나한테는 죽은 사람이나 다름없었으니까."

이미 사정을 다 아는 동선은 그저 고개를 끄덕일 뿐이었다. 오늘 오후에 운 좋게 빈 시간이 남은 화장장에 예약을 잡으면서 설명을 듣던 강희가 잘 부탁한다며 상조 직원에게 인사를 했다. 동선도 함께 꾸벅 인사하며 옆을 지켰다.

"그래도 잘 생각했다. 너 아버지 마지막 보내 드리는 거 말이야."

사실은 조금 의외였다고, 네가 이런 선택을 할 줄 몰랐다고 동선은 솔직하게 털어놓았다. 아까 강희에게 시신을 인계할 거냐고 묻던 병원 직원도 강희의 대답을 듣고서는 동선과 똑같은 표정을 지었었다.

"어차피 산 사람 마음 편하자고 하는 일이니까. 이렇게라도 죽은 사람은 마음 불편했으면 좋겠는데, 아마 그런 걸 느낄 만큼 양심적인 인간은 아니라."

기실 강희가 그냥 외면했어도 고인으로선 할 말이 없었을 것이다. 마지막이나마 아버지 대접 받으며 떠나는 것에 감지덕지할 수밖에.

죽기 직전까지 교도소에 있던 사람이라 연락할 이도, 찾아올 이도 없어 절차는 간단했다. 병원에서 사망 진단서를 받아 입관하고 발인한 뒤 영구차를 불러 시신을 화장터까지 운구했다. 대기실에서 반나절 정도 대기하고 있다가 자리가 난 화로에서 화장을 시작했다.

병원 안치실에서 시신을 확인한 이후로 몇 번 더 고인과 시간을 갖겠느냐고 넌지시 물어 왔지만 강희는 모두 거절했다. 마침내 화로 안으로 잡아먹히듯 사라지는 관을 지켜본 것을 마지막으로 강희는 살아생전 아버지에게 할 수 있는 모든 예의를 지켰다고 생각했다.

"화장 끝나는 데 약 두 시간 정도 소요되고요. 유골 인수하시려면 넉넉잡아 세 시간 정도 걸릴 겁니다."

"예."

처음부터 끝까지 정중한 자세로 안내해 주던 직원이 인사하며 대기실을 나갔다.

"나 일하던 도중에 나와서, 잠깐 아버지하고 통화 좀 하고 올게."

"어차피 유골 받아서 산골할 거야. 더 도와줄 일 없으니까 가 봐도 돼."

딴에는 정말 모든 절차가 끝나 건넨 말이었는데, 거친 욕설만 되돌아왔다.

"엄혜리도 없고 네 옆에 있을 사람이 나밖에 없는데 개소리야. 넌 우리 아버지 돌아가시면 그럴래?"

따져 묻는 동선에게 마땅히 대꾸할 말이 없었다. 고맙다거나 미안하다거나, 새삼 그런 말이 오가기에도 객쩍어 그저 그의 어깨만 툭 치고 말았다. 그렇게 동선도 자리를 비우고 조명이 유독 밝은 대기실에 혼자 남았다.

할 일이 없어 들여다보기 시작한 건, 고인의 소지품이라며 받은 종이봉투였다. 안에 든 것을 뒤적거려 보았다. 고작 5만 원 남짓 든 지갑과 모텔 숙박비를 계산한 꾸깃꾸깃한 영수증, 비키니를 입고서 포즈를 잡고 있는 여자 사진이 찍힌 유흥업소 전단이 전부였다.

교도소 면회실에서 만난 아버지와 어린 시절 함께 살았던 아버지, 그리고 마주한 시신까지 강희는 태희광이라는 남자에 대해 마땅히 아는 것이 하나도 없다는 사실을 깨닫고 조금 허무해졌다.

화장이 끝나기를 기다린 지 한 시간 남짓 지났을 때였다. 대기실 문이 열리고 누군가 안으로 들어왔다. 동선일 거라고 생각하고 고개를 든 강희가 멈칫했다. 검은 옷을 입고 나타난 사람은 다름 아닌 윤수였다.

"어떻게……."

"동선이한테 연락 받았어."

다가서는 그녀를 강희가 경황없는 얼굴로 맞았다. 마치 여기 있어서는 안 될 사람이 등장했다는 듯 당황해하면서도, 동시에 가장 필요한 사람이 와 준 것에 안도했다.

낮에 윤수가 동선의 전화를 받았을 때, 동선은 솔직히 그녀가 다시는 자기 연락을 받지 않을 줄 알았다고 털어놓았다.

딱히 동선에 대해서 악감정을 가지고 있는 것은 아니었다. 누군가에게 좋은 친구로 남기 위해 다른 누군가를 상처 입혀야 할 때가 있다는 것을 이해했다. 동선은 그저 강희의 친구로서 충실했을 뿐이다. 기실 동선을 친구로 생각하지 않은 것은 윤수도 마찬가지였다.

보나마나 강희 때문에 전화했을 그에게 이제 강희는 저와 상관없는 사람이라고 쏘아붙이지 않은 것은, 동선의 목소리가 지나치게 가라앉아 있던 까닭이었다.

"괜찮아?"

강희는 눈앞의 윤수를 그저 바라보고만 있었다. 윤수가 하얀 손을 들어 그런 강희의 등을 한번 가볍게 쓸어 주었다.

"……미안해."

나란히 서서 한참을 말없이 유리 벽 너머 화로를 응시하고 있을 때였다. 강희의 뜬금없는 사과에 윤수가 고요한 얼굴로 그를 돌아보았다.

"뭐가?"

"아버지에 대해서 거짓말한 거."

윤수는 작게 고개만 한 번 끄덕였다.

"와 줘서 고맙고."

덧붙이는 인사에도 마찬가지였다. 그녀의 목소리를 듣고 싶었던 강희가 못내 아쉬워했다. 굳게 입술을 다문 윤수에게 말을 거는 대신 강희가 할 수 있는 건 유리 벽에 비친 그녀의 모습을 몰래 훔쳐보는 것뿐이었다. 그러던 중 윤수가 그를 향해 몸을 틀었다.

"전해 줄 게 있어."

강희의 한쪽 눈썹이 잠깐 솟았다 도로 내려왔다. 그의 시선이 윤수가 건네는 자그마한 봉투에 닿았다.

"뭔데?"

하고 물으며 안에 든 편지를 꺼내 읽었다.

태어나서 처음으로 저에게 무죄를 선고해 주셨습니다. 감사합니다. 열심히 살겠습니다.

까맣게 잊고 살았던 편지를 떠올린 강희의 낯이 하얗게 질렸다.

"이걸 어떻게……. 알고 있었어?"

한참 만에야 침이 마른 입에서 버석한 물음이 튀어나왔다. 윤수가 옅게 미소했다.

"응."

"언제부터?"

"꽤 됐어."

윤수의 대답에, 흘끗 올려다본 강희의 표정이 아연했다.

그럼 이미 예전부터 윤수는 강희의 거짓말을 알고 있었을 것이다. 그럼에도 묻지 않았던 건, 그가 먼저 말해 주길 기다리고 있었기 때문에.

"다 지난 일이야. 이 일로 너 원망한 적 없어. 그러니까 어깨 펴."

윤수 앞에서 무슨 얼굴을 해야 할지 몰라 굳어 버린 그를 아이러니하게도 윤수가 먼저 위로해 주었다.

그녀에게 참을 수 없이 미안했고, 초라해졌다. 말도 안 되는 일이었다. 차라리 화를 내고 뺨이라도 한 대 쳐 준다면 마음은 좀 편할 것도 같았다.

그러나 다시 올라온 손은 그의 어깨에 얹힐 뿐이었다. 분명 옷감을 사이에 둔 온기는 미미할 텐데도, 전해져 오는 그 따스함에 지금까지 버텨 왔던 모든 게 무너질 것만 같은 예감이 들었다.

"기운 내. 이런 일로 주저앉지 마."

툭툭 두드리는 손 아래 유순한 개처럼 숨을 헐떡이던 강희가 물었다.

"한 번만 안아 봐도 돼?"

잠깐 주저하는 기색이 어렸던 눈동자가 이내 허락의 뜻으로 감겼다. 강희가 두 팔을 뻗어 그녀를 품으로 끌어안았다.

못 본 사이 야위어 버린 어깨에 얼굴을 묻고서 그리웠던 체취를 가슴 가득 받아들였다.

그녀가 품 안에 자리하고서야 비로소 멈춰 있던 그의 세상도 다시 색을 얻었다. 물속에 있다 밖으로 나온 것처럼 숨이 쉬어졌다.

살아지는 게 아니라, 살고 싶었다. 할 수만 있다면, 그녀의 곁에서 영원토록.

차마 돌아오라는 말은 미안해서 할 수가 없었다. 그저 그녀를 더 꽉 감싸 안으며, 이 순간 그녀가 함께 있음에 감사해야 했다. 그렇게 윤수의 자그마한 어깨에 마음을 기댄 채로, 강희는 잊고 있던 눈물을 모두 흘려보냈다.

윤수는 오래 머물지 않았다. 편지를 전하고, 담담한 얼굴로 그를 위로한 뒤에는 지체하지 않고 떠났다. 배턴을 이어받듯이 동선이 들어왔다. 자신이 괜한 참견을 했는지 눈치를 보는 기색이 역력해서, 강희는 그를 향해 힘없이 웃어 보였다.

셋이 함께한 시간에 익숙해져 버린 나머지 반쪽짜리 사랑에 만족하고 있다던 윤수의 말이 그 뒤로도 오래 동선의 가슴에 남아 있었다. 받아들이기 뼈아프지만 그녀의 말이 옳았다. 사랑이 아니어도 좋으니 친구로 평생 혜리의 곁에 남겠다던 제 마음도 결국엔 반쪽짜리에 불과했음을 인정했다.

이제 동선은 새로운 사랑을 기다렸다. 혜리는 새로운 인생을 찾아 떠났다. 오직 강희만이 새 사랑도, 새 인생도 바라지 않는 채로 고집스레 버티고 있었다.

"다시 만날 생각은 없고?"

조심스럽게 묻는 말에 강희는 끝내 대답하지 않았다. 대답할 수 없는 것 같았다.

빈소를 차리지 않았지만 강희는 사흘을 마저 쉬고 회사에 나갔다. 그리고 출근하자마자 과장에게 사직서를 제출했다. 과장이 얼빠진 표정으로 사직서를 내려다보았다.

"아니, 얼마 전에 아버님도 돌아가셨다면서 이게 뭐 하는 짓이야? 더 열심히 회사 다니면서 가족들 부양할 생각은 안 하고!"

"남은 가족 없습니다."

딱 자르는 말에 과장이 입을 꾹 다물었다. 이후로도 한참이나 아쉬운 소리를 하며 붙잡아 준 과장이 조금은 고맙기도 했다.

사직서를 제출하고 난 뒤 확정 받은 퇴사 날짜까지는 다시 성실하게 출근해 일을 했다. 마지막까지 송별회를 핑계 삼아 회식을 주장하는 과장을 무시하고 대신 김 대리와 점심을 함께 먹었다. 퇴사하고도 종종 연락하자며 인사했지만, 아마도 하지 않을 것이다. 조용히 개인 물건을 챙겨 나오는 길에는 서운함보다 후련함이 더 컸다.

퇴사 후 한동안은 백수 생활을 만끽했다. 진종일 자고 일어나 집 근처 식당들을 다니며 끼니를 때웠고, 다리가 아플 때까지 동네를 걷다 들어와 다시 잠드는 것을 반복했다. 가까운 제주도나 남해 쪽으로 며칠 여행을 다녀올까 고민했으나, 추진력을 얻지 못한 계획은 계획에서만 그쳤다.

아예 다른 지역으로 이사를 갈까도 생각했었다. 그러나 서울을 떠나면 어느 날 우연히 윤수와 마주칠 수 있는 희박한 확률조차 없다는 사실이 그를 단념하게 했다.

그렇게 몇 년간 축적해 온 피로와 밀린 잠을 청산하면서 그저 게으르게만 지냈다. 그러다 오늘 아침에는 집에 마실 물과 휴지까지 떨어졌다는 사실을 깨닫고 마트에 가려고 나선 참이었다.

그가 칩거 아닌 칩거를 하는 동안 날이 제법 무더워졌다. 누구는 긴 팔을, 누구는 반팔을, 또 누구는 민소매를 입고 걸어가는 모양이 어지러웠다. 강희만 하더라도 반팔 티셔츠에 긴 바지, 그리고 슬리퍼를 질질 끌며 걷는 중이었다.

집에서 가장 가까운 마트가 있는 사거리였다. 횡단보도에 도착도 하기 전에 깜빡이는 파란불을 보내며 다음 신호를 기다리기로 했다. 나른하게 하품을 하는 강희의 등 뒤에서 초등학생쯤으로 보이는 사내아이 셋이 자전거를 타고 내달려왔다. 보행 신호가 2초 남았을 때, 아이들이 횡단보도로 내려섰다. 페달을 힘껏 밟았으나 채 반도 가지 못해 빨간불로 바뀌었다.

빵빵!

달려오던 트럭이 뒤늦게 아이들을 발견하고 경적을 울렸다. 속도를 줄이기에는 이미 늦은 상황. 참혹한 사고의 목격자가 되어 버릴 운명에 모두 놀라 헛숨을 집어삼킨 순간이었다. 자전거 행렬의 마지막 아이가 그야말로 간발의 차로 트럭을 빗겨 지나갔다. 후, 저도 모르게 안도의 한숨이 터져 나왔다.

"부모가 교육을 잘 시켰어야 하는데, 쯧쯧."

옆에 서 있던 할아버지의 혀 차는 소리에 공감하며 아이들이 사라지는 모습을 눈으로 좇던 강희가 바뀐 신호에 따라 걸음을 내디뎠다.

평소 같았으면 무심히 스쳐 지나갔을 것이다. 맞은편 신호 아래 털썩 주저앉아 있는 모습이 눈에 익었다지만 그뿐.

하지만 돌연 멈추어 선 강희가 설마 하는 마음으로 다가갔을 땐 역시나 윤수의 어머니가 틀림없었다.

"괜찮으세요?"

묻는 말에 겨우 고개를 든 낯빛이 희게 질려 있었다. 강희가 그녀를 부축해 일으켜 세웠다. 잠시 주위를 둘러보고는 바로 앞에 있는 편의점의 야외 테이블로 데려가 그녀를 앉혀 놓았다.

"잠깐만 기다리세요."

곧장 편의점 안으로 들어가 냉장고에서 생수 하나를 꺼냈다. 잠시 망설이다 차가운 오렌지 주스도 꺼내 들었다. 서둘러 계산하고 나올 때까지 윤수 어머니는 두 손바닥에 얼굴을 묻은 채 앉아 있었다.

"물 좀 드세요."

생수병의 뚜껑을 열어 그녀의 앞에 놓았다. 잠시 미동 없던 그녀가 곧 그것을 받아 입을 축였다. 강희가 이번에는 오렌지 주스 병을 개봉해 건넸다.

윤수가 지나가듯 했던 말이 왜 갑자기 떠올랐는지 모르겠다. 엄마가 오렌지 주스를 좋아한다고. 그래서 그녀의 집 냉장고에는 오렌지 주스가 늘 두 병씩 채워져 있다고.

다행히 윤수의 어머니는 강희의 선의를 거절하지 않았다.

한참 동안 말없이 지나가는 차들을 향해 멀거니 시선을 주던 강희를 윤수의 어머니가 불렀다.

"아버지 잘 보내 드렸다는 얘기는 들었어. 고생했겠다."

생각지 못한 위로에 놀랐다가 곧 감사하다고 인사했다.

"근데 이 시간에 어떻게 여기 있어? 회사는."

"얼마 전에 퇴사하고 이직 준비 중입니다."

예전 같았으면 이렇듯 솔직하게 털어놓지는 못했을 것이다. 한심한 눈초리가 돌아올지도 모른다고 생각했는데, 의외로 윤수의 어머니는 그저 고개만 끄덕였다.

"그래. 힘들면 잠시 쉬어 가는 것도 좋지. 우리 윤수처럼 무리하는 것보다는."

나긋한 어조로 은근하게 그를 탓하고 있다는 사실보다 윤수가 무리하고 있다는 말이 가슴에 더 아프게 박혀 왔다. 윤수 어머니의 앞에서 강희는 무조건 죄인이었으므로, 그저 면목 없는 얼굴로 고개를 숙이고 있을 따름이었다.

"……윤수를 가졌을 때 교통사고가 난 적이 있어."

문득 윤수의 어머니가 말문을 뗐다.

"애들 아빠 차 타고 가고 있었는데, 오늘처럼 어린애가 불쑥 튀어나왔어. 얼른 핸들을 꺾었는데 하필이면 신호 위반을 한 차랑 부딪쳐 버렸지."

교통 신호를 잘 지키는 남자가 이상형이라고 했을 때부터 강희는 그 말이 우스꽝스럽기보다 그 이면에 아픈 상처가 숨어 있을지도 모른다고 짐작했었다.

그 사정을 윤수 어머니의 입에서 듣게 될 줄은 꿈에도 몰랐지만.

"그때 네 살이었던 윤수 언니가 죽고, 나는 달수도 못 채운 상태로 윤수를 낳았어."

잠잠히 이야기를 듣던 강희의 눈이 커졌다. 윤수의 어머니는 이미 지난 아픔을 갈무리한 지 오래라는 표정으로 손에 쥔 유리병만 응시하고 있었다.

"수술 들어갈 때 산모도 아이도 위험하다는 소리를 어렴풋이 들었지. 다행히 둘 다 살았지만, 윤수 이후로는 아이를 가질 수 없었어. 그러니 나한테 우리 윤수가 얼마나 귀한 딸이겠니."

첫 아이를 잃는 것과 동시에 얻은 막내딸이었다. 슬픔과 절망을 느낄 새 없이 인큐베이터에서 쌕쌕 숨을 몰아쉬던 아이를 보살펴야 했다.

"강희 네가 아니라 누구라도 내 마음에 차지는 않았을 거야."

어쩐지 변명하는 것처럼 느껴졌는지 윤수 어머니의 얼굴에 슬쩍 민망한 기색이 떠올랐다 가라앉았다. 강희가 얼른 고개를 내저었다.

"아닙니다. 제가 윤수한테 많이 부족했습니다. 죄송합니다."

순순히 시인하는 강희의 모습이 오히려 그녀는 마음에 들지 않는 눈치였다.

"사실 난 네 그런 태도가 싫었어."

"……예?"

"옛날에 윤수 아버지가 꼭 너 같았거든. 원래는 과외 선생님으로 만났는데, 그땐 그 사람도 가진 것 없는 고시생이라 나한테 뻔히 마음 있으면서 그렇게 도망을 다녔어. 너를 보면 그때 그 사람 때문에 마음고생했던 게 떠올라서 괜히 더 싫었나 보다."

　뜻하지 않게 윤수 부모님의 연애사까지 듣게 된 강희가 얼떨떨해할 즈음이었다. 손에 들고 있던 음료를 마저 비워 낸 윤수의 어머니가 자리에서 일어났다.

"만일 네가 가진 것 하나 없어도 윤수 좋아하는 마음은 진짜라고 오히려 당당하게 나왔으면 또 모르지. 한데 너도 윤수 옆에서는 늘 죄인처럼 앉아 있었으니, 헤어진 지금이 차라리 마음은 편하겠다."

　아픈 단어 하나 없이 강희에게 보이지 않는 채찍질을 한 윤수의 어머니가 앉아 있던 의자를 집어넣고는 돌아섰다.

　잠깐 얼이 빠져 있던 강희는 그녀 대신 택시를 잡아 주었다. 아직 안색이 돌아오지 않은 그녀가 택시에 오를 수 있도록 살짝 팔을 붙들어 부축했다. 그렇게 윤수 어머니를 태운 택시가 좌회전을 하며 멀어지는 것을 끝까지 지켜보다가, 강희도 무거운 마음을 추스르며 돌아섰다.

※   ※   ※

본격적으로 이직을 준비하기 시작했을 때, 뜻밖에 김 대리로부터 연락이 왔다. 반가운 마음으로 전화를 받아 소소하게 안부를 묻고 답했다. 한참을 전 직장과 동료들의 근황에 대해서 떠들던 김 대리가 이윽고 본론을 꺼내 놓았다.

"내가 정말 잘 알고, 믿을 수 있는 선배거든. 이번에 실력 있는 엔지니어를 찾는 기업이 있다고 연락이 왔다는데, 딱 태 대리 생각이 나더라고."

아는 헤드헌터가 경력직 엔지니어를 찾고 있더라는 소식이었다. 제시하는 IT 회사는 업계에서 대우가 좋은 것으로 유명했다. 나쁘지 않은 제안 같아 한번 만나 보기로 약속을 잡았다.

장소는 통화한 여자의 직장과 강희의 집 딱 중간 거리에 있는 대학가였다. 우연하게도 강희가 졸업한 바로 그 대학이 있는.

역 앞에서 만나 악수를 나누고 어디로 들어갈까 묻는 여자에게 저도 모르게 아는 곳이 있다고 말했다. 그의 발이 먼저 윤수와 처음 만났던 그 카페로 그를 이끌었다.

어쩌면 이미 없어졌을지도 모른다고 생각했는데, 건물이 그대로 남아 있었다. 상호는 바뀌었지만 업종이 카페인 것도 여전했다. 강희가 두근거리는 가슴을 애써 진정시키며 문을 열었다. 발을 들여놓자마자 익숙한 커피 향이 물씬 났다.

추억은 미화되기 마련이라, 인테리어가 어떻게 바뀌었는

지는 꼬집어 말할 수 없었다. 다만 분위기만큼은 그때와 비슷했다. 윤수와 나누었던 시간들이 고스란히 남아 이 안에 공기처럼 고여 있었던 것 같았다.

잠시 그 자리에 서서 카페를 둘러보던 강희가 이내 여자와 함께 비어 있는 창가 자리에 착석했다.

"뭐 드시겠어요?"

"저는…… 만델링이요. 드립으로 부탁합니다."

"커피 좀 아시네요."

강희의 주문에 여자가 싱긋 웃었다. 잠시 뒤, 각자의 앞에 드립 커피가 든 하얀 잔을 두고서 본격적으로 대화를 나누기 시작했다.

"지난번에 이메일로 보내 주신 이력서랑 관련 서류는 정리해서 담당자한테 잘 전달해 드렸어요. 검토해 보고 연락 주겠다고 했는데, 어제 전화가 왔더라고요. 그쪽에서는 강희 씨가 꽤 마음에 든 모양이에요."

"그렇다면 다행입니다."

"아무래도 그쪽 사정이 더 급한 만큼 연봉 협상에서 강희 씨한테 좀 더 유리하게 갈 수 있을 것 같아요. 혹시 원하는 조건이 있으시면 저랑 오늘 먼저 조율해 봤으면 해요."

여자가 들고 있던 가방 안에서 몇 가지 서류를 꺼내 건네었다. 계약 사항들이 쭉 적혀 있는 문서를 눈으로 훑어 내려가고 있을 때, 여자의 등 뒤로 새로운 손님이 자리를 잡고 앉았다.

"원래 제가 받는 수수료는 이 정도 수준이에요. 하지만 이건은 제가 강희 씨 도움을 받은 셈이니까 이만큼은 양보할 수 있어요. 그 외 원하는 요구 조건이 있으면 반영해서 담당자에게 전달할 거고요."

강희의 이름이 나왔을 때, 분명 흠칫하는 어깨를 보았다. 그러나 우연이라기에는 너무나 기가 막힌 확률이라 쉽사리 확신하지 못하고 있었다. 갑작스레 다른 곳에 주의를 뺏겨버린 강희를 여자가 재차 불렀다.

"강희 씨? 태강희 씨."

그제야 퍼뜩 정신을 차린 강희가 사과했다. 여자가 담백한 얼굴로 그 사과를 받았다.

"원하는 조건은 하납니다. 돈을 많이 벌기보다는 하고 싶은 일을 좋은 환경에서 할 수 있길 바랍니다."

담담히 듣던 여자가 강희의 요구 사항을 계약서 밑에 적어 넣었다.

"좋아요. 워낙 사내 복지 좋기로 유명한 회사니까 관철하는 게 어렵지는 않겠어요. 근데 조금 의외네요. 강희 씨도 워라밸을 중요하게 여기는 편인지는 몰랐는데."

영석이, 그러니까 김 대리에게 듣던 것과는 다른 것 같다며 여자가 서류를 갈무리해 봉투에 넣었다. 생각보다 조율이 쉽게 끝났다. 여자가 잔에 남은 커피를 한 번 더 홀짝이고는 내려놓았다.

"같이 나가시겠어요?"

"아뇨, 먼저 가세요. 졸업한 학교라 한번 둘러보고 갈 생각입니다."

"그럼 저 먼저 일어나겠습니다. 연락 드릴게요."

그렇게 여자가 자리에서 일어나 카페를 나갔다. 줄곧 여자의 뒤에 가려져 있던 인영이 드러나자, 그 뒷모습에 못 박힌 강희의 눈에 숨길 수 없는 그리움이 서렸다.

"……그러네요. 군대는 다녀오셨고요?"

"넵. 군필자 맞습니다."

그러다 문득 윤수의 맞은편에 남자가 앉아 있다는 사실을 뒤늦게 알아챈 강희의 눈썹이 크게 들썩였다.

"그럼 커피는 좋아하세요?"

"완전 좋아합니다. 원두에도 관심이 많아서 인터넷으로 생두 시켜서 집에서 직접 로스팅도 해요."

"정말요? 집에서 어떻게?"

"원래는 프라이팬에 볶았었는데, 그것보단 뚝배기에 볶는 편이 훨씬 좋더라고요. 아무래도 잔열이 남아서 원두를 더 골고루 볶아 주거든요. 근데 하루 종일 젓고 있어야 해서 아무래도 가정용 로스팅기를 하나 사야 하나 생각 중입니다. 연기가 너무 나서요. 한 번은 윗집에서 불난 줄 알고 내려온 적도 있거든요."

남자의 이야기를 듣고 윤수가 웃음을 터뜨렸다. 작게 들썩이는 그녀의 어깨를 지켜보던 강희가 저도 모르게 주먹을 꾹 움켜 쥐었다.

윤수가 웃고 있었다. 그가 아닌 다른 남자 앞에서. 그가 아는 그 예쁜 얼굴로.

"여름에는 조금 시트러스한 시다모가 맛있더라고요. 겨울에는 만델링이나 수프리모처럼 마일드한 맛이 좋고요."

남자가 신이 나서 주절거리는 말 속에 강희가 알아들을 수 있는 건 만델링이라는 단어밖에 없었다. 이야기를 엿들으면서 강희는 속이 뒤틀리는 것을 느꼈다.

"후……."

저도 모르게 흘러나온 한숨이 길었다. 그 소리가 꽤 컸는지, 윤수가 흘끗 옆을 돌아보았다. 그에게까지는 닿지 않은 시선이었지만, 윤수가 그를 의식하고 있다는 걸 충분히 알 수 있었다. 그즈음에서 윤수가 남자와의 대화를 조금 급하게 마무리 지었다.

"관심사가 비슷하니까 즐거워서 시간 가는 줄도 몰랐네요. 그럼 연락 기다리겠습니다."

"네. 들어가세요."

남자가 들뜬 얼굴로 문을 열고 나가는 것을 강희가 끝까지 지켜보았다. 두 사람이 이야기하는 내내 이를 악물고 있어서인지 턱뼈가 다 아릴 지경이었다.

설마 소개팅이었을까? 그와 헤어진 지 겨우 세 달 남짓이었다. 아직 너무 이르다는 생각과 함께 몰염치한 원망이 샘솟았다.

자리에서 벌떡 일어난 강희가 윤수의 맞은편 의자를 차지하고 앉았다. 어느새 그의 이마에 푸른 혈관이 돋아난 것을 스스로는 알아채지 못한 채였다.

"오랜만이네."

"……그러게. 오랜만이야."

이미 예상하고 있었다는 듯이 침착한 낯으로 윤수가 강희를 맞았다.

"잘 지냈어?"

"아니. 너는 잘 지냈나 보다."

은근슬쩍 꼬여 있는 말에 윤수의 눈가가 살포시 찡그려졌다.

"너도 꽤 잘 지내는 것 같은데, 뭘."

"나 이직해."

강희가 불쑥 근황을 전했다. 딱히 놀라는 기색 없이 윤수가 고개를 끄덕였다.

"잘됐네."

"돈 많이 주는 회사 말고 하고 싶은 일 하는 회사로 옮길 거야."

"······."

"내가 사랑하는 여자가 그런 사람이 좋다길래."

반쯤 열이 받은 상태라서 할 수 있는 말이었다. 그야말로 이성보다 본능이, 미안함보다 그리움이 앞서서 덜컥 꺼내 보인 마음이었다.

만에 하나라도 술에 취해 윤수에게 전화를 할까 봐 한동안 술도 마시지 않았다. 먼발치에서라도 보고 싶어서 카페 근처까지 갔다가 되돌아온 것이 수십 번이었다. 그렇게 참아 왔던 마음을 일말이나마 뱉어 버리고 나니, 차라리 속은 시원했다.

"그래. 잘됐으면 좋겠다."

"소개팅이었어?"

지금 이 자리를 피하고 싶은 기색이 역력한 윤수에게 대놓고 물어보았다. 그러자 빤히 그를 응시해 오는 윤수의 표정이 한층 냉랭해졌다.

"뭐가 됐든 네가 상관할 일 아니지."

더는 말 붙일 수도 없게 잘라 내는 태도가 단호했다. 오히려 그것이 강희를 더 자극했다. 그가 꾹꾹 눌러 왔던 심지에 다시 불이 붙는 기분이었다.

"내가 상관할 바 맞는 것 같은데."

아예 작정을 한 강희가 느른하게 웃으며 받아치자, 이렇게 나올 줄은 미처 몰랐다는 듯이 윤수가 주춤거렸다.

그런 윤수를 보며 오히려 되묻고 싶었다. 그럼 설마 넌 내가 너에게 한 점 미련도 없을 거라고 여겼느냐고.

만약 그녀가 그대로 그의 도발에 넘어왔다면, 주저하지 않았을 것이다. 아쉽게도 그녀는 여지를 주는 대신 침착함을 되찾았다.

"누가 그러더라. 이별 전에는 더 많이 사랑하는 사람이 지는 거고, 이별 후에는 후회가 많은 사람이 지는 거라고. 그 말 맞는 것 같아. 적어도 헤어진 우리 중에 지는 쪽은 내가 아닌 걸 보면."

사실이었으므로 반박하지 않았다. 둘 중 후회와 미련으로 점철되어 아직까지 이별을 받아들이지 못하고 허우적대는 쪽은 단연코 강희였으니까.

"이제 와서 이러는 널 보는 게 솔직히 조금 고소하긴 하네. 근데 여기까지. 여기까지만 해."

날카롭게 경고하고는 자리에서 일어나려는 윤수를 붙잡아 도로 앉혔다. 기어코 그녀를 화나게 하면서까지 묻고 싶은 게 있었다.

"나 아직 쿠폰 한 장 남았어."

순간 무슨 얘기인지 이해하지 못했던 윤수가 곧 황당한 얼굴을 했다. 강희가 아랑곳하지 않고 말을 이었다.

"정말 끝이야?"

마주한 윤수의 눈이 커지는 것을 보며 재차 물었다.

"너 이제 나 정말로 사랑 안 해?"

대답을 기다리면서, 강희는 애써 초조함을 삼켰다. 그의 시선이 떨리는 윤수의 눈동자와 앙증맞은 코, 그리고 지그시 깨문 아랫입술을 두루 훑어 내렸다.

"……사랑 안 해."

"거짓말."

곤란한 말을 뱉어야 할 때면 입술부터 잘근거리는 그녀의 버릇을 알고 있었다. 그러니 지금 그녀가 한 말은 거짓말이 틀림없었다.

단박에 부정하는 강희를 그녀가 화난 얼굴로 쏘아보았다.

"믿지도 않을 걸 왜 물어봐?"

"너 약속 위반이야."

"무슨 약속?"

"거짓말하지 않기로 했잖아. 근데 거짓말했고."

"그래서 뭐. 위약금이라도 물어 줘?"

"어, 물어 줘."

"참 나!"

어이없다는 듯이 코웃음 치는 윤수의 손목을 다시 한번 잡아당겼다. 그녀의 상체가 강희를 향해 조금 더 쏠렸다.

"위약금은 됐으니까, 대신 앞으로 내가 무슨 짓을 하든 조금만 봐줘."

'뭐를?' 하고 되묻지 않은 건, 윤수도 그의 입에서 나올 말의 뉘앙스를 대충은 눈치챘기 때문이었다. 입을 꾹 다문 윤수를 보며 강희가 말했다.

"이제 더는 참는 것도 못해 먹겠어."

"태강희, 그만해."

"그만 못 해. 그러려고 해 봤는데, 도저히 안 되겠다."

"나 진심이야. 그만하라고 했어."

어떻게든 그 자리를 모면하려고 팔을 비트는 윤수를 고집스레 붙잡고 놓아주지 않았다. 그녀가 원치 않던 그 말을 끝내 입 밖에 내놓았다.

"이제 난 안 숨길 거니까 버틸 수 있으면 버텨. 네 마음이 내게 넘어오지 않게."

언제 그랬냐는 듯 쥐고 있던 손에서 힘이 풀렸다. 이제는 얼마든지 도망갈 수 있게 되었지만 이미 전의를 상실해 버린 윤수는 그대로 풀썩 손을 떨어뜨렸다.

11. You are my end and my beginning

"사장님. 음악 좀 바꿀게요."

오늘의 DJ는 달래인 모양이었다. 바빴던 점심시간 내내 틀어 놓은 클래식 대신 손님이 뜸해진 틈을 타 요란하지 않으면서도 가사가 있는 발라드 음악을 골랐다. 지나치게 조용하면 대화를 나누는 손님들이 자칫 신경 쓰일 수 있고, 지나치게 소란하면 공부나 일을 하는 손님들의 집중을 깨트릴 수 있는 까닭이었다.

기존에 나오던 음악이 끊기자 카페 안에 잠시 정적이 감돌았다. 그러다 곧 새로운 분위기의 음악이 흘러나오기 시작했다.

테이블에 앉아 책을 읽다가 문득 귀에 들리는 선율이 낯익어 윤수가 고개를 들었다. 보이즈 투 맨의 'On Bended knee'였다.

우리의 사랑이 강렬했던 그때로 되돌아갈 수 있을까요?

완벽했던 사랑이 왜 이렇게 되어 버렸는지 누가 말 좀 해줘요.

그때로 돌아가는 방법을 알고 있다면 누군가 내게 얘기해줄 수 없나요?

신이시여, 제게 답을 주세요.

이렇게 무릎을 꿇고 기도하고 있어요.

이별 노래의 가사가 내 얘기 같아서 눈물을 흘리는 시기는 이미 지나왔다고 생각했는데. 강희와 함께 듣던 노래에는 아직 면역이 생기지 않은 모양이다.

같은 줄에 머무른 시선은 뿌옇게 번지기만 할 뿐 도무지 그다음 줄로 넘어갈 것 같지 않아, 윤수는 결국 읽고 있던 책을 잠시 덮어 두었다.

기억은 때로 시각보다 다른 감각에 더 깊은 각인을 남겨 놓았다.

함께 따라 부르던 음악, 그에게 선물한 향수, 그의 낮은 목소리, 익숙한 팔베개의 감촉 같은, 강희를 상기시키는 모든 것들이 불현듯 윤수를 찾아와 마음을 한바탕 헤집어 놓고는 했다.

그런 날은 애써 아무렇지 않은 척 하루를 보내고서도, 집으로 돌아가 이불을 뒤집어쓴 순간 다시금 슬픔이 터져 나와 그녀를 울게 만들었다.

문득 이제 더는 그를 사랑하지 않느냐고 묻던 강희가 떠올랐다.

그 자리에서 따졌어야 했다. 지금에 와서 대체 뭘 어쩌자고 이러는 거냐고.

그녀의 심상을 있는 대로 복잡하게 만들어 놓고서 정작 그 자신은 품고 있던 무거운 짐을 털어 낸 사람처럼 후련한 얼굴을 하고 있지만 않았어도. 바보처럼 그 해맑은 얼굴에 가슴이 뛰지만 않았어도.

"하아."

한숨에 무게가 있다면 방금의 것은 틀림없이 바닥에 홈 정도는 팰을 정도로 묵직했을 것이다. 윤수는 강희에 대한 생각을 털어 내려 얼른 고개를 도리도리 내저었다.

언젠가 마주칠지 모른다는 생각은 이따금 했었다. 살아가다 보면 한 번쯤은 우연히 만날 수도 있겠다고.

그럼 그땐 강희 앞에서 이별의 아픔 같은 건 이미 오래 전에 지나 버린 사람처럼 의연하게 굴겠다고 마음먹었었는데. 여유 있게 인사를 건네거나 소소한 안부를 물으면서, 미련 한 점 남기지 않고 훌훌 털어 버렸다는 듯이 그렇게. 강희보다 덜 힘들고 덜 아팠다고 은근히 어필하고 싶은 심술 같은 것도 있었다.

한데 막상 강희를 맞닥뜨리고서는 고작 말 한마디에 너무 쉽게 다시 마음을 침범당했다. 그 사실이 허무한 동시에 무척 자존심 상했다.

이미 한 번 저질렀던 실수였다. 어렵게 열어 보인 속살에 또다시 난도질만 당하고서 끝나 버린 일이었다. 아픈 경험을 교훈 삼아서라도 같은 실수를 반복하지 않도록 이제라도 정신을 바짝 차려야 했다.

바뀌는 것은 없을 것이다. 두 번 다시 강희에게 흔들리는 일도 없을 것이다.

윤수는 지난 상처를 떠올리며 마음에 더 단단한 방어선을 구축했다.

　·

그렇게 몇 번이나 새긴 다짐이 무색하게, 어느 날부터인가 강희가 그녀의 앞에 나타나기 시작했다.

"만델링으로. 먹고 가겠습니다."

다시 또 우연히 마주치면 이쪽에서 피해 갈 거라는 걸 알아챈 사람처럼, 아예 대놓고 카페를 찾아왔다. 그러면서도 손님을 가장하며 카페 안에서는 일절 윤수에게 말을 걸지 않았다. 만약 그랬다가는 그녀에게 곧장 쫓겨나리라는 것을 짐작했다는 듯이.

결국 윤수가 그렇듯, 강희 역시 윤수의 성정을 너무나 잘 파악하고 있다는 것이 맹점이었다.

첫 손님으로 와서 점심 무렵 사라졌다가 다시 끝 손님이 되었다. 기억을 잃었을 때처럼 그의 모든 시간을 윤수에게 할애했다.

그러기를 일주일이나 반복했을 땐, 윤수도 더는 참지 못하고 그를 카페 밖으로 끌어냈다.

"태강희, 너 내가 우스워? 내가 씹다 뱉은 껌이야? 아무

데나 붙여 놨다가 생각나면 다시 씹게!"

이번만큼은 그녀도 단단히 화가 나 쏘아붙이는 말투에 날이 섰다.

"너 일 안 해? 아예 그만두고 스토커로 전직했어?"

"이직 앞두고 잠깐 쉬는 중이야. 곧 새로운 회사 출근할 거고."

"그럼 집에 가서 출근 준비나 해. 소름 끼치게 사람 쫓아다니지 말고."

소름 끼친다는 말에 강희는 충격을 받은 것 같았다. 부러 잔인한 말을 골라 하긴 했어도 상처 입는 모습을 보니 윤수도 마냥 마음이 편하지는 않았다. 하지만 지금 물러나면 또 같은 일이 반복될 거란 생각에 윤수는 이를 악물고 못을 박았다.

"미안해."

"……."

"미안하다. 네가 무서울 수도 있다는 건 생각 못 했어. 또 내 감정만 앞세워서 미안해."

미안하다는 말이 세 번이나 반복되었을 땐, 그를 몰아세웠던 윤수의 날카로운 기세도 조금 무뎌질 수밖에 없었다.

그렇다고 이렇게까지 기죽은 얼굴을 하는 건 반칙이었다. 몇 년 동안이나 그의 가장 은밀한 시간에 얼마나 야성적으로 돌변하는지를 봐 온 윤수의 눈에는 그 모습이 마치 귀와 꼬리를 바닥으로 늘어뜨린 맹수처럼 보였다.

"어차피 내일부터는 출근하니까 한동안 못 올 거야. 내가

357

할 수 있는 일이라고는 이렇게 너 보러 오는 것뿐인데, 네가 오해하는 건 싫으니까 그 말은 하고 가야겠다고 생각했어. 내 마음이 식은 게 아니라, 새 직장 적응하느라 못 오는 거라고."

"오해 같은 거 안 해, 이제. 기다리지 않으니까."

고집스럽게 밀어내는 윤수를 보며 강희가 아픈 미소를 지었다.

"그래도 주말에 또 올 거야."

"오지 말라니까."

"일주일에 한 번. 그것만 봐줘. 그 정도는 그냥 손님으로 올 수도 있는 거잖아."

순전히 억지였지만 애원하듯 휘어지는 눈썹이 그녀의 마음을 약하게 했다. 결국 작게 고개를 끄덕이면서 대신 거기에 조건을 붙였다.

"정말 손님으로만 오는 거면."

"그럴게."

당했다는 생각은 그를 보내고 나서야 들었다. 이미 헤어진 사이에 뭐 더 볼일이 있다고 계속해서 얼굴 마주칠 핑계를 만들어 버리다니.

뒤늦은 후회로 윤수가 머리를 쥐어뜯을 때쯤, 효진이 눈치를 보며 다가왔다.

"사장님. 저번에 알바 면접 보신 분 찾아왔는데요."

"응? 아, 그래."

마침 기다리고 있던 사람이 도착했다. 다음 주 2호점을 계약하기 전에 한 번 더 만나 보고 싶었다. 정작 면접을 볼 때엔 등 뒤에 강희가 있어 남자의 말에는 하나도 집중할 수가 없었다.

"이쪽으로 앉으세요. 커피 한 잔 드시겠어요?"

"주시면 감사하죠."

그때도 생각했지만 넉살이 좋은 사람이었다. 이전에도 프랜차이즈 카페에서 일을 한 경험이 길어 남자치고 말투가 사근사근했다.

무엇보다 커피에 대한 기본 지식이 있었고, 애정이 있는 사람이라 마음에 들었다.

"다음 주 계약하고 인테리어 들어가면 적어도 보름 정도는 걸릴 거예요. 안 그랬으면 좋겠지만 혹시 그 전에 사정이 생겨서 못 나올 것 같다거나 하면 미리 말해 줬으면 좋겠어요. 그래야 저도 대비를 하니까."

"그럴 일 없을 거예요."

"그럼 다행이고요. 그 전에 제가 한 번 더 연락 드릴게요. 와 줘서 고마워요."

"예. 그럼 가 보겠습니다."

자기가 비운 커피 잔을 카운터에 가져다주고 효진, 달래와 눈인사를 하는 점도 합격이었다.

"어때? 괜찮아 보이지?"

"네. 눈치도 있어 보이고요."

아무래도 일 눈치가 부족했던 우주 때문에 고생했던 기억이 새록새록 나는 모양이었다. 윤수 못지않게 꼼꼼하게 남자를 뜯어 본 효진의 평까지 듣고서는 남자와 함께 일하기로 한 결정에 만족했다.

강희와 연인이 된 장소에서 두 사람이 다시 만날 우연의 확률은 얼마나 될까.

어쩌면 강희의 말도 안 되는 억지를 들어준 이유도 그때의 우연에게서 운명의 향기를 느낀 까닭인지도 모르겠다.

지난 두 달 동안 발품을 팔며 카페 자리를 보러 다녔다. 그러다 대학가 골목에 자리한 그 카페가 매물로 나온 것을 알게 되었다.

윤수가 일할 당시에도 커피 손님은 많지 않았다. 카페를 운영하던 사장님은 매장보다 원두 납품으로 주 매출을 올렸었다.

로스팅 룸이 있고, 계속 카페로 운영해 온 덕분에 인테리어 비용이 다소 절약된다는 점을 제외하면 딱히 메리트는 없는 매물이었다. 그런데도 자꾸 마음이 가서 몇 번이나 그곳을 찾아갔다. 시간대를 달리해 방문하면서 매출을 눈으로 확인했다.

며칠 지나지 않아 매물 광고가 얼마나 과장되어 올라왔는지를 알 수 있었다.

계약에 앞서 거품이 낀 권리금을 낮추느라 시간이 걸렸다. 윤수보다 조금 어려 보이는 젊은 여자 둘이서 2년간 동업 형식으로 카페를 운영해 왔다고 했다.

얼마씩을 갹출해 시작했는지는 몰라도 윤수가 있던 때와 인테리어 자체는 크게 달라지지 않았으니, 초기 자본금도 그리 많이 들지 않았을 것이다.

결국 카페 운영을 쉽게 생각하고 뛰어들었다가 계약 갱신을 앞둔 2년 만에 현실을 깨닫고 투자금을 챙겨 정리하려는 부류였다.

그녀들의 입장에서야 1원 한 푼 손해 보고 싶지 않겠지만, 그렇다고 매출을 속여 권리금을 높게 받으려는 속셈에 고스란히 당해 줄 이유는 없었다.

처음 가게를 넘겨받고 싶다는 의사를 보낸 이후 다음 연락까지 잠시 시간차를 두었다. 어차피 계약이 시급한 건 그녀들 쪽이지 윤수가 아니었다. 그사이 다른 사람이 끼어들 수도 있겠지만, 그건 그것대로 '인연이 아니었나 보다' 하며 넘기면 그만이었다.

무엇보다 며칠만 지켜봐도 매출이 시원찮다는 걸 알 수 있는 매장을 윤수 외에 누구도 탐내지 않을 거라는 확신이 있었다.

아니나 다를까, 재계약 시점이 다가올수록 초조해진 그녀들이 먼저 연락을 해 오기 시작했다.

누군가 그런 말을 했었다. 협상은 상대방을 테이블에 데려다 놓는 것부터 시작이라고. 윤수는 그녀가 분석한 매출 자료를 근거로, 적정선에서 정한 권리금을 다시 제시했다. 잠시 저들끼리 수군대며 의논하던 그녀들은 결국 울상이 되어 그 제안을 받아들였다.

사실 윤수라고 해서 테이블과 회전 수가 정해져 있는 매장의 매출을 단번에 끌어 올릴 대단한 비법이 있는 것은 아니었다. 대학가라서 낮에는 손님이 좀 있을지 모르지만 저녁 매출은 크지 않을 것이고, 방학 기간이 되면 가게도 한산해질 게 분명했다.

다만 윤수가 노려볼 수 있는 건, 인테리어 소품으로 전락한 로스팅 기계를 이용해 원두를 납품하는 방법과, 평수 넓은 매장을 복합 문화 공간으로 꾸미는 것이었다.

지금 로스팅 기계가 놓여 있는 곳에 중고 피아노를 한 대들이고, 주말에는 연주자나 길거리 버스커를 초청해 한 시간 정도 공연을 해 보면 어떨까. 충분히 시도해 볼 만하다고 생각했다.

열세 살 때부터 한국에 스타벅스 버금가는 커피 브랜드를 만들겠다는 윤수의 꿈은 아직까지도 현재 진행형이었다.

앞으로 더 바쁠 일만 남아 있었지만, 그래도 정체되어 있던 그녀의 세계가 움직이고 있다는 실감이 나 의욕은 만만했다.

가게 계약이 결정되면서부터 해야 할 일이 끝도 없이 늘어나는 중이었다. 일단 오늘은 함께 일할 스타트 멤버를 찾은 것으로 리스트 중 하나에 빗금을 그었다. 가장 시급하면서도 중요한 일을 끝마친 셈이다.

오늘 만났던 동준 이전에 대여섯 명을 더 면접 보았는데, 이상하게 누구도 마음에 차는 사람이 없었다. 그중 마지막 순번이었던 동준이 그녀의 조건에 부합해 다행이었다.

지금 생각해 보면 동준과의 면접을 소개팅으로 오해하고 발끈했던 강희가 웃겼다. 덤덤하게 이별을 받아들일 땐 언제고 이제 와 다른 남자를 만나는 것일까 안달하는 모습이, 솔직히 말하면 좀 고소했다.

어쨌거나 헤어진 전 남친이 뒤늦게 미련을 갖는다는 건, 놓치고 보니 너만 한 여자는 없더라 하는 뒤늦은 후회의 방증이 아닐까. 다시 잘해 볼지 말지의 문제는 차치하고서라도, 전 남친 때문에 구겨졌던 자존감 위에 다림질 정도는 한 기분이었다.

카페에 찾아오는 강희를 냉정히 밀어냈으면서도, 다른 한편으로는 그가 계속 자신에게 애면글면 매달렸으면 하고 바라는 사악한 마음이 공존한다는 사실을 윤수는 부정할 수 없었다.

✿   ✿   ✿

최근 윤수는 해야 할 일 리스트에 빼곡하게 적어 놨던 일들을 하나씩 지워 나가고 있었다.

대학가의 카페는 부동산에서 무사히 계약을 마쳤고, 외부 간판 작업과 내부 인테리어 공사를 열흘 만에 끝내 놓은 상태였다. 오랫동안 방치한 탓에 작동이 제대로 되지 않는 로스팅 기계를 수리했고, 안팎으로 깨끗하게 청소 작업도 했다.

로스팅한 원두를 납품 판매하기 전에 식품 제조 가공업 영업 등록이 필요하다는 사실을 알게 되었다. 구청 허가를 받기 위해서 몇몇 서류 작업을 마치고, 기준에 맞게 공사를 끝낸 로스팅 룸을 구청 직원에게 확인받고서야 기다리던 영업증이 나왔다.

이미 카페 영업을 시작한 상태에서 세무서에 업태를 추가하고, 납품할 원두 샘플의 품질 검사까지 마치느라 개업 후 한 달간은 쉬는 날도 없이 발에 땀이 나게 뛰어다녀야 했다.

"효진아, 너희 둘 다 점심은 먹었어?"

"네. 아까 달래랑 교대로 나가서 먹고 왔어요."

이틀 만에 1호점에 들른 참이었다. 원래 셋이서 하던 일을 이제는 둘이서 하게 되어 처음에는 조금 버거워하는 것 같던 효진과 달래는 다행히 날이 갈수록 손발이 척척 맞았다.

1호점 영업에 안심할 수 있게 되면서부터 윤수는 최근 2호점 로스팅 룸에 틀어박혀 시간을 보내는 날이 늘었다.

아직까지는 핸드 드립을 하는 단일 종류의 원두만 직접 로스팅해 사용하고 있었다. 에스프레소를 추출하는 원두는 여러 종류의 생두를 배합하고 로스팅 정도를 조절해 다양한 풍미를 낼 수 있어야 했다.

이론은 빠삭하게 공부했어도 실전이 부족한 윤수는 하루 종일 원두를 볶고, 시음하는 데 노력을 쏟았다. 늦어도 연말까지는 그녀만의 스페셜 티 원두를 만들어 보겠다는 목표를 세웠다.

그런 일상 속에 윤수의 여름과 가을이 빠르게 지나갔다. 날씨가 무더워질수록 손님이 늘었던 1호점에 새 사람을 한 명 더 뽑았고, 누구나 분위기를 타는 가을에는 2호점에서 재즈 피아니스트를 꿈꾸는 대학생이 주말 저녁마다 연주회를 가졌다.

2호점을 다녀간 손님들이 블로그에 카페 사진과 후기를 올려 주면서 입소문이 나기 시작한 것도 그즈음이었다.

지난달에는 방송국으로부터 연락을 받아 반나절동안 예능 프로그램을 촬영하는 장소로 대관을 내주기도 했다. 그렇게 매장을 확장하며 보인 윤수의 추진력에는 효진과 동준 모두 혀를 내두를 정도였다.

"오늘 새 원두 가져왔는데, 시음해 줄 거지?"

"제가 내릴까요? 아니다. 달래야, 네가 해 봐. 핸드 드립 엄청 는 거 보여 드리게."

윤수가 가져온 원두를 들고서 달래가 카운터 안쪽으로 향했다. 윤수가 바로 앞 테이블에 자리를 잡자, 효진이 맞은편에 앉으며 카페 일을 하나씩 이야기하기 시작했다.

"우리가 쓰는 휘핑크림이 세관 문제로 지금 유통이 안 된 대요. 당분간은 다른 브랜드로 대체해야 할 것 같아요."

"그래? 그럼 뭐로 주문했어?"

"C회사 거요."

"아…… 거기 휘핑크림은 단맛이 없어서 만들 때 시럽을 두 배로 넣어야 되는데."

"다행히 아직 개봉 안 했어요. 이따가 휘핑크림 만들 때 한번 봐주세요."

포스 자료를 훑고, 간단하게 매출과 재고 상태에 관해 보고 받았을 때쯤이었다.

문이 열리고, 캐주얼한 차림의 강희가 걸어 들어왔다. 곧장 카운터로 향하다가 근처 테이블에 앉아 있는 윤수를 발견하고는 씩 미소 지었다.

윤수와 강희 사이에 있었던 일을 대강이나마 짐작하고 있는 효진이 눈치를 보며 자리에서 일어났다. 그녀가 주방으로 도망치듯 가 버리자, 강희가 그 빈자리를 냉큼 차지하고 앉았다.

윤수의 계절이 흘러가는 동안에도, 강희는 여전히 일주일에 하루 시간을 내어 그녀를 만나러 카페에 왔다.

마치 그의 마음이 변하지 않았음을 그렇게 증명하고 싶은 것처럼.

"손님. 여기 자리 있는데요."

윤수가 무심히 건너다보며 말했다.

"그런가요? 미안합니다. 그럼 이건 사죄의 의미로."

하나도 미안하지 않은 얼굴로 그가 포장된 꽃 한 송이를 내밀었다. 힐끔 보기만 할 뿐, 받지 않자 그것을 테이블 위에 올려놓았다.

"일주일 만이네."

늘 그렇듯 그가 먼저 인사를 건네 왔다.

"그러게, 굳이 또 왔네."

부러 퉁명스럽게 대꾸하는 윤수를 보며 강희는 그저 말없이 웃기만 했다.

전혀 반기지 않는 사람처럼 강희를 대하는 윤수지만, 효진은 윤수가 아닌 척 그를 기다린다는 사실을 알고 있었다. 1호점보다 2호점에 손님이 더 많은 주말에 굳이 여길 들르는 것만 봐도 뻔한 일이었다.

이렇듯 두 사람의 연애는 끝난 듯 아직 끝나지 않은 채였다.

"언니, 커피 다 내렸어요."

이런 부분에서는 영 눈치가 부족한 달래를 시켜 드립 커피 두 잔을 윤수의 테이블로 내가게 했다.

"이쪽 손님은 달달한 커피 좋아해. 따로 주문할 거야."

그러나 윤수의 말보다 먼저 잔을 들어 입가로 가져가는 강희의 손이 더 빨랐다. 그가 커피를 한 모금 머금었다.

"고소하네. 초콜릿 향도 조금 나는 것 같고. 안티구아야?"

여실히 묻는 강희의 말에 윤수는 눈이 휘둥그레지고 말았다.

커피의 멋도 맛도 모르는 사람이 매일 저녁 카페에 들러 원두를 사 가는 모습을 보면, 그리고 그 노력이 반년 동안이나 지속되는 것을 보면 저절로 응원하는 마음이 생기는 게 인지상정이었다.

하물며 아직 자각하지 못하고 있을 뿐, 윤수도 여전히 강희에게 미련이 남아 있는 게 뻔히 보였고.

때마침 손님이 들었다. 주말은 단골 회사원들보다 데이트하는 커플 손님의 비중이 높은 편이었다. 풀로 붙인 것처럼 딱 붙어 선 연인이 깍지 낀 손을 흔들며 카운터 앞에서 메뉴를 고르고 있었다.

주문을 받기 위해 기다리다 힐끔 훔쳐본 윤수와 강희의 모습도 여기서 보면 영락없는 커플이라 효진은 속으로 조금 웃음이 났다.

"언제부터 그렇게 커피 박사가 다 되셨어요, 손님?"

"사랑하는 여자가 커피 좋아한다는 놈이랑 소개팅할 때부터요."

능청스런 대꾸에 윤수의 눈이 가늘어졌다. 대체 언제 적 오해를 아직까지 하고 있는 건지.

테이블에 팔꿈치를 대고서 턱을 괴며 윤수와의 거리를 좁힌 강희가 덧붙였다.

"그놈이랑 웃고 떠드는 걸 보는데 열받아서 나도 공부 좀 해야겠다 싶더라고요."

"하…… 뻔뻔해."

만날 때마다 이런 식으로 방심할 수 없게 하는 그를 얄궂게 째려보았다.

어영부영 강희와 애매모호한 만남을 가져 온 지도 오늘로 여섯 달째. 반년이 넘게 지속된 이 시간을 요즘 들어서는 조금 즐기고 있는 것도 사실이었다. 정말 이별이 우리의 끝이라고 여겼던 것이 무색하게도.

"사장님, 하시는 일은 좀 어떻습니까?"

강희가 장난스럽게 물었다.

"사업은 나날이 번창하고 있습니다. 덕분에."

약간의 심술을 담아 윤수가 대꾸했다. 이렇게 시답잖으면서도 사소한 관심을 숨기지 못하는 물음이 두 사람 사이에 간간히 오고 갔다. 그러는 동안 어느새 저도 모르게 입가에 옅은 미소를 걸고 있다는 사실을 윤수 본인은 미처 알지 못한 채였다.

카운터 안쪽에서 음료를 조제하다 두 사람을 보고 문득 의아해진 달래가 효진에게 물었다.

"그래서 저 두 분은 사귀는 거예요, 안 사귀는 거예요?"

갑자기 몰린 주문 때문에 바쁘게 손을 놀리던 효진이 픽 웃으며 답했다.

"딱 보면 몰라? 열심히 밀당 중인 거."

앳된 얼굴의 달래가 아아, 하며 고개를 끄떡거렸다.

긴 여름의 꼬리처럼 따라붙었던 가을이 아쉬움을 느낄 새 없이 눈앞을 스쳐 지나가 어느새 막바지에 접어들었다.

손님이 모두 빠진 저녁 시간이었다. 창가 테이블을 차지하고 앉은 윤수가 모처럼 여유를 느끼며 소설책을 읽고 있을 때였다. 정혜에게서 전화가 와 윤수가 반가운 목소리로 받았다.

"여보세요?"

─윤수! 가게야?

"응. 나야 늘 가게지. 넌 어디야?"

웃으며 대꾸한 윤수가 되물었다.

─나 잠깐 외근 나왔다가 그대로 퇴근하는데 마침 너네 가게 근처라서. 별로 안 바쁘면 들르려고.

"진짜? 지금 하나도 안 바빠. 손님도 없어서 안 그래도 심심했어."

─오케이. 나 다음에 버스 내려. 10분이면 도착할 듯.

"알겠어. 조심해서 와."

모처럼 친구가 온다는 소리에 들떠서는, 주방을 향해 소리쳤다.

"동준아. 머신 세척 다 했어?"

"네. 이제 행주만 불려 놓으면 돼요."

"그럼 그것만 해 놓고 간판 *끄고* 가. 나는 친구 온대서 좀 있다가 갈게."

"네."

마감을 마친 동준을 먼저 보냈다. 유리창에 블라인드를 내리고 입간판을 들여놓을 때쯤, 정혜가 골목 어귀에서부터 크게 손을 흔들며 걸어왔다.

카페 문을 닫고, 신나는 음악을 크게 틀어 놓고서 정혜가 사 온 과일 맥주를 홀짝였다.

두 달 전부터 옆 건물 회사원과 열애를 시작한 정혜의 텐션이 어느 때보다 높았다. 부러진 굽을 고치러 들어간 구둣방에서 스타킹 신은 까치발로 운명적인 첫 만남을 했다는 남자는 지금껏 그녀가 해 온 연애들과는 다르게 그저 그때의 일을 회상하는 것만으로 정혜의 두 볼을 달아오르게 만드는 사람이었다.

"너는 아직도 태강희 만나? 매주 주말에?"

'지가 무슨 짜파게티 요리사야' 하고 덧붙이는 말에는 윤수도 웃음을 **빵** 터뜨리고 말았다.

이미 두 번이나 만남과 이별을 반복해 온 강희와 또다시 끈질기게 이어지고 있다는 사실에 처음엔 분통을 터뜨렸던 정혜도 시간이 지나면서 조금은 유하게 받아들이고 있었다.

"솔직히 한 번 헤어진 남자는 돌아보지 않는 게 백번 낫다는 게 내 소신인데, 태강희는 잘 모르겠다. 다른 것도 아니고 아버지 때문에 너한테 피해 갈까 봐 헤어지려고 했던 걸 보면 조금 불쌍하기도 하고. 넌 그렇게 헤어진 것 후회 안 해?"

윤수가 쓰게 웃으며 고개를 저었다.

"글쎄. 애초에 우리가 헤어진 이유가 그게 전부는 아니었으니까. 강희가 점점 나한테 소홀해졌던 것도 사실이고. 그리고 날 위해서였다는 것도 나한테는 그냥 변명 같아."

이별 앞에서 강희가 보인 실망스런 모습들이 모두 그의 진심은 아니었을 것이다. 하지만 적어도 아버지 문제를 헤어짐으로 해결하려고 했던 일은 거기에 윤수의 의사가 전혀 고려되지 않았다는 점에서 참작의 사유가 아니라 가중 처벌의 대상이 되어야 했다.

모든 걸 떠안고 가려던 강희의 결정은 결과적으로 연인으로서 윤수의 신뢰를 배반하는 행동이었다. 동정받을 여지는 있어도 윤수의 이해를 바랄 수는 없었다.

그러니 그때는 헤어지는 게 정답이었다고 생각한다. 힘든 일을 그녀에게 숨긴 채 혼자 해결하려는 버릇이 고쳐지지 않는 한, 같은 상황이 얼마든지 되풀이되었을 테니까.

"그럼 둘이 다시 잘될 가능성은 아예 없는 거야?"

"모르겠어, 나도. 근데 이대로는 힘들 것 같아. 또 비슷한 일이 생기면 나랑 헤어질 생각부터 하는 거 아닌가 하고 의심하게 될 테니까."

"하긴. 네가 그렇게 생각해도 태강희는 할 말이 없겠네."

"걔도 알아. 내가 자기를 못 믿는다는 것."

그가 매주 카페를 찾아오는 것이 결국엔 잃어버린 신뢰를 얻기 위해서라는 걸 윤수도 알고 있었다.

"어떻게 보면 걔한테는 지금 이 시간이 벌 받는 기분이겠다."

믿음이 마이너스인 상태에서 그가 보여 준 노력들이 전혀 의미가 없었다고는 말 못 하겠다. 하지만 그것이 윤수의 마음을 붙잡을 결정적인 이유가 되지도 못했다.

윤수가 이 어정쩡한 관계를 두고 보는 건, 억지로 밀어내 봐야 소용없을뿐더러 그냥 이대로 지내는 것도 생각보다 나쁘지 않았기 때문이었다.

"그래도 네 성격에 조금은 마음이 남아 있으니까 계속 만나 주는 거잖아. 아니었으면 진작에 쳐 냈을 텐데."

윤수 스스로도 확신하지 못하고 있는 마음을 정혜는 어렵지도 않게 단정 지었다. 그런 정혜에게 아니라고 부정할 수 없는 것이 왠지 분했다.

"그러고 보면 태강희도 대단하네. 벌써 반년이나 지났는데. 하긴, 만약 지금 남자 친구가 나한테 헤어지자고 하면 나는 태강희보다 더 구질구질하게 매달릴 지도 몰라."

"내 친구 박정혜 씨 어디 갔어? 애가 사랑을 하더니 완전 다정해 씨가 돼 버렸네."

윤수가 짓궂게 놀리자, 정혜는 민망해하면서도 그 말에 수긍했다.

"내가 해 보니까 진짜 사랑은 조금 다른 것 같긴 해. 네가 그때 왜 그랬는지도 알 것 같고."

"나랑 반대네. 나는 요즘에야 네가 전에 했던 말들이 좀 공감이 되는데."

"무슨 말?"

"인생에 나 자신이 주가 되어야지, 연애가 주가 되면 안 된다고 그랬잖아."

"내가 그런 주옥같은 말을 남겼어?"

정작 정혜는 잘 기억나지도 않는 모양이었다.

하기야, 한창 좋을 시절이었다. 데이트를 하면 헤어지기 싫어서 상대방과 내 집 정류장을 도돌이표처럼 오가며 밤을 새우는. 온 세상이 이유 없이 아름다워 보이고, 뱃머리에 서서 내가 세상의 왕이라고 외치는 로즈의 심정이 이해되는 그런 시절.

사랑에 빠진 정혜의 얼굴은 꽃이 핀 것처럼 화사했다.

"사실 요즘은 그런 생각도 들어. 앞으로 누구를 다시 만나도 그 사람을 강희만큼 사랑할 수 있을까? 만약 인생에 쓸 수 있는 사랑에 총량이 있으면, 이미 내 몫은 다 올인해 버린 것 같은데."

오랜 연애에 으레 따라오는 후유증처럼 쉽사리 다른 사람을 만날 엄두가 나지 않았다. 사실 매주 만나는 강희 때문에 그렇게 크게 빈자리를 느끼지 못하는 탓도 있었다.

"나 혹시 남자라고는 태강희밖에 몰라서 자꾸 되돌아가고 싶어지는 건 아닐까. 관성처럼 말이야."

"뭐, 선택의 폭을 넓혀 보는 것도 나쁘지 않지. 이참에 새 남자도 한번 만나 봐."

"카페 왔다 갔다 하는 것만으로도 바빠 죽겠는데 어디 서?"

"너 옛날에 연락처 물어보는 손님들 종종 있었잖아."

정혜의 말에 윤수가 기겁하며 손사래를 쳤다.

"에이. 손님이랑 어떻게 만나. 그건 너한테 사내 연애 하라는 거랑 똑같은 소리야."

입사 초에 멋모르고 동기와 사내 연애를 하다가 막장 드라마 한 편을 찍은 적 있는 정혜의 콧잔등이 와락 구겨졌다.

같은 사내에서만 두 다리, 세 다리를 걸쳤던 게 발각되어 결국 지방 외근직으로 쫓겨나다시피 발령을 간 전 남친 욕을 구수하게 늘어놓던 정혜가 문득 눈을 빛내며 물었다.

"그럼 내가 소개시켜 줄까?"

같은 회사 동료인데 연하고, 성격 좋아. 얼굴? 얼굴은 뭐…… 근데 집에 돈이 많아. 별로야? 그럼 나 다니는 헬스장 트레이너는? 얼굴 잘생기고 몸이야 뭐 말할 것도 없고. 근데 얘는 좀 끼 부리는 그런 게 있어. 아, 그리고 나 대학 동창 중에 하나 있는데 걔는 변리사야. 매너 좋고. 맞다, 맞다. 우리 오빠 친구들 중에도 잘생긴 사람 있는데 한번 물어 볼까?

있는 인맥 없는 인맥을 죄다 동원하기 시작한 정혜는 온 세상 남자들을 종류별로 만나게 해 줄 것처럼 의욕에 넘쳤다.

윤수는 물밀듯이 밀어붙이는 제안에 당장 답을 하는 대신 곤란한 웃음으로 얼버무렸다. 다행히 오래지 않아 화제는 얼마 전 정혜가 남친과 함께 보낸 생일에 대한 소감으로 자연스럽게 넘어갔다.

기분 좋게 술을 마시며 수다를 떨던 두 사람은 막차가 끊기기 전 자리를 정리하고 일어났다. 정혜와 지하철역까지 함께 걸어가서 서로 다른 방향의 열차를 타고 각자의 집으로 돌아왔다.

잠들기 직전, 강희에게서 문자가 왔다.

[이번 주 토요일에 출장이 잡혔어. 미리 얘기해야 할 것 같아서.]

애초에 그는 손님으로 카페에 오는 것이었으니 딱히 약속이라고 볼 수도 없는 약속이건만, 바람을 맞은 것처럼 울컥 화가 솟았다. 이치에 맞지 않는 논리였지만, 그녀를 살짝 들뜨게 만든 술도 사랑도 전부 논리가 적용되기는 힘든 분야였다.

그대로 무시할까. 아예 평생 오지 말라고 쏘아붙일까. 확 차단해 버릴까.

뜬 눈으로 고민하던 윤수가 그에게 답장을 써 보냈다.

[잘됐네. 나도 그날 소개팅이 있어서 바빠.]

그리고 새벽까지 기다렸지만 강희에게서 답장은 돌아오지 않았다.

❀   ❀   ❀

실은 정말로 소개팅 같은 걸 할 생각은 없었다. 그날, 밤새 기다린 답장을 받지 못해 울컥한 상태로 정혜에게 전화를 거는 게 아니었는데.

얼떨결에 한 주 뒤 약속을 잡아 놓고서는, 적당히 이틀 전쯤 사정이 생겼다며 유야무야 취소할 생각이었다. 남자 친구 절친이라 네가 나가지 않으면 내가 욕먹는다며 으름장을 놓던 정혜만 아니었어도.

결국 토요일 저녁 6시에 사람 많은 홍대입구역에서 남자를 만났다. 키가 컸고, 이목구비가 뚜렷한 인상이었다.

정혜가 사전 정보라며 알려 주기로는, 평소엔 형이 하는 퓨전 레스토랑에서 보조 셰프로 일을 하면서, 종종 TV나 영화 같은 데 엑스트라나 조역으로 나간다고 했다. 먼저 나와 기다리고 있던 남자와 어색하게 인사를 주고받았다.

"저녁 드셨어요?"

"아뇨. 아직이요."

"저녁부터 먹으러 갈까요?"

"네. 좋아요."

"혹시 이 근처에 아는 곳 있으세요? 저는 이쪽은 잘 몰라서."

"어, 그럼 파스타 괜찮으세요? 저도 이쪽은 옛날에 한 번 파스타 먹으러 온 게 다여서요."

"그럼 그쪽으로 가죠."

졸지에 익숙하지 않은 길을 앞장서게 생겼다. 사실 그 레스토랑도 옛날에 강희랑 갔던 곳이었다. 워낙 상권이 자주 바뀌는 곳이라 아직 그대로 있을지 불안했지만, 휴대폰으로 검색했을 땐 다행히 영업 중이었다.

골목 안쪽에 자리한 식당은 웨이팅으로 세 팀 정도 밖에서 줄을 서 있었다. 윤수와 남자도 그 줄의 끄트머리에 서서 기다리다 30분쯤 지났을 때 안으로 안내되었다.

식사를 하면서 남자와 적당히 이런저런 대화를 주고받았다. 정혜 남자 친구의 절친이라던 남자는 썩 달변가는 아니었지만, 적어도 묻는 말에는 성실하게 답을 해 주었다.

아마도 주변 사람들로부터 잘생겼다는 말을 자주 들으며 살았을 테고, 배우 지망생인 본인도 스스로의 외모에 자부심이 있는 것 같았다.

솔직히 윤수의 취향은 아니었지만, 그래도 그의 외모가 평균 이상이라는 점만큼은 인정하는 바였다.

정작 그 잘생긴 얼굴을 쳐다보면서 내내 눈매는 강희가 그보다 더 남자답고, 목소리도 더 낮아서 듣기에 좋다는 쓸데없는 생각을 하고 있었지만.

강희와 처음 데이트를 했을 때 그가 윤수의 이모저모를 궁금해했던 것과 달리, 남자는 윤수에게 그다지 관심이 없어 보였다. 그보다는 본인 위주의 화제를 선호하는 타입이었다.

좋게 말하면 그 자신을 드러내기 좋아하는 사람이었고, 느낀 그대로를 가감 없이 표현하자면 나잇값을 못하는 나르시시스트 같았다. 적어도 본인으로 가득 찬 남자라 윤수가 파고들 틈은 없는 것 같았다. 물론 파고들 마음도 없었지만.

식사를 마치고 카페에 들어가 커피와 조각 케이크까지 나눠 먹는 동안 이미 서로에 대한 견적은 대강 낸 상태였다. 윤수는 남자의 외모에 별 감흥이 없었고, 남자는 그런 윤수에게 별 흥미가 없었다.

결국 서로 불편하기만 한 자리를 그쯤에서 마무리하기로 뜻을 모았다.

처음엔 택시를 잡으려고 했으나 불야성 같은 토요일 밤 홍대입구역 앞에서는 무리였다. 그렇다고 분위기도 서먹서먹한 남자와 택시가 잡히는 곳까지 걷고 싶지도 않았다. 그냥 지하철을 타겠다고 하자, 그래도 매너가 영 꽝은 아니었던지 윤수를 역 앞까지 데려다주었다.

"그럼 들어가세요."

"네. 감사했어요."

메신저는 등록되어 있어도 끝까지 서로의 연락처는 묻지 않은 채 미련 없이 각자의 길로 흩어졌다.

집으로 곧장 돌아가지 않고 카페로 향한 건, 순전히 오랜만에 신은 하이힐 탓이었다.

나이 서른에 9cm 힐을 신고 홍대를 돌아다니는 건 역시 무리였나.

속으로 혀를 차면서 절뚝이는 걸음으로 역을 빠져나왔다.

구두 뒤축에 쓸린 발뒤꿈치는 살갗이 까져 피가 나고 있었다. 더 심각한 건 뾰족한 앞코 때문에 오랜만에 상봉했을 엄지와 새끼발가락이었다.

처음에는 얼얼하기만 했는데, 지금은 마비가 된 것처럼 감각이 없었다. 일분일초라도 빨리 신발을 벗어 던지고 싶은 마음뿐이었다.

"소개팅하고 온 거야?"

"아, 깜짝이야!"

카페 문을 열려다 순간 들고 있던 열쇠를 떨어뜨릴 만큼 화들짝 놀랐다. 강희가 떨어진 열쇠를 주워 그녀에게 건넸다.

"그렇게 입고 안 추웠어?"

힙라인이 드러나는 H라인 스커트에 얇은 블라우스 차림을 못마땅한 듯이 보던 강희의 시선이 그녀의 발뒤꿈치에 가닿았다.

"피 난다."

"오랜만에 신어서 그래."

왠지 부끄러운 기분이 들어 슬쩍 발을 물렸다. 윤수가 얼른 화제를 돌렸다.

"너 출장이라고 하지 않았어?"

"어제 갔다가 오늘 왔어."

네가 소개팅을 나간다는 말에 원래는 월요일까지 잡혀 있던 일정을 미친 듯이 끝내고 달려왔다는 말은 굳이 덧붙이지 않았다.

대신 그는 윤수의 손에서 떨어진 열쇠를 주워 잠겨 있는 유리문을 열었다.

"들어가. 춥다."

불 꺼진 카페 안에는 아직 옅게 커피 향기가 남아 있었다. 그가 주춤거리고 선 윤수의 팔을 끌어다 의자에 앉혀 놓았다.

"약국 갔다 올 테니까 문 닫아 놓고 있어."

"괜찮아. 여기 슬리퍼 있으니까 그거 신으면 돼."

"기다려. 금방 와."

그리고 그대로 문을 열고 나갔다.

10분쯤 지나 다시 돌아온 강희의 호흡이 가빴다. 뛰어왔는지 그녀의 앞에 도착해서도 한참 숨을 골랐다. 그의 입에서 하얀 입김이 뿜어져 나오는 것을 보며, 가을도 끝났구나 하는 생각이 들었다. 이제 그녀에게는 유독 혹독한 겨울이 올 것이다. 온기를 내어 줄 사람이 없어 손끝 발끝이 더욱 차갑게 시릴 겨울이.

"이 시간에 문 연 약국이 있었어?"

"어. 저기 사거리에."

걸어가면 15분도 더 걸릴 거리였다. 그가 윤수의 앞에 한쪽 무릎을 대고 앉았다. 그러고는 진즉 구두를 벗어 놓은 맨발을 잡아 조심스럽게 제 허벅지에 올려놓았다.

"저거 신지 마. 구두가 아니라 흉기다."

"안 그래도 오늘 집에 가자마자 집어 던질 거야. 침대 옆

380

에 뒀다가 도둑 잡을 때 써도 되겠어."

시답잖은 농담에 강희가 픽 실소했다. 까진 뒤꿈치에 반투명한 연고를 신중한 손길로 펴 바르더니, 그 위에 밴드를 붙여 놓았다.

"저쪽."

치료가 끝난 발을 내려놓고 반대편을 잡아끌었다.

"그래서, 소개팅 재미있었어?"

은근히 집요하게 구는 강희를 보며 못 들은 척 딴청을 피웠다. 무언가를 참아 내듯 잘게 떨리는 입가를 숨기려 입술을 꾹 오므렸다.

사실 그 남자와 있는 내내 네가 떠올랐다고. 여기서 나를 기다리던 너를 본 순간 아까 그 남자와 무슨 얘기를 나누었는지 그만 다 잊어버리고 말았다고.

그런 솔직한 마음은 아직 내보이고 싶지 않았다. 그녀가 힘들었던 만큼 그가 안달하는 모습을 더 보고 싶다는 욕심이 그녀를 심술궂은 어린애로 만들었다.

"근데 왜 오늘은 손님 놀이 안 해?"

반대편에도 발뒤꿈치에 밴드를 붙이던 강희가 눈을 들어 윤수를 올려다보았다.

"영업 끝났잖아. 양말 사 준 건 어쨌어? 신고 다니지."

그의 손이 어느새 발가락을 꾹꾹 주무르고 있었다.

"버렸어."

망설임조차 보이지 않는 대답에 상처를 받은 듯 순간 그의 눈썹이 일그러졌다. 그런 그의 앞에 윤수가 두 손을 쫙 펴서 내밀었다.

"손 시려."

자연스럽게 강희가 커다란 손으로 그녀의 두 손을 모아 쥐었다.

"장갑은?"

"장갑도 버렸어."

"왜?"

이별을 앞두고 건넨 선물이었다. 더는 내가 너의 양말이 되어 주지 못한다고, 장갑도 되어 줄 수 없다고 미안해하며 건넨 마지막 선물.

그런 선물을 아무렇지 않은 얼굴로 버렸다고 말하는 윤수가 못내 야속해질 즈음이었다. 그녀가 차가운 두 발을 그의 허벅지 위에 나란히 올려놓았다.

"마음에 안 들어서. 나한테 더 성능 좋은 장갑이 있었는데, 네가 그거 뺏어 가고 후진 걸 줬잖아."

투정 부리듯이 이야기하는 윤수의 말뜻이 그가 생각하는 의미가 맞는지 헷갈려 잠시 대답을 하지 못하는 사이, 윤수가 그의 허벅지 위에서 발가락을 꼼지락거렸다.

그동안 참 많이 고민했었다. 이미 강희와 헤어졌음에도 그를 완전히 놓지 못하는 제 진심을 여러 각도에서 들여다보려 애썼다.

처음에는 단순히 정이 든 것뿐이라고 생각했다. 5년은 제법 긴 시간이고, 그만큼 그와 나눈 추억이 많았으니까. 어떤 날은 그저 관성이 아닐까 의심하기도 했다.

익숙한 상대와 익숙한 상태로 지내고자 하는 힘이 그녀의 마음을 자꾸만 강희에게로 끌려가게 하는 것이라고. 여전히 사랑이라는 답은 결국 가장 마지막의 마지막에서야 인정할 수 있었다.

별것 아닌 네 반응에 이렇게 심장이 뛰고 있는 걸, 사랑이 아닌 다른 어떤 핑계를 댈 수 있을까.

왠지 모르게 목이 멘 윤수가 작은 헛기침으로 목소리를 가다듬으며 말했다.

"평생 손 시리지 않게 해 준다던 남자가 있었는데, 정작 그 남자는 다 까먹었나 봐. 그래서 다른 장갑 찾아볼까 하고 소개팅을 나갔는데, 오늘 만난 남자랑은 손도 못 잡았어. 어떻게 생각해? 또 다른 장갑 찾아봐야 할까?"

"아니. 찾지 마. 절대."

곧장 정색하는 강희가 재미있었다. 더 놀리고 싶었지만 어느새 그녀를 보는 눈빛의 결이 달라진 것을 느꼈다. 그가 윤수의 손을 꽉 쥐며 물었다.

"이 손, 다시 내가 덥혀 줘도 돼?"

"손만?"

"아니. 발도. 입도. ……네 몸 구석구석 다."

"우와. 완전 도둑놈 심보."

그녀의 볼에 닿은 그의 손이 뜨거웠다. 엄지로 살며시 쓸어 내는 느낌이 간지러워 윤수가 얼굴을 한쪽으로 기울였다. 그러다 작게 웃음이 터졌을 때, 앉아 있던 강희가 몸을 일으키며 그녀에게 급하게 입을 맞췄다.

고개가 자연스레 젖혀지고, 가만히 입술을 대고 있던 그가 엄지로 턱을 슬며시 쓰다듬었다. 그 바람에 열린 입술 사이로 그가 살며시 스며들어 왔다.

"……강희야."

입술이 닿은 상태로 그녀가 그의 이름을 불렀다. 입술 안쪽의 여린 살을 조심스럽게 핥던 그가 끙, 하는 신음을 내며 갑자기 파고든 것도 그즈음이었다.

벌어진 입술 안으로 그가 계속해서 열기를 밀어 넣었다. 그 열기를 감당하지 못하고 밀려나듯 윤수가 소파 쿠션 위로 털썩 쓰러졌다.

반년 사이에 강희의 차가 바뀌어 있었다. 평소보다 속도를 내 도착한 강희의 집도 전과 다른 곳이었다. 카페에서 불과 10분 떨어진 거리. 외관이 세련된 신축 빌라의 엘리베이터에 오른 강희가 가장 꼭대기 층의 버튼을 눌렀다. 느리게 상승하는 엘리베이터가 답답한지, 윤수의 손을 쥔 그의 손안에 축축하게 땀이 찼다.

"언제 이사했어?"

"이직하고 얼마 안 돼서. 괜히 너한테 또 스토커 소리 들을까 봐 말 못 했어. 너만 원하면 밤새도록 할 얘기가 많은데, 대신 수다가 많다고 차면 안 돼."

농담을 진지한 얼굴로 하는 강희를 보며 윤수는 작게 웃음을 터뜨렸다.

집도 차도 변했지만, 변하지 않은 것이 하나 있었다. 도어

록의 비밀번호였다.

윤수가 아는 여덟 자리 숫자를 빠르게 누르고 문을 열어젖힌 강희가 먼저 윤수를 안으로 밀어 넣었다. 헐렁하게 신고 있던 슬리퍼 한 짝이 그녀의 발에서 벗겨진 것을 모르는 채 그가 급하게 문을 닫았다.

현관의 천장 조명이 꺼질 때까지 그녀를 품에 넣은 채 꼼짝하지 않았다.

다시 어둠이 찾아들었다. 강희의 가슴에 귀를 붙이고 있던 윤수는 그 안에서 쿵쿵 울리는 심장 소리에 마음을 빼앗기고 말았다.

마침내 그녀의 어깨를 붙잡아 살며시 떼어 냈을 땐, 움직임을 감지한 조명이 다시 들어왔다. 바로 그 밑에 자리한 강희의 얼굴에 짙은 음영이 졌다.

얼핏 조각처럼 입체적인 윤곽은 묘하게 금욕적인 느낌을 주었으나, 윤수는 강희의 안에 주체할 수 없는 흥분이 도사리고 있음을 쉽게 알 수 있었다. 운전하는 내내 불편하게 부풀어 있던 그의 바지 앞섶만 보더라도 그의 욕망은 선연했다.

몸은 당장 윤수를 한입에 삼켜도 모자랄 만큼 흥분해 있으면서 정작 그의 표정에는 일말의 망설임 같은 게 남아 있었다.

그가 조심스럽게 윤수의 손을 잡았다. 그리고 그 손끝에 입을 맞추었다. 곧 펴진 손바닥에도 그의 뜨거운 입김이 쏟아져 내렸다. 윤수가 저도 모르게 바르르 몸을 떨었다.

"안고 싶어서 미칠 것 같아."

강희가 솔직하게 고백했다. 그러고는 눈으로 묻고 있었다. 그녀 역시 그를 원하고 있는지를.

물음에 대한 답으로 윤수는 그의 목덜미를 쓸어 올리며 그에게 깊이 입맞춤했다. 그 이후부턴 서로의 동의를 물을 필요도, 여유도 없었다.

강희가 벗어 윤수의 어깨에 걸쳐 주었던 카디건은 현관 바닥에 아무렇게나 버려졌다. 성급한 마음에 단추 하나가 뜯겨 나간 윤수의 얇은 블라우스는 거실에, 스커트는 안방 문간에, 그리고 속옷은 그녀의 팔다리에 걸린 채로 그녀의 움직임에 따라 흔들거렸다.

오랜만에 윤수를 안는 강희는 반년간의 갈증을 윤수에게서 해갈하고자 했다. 윤수가 그를 알아 온 이래 가장 집요한 애무였다.

가슴을 꽉 움켜쥔 채 손가락으로 그 끝을 문지르고 희롱하며 뾰족해질 때까지 괴롭혔다. 그대로 입을 내려 쪽쪽 소리내어 빨더니, 자국을 새기며 밑으로, 밑으로 내려갔다. 그렇게 도착한 샘에서 강희는 만족을 모르는 사람처럼 그녀를 들이마셨다.

몇 번이나 허리를 떨며 흐느끼는데도 꽉 움켜쥔 가슴과 엉덩이를 놓아주지 않았다. 혀가 저릴 때까지 그녀의 가장 예민한 곳을 핥고 빨던 강희는 결국 삽입도 전에 그녀를 무너뜨리는 데 성공했다.

무릎을 세우고 선 강희가 웃옷을 벗어 던졌을 땐 이미 윤수는 성감이 예민해질 대로 예민해진 상태였다. 바지와 속옷을 마저 벗고 침대 옆 협탁을 뒤져 무언가를 꺼내 든 강희가 그대로 몸을 낮추었다.

콘돔을 입히기 전에 살과 살이 만나 몇 번을 부대꼈다. 삽입 없이도 윤수는 날것의 그를 있는 그대로 느낄 수 있었다. 이윽고 윤수의 신음이 침대를 벗어나기 시작했다.

곧 콘돔을 씌운 남성이 윤수의 안으로 밀려 들어왔다. 몇 달 만에 만난 강희를 꽉 움켜쥐고는 오물오물 물었다. 다시는 놓지 않겠다는 듯 움찔거리는 윤수의 안에서 강희도 오래 버티지 못하고 무너졌다.

첫 섹스가 끝나고 다음 섹스까지의 텀이 짧았다. 쉽게 사정해 버린 게 아쉬웠다는 듯 그는 곧장 몸을 세웠다. 윤수의 뒤쪽에 누워 그녀의 다리 한쪽을 제 허벅지 위에 올려놓고 아래를 벌렸다.

마치 그가 파고들 위치를 찾듯이 더듬어 내려간 손이 아직 촉촉한 안쪽을 한번 확인해 보고는 그대로 거슬러 올라 도톰하게 부푼 곳을 눌렀다. 그대로 동그라미를 덧그리며 윤수의 안으로 단번에 파고들었다.

흔들리고 또 흔들렸다. 어느새 그의 어깨를 짚고서 허벅지 위에 올라앉은 윤수는 강희의 혀가 제 젖가슴을 핥고 있는 음란한 광경을 내려다보며 신음했다. 엉덩이를 억세게 붙잡은 손이 그녀의 아랫배를 제 아랫배에 붙였다 떨어뜨리길 반복했다.

흐느끼던 윤수가 끝내 그의 머리를 감싸며 전율했다. 서로의 몸을 부둥켜안으며 하얗게 터뜨리는 숨들이 허공에 열기를 꽃처럼 피워 냈다.

영원히 아침이 오지 않을 것처럼 길고 깊은 밤이었다.

Epilogue

아, 좋다.

저도 모르게 낸 소리에 잘게 등이 울렸다. 강희가 웃고 있
는 것이다. 그의 다리 사이에 앉아 손으로 수면 위를 가르며
물장난을 치던 윤수가 강희의 어깨에 머리를 기댔다. 강희가
그런 윤수의 허리를 두 팔로 감아 제 몸에 바짝 밀착시켰다.

"몸이 녹을 것 같아. 이대로 잠들면 어떡하지?"

"자. 고이 안아서 침대에 눕혀 줄 테니까."

강희가 고개를 내려 윤수의 목덜미에 잘게 입을 맞추었다.
간지러웠는지 윤수의 어깨가 움츠러들었다.

"아야."

갑자기 윤수에게 팔뚝을 꼬집힌 강희가 앓는 소리를 냈다.
윤수의 손에 힘이 들어가지 않았던 걸 두 사람 모두 알아서,
윤수는 그런 그의 능청에 다시 한번 찰싹 팔을 때렸다.

"왜."

"너만 쌩쌩하니까 왠지 열받아."

"내가 너보다 훨씬 많이 움직인 것 같은데. 안 그래?"

그러면서 은근히 허리 아래를 들썩이며 그녀에게 남성을 비볐다. 엉덩이 아래에서 뭉근한 존재감을 느낀 윤수의 귓바퀴가 불그스름해지고 말았다.

"……으응. 기분 좋아."

강희에게 온전히 무게를 맡긴 윤수가 나른하게 신음을 내뱉자 강희의 기세가 달라졌다. 욕조에 고여 있던 물이 찰랑이다가 다시 찰박이며 넘치기 시작했다. 한 팔로는 그녀의 허리를 꽉 붙들고, 다른 한 팔로는 가슴을 움켜쥔 강희의 숨이 조금씩 거칠어지기 시작했다.

"하아, 윤수야……."

강희가 그녀의 귀에 바짝 입술을 대고 그가 원하는 바를 속삭였다. 쉽게 대답하지 못하고 망설이는 윤수를 재촉하듯, 그녀를 휘감고 있던 손을 다리 사이로 슥 미끄러뜨렸다. 들썩이는 강희의 움직임이 더 커지고, 욕조 안에 고여 있던 물은 격정을 맞은 파도가 되어 굽이쳤다.

그러다 불현듯 욕조에서 벌떡 일어난 강희가 수건을 잡아채 훑듯이 물기를 닦아 냈다. 그러고는 욕실 밖으로 뛰어나가 방에서 무언가를 집어 들고 왔다. 뜬금없는 상황에 당황했던 것도 잠시, 윤수는 그가 거칠게 벗겨 내는 포장지를 보고 작게 웃음을 터뜨렸다.

"그거 가지러 갔던 거야?"

"어."

당연하다는 투로 말하고는 아까 욕조에서 일어날 때부터 기립해 있던 그의 남성에 다급한 손길로 덧씌웠다. 언젠가부터 윤수를 위해 꼬박꼬박 피임을 챙기는 강희가 그 순간만큼은 가슴이 벅찰 정도로 귀엽고 사랑스러웠다.

그러나 그러한 여유도 잠시. 다시 욕조에 몸을 넣으며 윤수를 끌어안은 강희가 그녀의 안으로 단번에 파고들어 왔다. 윤수의 입에서 절로 탄성이 터져 나왔다.

두 개의 다른 몸이 하나가 되는 순간은 언제나 버거우면서도 벅찼다. 있는지도 몰랐던 나의 빈 곳이 사랑하는 사람으로 채워질 때면, 문득 그런 생각이 들었다. 어쩌면 우리는 서로의 부족함을 채우기 위해서 사랑에 빠진 건지도 모르겠다고.

욕실 벽을 짚고 선 채로 뒤에서부터 치받는 강희를 받아내던 윤수가 먼저 허리를 비틀며 절정을 맞았다. 쾌감의 극점에 도달하여 움찔움찔 수축하는 윤수의 안에서 강희도 붙잡고 있던 절제의 끈을 놓았다.

결국 함께 목욕을 하는 일이 침대에서 나누던 사랑의 연장선이 되고 말았다. 아닌 척해도 반쯤은 이렇게 되리란 걸 예상했던 윤수는 이제 더는 손 하나 까딱일 힘이 없다며 강희의 품 안에서 허물어졌다. 강희가 그런 윤수의 등에 몇 번이나 입을 맞추어 주었다.

그녀를 종일 몰아붙인 것이 미안했던지, 붉게 달아오른 얼굴로 쌕쌕 숨을 몰아쉬는 윤수를 욕조에 걸터앉게 하고는 그녀의 몸을 비누 거품으로 문지르고 헹궈 주었다.

강희가 하는 대로 커다란 수건에 둘둘 몸을 감싼 윤수가 곧장 침대로 뛰어들었다. 혹여 감기라도 걸릴까 봐 강희는 욕실에서 드라이어기를 가져와 윤수의 머리를 말려 주기 시작했다.

휘잉, 따뜻한 바람과 함께 두피를 마사지하는 강희의 손길이 어찌나 기분 좋았던지, 깜빡 조는 바람에 카페 계정의 SNS를 확인하던 윤수의 손에서 휴대폰이 미끄러지고 말았다. 윤수가 눈을 비비며 카페의 정경을 찍은 사진에 좋아요를 표시한 혜리의 아이디를 눌렀다.

시드니의 본다이 해변에서 바비큐를 하는 모습, 오페라 하우스와 하버 브리지의 야경, 서큘러 키의 이국적인 가게들. 새로 업데이트된 그녀의 사진들을 쭉 훑어 오다 가장 마지막에는 외국인 남자와 머리를 맞대고 웃고 있는 혜리의 얼굴을 발견할 수 있었다.

동선에게 호주에 잘 도착했다는 메시지 하나를 남긴 이후 아무 소식이 없던 혜리가 소리 없이 근황을 알려 온 건 뜻밖에도 윤수를 통해서였다.

어느 날 문득 카페의 SNS 이웃이 되어 있는 혜리를 발견했을 때는 내심 어이가 없었으나, 마지막으로 얼굴을 본 뒤로 시간이 많이 지난 덕분인지 아니면 더는 마주칠 일 없기 때문인지 그녀를 향한 악감정은 많이 옅어진 상태였다.

그렇다고 딱히 혜리와 개인적인 메시지를 주고받은 적은 없었다. 다만 SNS를 통해 본 그녀는 그곳에 잘 적응한 것처럼 보였고, 이제 새로운 사랑도 시작한 것 같았다.

다행이라고 생각했다. 이곳에서의 모든 걸 버리고 떠난 혜리가 그곳에서조차 불행했다면 강희의 마음 한편에 계속 남아 있었을 테니까.

윤수는 다만 이기적인 욕심으로 앞으로도 혜리가 잘 지내기를 바랐다.

"다 됐다. 수건 벗어. 젖은 거 감고 있지 말고."

머리를 말리는 사이 반쯤 잠이 든 윤수의 몸을 들어 두르고 있던 수건을 빼 침대 밑으로 던졌다. 그리고 그녀의 옆자리에 누운 강희가 그녀의 몸을 품으로 끌어당겼다.

"발 시려……."

우물거리며 윤수가 차가운 발바닥을 그의 종아리 사이에 끼워 넣었다.

이제는 버릇처럼 그녀에게 신겨 줄 양말을 가지러 일어나려는 강희를 윤수가 두 팔로 껴안고 못 움직이게 했다.

"이렇게 나 챙겨 주는 거, 슬슬 지치지 않아?"

날짜가 바뀌는 속도가 가팔랐다. 두 번의 결별과 두 번의 재회. 그때의 아픔이 서서히 잊히기에 충분한 시간이었다. 그때의 후회와 반성 역시 희미해질 만한 시간이었다.

"네가 이렇게 챙겨 주니까 자꾸 어리광만 늘어. 그래서 무서워. 어느 날 갑자기 네가 나한테 지쳐서 나가떨어질까 봐."

잠기운이 섞인 목소리에 울먹임 역시 묻어나고 있었다. 강희가 그런 윤수의 얼굴을 들어 그를 마주 보게 했다.

"너를 잃었을 때 내가 느낀 건 하나였어. 네가 있어야 내

삶이 의미 있다는 것."

강희에게 유일하게 사랑을 가르쳐 준 윤수였다. 그녀가 없으면 그의 세계는 색을 잃고, 빛을 잃고, 소리를 잃었으며, 감동마저 잃어버렸다. 사람이 상상할 수 있는 모든 멸망의 시나리오보다 가혹한 삶이 길게 꼬리를 늘어뜨린 채 강희를 집어삼키려 하고 있었다. 그런 강희에게 윤수는 단 하나뿐인 구원자였다.

"그러니까 평생 이렇게 꽉 붙잡고 놓지 말아야지."

그녀 없이는 그의 삶이 아무 의미 없다는 말이 벅차고도 슬퍼, 윤수는 울 것처럼 눈매를 찡그렸다. 그 표정을 보이기 싫어서 강희의 가슴에 얼굴을 묻었다. 그런 윤수를 모르는 채 강희가 힘주어 끌어안고 장난스럽게 흔들자, 결국에는 함께 웃어 버릴 수밖에 없었지만. 이윽고, 두 사람의 몸이 서로에게 가장 편안한 온기를 찾아 기대었다.

"얼른 자. 오늘처럼 돌아다니려면 일찍 자야지."

강희가 윤수의 등을 쓸어내리며 속삭였다. 간지러웠는지 콧등을 씰룩이던 윤수가 투덜거렸다.

"내일도 아침부터 그러면 진짜 가만 안 둬."

"네가 아침부터 젖어 있었잖아."

슬쩍 아랫배를 의뭉스레 쓰다듬으며 하는 소리에 윤수의 얼굴이 붉어졌다.

"그건 네가…… 그렇게 되게 만들었잖아. 일어나기도 전에 막, 막……."

끝내 말을 잇지 못하는 윤수를 놀리다가 결국 또 한 번 가

습파을 얻어맞았다. 내일 아침은 오늘처럼 짓궂은 방법으로 그녀를 깨우지 않겠다고 굳게 약속하고서야 윤수가 다시 슬금슬금 그의 팔을 베고 누웠다.

윤수가 잘 자라고 인사하며 그의 눈꺼풀에 입을 맞추었고, 응답하듯 강희가 그녀의 이마에 입술을 누르며 두 사람 모두 눈을 감았다.

다음 날 아침을 먼저 맞이한 건 윤수였다. 모처럼의 여행에서 늦잠으로 소중한 시간을 낭비하고 싶지 않았다. 아직 깊게 잠든 강희 품을 살금살금 빠져나와 화장실로 들어갔다. 세수를 하고 머리를 만지고 화장을 하는 동안 거울에 허전함을 느낀 강희가 옆자리를 손으로 더듬는 것이 보였다. 윤수가 얼른 일어나 침대로 다가갔다.

빈자리를 확인하고 거짓말처럼 눈을 뜬 강희의 얼굴을 윤수가 매만져 주었다.

"나 여기 있어."

"……놀랐어."

"무서운 꿈이라도 꿨어?"

머리를 쓸어 주자 지그시 눈을 감은 그가 작게 고개를 끄덕였다. 윤수는 그저 그런 강희를 꼭 안아 주었다.

그렇게 여행 둘째 날의 일정은 예정보다 이르게 시작했다. 펜션에서 제공하는 조식으로 간단히 배를 채우고 나와 강릉의 명소들을 두루 구경 다녔다. 점심은 중앙 시장에서 닭강정이며 크로켓이며 커피콩 빵 같은 것을 사 먹으며 배를 채웠다.

오후에는 윤수가 가고 싶어 했던 커피 박물관에 들렀다. 한참을 구경하고 나와 바다를 보고 싶어 하는 그녀와 커피 한 잔을 사 들고 해변을 걸었다. 어제 안목 해변의 카페에서 마셨던 커피 맛과 제주도에 있다는 커피 농장에 대해 이야기 하던 윤수가 문득 말했다.

"여행 오니까 기분 좋지?"

윤수의 카페에서 공연을 하던 길거리 버스커가 오디션 프로그램의 상위권에 오르면서 카페에서 인터뷰 방송을 했다. 덕분에 대학가의 특색 있는 카페로 입소문을 타며 2호점에 서는 주말마다 정기적인 라이브 공연을 시작했다. 통기타 하나를 든 아마추어 가수와 연주자들의 문의도 점점 많아지고 있었다.

카페 운영에 대해서 한시름 놓을 정도가 되었을 때, 윤수는 강희와 여행을 떠났다. 단 이틀의 휴가라서 멀리 가지는 못했어도 그와 여유롭게 시간을 보내는 것만으로 행복했다.

"좋아."

오랜 시간 동안 강희의 세계는 아버지란 그림자 안에 갇혀 있었다. 혜리와 동선 그리고 윤수를 제외한 누구에게도 강희 는 곁을 내어 주지 않았다. 높이 벽을 쌓고 철책을 드리웠던 강희가 스스로 그 벽을 부수고 나온 것은 윤수를 붙잡기 위 해서였다.

이제는 어린 시절부터 남매처럼 지냈던 혜리도 외국으로 떠나고, 어딘지 필사적으로 매달렸던 회사도 털고 나왔다.

급격한 생활의 변화와 그로 인한 빈자리를 모조리 윤수에게 할애하는 강희가 이따금 염려스러운 것도 사실이었다.

아무리 사랑한다고 해도 사람 사이에는 저울이 있기 마련이었다. 지금은 내가 더 마음을 주는 것이 기껍게 느껴질지라도, 자꾸 한쪽으로 기울어지다 보면 결국 속이 상하고 실망스러워질 것이다. 그러다 끝내 지쳐 버리는 때가 오면, 결국 사랑하는 마음을 놓아 버리게 된다는 걸 이미 경험으로 익히 알게 된 윤수였다.

그러니 지금 강희가 관심이 가는 것들을, 혹은 하면 즐거운 일들을 알려 달라고, 함께하고 싶다고 말하는 윤수에게 강희는 일말의 망설임 없이 대답했다.

"너. 지금 내 최대의 관심사는 신윤수야."

그 말을 증명이라도 하듯, 늘 어려워하던 윤수의 부모님과도 어느새 꽤 사이가 가까워졌다. 아부나 너스레 같은 건 잘하지도 못하던 강희가 대뜸 아들 하나 더 생긴 것처럼 여겨 달라며 다시 인사를 온 순간부터 서로에게 차츰 마음을 열기 시작했다.

이제 윤수의 엄마는 윤수보다 더 강희의 냉장고 사정을 살뜰하게 챙겨 주었다. 처음부터 강희에게 각별한 데가 있었던 아버지야 말할 것도 없었다.

"어때? 세계가 좀 넓어지는 기분 들지 않아?"

그렇게 물어 오는 윤수의 의중을 모르지 않아, 강희가 속으로만 조금 웃었다. 네가 내 옆에 있으면, 그곳이 어디든 그의 세계가 된다는 사실을 그녀는 모르고 있었다.

"앞으로 우리 이렇게 자주 여행 다닐까?"

윤수가 환한 얼굴로 그와 맞잡은 손을 흔들었다. 언젠가 한번 강희가 잃어버린 적 있던, 그를 향한 믿음이 가득한 미소를 띠면서.

그 미소를 눈에 담는 순간, 강희의 세계는 커다란 빅뱅을 맞닥뜨리며 끝없이 팽창하기 시작했다. 성운이 충돌하고 은하가 확장되며, 별들이 저마다의 빛과 속도로 심장을 향해 쏟아지는 이 느낌. 그리고 다시 한번 느끼는 것이다.

아. 네가 내 우주구나.

강희가 어떤 애정을 담아 그녀를 바라보는지 꿈에도 모르는 채 윤수가 재잘거렸다.

"내년쯤에는 꼭 이탈리아에 가 볼 거야. 산 마르코 광장에 세상에서 가장 오래된 카페가 있거든. 언젠가 카사노바와 나폴레옹이 앉았을지도 모르는 그 자리에 앉아서 진한 에스프레소 한 잔을 시키는 거지."

윤수가 조그마한 잔을 들고 음미하는 시늉을 했다. 눈에 보이지 않는 데미타세의 손잡이를 쥐고 있던 윤수의 손가락에 강희가 고개 숙여 입을 맞추었다.

"그럼 신혼여행지는 정해진 거네."

윤수가 놀라 눈을 동그랗게 떴을 땐 그녀의 손에 반짝이는 반지가 끼워진 다음이었다.

"꿈을 좇는 네 옆을 평생 지키는 일이 내 취미고 최대 관심사야. 함께해 줄 거지?"

이미 반지는 끼워 놓고서, 눈에는 한 점 불안이 떠올라 있는 강희를 보던 윤수가 이내 행복하게 웃으며 그의 목에 두 팔을 감았다.

"응."

그렇게 입을 맞추며, 비로소 강희의 세계가 그의 품 안으로 안기었다.

"이거 신명한 판사님께 전해 주세요."

문득 들려온 말에 윤수의 눈이 커졌다. 아까부터 계속 지켜본 사람의 입에서 아버지의 이름이 나왔기 때문이다. 윤수의 시선이 교복을 입고 있는 남자애의 등에 콕 박혀 떨어질 줄 몰랐다.

이번 주 금요일까지 제출해야 되는 수행 평가가 윤수는 정말이지 마음에 들지 않았다. 알 것 다 아는 고 1더러 아버지 직장에 가서 직업 인터뷰를 하고 오라니.

당장 정혜만 해도 아버지가 안 계시는 편모 가정인 데다 아주머니는 저녁 늦게 나가 새벽에 돌아오는 단란 주점의 식당 보조 일을 하시는데 어떡하라고.

만약 정혜가 이번 과제를 제출하지 않고 수행 평가 점수를 포기하거나 혹은 손바닥 맞는 걸로 대신하겠다고 한다면, 윤수는 그 옆에서 함께 손바닥을 내밀고 있어야겠다고 다짐했다.

그럼에도 불구하고 결국 법원까지 오고 만 것은 정당성이 없는 저항 정신은 비겁자의 변명일 뿐이라던 아빠의 말이 떠올랐기 때문이다.

하고서 하지 않았다고 하는 것과 아예 하지 않고서 안 했다고 말하는 것에는 분명한 차이가 있었다. 이런 부분에 있어서 윤수는 신 판사의 결벽적인 성정을 고스란히 빼닮아 있었다.

근무지가 비교적 자주 바뀌는 법관의 특성상 아버지가 현재 일하는 법원에는 처음 방문한 셈이었다. 이곳에서 신 판사는 4년째 소년 법정을 재판하는 부장 판사로 재직 중이었다.

예전에는 담당했던 사건에 대해 입을 여는 법이 없었던 신 판사가 소년 재판을 맡게 된 이후 이따금 안타까운 처지에 있는 아이들의 사연을 들려줄 때가 있었다.

고작 윤수 또래의 아이들이 잘못인 줄 모르고 저지르는 잘못들에 처벌을 구형할 때마다 신 판사는 겁이 난다고 했다. 자신의 판결이 아직 길게 남은 아이들의 인생에 반드시 영향을 미칠 것이기에 두 번, 세 번을 더 숙고하며 신중을 기할 수밖에 없다고.

때문에 일에 할애하는 시간이 더 늘어났어도 자신의 직업에 큰 보람을 느끼는 아빠를 알고 있었다. 가끔은 그가 판결을 맡은 아이들에게 아빠를 빼앗긴 기분이 들 때도 있지만,

그런 아빠를 존경하는 마음이 더 컸다.

한참 로비에 앉아서 신 판사를 기다리던 윤수의 눈에 그 애가 들어온 것도, 어쩌면 저 애의 사건 역시 아빠의 담당이었을까 하는 호기심에서였다.

하얀 셔츠에 회색 바지, 붉은 사선이 들어간 남색 넥타이. 그 애는 교복을 단정하게 입고 있었다. 키가 크고 어깨가 넓은 것에 비해 다소 마른 체형이었다. 마침 그 애가 주위를 두리번거린 바람에 얼굴을 정면에서 볼 수 있었다. 한순간 눈이 마주칠 뻔해서 얼른 고개를 돌린 윤수의 귓바퀴가 이유 없이 달아올랐다.

남녀 공학인 그녀의 반에서는 볼 수 없는 독특한 분위기를 가진 아이였다.

저 애는 무슨 일로 법원에 온 걸까? 무슨 잘못을 저질러서 이곳에 오게 되었을까?

흔히 보는 일진 같은 느낌은 전혀 없었다. 때문에 궁금증만 더해 가고 있을 때였다.

안내 데스크에 곰돌이가 그려진 편지 봉투를 내려놓고서 꾸벅 인사한 그 애가 붙잡을 새도 없이 멀어져 갔다. 그 뒷모습을 물끄러미 지켜보던 윤수가 고개를 갸웃 기울이며 안내 데스크 쪽으로 걸어갔다. 신분증 대신 사진이 박힌 학생증을 내밀어 보이며 싱긋 웃었다.

"안녕하세요. 제가 신명한 판사님 딸인데요. 그 편지 제가 전해도 될까요?"

일련의 확인 절차를 마치고, 윤수는 신 판사의 판사실로 안내되었다.

　　일전에 한 번 엄마와 함께 방문한 적 있는 다른 법원의 판사실과 마찬가지로 사방이 칙칙한 방 안에 덩그러니 책상과 책장이 놓여 있었다. 판사실 곳곳에 산처럼 쌓여 있는 서류를 보며 혀를 내두를 때쯤, 아빠와 함께 일하는 서기 실무관이 윤수에게 율무차를 타 주었다.

　　"잠깐 앉아 있으면 금방 들어오실 거야. 이제 거의 끝날 때 되었거든."

　　"네. 감사합니다."

　　실무관이 방문을 살짝 열어 두고 나갔다. 서기관들이 일하는 공간에서 방문 하나를 사이에 두고 신 판사가 쓰는 부장 판사실과 반대편 배석 판사실이 마주 보고 있는 구조였다. 곧 바깥에서 바쁘게 타자를 두드리는 소리가 들렸다.

　　회의 테이블 앞 의자를 빼 자리에 앉은 윤수가 김이 오르는 율무차를 호로록 마시며 주위를 휘 둘러보았다. 신 판사의 사무 책상 위에도, 회의 테이블에도 포스트잇이 덕지덕지 붙은 서류 더미들뿐이었다. 그 옆에 굴러다니는 골무가 잔뜩 닳아 있는 것을 발견했다. 괜히 그것을 손으로 만지작거리고 있을 즈음, 법복을 입은 신 판사가 사무실 안으로 들어왔다.

　　"아빠!"

　　윤수가 반가운 얼굴로 자리에서 벌떡 일어났다. 입고 있던 법복을 벗어 옷걸이에 정연하게 걸어 둔 신 판사가 웃으며 윤수를 맞아 주었다.

"오는 길 안 헤맸어?"

"버스 타니까 바로 앞에서 섰어요."

방긋방긋 웃으며 치대는 윤수의 머리를 두어 번 쓰다듬어 주며 물었다.

"배 안 고파?"

"완전 고파요. 등가죽에 붙었어요. 이것 봐요."

"우리 딸 배고프면 안 되지. 뭐 먹고 싶어, 딸?"

"음……, 짜장면?"

"그럼 우리 딸 특별히 곱빼기로 시켜 줘야겠다."

신 판사가 교복 상의를 잡아당기며 잔망을 떠는 딸의 볼을 아프지 않게 꼬집었다.

편지 생각이 떠오른 것은 짜장면을 맛있게 먹어 치운 뒤 그릇을 사무실 밖에 내놓고 난 다음이었다.

신 판사에게 도덕 수행 평가에 대해서, 정혜에 대해서, 그리고 그 밖의 편모, 편부, 조손 가정의 친구들이 어쩌면 받았을지도 모를 상처에 대해서 조잘조잘 떠들다가 뒤늦게 맡아 두었던 편지가 생각난 것이었다.

"이거 아까 어떤 남학생이 아빠한테 전해 달라던데요. 제가 받아 왔어요."

주머니에서 꺼낸 편지를 건네고서는, 그 내용이 몹시 궁금하여 신 판사의 어깨에 바짝 달라붙었다. 신 판사가 봉투에서 편지를 꺼내 읽었다.

"에계? 딸랑 세 줄에다 이름도 없네."

힐끔 훔쳐본 윤수는 조금 실망한 기색이었다.

"아빠한텐 서른 줄 편지보다 감동적인데."

그런 윤수를 달래며 신 판사가 다시 편지를 곱게 접어 봉투 안에 집어넣었다.

"이름도 없는데 누가 보냈는지 어떻게 알아요? 얼굴 좀 잘 봐 둘걸. 키가 이렇게 컸는데."

윤수가 제 머리 위로 손을 높게 들어 가늠해 보았다.

"괜찮아. 누군지 알아."

"정말요? 이것만 보고?"

"이것만 봐도 알지. 글씨가 꼭 주인을 닮았는데."

못 쓴 글씨는 아니지만 그렇다고 잘 쓴 글씨도 아니었다. 문장력을 평가하기에는 겨우 세 줄짜리였고.

"글씨 주인이 눈, 코, 입이 모여 있었나?"

"응?"

"여백이 많은 편지던데요."

"아하하하!"

윤수의 말에 신 판사가 크게 웃음을 터뜨렸다. 힐끗 돌아본 문밖에서 실무관이 놀란 얼굴로 이쪽을 보고 있었다.

"그보다는 간결한 아이였어. 살아가는 게 아주 다부진 아이였고. 어려서부터 혼자 커 버릇해서 뭐든 혼자 하는 게 익숙한 그런 아이."

"그런 애가 법원까지는 왜?"

"어른들이 나빴지. 어떻게든 살아 보려고 아등바등하는

그 애를 못 살게 굴었으니까."

"도와준 사람도 없었어요?"

"없었어. 누군가 도와줬다면 재판까지 오지 않았겠지."

"헐."

아까 로비에서 본 그 애를 생각하며 속으로 혀를 차는 윤수를 신 판사가 물끄러미 쳐다보았다.

"우리 윤수랑 다르게 사랑받는 법을 모르고 자란 애라 걱정이구나."

부모의 관심과 애정을 듬뿍 받아 새싹처럼 밝은 성격을 가진 딸과는 다르게 누구도 믿지 않는 눈을 하고 있던 강희를 떠올렸다. 사랑보다 절망과 분노와 체념을 먼저 배워 버린 것이 안타까웠다.

재판에 앞서 두터운 서류로 먼저 피의자가 된 강희를 만났고, 아이의 삶을 가만 들여다보며 연민과 애틋함을 느끼게 된 까닭이었다.

"사랑받는 법을 알아야 사랑하는 법도 아는데. 지금처럼 뭐든 혼자가 익숙한 어른으로 자라서 외로운 인생을 살까 봐 그게 마음에 걸린다."

판사로서, 그리고 어른으로서 강희가 처한 현실에 근심하고 있는 신 판사를 위로하고 싶었던 윤수가 불쑥 말했다.

"그럼 걔도 나 같은 여자 만나면 되는데."

"응?"

"엄마가 그러는데, 남자는 다 여자 하기 나름이랬어요. 아빠도 엄마가 사람 만든 거라고."

"엄마가 그랬어?"

"네. 그러니까 걔한테도 나처럼 예쁘고, 착하고, 사랑도 많이 줄 줄 아는 좋은 여자 만나라고 아빠가 가르쳐 주면 되죠."

"네 엄마가 솔로몬이네. 엄마한테 판사 하라고 해야겠다."

평소에도 애교가 많았던 딸의 아양에 신 판사는 또 한 번 커다랗게 웃음을 터뜨렸다. 판사실로 고개를 빼꼼 내밀었던 실무관도 신 판사의 웃음에 전염이 된 것처럼 눈꼬리를 휘며 자리로 돌아갔다. 아버지에게 행복을 선물하고, 그 자신도 만족하여 씩 미소 짓고 있던 윤수는 미처 알지 못했다.

이 순간으로부터 10년이 지난 어느 날, 아버지의 서재에서 낯익은 편지 봉투를 발견하게 될 것이란 걸. 그때가 되어서야 윤수는 신 판사가 강희를 유독 애틋해하는 이유를 비로소 납득할 수 있을 것이다.

그리고 나중에 그녀의 딸이 태어나면 넌지시 알려 줄 것이다. 아빠를 처음 만난 건 실은 대학가의 카페가 아니라 법원 로비에서였다고. 아빠가 아니라 엄마가 먼저 첫눈에 반했었다는 비밀까지도 살며시.

—Fin

작가 후기

누군가 제게 '상대의 어떤 점을 보고 처음 사랑에 빠졌어?' 하고 물으면, 콕 집어 대답하기는 힘들 것 같습니다. 곰곰이 생각해 본다면 가슴이 뛰었던 몇몇 순간이 떠오를지도 모르지만, 결국 그 모든 순간이 모여 지금에 이르고 나서야 내가 사랑에 빠졌다는 걸 깨닫게 되기 때문입니다.

그러나 제가 쓰는 글 안에서는 주인공들이 만나 서로 사랑에 빠지게 되는 과정을 비교적 정확하게 묘사해야 할 때가 많습니다. 현실에서는 '그냥, 어쩌다 보니'라고 대답하게 되는 시간들을 지면에 옮기다 보면 어쩔 수 없이 누락되는 감정이 생기고, 그 누락이 읽는 분들에게는 부자연스러움 또는 비공감으로 이어지기도 합니다.

아마도 그래서였던 것 같습니다. 다음에 쓰게 될 이야기는 A와 B가 만나 사랑을 시작하는 모습이 아니라, 이미 사랑에 빠지고 난 뒤의 모습을 그려 보자고 결심했던 게요.

살다 보면 누구나 한 번쯤은 경험하게 되는, 우주가 태어나는 것 같은 기쁨과 세상이 멸망하는 것 같은 절망을 안기는 사랑과 이별에 대해서 담담하게 이야기해 보고 싶었습니다.

만약 이 이야기를 읽다 한 번이라도 '아, 나도 저런 적이 있었지. 저런 기분 잘 알지' 하며 고개를 끄덕이는 부분이 있으셨다면, 그게 제가 이 이야기를 쓴 가장 큰 보람이 될 것 같습니다.

부족한 글이지만, 이 책과 함께한 시간이 작은 휴식이 되셨기를 진심으로 소망합니다. 그리고 머지않아 다른 이야기를 통해 다시금 만나 뵐 수 있도록 끊임없이 정진하겠습니다. 감사합니다.

보다 다듬어진 글로 지면에 낼 수 있게 매번 도움 주시는 봄미디어 출판사 관계자분들, 특히 작업하는 내내 좋은 의견과 응원으로 다독여 주신 박나영 에디터님, 표지 그려 주신 디자이너님께 이 자리를 빌려 감사의 마음을 전합니다.

—2021년 8월,
강부연 올림.